HELEN FIELDING
BRIDGET JONES:
THE EDGE OF REASON

PICADOR
2000

ХЕЛЕН ФИЛДИНГ
БРИДЖИТ ДЖОНС:
ГРАНИ РАЗУМНОГО

ТОРНТОН И САГДЕН
2002

УДК 821.111-311.2Филдинг
ББК 84(4Вел)-44
Ф51

Хелен Филдинг
Ф51 Бриджит Джонс: грани разумного/ Пер. с англ. – М.: Торнтон и Сагден, 2002. – 320 с.

ISBN 5-93923-023-7

Продолжение книги «Дневник Бриджит Джонс» остроумно и искренне рассказывает о молодой незамужней англичанке, пытающейся стать *self-made woman*. «Бриджит Джонс» – зеркало, в котором многие женщины могут узнать себя, в этой книге всё, что их волнует: мода и карьера, брак и легкие увлечения, любовь и секс, это практическое пособие для тех дам, кто в поисках идеального «я» оказывается в стане воинствующих феминисток. Эта книга – неплохой путеводитель для тех мужчин, кто хочет познать закоулки загадочной женской души.

УДК 821.111-311.2Филдинг
ББК 84(4Вел)-44

ISBN 5-93923-023-7

© Helen Fielding, 1999
© Москвичева А.Н., перевод на русский язык, 2001
© «Торнтон и Сагден», оформление, 2002
© «Торнтон и Сагден», издание на русском языке, 2002

БРИДЖИТ ДЖОНС: ГРАНИ РАЗУМНОГО

Перевод стихотворения Р. Киплинга «Когда...» –
Ю. Изотов.

1

«Они жили счастливо...»

27 января, понедельник

129 фунтов (жир разгулялся); бойфрендов — 1 (ура!); секс — 3 раза (ура!); калорий — 2100; сожжённых во время секса — 600; так что всего — 1500 (образцово!).

7.15. Ура, годы одиночества позади! Вот уже четыре недели и пять дней состою в конструктивных отношениях с зрелым мужчиной — доказательство, что вовсе я не неудачница в любви, а ведь так боялась. Чувствую себя бесподобно, прямо Джемайма Голдсмит или ещё какая-нибудь лучезарная новобрачная, открывающая инкогнито госпиталь для раковых больных, в то время как все воображают, что она в постели с Имраном Ханом. Ох, Марк Дарси пошевелился... Может, проснется и обсудит со мной мои идеи?

7.30. Не проснулся. Вот сейчас ка-ак встану и приготовлю ему фантастический завтрак — нечто элегантно поджаренное: сосиски, взбитые яйца и грибы... или ещё — яйца «бенедикт» либо яичницу по-флорентийски.

7.31. Всё зависит от того, что такое в принципе «бенедикт» и яичница по-флорентийски.

7.32. Не говоря уже о том, что у меня нет ни грибов, ни сосисок.

7.33. Ни яиц.

7.34. Ни, коли уж на то пошло, молока.

7.35. Всё ещё не проснулся. Ммм... он прелесть, обожаю смотреть, как он спит! Оч. сексуальные плечи, широкие такие, в меру волосатая грудь... Нет, он для меня не только сексуальный объект или что-то в этом роде, интеллект — вещь тоже важная, разумеется. Ммм...

7.37. Так и не проснулся. Понимаю, шуметь не стоит, но вдруг удастся разбудить его нежно, с помощью мысленных вибраций...

7.40. Может, стоит... ха-ха-ха!

7.50. Марк Дарси вскочил и завопил:

— Бриджит, прекрати! Чёрт возьми, смотришь на меня, когда я сплю! Лучше займись чем-нибудь полезным!

8.45. «Койнз-кафе» (капучино, шоколадный круассан и сигарета). Какое облегчение — покурить на открытом воздухе и не стараться всё время «соответствовать». В самом деле оч. тяжко, когда в доме мужчина и нельзя свободно, сколько хочешь лежать в ванной или сидеть в туалете, потому что человек опаздывает на работу и ему приспичило пописать и т.д. А ещё меня беспокоит, что Марк складывает перед сном трусы, — теперь я с непривычки смущаюсь, когда сваливаю одежду в кучу на пол. Кроме того, сегодня вечером он снова придёт — и надо будет тащиться в супермаркет либо до работы, либо после. То есть я не обязана, но ужасная правда состоит в том, что мне хочется это делать, — возможно, генетический атавизм (ни за что не признаюсь Шерон).

8.50. Ммм... интересно, каким отцом был бы Марк Дарси (собственного отпрыска, я имею в виду, не моим, а то нездорово, вроде эдипова комплекса).

8.55. Так, нечего поддаваться навязчивым идеям и фантазировать.

9.00. Интересно, позволят ли нам Юна и Джеффри Олконбери поставить палатку у них на лужайке для приемов, — ха!

Уверенной походкой в кафе вошла мама — экипировка из «Кантри кэжьюэлз»: плиссированная юбка и яблочно-зеленый блейзер со сверкающими золотыми пуговицами. Смахивает на пришельца с другой планеты, который внезапно появился в палате общин и, стряхивая с себя слизь, преспокойно уселся на передней скамье.

— Привет, дорогая! — защебетала она. — А я как раз шла в «Дебенхемс». Знаю, ты всегда здесь завтракаешь, дай, думаю, заскочу, узнаю, когда ты наконец позаботишься о своей цветовой гамме. О, я не прочь выпить чашечку кофе... Как ты думаешь, подогреют мне молоко?

— Мам, я тебе уже говорила, что вовсе не собираюсь заботиться ни о какой цветовой гамме, — пробормотала я, залившись краской. Все так и уставились на нас, а к столику тут же подскочила потревоженная официантка.

— Ну не упрямься, дорогая! Должна же ты показать себя, а не ждать у моря погоды в этих сереньких тряпках! О, здравствуйте, моя милая!

И мама перешла на приветливый, спокойный тон, означающий: «Попробуем подружиться с обслуживающим персоналом и стать в этом кафе своим, особым клиентом, хотя это и не имеет ни малейшего смысла».

— Так, давайте посмотрим... Знаете что, кофе, пожалуй. Сегодня утром в Графтон Андервуд мы с мужем, Колином, выпили столько чая, что меня от него уже тошнит. Да, вы не подогреете молоко? Не могу пить кофе с холодным молоком, у меня от него расстройство желудка. А моя дочь Бриджит будет...

Брр, ну зачем родители это делают, зачем? Что это — отчаянное желание привлечь внимание к себе и доказать собственную значимость? Или просто мы, урбанизированное поколение, слишком заняты и подозрительны друг к другу, чтобы быть открытыми и дружелюбными? Помню, когда только приехала в Лондон, я постоянно всем улыбалась, — пока какой-то мужчина на эскалаторе в метро не отмастурбировал мне на пальто.

— «Эспрессо»? «Фильтр»? «Латте»? Полужирный или «де-каф»? — затрещала официантка, сметая тарелки с соседнего столика и бросая на меня такие взгляды, будто я виновата, что это моя мама.

— Полужирный «де-каф» и «латте», — просипела я, искупая вину.

— Какая грубая девушка! Она что, не говорит по-английски? — фыркнула мама в спину удаляющейся официантке. — В забавном местечке ты, однако, живешь! Здесь, видно, не понимают, что надевают на себя по утрам. Проследила за её взглядом: за соседним столиком обосновались моднючие девицы, явно откуда-то издалека. Одна — та, что стучала по клавиатуре лэптопа, — в коротенькой детской юбочке, на пышной гриве шляпка-чепчик. Другая — в сапогах на высоких шпильках, с длинными голенищами-носками, в шортах для серфинга, кожаном балахоне до пола и пастушеской шерстяной шапке с наушниками — кричала в мобильник: «Я говорю, он пообещал: снова увидит, как я курю эту дрянь, — заберёт квартиру! А я ему: «Иди ты, папаша!» Её несчастного вида малыш лет шести уныло ковырялся в тарелке с чипсами.

— Эта девушка, что, сама с собой разговаривает на этом языке?! — возмутилась мама. — Нет, правда, ты живёшь поистине в очень, ну очень экстравагантном мирке. Не лучше ли поселиться рядом с нормальными людьми?

— Вполне нормальные люди! — разозлилась я и в подтверждение своих слов кивнула в сторону улицы: там, как назло, монашенка в коричневом одеянии толкала перед собой коляску с двумя младенцами.

— Видишь, вот потому-то у тебя вся жизнь наперекосяк.

— Ничего у меня не наперекосяк.

— Нет, наперекосяк! — настаивала мама. — Ладно, как у тебя с Марком?

— Лучше некуда! — мечтательно заулыбалась я.

Мама со значением воззрилась на меня.

— Ты ведь не собираешься заниматься с ним сама знаешь чем? Понимаешь ведь, а то он на тебе не женится.

Грр! Как только я начала встречаться с мужчиной, которого она навязывала мне в течение восемнадцати месяцев («Сын Малколма и Элейн, дорогая, разведён, страшно одинок и богат»), тут же почувствовала, будто нахожусь на военных учениях: карабкаюсь на стены по верёвкам, чтобы принести ей домой большой серебряный кубок с изображением лука и стрел.

— Знаешь ведь, что они все потом говорят: «О, она была лёгкой добычей», — не унималась мама. Когда Мёрл Робертшоу стала встречаться с Пёрсивалем, мать её предупредила: «Следи, чтобы он пользовался этой штукой только для отправления малой нужды».

— Мама! — запротестовала я.

По-моему, из её уст это прозвучало несколько странно. Не прошло и шести месяцев, как мама сбежала с турагентом-португальцем, он еще носил джентльменский кейс.

— О, я тебе не говорила? — перебила меня мама, плавно уходя от темы. — Мы с Юной едем в Кению.

— Что-о?! — завопила я.

— Мы едем в Кению! Вообрази, дорогая! В самую-самую Чёрную Африку!

В голове у меня всё завертелось, как в соковыжималке, — я лихорадочно искала возможные объяснения. Мама — миссионерка? Снова взяла напрокат кассету с фильмом «Африка»? Вспомнила фильм «Рождённая свободной» и решила завести львов?

— Да, дорогая. Мы хотим поехать на сафари, встретиться с дикарями из племени масаи, а потом пожить в отеле на берегу моря.

Соковыжималка щёлкнула и остановилась на серии зловещих картинок: пожилые немки занимаются сексом на пляже с местными юношами. Я, моргая, уставилась на маму, спросила осторожно:

— Ты ведь не собираешься снова ввязываться в неприятности? Папа только-только оправился после этой заварухи с Хулио.

— Ну честное слово, дорогая, не знаю, из-за чего было столько шума! Хулио был просто моим другом — другом по переписке! Всем нам нужны друзья, дорогая. Даже в идеальном браке одного человека нам недостаточно: нужны друзья всех возрастов, рас, вероисповеданий и племён. Нужно расширять свой кругозор при любой...

— Когда вы едете?

— О, не знаю, дорогая, у нас просто такая идея. Ладно, мне пора лететь. Пока-а-а!..

Чёрт подери, уже 9.15. Опаздываю на утреннюю летучку.

11.00. Летучка явно затянулась — все спят сидя: поистине «Британия у экрана». К счастью, опоздала всего на две минуты. Удалось, скомкав, спрятать плащ и создать видимость, будто я здесь уже несколько часов, и просто отлучилась по важным делам куда-то в другой отдел. С непроницаемым видом прошла через огромное открытое пространство жуткого офиса, заваленного многозначительными предметами, характерными для плохого дневного телевидения (надувная овца с дыркой в заднице; огромная фотография Клаудии Шиффер с головой Мадлен Олбрайт; большой плакат с надписью «Лесбиянки! Вон! Вон! Вон!»), по направлению к Ричарду Финчу, где он, украшенный баками и тёмными очками, как у Ярвиса Кокера, рычал на собравшихся юнцов из исследовательской команды. Его тучное тело было втиснуто в кошмарный пиджак «сафари», стиль «ретро» — семидесятые годы.

— Давай, Бриджит-Вялая-Корова-Опять-Опоздала! — проорал Ричард, заметив мои манипуляции. — Я плачу тебе не за то, чтобы ты прятала плащ и делала невинные глазки, — я плачу за то, чтобы ты появлялась вовремя и приносила идеи!

Честное слово, такое неуважение изо дня в день — это выше человеческих сил.

— Так, Бриджит! — продолжал вопить Ричард. — Я мыслю так: новые лейбористки; имидж и роли; сюда, в студию, Барбару Фоллетт — пусть она мне переделает Маргарет Бекетт! Прожектора, маленькое чёрное платье, чулки. Маргарет должна воплощать ходячий секс!

Иногда мне кажется, нет предела абсурдности в тех поручениях, что даёт мне Ричард Финч. В один прекрасный день я обнаружу, что уговариваю Харриет Хармен и Тессу Джоуэлл постоять в супермаркете, пока я опрашиваю проходящих мимо покупателей, могут ли они определить, кто из них кто; или пытаюсь убедить королевского егеря раздеться и побегать по угодьям от своры разъярённых лисиц. Мне бы найти какую-нибудь более серьёзную, ответственную работу. Может быть, медсестрой?

11.03. За рабочим столом. Так, надо позвонить в пресс-службу лейбористов. Ммм... все ещё вспоминаю сегодняшнюю ночь. Надеюсь, я не сильно разозлила утром Марка Дарси. А сейчас не слишком рано, чтобы позвонить ему на работу?

11.05. Да, верно сказано в книге «Как обрести

любовь, о которой мечтаешь» (или это в другой — «Как сохранить обретённую любовь»?): постепенное сближение мужчины и женщины — дело деликатное. Доля мужчины — охотиться. Подожду, пока сам мне позвонит. Лучше, наверно, почитать газеты, чтобы быстро войти в курс новой лейбористской политики, на случай, если и впрямь до Маргарет Бекетт удастся... Ха-а-а-а!

11.15. Снова Ричард Финч со своими воплями. Вместо женщин-лейбористок поручил мне охоту на лис: придется провести прямой репортаж из Лестершира. Не паниковать! Я — уверенная в себе, толковая, ответственная женщина, с чувством собственного достоинства. Мое самоуважение основано не на жизненных достижениях, а проистекает изнутри. Ведь я — уверенная в себе, толковая... О боже, не помогает! Не хочу ехать в эту дыру, похожую на холодильник с бассейном!

11.17. Вообще-то это оч. хор., что мне поручили интервью. Большая ответственность, — конечно, ее не сравнить с тем, как посылать самолеты бомбить Ирак или держать зажим на главной артерии во время операции. Зато есть шанс поджарить убийцу лисиц перед камерой и отличиться прямо как Джереми Паксмен с иранским (или, может, иракским?) послом.

11.20. Может быть, мне даже поручат подготовить пробный репортаж для «Ньюснайт».

11.21. Или серию коротких специальных репортажей. Ура! Так, надо бы подобрать вырезки... Ох, телефон...

11.30. Хотела проигнорировать звонок, но подумала: а вдруг мой герой, сэр Хьюго Роберт Хон Бойнтон Убийца Лисиц, с информацией по силосу, свинарникам и т.д., и взяла трубку. Оказалось — Магда.

— Бриджит, привет! Я звоню, чтобы сказать... В горшок, в горшок! Делай это в горшок!

Послышался грохот, журчание струйки и такой визг, словно кричат мусульмане, которых режут сербы: «Мама тебя отшлёпает! Отшлё-ёпает!»

— Ма-агда! — взмолилась я.

— Прости, милая, — продолжала Магда через некоторое время. – Я звоню, чтобы сказать... Засунь свой перчик в горшок! Если ты будешь им болтать, всё окажется на полу!

– Я на работе, – жалобно напомнила я. – Через две минуты выезжаю в Лестершир...

– Прекрасно! Теперь вытирай!.. Да, так вот... Ты вся из себя такая великолепная, важная, а я торчу тут дома с двумя человечками – не научились ещё даже говорить по-английски... Ладно, звоню сказать, я договорилась со своим подрядчиком, завтра заедет к тебе, сделает полки. Извини, что побеспокоила своими скучными домашними заботами. Его зовут Гари Уилшоу. Пока!

Прежде чем я успела набрать ее номер снова, телефон затрезвонил – Джуд: всхлипывает, голос срывается.

– Ничего, ничего, Джуд, всё будет в порядке, – унимаю я ее горе, прижав трубку к уху плечом и запихивая в сумку газетные вырезки.

– Это всё Подлец Ричард... гы-ы-ы...

О боже! После Рождества мы с Шез убеждали Джуд: ещё хоть раз предпримет безумный разговор с Подлецом Ричардом по поводу зыбучих песков его великой проблемы (неспособность к действию) – придется поместить её в психушку; тогда уж они точно не поедут на мини-брейк, не сходят на консультацию к психологу, не сделают вообще что-либо вместе долгие-долгие годы, пока её не выпустят на попечение благотворительного общества.

Совершив величественный подвиг любви к себе, Джуд порвала с Ричардом, остриглась и стала появляться на своей респектабельной работе в кожаных пиджаках и джинсах на бедрах. Все полосаторубашечные Хьюго и Джеррeры, которые хоть иногда задумывались, что там у Джуд под строгим костюмчиком, катапультировались в состояние первобытного неистовства, и теперь ей каждый вечер, кажется, звонит новый поклонник. Но по какой-то непостижимой причине вся эта история с Подлецом до сих пор выводит её из равновесия.

– Понимаешь, только что разбирала разный хлам, ну, он оставил, выкинуть собиралась, и нашла эту книжонку... она называется... называется...

– Ничего, Джуд, ничего. Можешь мне сказать.
– Называется «Как назначить свидание молодой женщине. Руководство для мужчин старше тридцати пяти».

О бо-оже!..
– Чувствую себя ужасно, ужасно!.. – всхлипывает Джуд. – Еще раз такой ад я просто не выдержу... Какая-то непроходимая чаща... Останусь одинокой... навсегда!

Сохраняя баланс между важностью дружеской поддержки и невозможностью добраться до Лестершира за оставшееся время, оказала первую помощь, призвав в союзники здравый смысл:
– Возможно, он специально подбросил эту книжку... Нет, не останешься! – Ну и т.д.
– Ох, спасибо, Бридж! – немного успокоилась Джуд через некоторое время. – Давай встретимся сегодня вечером?
– Эмм... сегодня придет Марк.

Между нами повисла тишина.
– Понимаю, – холодно произнесла Джуд. – Прекрасно. Нет-нет, это я тебе желаю приятно провести вечер.

О боже, теперь, когда у меня есть бойфренд, я чувствую себя виноватой перед Джуд и Шерон, прямо как вероломная, хитрая, двуличная партизанка. Договорились встретиться с Джуд и Шез завтра, а сегодня вечером просто ещё разок всё обсудить по телефону. Кажется, уладилось. Теперь надо быстренько перезвонить Магде: пусть не считает себя надоедливой, а меня и мою работу – «великолепной» и «важной».

– Спасибо, Бридж! – поблагодарила и Магда, после того как мы поболтали немного. – Знаешь, с тех пор как родился малыш, я чувствую себя такой одинокой, и настроение упало. Завтра вечером Джереми снова работает. Ты, конечно же, не захочешь зайти?
– Э... ммм... мы договорились встретиться с Джуд в «Сто девяносто два».

Последовала многозначительная пауза.
– Ну, а я отношусь к слишком уж скучным Самодовольным Женатикам, чтобы тоже прийти?

— Нет-нет, приходи! Непременно приходи, это будет замечательно! — перестаралась я.

Джуд, конечно, восторга не испытает, поскольку Магда отвлечёт наше внимание от Подлеца Ричарда, но утрясу всё позже. Так, вот теперь я действительно опаздываю, придется ехать в Лестершир, не прочитав заметок про охоту на лис. Может, успею прочитать в машине, пока буду стоять на светофорах. Стоит ли в темпе позвонить Марку Дарси и сообщить, куда еду?.. Хмм, нет, идея негодная. Хотя... а если задержусь? Позвоню, пожалуй.

11.35. Уфф!.. Разговор получился такой.

Марк. Да, Дарси слушает.

Я. Это Бриджит.

Марк (пауза). А-а... Э-э-э... Всё в порядке?

Я. Да. Ночью все было здорово, правда? Ну, знаешь, когда мы...

Марк. Да-да, всё так. *(Пауза.)* Сейчас я как раз беседую с послом Индонезии, председателем Международной комиссии по амнистиям и заместителем министра торговли и промышленности.

Я. О, извини. Я сейчас еду в Лестершир. Подумала, надо тебя предупредить, на случай, если что-нибудь произойдёт.

Марк. На случай, если что-нибудь... что?

Я. Я хотела сказать — на случай, если я... задержусь. *(Получилось неубедительно.)*

Марк. Ясно. Что ж, почему бы тебе не позвонить, когда вернёшься? Прекрасно, пока.

Хмм, не стоило это делать. В книге «Как любить независимого мужчину, не теряя головы» специально сказано: есть одно, чего они действительно не любят, — если им звонят без веской причины, когда они заняты.

19.00. Дома. Оставшаяся часть дня превратилась в кошмар. После изощрённой гонки в городском транспортном потоке и дальнейшего путешествия, сильно осложнённого дождём, я оказалась в залитом опять-таки дождём Лестершире и постучалась в дверь большого квадратного дома, окружённого конюшнями, когда до прямого эфира оставалось всего полчаса. Внезапно дверь распахнулась и передо мной возник высокий мужчина в вельветовых штанах и мешковатом джемпере, — весьма сексуальный.

— Хмпф! — фыркнул он, оглядев меня с головы до ног. — Лучше уж проходите, чёрт возьми! Ваши парни там, на заднем дворе. Где вы, дьявол вас задери, пропадали?

— Меня неожиданно отвлекли от работы над важным политическим репортажем, — с достоинством сообщила я.

Он провёл меня в большую кухню, набитую собаками и частями конской сбруи. Потом вдруг развернулся, злобно уставился на меня и грохнул кулаком по столу.

— Предполагается, что мы живем в свободной стране. Если нам твердят, что мы, чёрт побери, вправе даже охотиться по воскресеньям, то чем всё это кончится, а-а?..

— Что ж, то же можно сказать о людях, которые держат рабов, — проворчала я, — или отрезают кошкам уши. Мне кажется, это не очень-то по-джентльменски — когда толпа людей и собак гоняется за запуганной маленькой зверюшкой, просто чтобы развлечься.

— А вы когда-нибудь видели, чёрт подери, что лиса делает с курицей?! — прорычал сэр Хьюго, побагровев. — Не будем на них охотиться — опустошат всю округу!

— Тогда отстреливайте их, — возразила я, устремив на него убийственный взгляд, — гуманно. А по воскресеньям бегайте за чем-нибудь другим, как на гонках борзых. Привяжите на верёвочку маленькую меховую игрушку с лисьим запахом.

— Отстреливать? Вы когда-нибудь пытались пристрелить проклятую лису? Кругом будут валяться в агонии ваши маленькие, запуганные раненые лисички. Меховая игрушка! Фрр!..

Внезапно он схватил телефонную трубку и набрал номер.

— Финч, проклятый осел! — заорал он. — Кого ты мне послал?.. Какую-то чёртову идиотку! Если ты думаешь, что в следующее воскресенье поедешь с Кворном...

В этот момент в дверь просунулась голова оператора.

— А, ты здесь? — раздражённо произнёс он, бросив взгляд на часы. — Ты, конечно, не обязана нас предупреждать...

— Финч хочет с вами поговорить, — прервал его сэр Хьюго.

Через двадцать минут, под угрозой увольнения, я сидела на лошади, намереваясь протрусить в кадр и взять интервью у Роберта, достопочтенной Жирной Задницы, тоже на лошади.

— О'кей, Бриджит, включаемся через пятнадцать секунд! Давай, давай, давай! — заорал из Лондона Ричард Финч в мои наушники.

Сжимаю коленями бока лошади, как меня учили, однако лошадь, к несчастью, и не думает сдвигаться с места.

— Давай, давай, давай, давай! — визжит Ричард. — Проклятье, ты, кажется, говорила, что умеешь ездить верхом?!

— Нет, что у меня хорошая посадка! — прошипела я, лихорадочно толкаясь коленями.

— О'кей, Лестершир! Крупный план сэра Хьюго, пока эта чёртова Бриджит не подтянется! Пять, четыре, три, два... пошёл!

Тут достопочтенная Красная Морда пускается в громогласный проохотничий рекламный монолог, а я в это время бешено колочу лошадь пятками. Занервничав, она вдруг встаёт на дыбы и галопом скачет в кадр, а я успеваю уцепиться за её шею.

— О, чёрт подери, заканчивайте! — вопит Ричард.

— Ну что ж, наше время истекло. А теперь — обратно в студию... — лепечу я.

Лошадь тем временем описывает ещё один круг и пробует опрокинуть оператора.

Хихикающая команда уезжает, а я, совершенно помертвевшая от стыда, иду в дом за вещами — и натыкаюсь прямо на Роберта достопочтенного Неотесанного Громилу.

— Ха-а! — рычит он. — Так и думал, этот жеребец научит вас что к чему! Одну «Кровавую»?

— Что?.. — теряюсь я.

— «Кровавую Мери».

Борясь с инстинктивным стремлением глотнуть водки, выпрямляюсь во весь рост.

— Вы хотите сказать, что намеренно саботировали мой репортаж?

— Возможно, — ухмыляется он.

— Это омерзительно! — возмущаюсь я. — И несовместимо с понятием о чести аристократа.

— Ха, характер! Мне это в женщинах нравится! — рокочет сэр Хьюго и стремительно двигается на меня.

— Отстаньте! — восклицаю я, уворачиваясь от него.

Нет, в самом деле, что он о себе возомнил?! Я хоть и женщина, но профессионал, — приехала сюда не для того, чтобы меня клеили, ни в каком смысле! А ведь это действительно нечто: мужчинам по нутру, когда даёшь им понять — вы мне не нравитесь. Запомним для какого-нибудь более подходящего случая.

Только что вернулась домой. Долго таскалась вокруг «Теско Метро», а потом взбиралась по лестнице с восемью пакетами в руках. Ох, как устала, хмфф!.. Почему-то получается, что в супермаркет всё время хожу я. Приходится быть одновременно работающей женщиной и домохозяйкой, как в семидесятые годы. О-о-ох, автоответчик мигает...

— Бриджит! — Голос Ричарда Финча. — Я хочу видеть тебя в моём кабинете завтра в девять часов, перед летучкой. Девять утра, а не вечера. Утро, дневной свет! Не знаю, как ещё объяснять... Просто, чёрт возьми, сделай так, чтобы ты там была!

Голос не сулит ничего хорошего. Надеюсь, я не столкнусь с невозможностью обладания одновременно приличной квартирой, неплохой работой и недурным бойфрендом. Что ж, придется показать Ричарду Финчу, что такое журналистская прямота. Так, пора начинать всё готовить. Ох, как я устала!

20.30. Удалось взбодриться благодаря шардонне. Распихала по местам всё, что валялось, зажгла камин и свечи, приняла ванну, вымыла голову, накрасилась и надела оч. сексуальные черные джинсы и водолазку-лапшу. Не очень удобно: джинсы и водолазка так и врезаются в тело, но выглядят очень мило, а это важно. Как говорит Джерри Холл, женщина должна быть кулинаркой на кухне и соблазнительницей в гостиной. Или другой какой-нибудь комнате.

20.35. Ура! Будет милый, уютный, сексуальный вечер, с вкуснейшей пастой, лёгкой, но питательной, и с огнём в камине. Я — то, что надо: гибрид деловой женщины и домашней подруги.

20.40. Где же он, чёрт возьми?!

20.45. Грр! Какой смысл скакать по дому, как обваренная блоха, если он собирается заплывать сюда, когда ему заблагорассудится?

20.50. Проклятый Марк Дарси, раз так... Звонок!

В рабочем костюме, с расстёгнутой верхней пуговицей на рубашке, — привлекателен бесподобно. Только вошёл, сразу отбросил кейс, обнял меня и покружил в маленьком сексуальном танце.

— Как приятно снова видеть тебя! — прошептал мне куда-то в волосы. — Мне очень понравился твой репортаж — фантастический урок дамской верховой езды.

— Не надо! — Я оттолкнула его. — Это было ужасно.

— Это было гениально! — возразил Марк. — Веками люди ездили на лошади вперёд, а тут единственный конструктивный репортаж — и женщина, одна, навсегда меняет лицо, а может, зад британского искусства верховой езды. Потрясение основ, триумф! — Он устало опустился на диван. — Валюсь с ног... Проклятые индонезийцы! Сделать прорыв в области прав человека — это, по их понятиям, сказать кому-то, что он арестован, в тот момент, когда они стреляют ему сзади в голову.

Налила Марку бокал шардонне и поднесла на манер секретарши Джеймса Бонда, со словами, сопровождавшимися успокаивающей улыбкой:

— Ужин скоро будет готов.

— О боже! — Марк испуганно огляделся, будто в микроволновке прятались представители дальневосточных властей. — Ты что-то готовила?

— Да! — гордо подтвердила я.

По идее он должен быть польщён! К тому же не обратил особого внимания на мой соблазнительный наряд.

— Иди сюда! — Марк похлопал рукой по дивану. — Я просто тебя поддразниваю.

Так приятно прижаться к нему, но паста уже готовится шесть минут – разварится ведь...

– Я только взгляну, как там паста, – извинилась я, высвобождаясь.

Тут зазвонил телефон, бросаюсь к нему – просто по привычке – вечно жду звонка.

– Привет, это Шерон. Как дела с Марком?

– Он здесь! – шепчу, не разжимая рта, чтобы не прочитал по губам.

– Что-что?

– ...Нздесь, – повторяю со стиснутыми зубами.

– Да-да, – Марк ободряюще кивает, – мне и самому ясно, что я здесь. Это не то обстоятельство, которое нам стоит таить друг от друга.

– О'кей, послушай, – взволнованно заговорила Шерон, – мы не утверждаем, что все мужчины – обманщики. Но все они только и думают... эти желания снедают их постоянно. Мы-то стараемся сдерживать свои сексуальные побуждения...

– Понимаешь, Шез, я как раз сейчас делаю пасту...

– О, как раз готовишь пасту, вот оно что! Надеюсь, ты не превращаешься в Самодовольную-Не-Одинокую-Женщину? Ты только послушай – и самой захочется вбить это ему в голову!

– Не вешай трубку! – Нервно оглядываюсь на Марка; иду снимаю пасту с огня и возвращаюсь к телефону.

– О'кей! – возбужденно продолжает Шез. – Иной раз инстинкты берут верх над самым высокоорганизованным интеллектом. Мужчина так устроен, что, если у его женщины большой бюст, он пялится, пристает или спит с той, у которой бюст маленький. Ты, к примеру, можешь и не считать, что разнообразие придает жизни остроту, но поверь, твой бойфренд думает именно так.

Марк уже барабанит пальцами по ручке дивана...

– Шез...

– Подожди, подожди... У меня тут книжка, называется «Чего хотят мужчины». Вот... «Если у тебя красивая сестра или подруга, все окружающие уверены: твой бойфренд воображает, как занимается с ней сексом». – Последовала выжидательная пауза.

Марк между тем жестами изображал перерезание горла и спускание воды в туалете.

— Ну как, не отвратительно? Разве они всегда не...

— Шез, можно я тебе потом перезвоню?

В ответ Шез обвинила меня в помешательстве на мужчинах, когда все считают меня феминисткой. А я ей: раз уж она настолько ими не интересуется, зачем читает книжку «Чего хотят мужчины». Разговор уже стал превращаться в далекую от феминизма ссору из-за мужчин, но тут до нас дошла вся нелепость этой перепалки, и мы договорились встретиться завтра.

— Ну вот! — радостно объявила я, присаживаясь рядом с Марком на диван.

Увы, пришлось быстренько подняться — на что-то села, оказалось — пустая коробочка из-под йогурта.

— Ну-у-у?.. — вопросительно протянул Марк, счищая йогурт с моей попки.

Уверена, не так уж сильно я запачкалась, чтобы так усердствовать, но приятно... ммм...

— Так что, поужинаем? — предложила я, пытаясь не отвлекаться от поставленной задачи.

Только положила пасту в кастрюлю и залила соусом, — снова телефон. Решила не обращать на него внимания, пока не поедим, но тут щелкнул автоответчик и послышался срывающийся голос Джуд:

— Бридж, ты дома? Возьми трубку, возьми трубку! Давай, Бридж, пожа-а-а-алуйста!

Взяла, а Марк схватился руками за голову. Дело в том, что Джуд и Шез помогали мне в течение многих лет, ещё тогда, когда мы с Марком даже не были знакомы, — и нехорошо сейчас не ответить на телефонный звонок.

— Привет, Джуд!

Джуд ходила в спортивный зал, где ей попалась какая-то газета с одной заметкой: автор называл одиноких женщин в возрасте за тридцать «отставшими от жизни».

— Этот парень, знаешь что пишет? Девушки, которые не желали встречаться с ним в свои двадцать, хотят его теперь, но он уже их не хочет, — жаловалась Джуд. — Теперь они помешаны на устроенности и на детях, а у него правило: «Не старше двадцати пяти».

— Ой, ну что ты! — весело рассмеялась я, пытаясь бороться с некоторой неустроенностью в собственном желудке. — Это полная чушь! Никто не считает тебя отставшей от жизни. Вспомни всех этих банкиров, которые тебе названивают. Как у тебя со Стейси и Джонни?

— Ах, — вздохнула Джуд, хотя голос её звучал бодрее, — вчера вечером мы повеселились с Джонни и его друзьями из «Кредит Свис». Кто-то рассказал забавную историю о парне, который перепил в индийском ресторане, а потом потерял сознание и ушел в эфир. А Джонни воспринял всё буквально и отреагировал так: «Боже, какой ужас! Я знал одного болвана, который однажды переел индийской пищи, и всё кончилось язвой желудка». — Она засмеялась.

Ясно, кризис позади. В общем-то, ничего страшного, просто иногда у неё бывает нечто вроде параноидальных приступов. Мы ещё немного поболтали, и Джуд явно восстановила уверенность в себе. Возвращаюсь за стол, к Марку: паста представляет собой не совсем то, что я планировала, — распухла и в белой жидкости...

— Мне нравится, — ободрил меня Марк. — Люблю такое — длинное, молочное... ммм...

— Как ты думаешь, может, нам лучше заказать пиццу, а? — Я чувствовала себя неудачницей и пройденным материалом.

Мы заказали пиццу и съели её перед камином. Марк поведал мне всё про индонезийцев. Слушая, я осторожно выражала свое мнение и предлагала советы, — по его словам, «очень интересные и свежие». В свою очередь изложила Марку свои сомнения по поводу надвигающейся кошмарной встречи с Ричардом Финчем. Он дал мне дельную рекомендацию — продумать, что я хочу получить от этой встречи, и посоветовать Ричарду посетить кучу всяких мест, вместо того чтобы увольнять меня. Объясняю ему — это точь-в-точь менталитет победителя, описанный в книжке «Семь привычек преуспевающего человека», и тут снова зазвонил телефон.

— Да ну его, — высказался Марк.

— Бриджит, это Джуд, возьми трубку! Кажется, я совершила большую ошибку — позвонила Стейси. А он не перезвонил.

Я взяла трубку.

— Ну... может быть, его нет дома.

— Скорее, у него не все дома, да и у вас тоже, — прокомментировал Марк.

— Тихо! — прошипела я, пока Джуд рассказывала мне свою историю. — Послушай, наверняка он позвонит завтра. Если нет, вспомни стадию отношений из книги «Свидание Марса и Венеры». Он оттянут, как марсианский попрыгунчик на резинке, а ты дай ему почувствовать свое влечение и притяни обратно.

Когда я положила трубку, Марк смотрел футбол.

— Попрыгунчики на резинках и победители марсиане, — усмехнулся он. — Прямо поле военных действий на чужой территории.

— А ты не обсуждаешь со своими друзьями личные дела?

— Не-а, — отозвался Марк, переключая пультом программы с одного футбольного матча на другой.

Я в восторге уставилась на него.

— Тебе не хочется заняться сексом с Шеззер?

— Прости?

— Тебе не хочется заняться сексом с Шеззер и Джуд?

— Да я бы с радостью! Ты имеешь в виду — по отдельности? Или с обеими вместе?

Стараясь не обращать внимания на его игривый тон, я настаивала:

— Когда на Рождество ты познакомился с Шеззер, у тебя не возникло желания переспать с ней?

— Так... Но ведь я уже спал с тобой.

— Но тебе приходила в голову эта идея?

— Ну... в голову приходила.

— Что-о?! — взорвалась я.

— Она очень привлекательна... Странно, если б не пришла. — И Марк как-то бессердечно усмехнулся.

— А Джуд, — возмущенно допытывалась я, — переспать с Джуд — это приходило когда-нибудь в твою голову?

— Ну, время от времени, мимолётно... Но ведь тут просто человеческая натура.

— «Человеческая натура»?! Мне вот никогда не приходило в голову переспать с Джайлсом или Найджелом из твоего офиса.

— Не-ет, — пробормотал Марк, — вряд ли это вообще кому-нибудь придет в голову, вот что трагично. Кроме разве что Джоза из отдела корреспонденции.

Убрали тарелки и стали целоваться на ковре — опять телефон.

— Не обращай внимания! — взмолился Марк. — Ради бога и всех его серафимов, святых, архангелов, обитателей облаков и подстригателей бороды, — не обращай внимания!

Автоответчик уже мигает ... Марк роняет голову на пол. И тут раздается мужской голос:

— Эмм... привет. Это Бенвик Джайлс, друг Марка. Его, наверно, здесь нет? Дело в том... — неожиданно голос сорвался, — моя жена только что сказала, что хочет развестись, и...

— Боже мой! — Марк вскочил и схватил трубку с выражением настоящего ужаса на лице. — Джайлс, боже! Спокойно... эмм... а-а... эмм... Джайлс, я лучше передам трубку Бриджит.

Не знаю, кто такой этот Джайлс, но думаю, что дала ему хороший совет. Мне удалось успокоить его и порекомендовать пару-тройку полезных книжек. После этого мы с Марком отлично провели время в постели; я чувствовала себя уютно и надёжно, положив голову ему на грудь, а все эти беспокойные теории казались несущественными.

— Я отсталая? — уже засыпая осведомилась я, когда он наклонился задуть свечку.

— «Отсталая»? Нет, дорогая. — И Марк успокаивающе похлопал меня по попе. — Немного странная, пожалуй, но не отсталая.

2

Медуза на свободе

28 января, вторник

128 фунтов; сигарет, выкуренных при Марке, – 0 (оч. хор.); сигарет, выкуренных тайком, – 7; сигарет невыкуренных – 47* (оч. хор.).

* То есть чуть было не закурила, но вспомнила, что бросила, так что именно эти 47 сигарет я в результате не выкурила. Таким образом, это не то число сигарет, которое не выкурено в целом мире (такое число было бы слишком преувеличенным).

8.00. Моя квартира. Марк поехал к себе переодеться перед работой; можно немного покурить, собрать все внутренние ресурсы и выработать психологию победителя перед встречей с Финчем. Итак, то, что я создаю, – чувство спокойствия и равновесия и… Ха-а-а! Звонок в дверь.

8.30. Подрядчик Магды – Гари. Чёрт, чёрт, чёрт! Совсем забыла, что он должен прийти.

– А! Супермастер! Привет! Не могли бы вы вернуться минут через десять? Я тут кое-что ещё не закончила, – бодро отозвалась я и съёжилась на полу в ночной рубашке, обхватив руками колени.

Что же такое я не закончила? Секс? Суфле? Вазу на гончарном круге – её нельзя оставить, а то будет неправильной формы?

Волосы ещё не высохли, когда звонок раздался снова, но я по крайней мере оделась. На меня нахлынуло чувство вины, ибо Гари явно ухмыльнулся: вот декадентский образ жизни у этого среднего класса – праздно валяются в постели, в то время как весь народ, знающий тяжёлую работу не понаслышке, уже так давно на ногах, что пора на ланч.

– Не хотите чая или кофе? – вежливо поинтересовалась я.

— Да, чашку чая. Четыре ложки сахара, но не размешивать.

Пристально гляжу на него — шутит или это всё равно что курить, не затягиваясь, — киваю:

— Хорошо, хорошо, — и начинаю готовить чай.

Гари усаживается за кухонный стол и закуривает. К несчастью, когда приходит время наливать чай, вспоминаю, что в моем доме нет ни молока, ни сахара.

Гари недоверчиво на меня смотрит, изучая батарею пустых бутылок из-под вина.

— Нет молока и сахара?

— Молоко... э-э-э... как раз закончилось... И вообще... никто из моих знакомых не пьет чай с сахаром... хотя, конечно, это здорово... э-э-э... с сахаром... — путаюсь я. — Сейчас сбегаю в магазин.

Возвращаюсь, ну, думаю, Гари уже успел как-нибудь достать из своего фургона инструменты. Но он всё ещё сидит на кухне. Начинает травить длинную, запутанную историю — как ловил карпов на водохранилище в окрестностях Хендона. Подобное бывает на бизнес-ланчах: все долго болтают на темы, не относящиеся к делу, неудобно же разрушать иллюзию очаровательной, чисто светской беседы, а до существа дела так и не добираются.

Через некоторое время обрываю бесконечную, невразумительную рыбацкую байку:

— Ладно! Давайте-ка покажу вам, что нужно сделать.

Тут же понимаю, что совершила грубую, оскорбительную ошибку, намекнув: «Вы, Гари, интересуете меня вовсе не как мужчина, а всего лишь как исполнитель работ». Тут в порядке компенсации приходится позволить возобновить рыбацкую историю.

9.15. Офис. Врываюсь на работу в истерике, опоздав на пять минут, — проклятого Ричарда Финча нигде нет. Хотя это хорошо: у меня есть время спланировать свою защиту. Странно, офис абсолютно пуст! Теперь ясно: в большинстве случаев, когда я паникую из-за того, что опаздываю, и думаю, что все давно здесь и читают газеты, они точно так же опаздывают, только чуть меньше, чем я.

Так, надо записать ключевые фразы перед встречей, — как говорит Марк, прояснить всё в голове. «Ричард, подвергать издевательствам мою журналистскую честность...»; «Ричард, как вы знаете, я очень серьезно отношусь к своей профессии тележурналиста...»; «Почему бы вам не отправиться ко всем чертям, жирный...»

Нет, нет! Как советует Марк, продумай, чего ты хочешь и чего хочет он, и мысленно настройся победить, как рекомендуется в книге «Семь привычек преуспевающего человека». Ха-а-а-а-а!

11.15. Ричард Финч прогалопировал в офис спиной, будто сидел на лошади.

— Бриджит! Так. Хоть ты и с придурью, но на этот раз вышла сухой из воды. Им там, наверху, понравилось. Они в восторге, в восторге. Нам сделали предложение. Я думаю, девочка-кролик; я в размышлении, Гладиатор; я углубляюсь в мысли, кандидат в члены парламента. И вот что придумал: Крис Сёрл встречается с Джерри Спрингером, с Аннекой Райс; встречается с Джо Боллом и с Майклом Смитом из шоу «Поздний завтрак».

— Что?! — в негодовании воскликнула я.

Выяснилось, что состряпан некий унизительный проект, согласно которому каждую неделю мне придётся пробоваться в новой профессии, переодеваться в соответствующую спецодежду, а затем выставлять себя круглой дурой. Естественно, я довела до сведения Ричарда, что, как серьезный, профессиональный журналист, не собираюсь заниматься такого рода проституцией. В результате он долго сквернословил и пригрозил, что обдумает, насколько велика моя ценность для программы, если таковая вообще есть.

20.00. Весь рабочий день прошёл в высшей степени глупо. Ричард Финч пытался заставить меня появиться в программе в таком виде: я — в коротких шортах, рядом — большая фотография Ферджи, облачённого в спортивный костюм. Очень старалась проявить в этой ситуации психологию победителя — отвечала, что польщена, но не лучше ли взять какую-нибудь настоящую модель. И тут секс-бог Матт из отдела графики притащил снимок и вежливо поинтересовался:

— Хочешь, мы с плёнки уберём целлюлит?

— Да-да, если сможете, то же самое сделайте с Ферджи, — отозвался Ричард Финч.

Вот, это уже слишком. Заявила Финчу: в моём контракте не предусмотрено, чтобы надо мной издевались прямо на экране, и я решительно отказываюсь всем этим заниматься.

Вернулась домой поздно, обессиленная, и обнаружила, что мастер Гари всё ещё там; весь дом провонял подгоревшими тостами, повсюду грязная посуда и валяются журналы «Почта рыболова» и «Простой рыбак».

— Что вы об этом думаете? — Гари гордо кивнул на своё произведение.

— Здорово! Здорово! — воскликнула я, чувствуя, что губы мои глупо искривились. — Вот одно только... как по-вашему, не могли бы вы сделать так, чтобы все опоры оказались на одной линии?

Полки и впрямь висели дико, хаотично — опоры то тут, то там, и везде на разном уровне.

— Д-да ... ну, понимаете, всё дело в электрическом кабеле: если просверлить стену вот здесь — возможно короткое замыкание, — стал оправдываться Гари.

Тут зазвонил телефон.

— Да?

— Привет, это штаб-квартира любовного фронта? — Марк звонил по мобильному.

— Единственное, что я могу сделать, — это снять их, а дырки заткнуть... — невнятно бормотал Гари.

— У тебя там кто-то есть? — протрещал голос Марка, заглушаемый уличным гулом.

— Нет, это просто... — чуть не сказала «рабочий», но, чтобы не обижать Гари, закончила: — Гари, друг Магды.

— А что он у тебя делает?

— ...И тогда вам придётся тут заново штукатурить, — продолжал бубнить Гари.

— Слушай, я сейчас в машине. Хочешь пойдем сегодня куда-нибудь поужинаем вместе с Джайлсом?

— Я же говорила — встречаюсь с подругами.

— О боже! Подозреваю, что буду расчленен, проанатомирован и тщательно проанализирован.

— Нет, не будешь...

— Не клади трубку: проезжаю под мостом... — Треск, треск, треск. — Вчера встретил твою подругу Ребекку. Кажется, очень мила.

— Не знала, что ты знаком с Ребеккой. — У меня перехватило дыхание.

Ребекка не совсем моя подруга, разве что ходит в «192» со мной, Джуд и Шез. Всё дело в том, что Ребекка — медуза. Разговариваешь с ней, всё, кажется, мило, дружелюбно, и вдруг чувствуешь, что тебя будто ужалили, и не понимаешь даже, в чём дело. Беседуем, например, о джинсах, и она ни с того ни с сего говорит: «Ну, если ты носишь целюллитные колготки, лучше всего покупать что-нибудь очень хорошего кроя, например, «Дольче и Габбана» (при этом у самой бедра, как у детеныша жирафа), и как ни в чём не бывало тут же переходит на другую тему.

— Бридж, ты слушаешь?

— Где... где ты встретил Ребекку? — спрашиваю я высоким, придушенным голосом.

— Она была вчера вечером на вечеринке у Барки Томпсона и сама представилась.

— «Вчера вечером»?

— Да, я заскочил туда по дороге, ты ведь задерживалась.

— И о чём вы говорили? — поинтересовалась я, — от моего внимания не укрылось, что Гари, с сигаретой, торчащей изо рта, уже подхихикивает надо мной.

— Э-э-э... ну, она спрашивала о моей работе... очень тепло отозвалась о тебе, — ответил Марк небрежно.

— И ч-что она с-сказ-зала?.. — прошипела я.

— Что у тебя легкий нрав...

«Легкий нрав» — это в устах Ребекки равноценно высказыванию: «Бриджит спит со всеми подряд и принимает наркотики».

— Вообще-то, можно построить каркас, тогда будут держаться, — снова активизировался Гари, как будто никто и не разговаривал по телефону.

— Ладно, не буду задерживать, раз у тебя кто-то есть, — вышел из положения Марк. — Желаю приятно провести время. Перезвонить тебе попозже?

— Да-да, поговорим потом. — Положила трубку; и в голове у меня всё перемешалось.

— Что, завёл себе ещё кого-то? — крайне некстати внёс Гари полную ясность в ситуацию.

Метнула на него свирепый взгляд.

— Как всё-таки насчёт полок?

— Ну, если вам угодно, чтобы они были на одной линии, придётся передвинуть эти ваши полки, а это значит — ободрать штукатурку, чтобы выровнять тут пространство три на четыре. Вот сказали бы вы мне, что желаете эту симметрию, до того, как я начал... — И оглядел кухню. — Так вы принесли какую-нибудь еду?

— Всё прекрасно, просто чудесно — именно так, как есть, — одобрила я.

— Если рискнёте приготовить для меня кастрюльку вон той пасты...

Только что заплатила Гари за его безумные полки 120 фунтов наличными, лишь бы убрался из моего дома. О боже, как я опаздываю! Чёрт, телефон...

21.05. Звонил папа — необычно: в нормальных ситуациях он предоставляет маме право осуществлять телефонную связь.

— Звоню просто узнать, как у тебя дела. — Голос какой-то не такой, как всегда.

— У меня всё прекрасно, — забеспокоилась я. — А у тебя?

— О да, да, вполне. Всё вожусь в саду, знаешь... очень занят, хотя, конечно, зимой там не особо много работы... Ну, как вообще всё?

— Прекрасно, — повторила я. — У тебя всё хорошо?

— О, да-да, абсолютно. Эмм... а работа? Как на работе?

— На работе отлично. То есть я хочу сказать, всё катастрофично. Но с тобой правда всё в порядке?

— Со мной? О да, прекрасно. Скоро, конечно, снег пойдёт, полетит, западает, засыплет... Так у тебя всё в порядке, да?

— Да, в порядке. Но как всё-таки твои дела?

Ещё несколько минут мы бродили в лабиринте этого беспредметного разговора, пока наконец я не спросила прямо:

— А как мама?

— Ах! Ну, она... она... ах!.. — Длинная, болезненная пауза. — Она едет в Кению, с Юной.

Весь ужас в том, что история с турагентом-португальцем Хулио произошла после того, как мама последний раз ездила в отпуск с Юной.

— А ты едешь?

— Не-ет, не-ет! — взревел папа. — У меня нет ни малейшего желания сидеть и получать рак кожи в каком-нибудь кошмарном анклаве, прихлёбывать пину-коладу и смотреть, как полуголые дикарки-стриптизёрши предлагают себя похотливым нахалам у буфетной стойки с вчерашним завтраком.

— А она звала тебя?

— Ах... Ну, видишь ли, нет. Твоя мать постоянно твердит: она независимый человек, наши деньги — это её деньги, и она должна иметь возможность свободно познавать окружающий мир и саму себя по первому желанию.

— Что ж, по-моему, пока она придерживается этих двух направлений, — рассудила я. — Она любит тебя, папа. Ты же убедился в этом... — чуть не сказала «в прошлый раз», но быстро исправилась, — на Рождество. Ей просто немного не хватает новых впечатлений.

— Знаю, Бриджит, но есть кое-что ещё. Нечто совершенно ужасное. Можешь ты чуть-чуть подождать?

Смотрю на часы: уже должна быть в «192», а мне так пока и не удалось предупредить Джуд и Шез, что придёт Магда. Смешивать друзей, находящихся по разные стороны брака, чаще всего — признак вежливости, но Магда совсем недавно родила. У меня опасения, что это не совсем благотворно подействует на состояние Джуд.

— Прости, я только закрыл дверь. — Папа вернулся к телефону. — Так вот, — продолжал он, понизив голос, — я случайно подслушал, как сегодня мама беседовала по телефону, — я понял, договаривалась насчёт отеля в Кении. И она сказала... она сказала...

— Так, так, спокойно. Что она сказала?

— Она сказала: «Нам не надо на двоих, и не больше пяти футов. Мы хотим хорошо отдохнуть».

Боже праведный!

— Ну? — Бедный папа уже всхлипывал. — Что мне теперь, стоять в сторонке и позволять собственной жене нанимать себе жиголо на время путешествия?..

На какое-то время я впала в замешательство. Ни в одной из моих книг нигде не сказано, что можно посоветовать собственному отцу по поводу предполагаемого намерения собственной матери нанять жиголо.

В результате я решилась: попыталась помочь папе повысить самооценку, попутно предложила какое-то время спокойно держаться на расстоянии, всё обдумать, а утром обсудить с мамой. При этом прекрасно понимала, что сама была бы абсолютно не способна последовать подобному совету.

К тому времени я уже окончательно опоздала. Объяснила папе: у Джуд кое-какие проблемы.

— Беги, беги! Поговорим, когда будет время. Не о чем беспокоиться! — преувеличенно бодро провозгласил он. И добавил странным, сдавленным голосом: — Пойду лучше в сад, пока нет дождя.

— Папа, — напомнила я, — сейчас девять вечера, середина зимы.

— Ах, верно, — отозвался он. — Ну и чудно. Тогда лучше пойду выпью виски.

Надеюсь, с ним всё будет в порядке.

29 января, среда

131 фунт (ха-а-а! Но, возможно, столько весит бочка вина, которая у меня внутри); сигарет — 1 (оч. хор.); работа — 1; бойфрендов — 1 (держусь молодцом).

5.00. Никогда, больше никогда в жизни не буду пить!

5.15. Вчерашний вечер вспоминается в отдельных фрагментах, что несколько тревожит.

После спринтерской пробежки под дождём примчалась в «192»: Магда, слава богу, еще не пришла, а Джуд уже в таком состоянии, когда эмоции нарастают как снежный ком, а мелкие неприятности превращаются в страшные трагедии, от чего специально предостерегают в книге «Как не делать из мухи слона».

— У меня никогда-а не будет дете-ей, — канючила Джуд, тупо уставившись прямо перед собой. — Я «отставшая от жизни»; тот парень говорит, женщины за тридцать — это всего лишь ходячие пульсирующие яйцеклетки.

— Ох, ради бога! — взорвалась Шез, потянувшись за шардонне.

— Ты что, не читала «Ответный удар»? Да он просто бессовестный писака — пережёвывает антиженскую пропаганду, распространенную среди английского среднего класса; цель — держать женщин в подчинении, как рабов! Надеюсь, он уже начал лысеть.

— Да, но теперь, если я встречу кого-нибудь нового, просто не успею сформировать с ним отношения и убедить его, что он хочет детей! Они ведь никогда их не хотят, пока не заимеют.

Лучше бы Джуд не заводила на людях разговор о биологических часах. Ясно, все втайне беспокоятся о таких вещах, но делают вид, что этой унизительной ситуации не существует. Вынесение данной проблемы на обсуждение в «192» лишь заставляет паниковать и чувствовать себя ходячим стереотипом.

К счастью, Шеззер понесло:

— Слишком много женщин тратят понапрасну молодость, рожая детей в двадцать, тридцать, сорок лет, а ведь могли был заняться собственной карьерой! Посмотрите на ту даму из Бразилии, которая родила в шестьдесят!

— Ура! — откликнулась я. — Никто никогда не хочет рожать детей, но это всегда собираешься сделать годика через два-три.

— Бесполезно, — мрачно изрекла Джуд. — Магда говорит, даже когда они с Джереми поженились, стоило ей заговорить о детях, как он отшучивался, заявляя, что она воспринимает всё слишком серьёзно.

— Даже после женитьбы?! — изумилась Шез.

— Да, — подтвердила Джуд, взяла сумку и в раздражении ушла в туалет.

— У меня отличная идея насчёт дня рождения

Джуд, – предложила Шез. – Что если подарить ей её собственную замороженную яйцеклетку?

– Ффф! – хихикнула я. – Тебе не кажется, что довольно затруднительно преподнести это в виде сюрприза?

И тут в зал вошла Магда, очень некстати, поскольку: а) я так и не предупредила девочек и б) была шокирована, поскольку со времени рождения третьего ребёнка видела Магду лишь однажды, – животик у неё ещё не совсем опал. Ее золотая блузка и бархатная повязка на голове представляли собой яркий контраст с повседневной, походно-спортивной одеждой всех остальных посетителей кафе.

Я как раз наливала Магде в стакан шардонне, когда появилась Джуд; перевела взор с живота Магды на меня, и облив презрением, поздоровалась грубовато:

– Привет, Магда! Когда ожидается?
– Я родила пять недель назад. – У Магды задрожал подбородок.

Знала ведь, что смешивать друзей разных типов – большая ошибка.

– Я кажусь настолько толстой? – шепнула мне Магда, как будто Джуд и Шез – наши враги.

– Нет, ты выглядишь великолепно, – успокоила я её, – ослепительно!

– Правда? – просияла Магда. – Просто нужно какое-то время, чтобы... ну, знаешь... сдуться. И потом, у меня был мастит...

Джуд и Шез вздрогнули. Ну почему Самодовольные Женатики женского пола так себя ведут, почему? То и дело пускаются в рассказы о кесаревых сечениях, швах и кровотечениях, токсикозах, опухолях и еще бог знает о чем, и притом так, как если бы вели лёгкую, остроумную светскую беседу.

– Так вот, – продолжала Магда, отпивая шардонне и лучась от счастья, будто её только что выпустили из тюрьмы. – Уони посоветовала положить в лифчик пару листов капусты, обязательно савойской, – они часов за пять высасывают инфекцию. Конечно, немного неудобно. И Джереми слегка раздражало, когда я ложилась в постель со всем этим кровотечением... и полным лифчиком сырых капустных листьев. Но мне стало гораздо лучше! Почти весь кочан использовала.

Наступила ошеломляющая пауза. Я в тревоге оглядела стол, но Джуд, кажется, неожиданно приободрилась, пригладила короткий топик от Донны Каран, маняще блеснула колечком в проколотом пупке и выпятила маленькую грудь идеальной формы. Шеззи тем временем поправляла бюстгальтер.

— Ладно, что ж это я всё о себе... Как у вас-то дела? — спохватилась Магда, будто прочитала одну из этих разрекламированных в газетах книжек, с изображением чудного мужчины, на вид лет пятидесяти, и заголовком «Умеете ли вы поддержать разговор». — Как Марк?

— Он прелесть! — радостно воскликнула я. — У меня такое чувство, что...

Джуд и Шеззер переглянулись. Я сообразила, что мои слова, видимо, прозвучали очень самодовольно.

— Только вот... — сменила я курс.

— Что? — Джуд вся подалась вперёд.

— Да может, и ничего. Звонил мне сегодня, сказал, что встретил Ребекку.

— Что-о-о?! — взревела Шеззер. — Чёрт, да как он смеет?! Где?

— Вчера на вечеринке.

— Что он делал вчера на вечеринке?! — взвизгнула Джуд. — С Ребеккой и без тебя!

Ура! Вдруг всё стало, как в старые добрые времена. Мы тщательно проанализировали тон телефонного разговора, мои ощущения и возможную значимость того, что Марк явно приехал ко мне прямо с вечеринки, однако не упомянул ни про неё, ни про Ребекку, пока не прошли целые сутки.

— Навязчивое Упоминание, — заключила Джуд.

— Что-что? — переспросила Магда.

— Ну, знаешь, это когда кто-то постоянно упоминает чьё-то имя без особой причины: «Ребекка говорит то-то» или «А у Ребекки такая-то машина».

Магда примолкла, и я поняла почему. В прошлом году часто говорила мне, что кое в чём подозревает Джереми. Потом вдруг выяснила, что у него роман с какой-то девушкой в Сити. Я протянула Магде сигарету.

— Понимаю, что ты имеешь в виду. — Она сунула сигарету в рот и кивнула мне с благодарностью. — А почему это он всегда приезжает к тебе? По-моему, у него огромный дом в Холлэнд-парк?

— Ну да, но он, кажется, предпочитает...

— Хмм... — задумалась Джуд. — Ты читала «Как не попадать в зависимость от мужчины неспособного к действию?»

— Нет.

— Поехали потом ко мне. Я тебе покажу.

Магда взглянула на Джуд, как Пятачок, который надеется, что Винни-Пух и Тигра возьмут его с собой на прогулку.

— Может, ему просто хочется уклониться от уборки и хождения по магазинам, — торопливо предположила она. — Никогда не встречала мужчину, который втайне не считал бы, что за ним должны ухаживать, как его мама ухаживала за папой, каким бы там развитым он ни притворялся.

— Это верно, — прорычала Шеззер.

Магда так и засветилась от гордости.

К сожалению, разговор немедленно переключился на американца Джуд — не перезвонил ей, — и Магда сразу свела на нет все свои достижения.

— Честное слово, Джуд, — удивилась она, — не понимаю: ты имеешь дело с обвалом рубля, с постоянными бурями на бирже — и впадаешь в такое состояние из-за глупого мужчины!

— Понимаешь, Маг, — объяснила я, пытаясь загладить неловкость, — с рублем дело иметь гораздо проще, чем с мужчиной: он ведет себя по понятным и неизменным правилам.

— Считаю, тебе следует подождать пару дней, — раздумчиво посоветовала Шез. — Постарайся не нервничать, ну а потом, если он не позвонит, веди себя легко, изображай жуткую занятость, — мол, нет времени на разговоры.

— Минуточку, — вмешалась Магда, — если хочешь с ним поговорить, какой смысл ждать три дня, а потом заявлять, что у тебя нет времени? Почему бы тебе самой не позвонить ему?

Джуд и Шеззер изумленно воззрились на неё и скептически заулыбались — безумное предложение

Самодовольной Жены. Всем известно, что Анжелика Хьюстон в жизни никогда не позвонила бы Джеку Николсону, и вообще мужчины не выносят, если не оказываются охотниками.

Дальше всё пошло ещё хуже. Широко раскрыв глаза, Магда допытывалась у Джуд, почему, когда та встречает нужного ей мужчину, потерять его «так же легко, как с деревьев падают листья». В 10.30 Магда вскочила и объявила:

— Надо идти! Джереми вернётся в одиннадцать!

— На кой чёрт ты пригласила Магду? — пристала ко мне Джуд, когда та отошла на безопасное расстояние.

— Ей было одиноко, — виновато пояснила я.

— Н-да, верно... Пришлось посидеть пару часов одной, без своего Джереми, — усмехнулась Шеззер.

— Нельзя сидеть на двух стульях одновременно: быть в рядах Самодовольных Женатиков и рыдать из-за того, что ты не Одиночка, — рассудила Джуд.

— Честное слово, кинь её в жестокий мир современных отношений мужчины и женщины — съедят заживо, — проворчала Шез.

— Тревога, тревога! Ребекка, тревога! — провыла Джуд, уподобившись сирене, предупреждающей о ядерной атаке.

Вслед за ней мы выглянули в окно: рядом парковывался джип «мицубиси». В нём сидела Ребекка, одной рукой держась за руль, а другой прижимая к уху телефон. Непринуждённо выбросила из машины длинные ноги, выкатила глаза на какого-то прохожего, имевшего наглость оказаться рядом, перешла дорогу, не обращая ни малейшего внимания на тормозившие с визгом машины, — сделала легкий пируэт, будто объявляя: «Идите все к чёрту, это мое личное пространство!», с треском впечаталась в тяжело дышавшую леди с сумкой-тележкой и полностью её проигнорировала. Ворвалась в кафе, эффектным движением откинув с лица длинные волосы, они немедленно с шелестом легли обратно блестящей, волнистой завесой.

— О'кей, мне надо бежать! Целую! Пока-а-а! — пропела в мобильный Ребекка. — Привет, привет! — Перецеловала нас, уселась за столик и махнула официанту, чтобы принес стакан. – Как дела? Бридж, как у вас дела с Марком? Представляю, как ты рада, что у тебя наконец появился бойфренд.

«Наконец»... Грр! Первый укус медузы.

– Ты, наверно, на небесах от счастья, – воркующим голосом продолжала Ребекка. – Кажется, он берет тебя в пятницу на ужин в Юридическом обществе?

– Марк не говорил мне ни о каком ужине в Юридическом обществе.

– Ох, извини, я, видимо, влезла не в своё дело! – огорчилась Ребекка. – Уверена, он просто забыл. Или думает, это не совсем для тебя. Но я считаю – прекрасно справишься. Все наверняка решат, что ты очень мила.

Как потом уверяла Шеззер, Ребекка напоминала не столько медузу, сколько португальский военный корабль, который окружают рыбацкие лодочки, пытаясь оттащить обратно к берегу. Ребекка резко переходила от удара к удару, так что в результате мы втроем ретировались и поехали к Джуд.

– «Мужчина Неспособный к Действию не захочет принимать вас у себя в доме», – читала вслух Джуд, пока Шеззер возилась с кассетой фильма «Гордость и предубеждение», пытаясь найти то место, где Колин Фёрт ныряет в озеро.

– «Ему нравится приходить в вашу башню как странствующему рыцарю, без всяких обязательств, а потом он возвращается к себе в замок. Ему может позвонить кто угодно, и он может позвонить кому хочет не сообщая об этом вам. Он попадает в свой дом – где он может быть самим собой и только для себя».

– Слишком верно, – пробурчала Шез. – О'кей, идите сюда, сейчас нырнёт.

Тут мы все затихли, любуясь, как промокший насквозь Колин Фёрт, в прозрачной белой рубашке, вылезает из озера. Ммм, ммм...

– Во всяком случае, – придумала я в свою защиту, – Марк не мужчина, неспособный к действию. Он уже был женат.

– Что ж, это может означать, что он считает тебя женщиной на время, – вставила Джуд.

— Сволочь! — заплетающимся языком выругалась Шерон. — Ч-чёртовы сволочи! Уа-а, ау-у, вы только посмотрите на это!

Наконец я приползла домой, с надеждой бросилась к автоответчику — и остановилась в унынии: красная лампочка не горит, Марк не позвонил... О боже, уже 6.00, а мне надо ещё немного поспать.

8.30. Почему не позвонил? Почему? Хмм... я — уверенная в себе, способная, ответственная женщина, с чувством собственного достоинства. Моё самоуважение проистекает изнутри, а не... Подождите-ка, а может, телефон не работает?

8.32. Гудок вроде нормальный, но сейчас для проверки позвоню себе с мобильного. Если не работает — всё прекрасно.

8.35. Хмм... работает. Он ведь точно сказал вчера, что позвонит... Боже, телефон...

— О, привет, дорогая! Не разбудил?

Папа... Сразу почувствовала свою вину — ужасная, эгоистичная дочь, меня больше интересует собственный четырехнедельный роман, чем угроза тридцатилетнему браку родителей со стороны кенийских жиголо ростом выше пяти футов.

— Что случилось?

— Всё прекрасно! — Папа рассмеялся. — Сказал ей, что подслушал её разговор, и... оп-па-па — вот она сама.

— Честное слово, дорогая! — Мама выхватила трубку. — Не знаю, откуда у твоего папы возникают дурацкие мысли! Мы обсуждали кровати в номере!

Я улыбнулась — у нас с папой, ясное дело, мозгов не больше чем у дятла.

— В любом случае, — продолжала мама, — всё уже готово. Улетаем восьмого февраля! Кения — вообрази! Кругом ниггеров, как хвороста, и...

— Мама! — оборвала я её.

— Что, дорогая?

— Нельзя говорить «ниггеров», это расизм.

— Мы не собираемся ни из кого делать хворост, глупышка. У нас с папой центральное отопление.

— Если ты допускаешь подобные выражения, это может испортить отношения и...

— Фрр! Иногда ты за деревьями не видишь леса.

Ох, я тебе не говорила? Джули Эндерби снова беременна.

— Слушай, мне уже нужно идти, я...

Что происходит с мамами и телефонами: как только вы говорите, что вам надо идти, они вспоминают девятнадцать совершенно неотложных вещей, которые должны сказать вам именно в данную минуту.

— Да это у неё уже третий, — укоризненно сообщила мама. — Да, и ещё мы с Юной решили, что будем плавать на досках.

— Кажется, это называется серфинг, но я...

— Доски, лыжи, серфинг — какая разница, дорогая? Мёрл и Пёрсиваль в этом мастера. Ты знаешь его — он заведует ожоговым отделением в нортгемптонширской больнице. Ладно, и вот ещё что — вы с Марком приедете к нам на Пасху?

— Мам, мне надо идти, я опаздываю на работу! — взмолилась я.

В конце концов, потратив ещё десять минут на беспредметный разговор, я умудрилась избавиться от неё и с облегчением рухнула на подушку. Всё же меня немного беспокоит, что у мамы есть режим «онлайн», а у меня нет. У меня он был, но компания под названием «GBH» послала мне по ошибке 677 одинаковых бессмысленных сообщений, и с тех пор мне так и не удалось извлечь из этого режима хоть какую-то пользу.

30 января, четверг

131 фунт (тревога: кружевные трусики начали оставлять на теле следы); примеренных предметов сексуального белья — 17; приобретённых предметов невообразимо огромного, уродливого белья — 1; бойфрендов — 1 (но всё зависит исключительно от того, удастся ли скрыть от него жуткое новое бельё).

9.00. «Койнз-кафе», чашечка кофе. Ура, всё чудесно! Только что позвонил! Оказывается, звонил вчера вечером и не оставил сообщения — собирался перезвонить позже, но потом заснул. Немного подозрительно; однако пригласил меня завтра на юридическое собрание. А ещё Джайлс из его офиса сказал, я была очень мила по телефону.

9.05. Хотя страшновато, юристы и всё такое, — чёрный галстук... Спросила Марка, чего от меня там ожидают; он ответил: «Да ничего, Бриджит, не волнуйся. Просто посидим за столом и поедим — это мои друзья, с моей работы. Ты обязательно им понравишься».

9.11. «Ты обязательно им понравишься»... Уже подразумевается — мне готовят испытание. Тем более важно произвести хорошее впечатление.

9.15. Так, собираюсь смотреть на вещи позитивно. Намерена быть очаровательной: элегантной, оживлённой, красиво одетой. Хотя — ох! — у меня нет длинного платья. Может, Джуд или Магда одолжат. Итак, разработаем и подробно запишем боевой план действий.

План подготовки к этому самому ужину Юридического общества.

День первый (сегодня)
Программа приема пищи
1. Завтрак: фруктовый коктейль из апельсинов, бананов, груш, дыни или других сезонных фруктов (NB уже позавтракала капучино и шоколадным круассаном).
2. Легкая закуска: фрукты, но не слишком близко к ланчу, поскольку нужен час, чтобы ферменты сработали.
3. Ланч: салат с протеином.
4. Легкая закуска: сельдерей или брокколи. После работы иду в спортзал.
5. Легкая закуска после спортзала: сельдерей.
6. Ужин: курица «гриль» и овощи на пару.

18.00. Перед уходом из офиса. Сегодня вечером иду с Магдой покупать вечернее бельё, чтобы в короткий срок решить проблему фигуры. Магда обещала одолжить драгоценности и оч. элегантное длинное темно-синее платье. Чтобы хорошо в нём смотреться, по её словам, надо «кое-что подправить». Наверняка все кинозвёзды и т.п. надевают на премьеры корректирующее бельё. Правда, не смогу пойти в спортзал, но, учитывая недостаток времени, хорошее бельё гораздо важнее, чем занятия спортом. И ещё: в целом решила отказаться от нерегулярных посещений спортзала в пользу совершенно новой программы, которая начнется завтра с общей фитнес-оценки. Ясное дело, нельзя ожидать, чтобы за время, оставшееся до ужина, моё тело изменилось значительным образом, — ведь всё зависит лишь от белья, но по крайней мере это меня подбодрит. Ох, телефон...

18.15. Звонила Шеззер. Быстро рассказала ей о программе подготовки к юридическому ужину (включая и провал с пиццей на ланч), но когда дошла до фитнес-оценки, Шез, кажется плюнула в телефонную трубку.

— Не делай этого! — предупредила она замогильным шепотом.

Выяснилось, что Шез недавно прошла такую же фитнес-оценкус помощью огромной женщины-гладиатора, с неистово-рыжими волосами, по прозвищу Карборундум. Поставила Шеззер перед зеркалом посреди зала и заорала: «Жир с вашего зада перетек вниз и вытеснил жир на бедрах к сторонам — вот вам вьючные мешки!»

Меня охватывает ужас при одной мысли о женщине-гладиаторе. Всегда подозревала, что в один прекрасный день передача «Гладиаторы» выйдет из-под контроля, гладиаторы начнут пожирать людей, а продюсеры — подбрасывать христиан на съедение этой Карборундум и ей подобным. Шез говорит, что мне надо отказаться от своей идеи, но я считаю так: если, как это утверждает Карборундум, жир перетекает, можно сжимать и переделывать существующий жир в более приятные формы, — может быть, даже разные, в зависимости от ситуации. Не могу ничего с собой поделать — меня мучает вопрос: если бы я могла свободно распределять свой жир по организму, захотелось бы мне уменьшить его количество? Пожалуй, устроила бы себе пышную грудь и бедра и тоненькую талию. Но не слишком ли много надо жира, чтобы расположить его таким образом? И куда девать излишки? Например, толстые ноги или уши, а остальное тело идеально?

— Толстые губы — в самый раз, — предложила Шеззер, — но только не... — и перешла на брезгливый шепот, — не те губы.

Уф, иногда Шеззер просто отвратительна. Ладно, надо идти. Встречаюсь с Магдой в «Маркс и Спаркс» в 18.30.

21.00. Дома. Поход по магазинам лучше всего определить словом «учебный». Магда настойчиво махала передо мной кошмарными огромными трусами.

— Смотри, Бриджит, «нью корсетри»! Семидесятые, поясок! — восхищалась она, протягивая мне наряд серийного убийцы: шорты с широким поясом и жесткий лифчик из черной лайкры.

— Я такое не ношу, — просипела я уголком губ, — положи на место.

— Почему?

— Что если кто-нибудь... ну, нащупает это?..

— Честное слово, Бриджит! Бельё должно делать своё дело. Если ты надеваешь обтягивающее короткое платье или брюки на работу, например, — тебе нужно создать плавный контур. Никто не станет щупать тебя на работе, правда?

— Почему, ещё как станут, — возразила я, вспомнив, что обычно происходило на работе в лифте, когда я «встречалась» (если так можно назвать это безобразие, этот кошмар) с Даниелом Кливером.

— А как тебе вот это? — с надеждой пролепетала я, выбрав просто великолепный комплект: трусики и лифчик — из того же материала, что обычные чёрные колготки.

— Нет, нет! Это типичные восьмидесятые! Вот что тебе надо! — отрезала Магда, предлагая мне нечто похожее на мамины панталоны с подвязками.

— А вдруг кто-нибудь положит мне руку на юбку?

— Бриджит, в это невозможно поверить! — громко заговорила Магда. — Неужели ты встаешь по утрам с мыслью, что какой-то мужчина в течение дня случайно положит тебе руку на юбку? Ты совсем не контролируешь свою сексуальную жизнь?

— Конечно же, контролирую! — вызывающе ответила я, направившись к примерочной с целым ворохом жёсткого белья.

Кончилось тем, что я долго пыталась втиснуть себя в чёрную резиновую оболочку, которая долезла мне только до груди и всё время пыталась завернуться по краям, как непослушный презерватив.

— Вдруг Марк увидит меня в этом или нащупает?..

— Ты же не собираешься обжиматься с ним в клубе. Ты идёшь на официальный ужин, Марк там должен произвести впечатление на коллег. Он будет думать об этом, а не о том, чтобы щупать тебя.

Не уверена, что Марк вообще когда-нибудь думает о том, чтобы произвести на кого-либо впечатление, — он так уверен в себе. Но насчёт белья Магда права: надо быть гибкой и не зацикливаться на собственных узких взглядах на него!

Стоит пораньше лечь спать. Спортзал назначен на восемь утра. Мне в самом деле кажется, что меня подвергают сейсмическим изменениям.

31 января, пятница

130 фунтов; порций алкоголя — 6 (2)*; сигарет — 12 (0); калорий — 4284 (1500); неправд, рассказанных фитнес-тренеру — 14.

*Числами в скобках обозначены данные, сообщенные фитнес-тренеру.

9.30. Это так типично для новой культуры фитнес-клубов — личные тренеры ведут себя как обычные врачи, только без намёка на клятву Гиппократа.

— Сколько порций алкоголя вы употребляете за неделю? — поинтересовался Ребел, молодой фитнес-тренер, похожий на Бреда Питта.

В трусах и лифчике, я пыталась втянуть в себя живот.

— От четырнадцати до двадцати одной, — не задумываясь соврала я.

Он имел наглость вздрогнуть.

— Вы курите?
— Бросила, — промурлыкала я.

Тут Ребел многозначительно заглянул в мою сумку, где лежала пачка сигарет, ну и что?

— Сегодня, — твёрдо уточнила я.

В результате я стояла, а Ребел пинцетом исследовал мои жировые отложения.

— Сейчас сделаю отметки, просто чтобы видеть, что измеряю, — высокомерно объяснил он, расставляя мне фломастером по всему телу кружочки и крестики. — Сойдут, если потрёте спиртом.

Потом мне пришлось пройти в зал и проделать разные упражнения, сопровождавшиеся совершенно необоснованными зрительными и физическими контактами с Ребелом. Например, мы стояли, положив друг другу руки на плечи, Ребел приседал и шумно скакал по мату, а я делала неуклюжие попытки слегка согнуть колени. В результате у меня создалось впечатление, будто я прошла длинный, интимный сексуальный сеанс с Ребелом, и мы уже практически жених и невеста. Наконец приняла душ и оделась, а потом остановилась в нерешительности — надо бы вернуться в зал и осведомиться, когда он явится к ужину. Но, конечно, я ужинаю с Марком Дарси.

Оч. взволнована из-за ужина. Примерила наряд — выгляжу отлично: такие ровные, плавные линии, и всё благодаря тугим панталонам, — Марку о них совсем необязательно знать. И потом, почему бы мне не быть оч. хор. парой для выхода? Я — светская женщина, делаю карьеру и т.д.

Полночь. Наконец приехала в Гилдхолл; Марк, в бабочке и широком пиджаке, шагал из стороны в сторону перед входом. О-о-о, так здорово, если уже некоторое время встречаешься с кем-то, — и вдруг он предстаёт перед тобой как жутко привлекательный незнакомец; тогда хочется лишь одного — броситься домой и в безумии заниматься с ним любовью, будто только что познакомились. (Хотя, конечно, это не совсем то, что обычно делают люди, только что познакомившись.) Когда Марк заметил меня, вид у него сделался непритворно шокированный. Потом засмеялся, взял себя в руки и галантным, аристократичным жестом пригласил меня к дверям.

— Прости, опоздала! — выдохнула я.

— Нет, — отозвался он, — я соврал о важности события. — Он как-то странно посмотрел на меня.

— Что? — не поняла я.

— Ничего, ничего, — приветливо и ободряюще ответил Марк (как будто я лунатик, стою на крыше машины и держу в одной руке топор, а в другой — голову его жены) и провёл меня в дверь, услужливо распахнутую лакеем в ливрее.

Мы оказались в приёмной: высокие потолки, стены выложены тёмными панелями; вокруг тихо переговариваются пожилые мужчины в бабочках. Замечаю женщину в блестящей накидке — она как-то странно смотрит на меня. Марк тепло кивнул ей и шепнул мне на ухо:

— Почему бы тебе не проскользнуть в туалет и не посмотреться в зеркало?

Бросаюсь в туалет — вот ужас: в такси, в темноте, вместо румян положила на щёки темно-серые тени для глаз... А, такое с кем угодно может случиться, футляры-то одинаковые. Выхожу из туалета, тщательно оттерев щеки, — и в полном ужасе буквально прирастаю к полу: Марк разговаривает с Ребеккой...

На ней наряд кофейного цвета — платье из дорогого сатина, с открытой спиной, сидит как перчатка, и никаких корсетов. Чувствую себя, как однажды мой папа: во время какого-то праздника в Графтон Андервуд он выставил на конкурс торт; подходит к столу после судейской комиссии, а на торте табличка с надписью: «Не соответствует условиям конкурса».

— Это было так весело! — со смехом щебетала Ребекка, нежно заглядывая Марку в лицо. — О, Бриджит, — обратилась она ко мне, когда я подошла, — как поживаешь, милая? Волнуешься? — И чмокнула меня в щёку.

Инстинктивно я попыталась отстраниться.

— Волнуется? — удивился Марк. — Почему Бриджит, воплощение внутреннего достоинства, должна волноваться? Правда, Бридж?

На секунду мне показалось, что лицо Ребекки исказилось в раздражении, но она тут же взяла себя в руки и воскликнула:

— Ах, как это мило! Я так счастлива за вас! — и плавно удалилась, исподтишка осторожно взглянув на Марка.

— По-моему, очень мила, — определил Марк. — Всегда очень мила и интеллигентна.

«Всегда»? Я задумалась. Мне казалось, он и встречался с ней лишь пару раз. Марк провел рукой в опасной близости от моего корсета — пришлось отпрыгнуть. К нам приблизились двое напыщенных юристов и принялись поздравлять Марка с чем-то, что он сделал с каким-то мексиканцем. Он вежливо поболтал с ними, затем искусно их отшил, и мы прошли в обеденный зал.

Всё было оч. впечатляюще: тёмное дерево, круглые столы, свечи, мерцание хрусталя. Проблема была в том, что каждый раз, как Марк клал руку мне на талию, приходилось отскакивать.

За нашим столиком уже сидело множество невероятно важных юристов, в возрасте за тридцать. То и дело раздавались взрывы хохота, все старались превзойти друг друга, выдавая всяческие легкие остроты, — видимо, как верхушки огромных айсбергов, у которых подводная часть — глубокое знание законов и времени.

— Как узнать, что ты попал в зависимость от интернета?

— ...И ты понимаешь, что не можешь определить пол трех своих лучших друзей.

— Ха-а-а! Ва-а-а! Ха-ха-ха-а-а!

— В наше время уже нельзя просто поставить точку, не добавив «com».

— Ты планируешь свою работу по протоколу HTML? Ба-а-а, ха-ха-ха, ба-а-а, ха-а-а-а!

Как только все присутствующие занялись едой, одна дама, по имени Луиза Бартон-Фостер (чрезмерно самоуверенная юристка и та женщина, которую легко вообразить заставляющей тебя есть печень), выступила с речью.

Что касается меня, я вела себя идеально — сидела тихонько и пила, — пока Марк вдруг не произнёс:

— Вы абсолютно правы, Луиза. Если я и буду снова голосовать за тори, то желал бы быть уверенным, что мои взгляды а) изучаются и б) кем-то представлены.

В ужасе я уставилась на него. У меня возникло такое же ощущение, как однажды у моего друга

Саймона: играл он в гостях с какими-то детьми, и вдруг появился их дедушка, и оказался он Робертом Максвеллом; тут Саймон посмотрел на отпрысков, и ему привиделось, что все они мини Роберты Максвеллы, с нависающими бровями и огромными подбородками.

Представьте: у вас завязываются отношения с новым человеком; вы разные люди, и следует принять чужую точку зрения и сглаживать все острые углы. Но в жизни не представляла себе, что могу спать с мужчиной, который голосует за тори. Неожиданно почувствовала, что совсем не знаю Марка Дарси, – возможно, все то время, что мы встречались, он тайно коллекционировал картинки с глиняными зверушками в шляпках, вырезанные с последних страниц воскресных приложений, или ускользал на автобусе на матчи по регби, или с завистью глядел из окна на чужие автомобили.

Разговор тёк во всё более высокомерном русле, участники его рисовались вовсю.

– И как же вы определяете, что это именно четыре и пять к семи? – лаяла Луиза на мужчину в полосатой паре, похожего на принца Эндрю.

– Ну, я прошёл курс экономики в Кембридже.

– Кто у вас читал? – вмешалась какая-то девушка, как будто это главный аргумент.

– Всё в порядке? – прошептал Марк.

– Да, – пробормотала я опустив голову.

– Но ты... дрожишь. Говори – что случилось?

В конце концов я призналась, в чём дело.

– Ну, я голосую за тори и что? – изумлённо уставился на меня Марк.

– Тсс... – прошептала я, нервно оглянувшись.

– В чём проблема?

– Видишь ли, – начала я, жалея, что здесь нет Шеззер, – если бы я голосовала за тори, то оказалась бы изгоем общества. Это всё равно что приехать в «Кафе руж» на коне, со стаей гончих на веревке или устроить вечеринку на полированных столах, с расставленными по краям тарелками.

– Как здесь, ты хочешь сказать? – Марк рассмеялся.

– Ну да, – пробормотала я.

— И за кого ты тогда голосуешь?

— За лейбористов, конечно. Все голосуют за лейбористов.

— Что ж, это только ясно доказывает, что не в том дело — пока, — вздохнул Марк. — Почему, интересно?

— Что — почему?

— Почему ты голосуешь за лейбористов?

— Ну... — я задумалась, — потому что тот, кто голосует за лейбористов, относится к левому движению.

— А-а...

Кажется, Марк решил, что всё это невероятно весело. Теперь к нам было обращено всеобщее внимание.

— И к социалистам, — прибавила я.

— «К социалистам»... понятно. А социалисты — это...

— Объединенные рабочие.

— Так, но Блэр ведь точно не собирается поддерживать профсоюзы, верно? Вспомни, что он сказал про четвертую статью.

— А тори — это просто ерунда.

— «Ерунда»? — усомнился Марк. — Экономика сейчас в лучшем состоянии, чем была в течение семи лет.

— Нет, не в лучшем! — завелась я. — Наверняка они её улучшили, потому что скоро выборы.

— Что «улучшили»? — уточнил Марк. — Экономику?

— Какова позиция Блэра в Европе по сравнению с позицией Мейджора? — вступила Луиза.

— Да. И почему он не принял обещания тори год за годом увеличивать ассигнования на здравоохранение? — подхватил принц Эндрю.

Честное слово, так они и беседовали, рисуясь друг перед другом. Скоро я поняла, что больше этого не вынесу.

— Дело всё в том, что голосовать надо за принцип, а не за непонятную деталь — такой процент или вот такой. И совершенно ясно, что лейбористская партия поддерживает принципы доброты и участия, интересы геев, матерей-одиночек и Нельсона Манделы. А противостоят ей орущие высокомерные мужчины — эти заводят интрижки со всеми, кто попадается на пути, трахаются направо и налево, ходят в ресторан «Ритц» в Париже, а потом ругают всех ведущих программы «Сегодня».

За столом наступила глубокая тишина.

— Ну, кажется, ты изложила суть в двух словах. — Марк засмеялся и погладил моё колено. — С этим мы бессильны спорить.

Все смотрели на нас. Потом, вместо того чтобы кому-нибудь пойти в туалет, как случается у нормальных людей, они сделали вид, что ничего не произошло, и снова стали чокаться и тараторить, совершенно не обращая на меня внимания.

Никак не могла оценить, ужасно ли моё положение, или ничего. Будто я в племени папуасов Новой Гвинеи спариваюсь с собакой вождя и понятия не имею, что означает шёпот вокруг: то ли им всё равно, то ли обсуждают, как поджарить твою голову.

Кто-то постучал по столу и произнёс речь — по-настоящему, безумно, невыносимо скучную. Как только она кончилась, Марк прошептал:

— Пойдём отсюда, а?

Мы попрощались и направились к выходу.

— Э-э-э, Бриджит, — обратился ко мне Марк, — не хочу тебя тревожить, но... у тебя что-то странное вот тут, на поясе.

Рванула от него свою руку: жуткий корсет каким-то образом завернулся по краям и выпирает на талии, как огромная запасная шина...

— Что это? — осведомился Марк, кивая и улыбаясь, пока мы прокладывали путь между столиками.

— Ничего... — выдавила я.

Как только выбрались из зала, я кинулась в туалет. Довольно трудно стянуть с себя платье, расправить жуткий корсет, а потом снова надеть всё это кошмарное одеяние. Безумно захотелось оказаться дома, в просторных штанах и свитере.

Вынырнула в холл — и чуть не развернулась и снова не заскочила в туалет: Марк опять беседует с Ребеккой... Она что-то шепчет ему на ухо, а затем разражается ужасным, ухающим смехом.

Подхожу к ним, неловко останавливаюсь.

— А, вот она! — обрадовался Марк. — Всё в порядке?

— Бриджит! — воскликнула Ребекка, делая вид, что ей прямо-таки оч-чень приятно меня видеть. — Слышала, ты всех сильно поразила своими политическими взглядами!

Очень хотелось выдумать что-нибудь смешное, но вместо этого я стояла и смотрела на неё нахмурив брови.

— Это было великолепно! — заявил Марк. — Бриджит всех нас выставила напыщенными ослами. Ладно, нам пора идти, приятно снова увидеться.

Ребекка с чувством поцеловала нас обоих, распространив вокруг облачко «Гуччи энви», и проплыла обратно в обеденный зал — ясно: надеется, что Марк на неё смотрит.

Пока мы шли к машине, я никак не могла придумать, что сказать. Они с Ребеккой явно смеялись надо мной у меня за спиной, а потом он пытался это скрыть. Очень захотелось позвонить Джуд или Шез и попросить совета.

Марк вёл себя, будто ничего не произошло. Как только мы отъехали, попытался погладить меня по бедру. Почему так — чем меньше хочешь заниматься сексом с мужчиной, тем больше поползновений с его стороны.

— Ты не хочешь подержать руль? — намекнула я, отчаянно пытаясь отстраниться и не дать ему дотянуться до завернувшегося края резиновой оболочки.

— Нет. Хочу тебя изнасиловать. — Марк придвинулся к топорщившемуся корсету.

Умудрилась увернуться, изобразив заинтересованность в безопасности на дороге.

— Да, Ребекка спрашивала, не хотим ли мы как-нибудь заехать к ней на обед, — вспомнил Марк.

Не могла я в это поверить. Знаю Ребекку четыре года — ни разу не приглашала меня заехать на обед.

— Она славно выглядела, правда? Милое платье.

Навязчивое Упоминание, и происходит прямо на моих глазами. Подъехали к Ноттинг Хилл. У светофора, не спросив меня, Марк просто повернул в сторону моего дома, противоположную его дому. Хранит в неприкосновенности собственный замок — наверняка там полно посланий от Ребекки. Я — женщина на время.

— Куда мы едем?! — взорвалась я.
— К тебе. А что? — с тревогой повернулся Марк.
— Вот так! Почему? — яростно продолжала я. — Мы встречаемся четыре недели и шесть дней. И никогда не оставались у тебя — ни разу! Почему?

Марк молча повернул налево и направил машину обратно, в сторону Холлэнд-парк авеню. За всю дорогу он так и не произнёс ни слова.

— Что случилось? — поинтересовалась я через некоторое время.

Марк смотрел прямо перед собой и пощелкивал кнопками переключения; наконец промолвил:
— Не люблю, когда кричат.

Дома у него всё было ужасно. Молча поднялись по лестнице; Марк открыл дверь, подобрал почту и включил свет на кухне.

Кухня высотой с двухэтажный автобус, вся безупречно стальная — невозможно определить, где здесь холодильник; странно, что кругом ничего не валяется. Из трёх плоских ламп на полу, посередине, исходит холодный свет.

Марк проследовал в конец помещения — шаги его отдавались пустым эхом, как в подземной пещере на школьной экскурсии, — с мукой оглядел металлические дверцы и осведомился:
— Бокал вина?
— Да, пожалуйста, благодарю, — преувеличенно вежливо откликнулась я.

У стальной стойки бара торчало несколько высоких стульев необычайно модернового вида. Неуклюже забравшись на один, я почувствовала себя как курица на заборе.

— Так, — проговорил Марк.

Открыл металлическую дверцу шкафа, обнаружил, что к ней прикреплена мусорная корзина, закрыл, открыл другую и с удивлением уставился на посудомоечную машину. Я опустила голову, сдерживая смех.

— Красное или белое?
— Белое, пожалуйста.

Вдруг я ощутила сильную усталость, а тут ещё туфли жмут, корсет врезается в тело... Мне хотелось одного — домой.

— Ах вот! — Марк нашёл холодильник.

Оглядевшись, я заметила на одной из стоек автоответчик; сжалась вся внутри — красная лампочка мигает... Поднимаю глаза — Марк стоит прямо передо мной, с бутылкой вина в каком-то дурацком железном горшке; вид у него совершенно несчастный.

— Послушай, Бриджит, я...

Слезаю со стула, обнимаю его — руки его сразу оказываются у меня на талии. Я отпрянула — надо избавиться от этой чёртовой штуки.

— Схожу наверх на минуту, — извинилась я.

— Зачем?

— В туалет, — не выдержала я и поковыляла в своих теперь уже мучительно жмущих туфлях к лестнице. Зашла в первую попавшуюся дверь, — кажется, это туалетная комната Марка: везде костюмы, рубашки, рядами стоят туфли. Освободилась от платья и с величайшим облегчением стала стягивать с себя жуткий корсет, попутно соображая — надену халат, и, может, мы ещё уютно устроимся и всё уладим. Но тут в дверях появляется Марк. Замираю на месте, выставив напоказ своё ужасное бельё, — и начинаю лихорадочно его стаскивать, а Марк ошеломленно наблюдает за всем этим.

— Подожди, подожди! — Он взял меня за руку, когда я потянулась за халатом, и уставился на мой живот. — Ты что, играла на себе в крестики-нолики?

Пыталась объяснить ему про Ребела и что в пятницу вечером очень трудно купить спирт, но он, усталый и смущённый, признался:

— Прости, не понимаю, о чём ты говоришь.

— Мне бы немного поспать. Пойдём... ляжем?

Он толкнул другую дверь, включил свет. Лишь мельком глянув внутрь, я не удержалась от громкого возгласа. Там, в огромной белой постели, лежал изящный юноша восточного типа, абсолютно обнажённый, он жутко улыбался и держал в руках два деревянных шарика на верёвочке и маленького кролика.

3

Конец!

1 февраля, суббота

129 фунтов; порций алкоголя – 6 (но смешанных с томатным соком, оч. питательно); сигарет – 400 (вполне понятно); кроликов, оленей, фазанов или других представителей дикой фауны, найденных в кровати, – 0 (существенный прогресс со вчерашнего дня); бойфрендов – 0, бойфрендов экс-бойфренда – 1; количество нормальных потенциальных бойфрендов, существующих в мире, – 0.

00.15. Почему такие вещи всегда происходят со мной? Почему? Единственный раз кто-то показался мне милым, разумным человеком, то есть одобрен мамой, не женат, не псих, не алкоголик, не запудриватель мозгов, – и вот оказывается, что он развратник, извращенец, гомосексуалист. Неудивительно, что не хотел пускать меня в свой дом. Вовсе не потому, что он мужчина, не способный к действию, или влюблен в Ребекку, или я женщина на время. Просто держит в спальне восточных юношей с дикими животными.

Чудовищный шок, ужасный. Секунду-другую тупо смотрела на восточного мальчика, а затем выскочила обратно в первую комнату, напялила платье (слыша за спиной крики в спальне), бросилась вниз по лестнице (как американская армия, преследуемая вьетнамцами), выбежала на улицу и принялась бешено размахивать руками, призывая такси (как девочка по вызову, нарвавшаяся на клиента, который намеревается шарахнуть ее по голове).

Может, правы Самодовольные Женатики, когда утверждают: одинокие мужчины потому и одиноки, что по-крупному порочны. Вот почему всё так чертовски, чертовски, чертовски... То есть я не хочу сказать, что быть голубым – это уже порок. Но это порок, если у него подруга и от неё он это скрывает. В четвертый раз остаюсь одна в День Святого Валентина, а следующее Рождество проведу в односпальной кровати в доме родителей. Опять... конец, коне-е-ец!

Жаль, что нельзя позвонить Тому. Так типично для него – уехать в Сан-Франциско как раз в тот момент, когда мне позарез нужен совет нормального гея. Сам всегда побуждает меня часами обсуждать с ним его гомосексуальные проблемы, а когда мне нужен совет по поводу моей проблемы с гомосексуалистом, что он делает? Едет в проклятый Сан-Франциско.

Спокойно, спокойно... Ясно, что нельзя обвинять Тома в своей беде, тем более что беда моя не имеет к нему никакого отношения; нечего лечиться перекладыванием вины на кого-то другого. Я – уверенная в себе, способная, ответственная женщина с чувством собственного достоинства, проистекающим исключительно изнутри... А-а-а! Телефон...

— Бриджит, это Марк. Прости, мне так жаль. Произошла ужасная вещь. – Голос очень расстроенный. – Бриджит?..

— Что? – откликнулась я, стараясь унять дрожь в руках и прикурить сигарету.

— Понимаю, как это, должно быть, выглядело. Шокирован не меньше тебя. Ни разу в жизни его раньше не видел.

— И кто же это тогда?! – взорвалась я.

— Оказывается, сын моей экономки. Не знал даже, что у неё есть сын. Очевидно, шизофреник.

В трубке послышались отдалённые крики.

— Иду, иду! О боже! Послушай, мне надо сейчас пойти и всё там утрясти. Кажется, он пытается её задушить... Можно я тебе перезвоню попозже?

Снова крики, ещё пуще.

— Будь дома, я... Бриджит, я позвоню утром.

Совсем сбита с толку. Поговорить бы с Джуд или Шез, обсудить, насколько это веское оправдание, но сейчас середина ночи. Может, попробовать заснуть?

9.00. А-а-а, а-а-а! Телефон, ура! Нет! Конец! Только-только вспомнила, что произошло.

9.30. Это не Марк, а мама.

— Знаешь, дорогая, я просто вне себя от ярости!

— Мам, — решительно перебила я, — не возражаешь, если я перезвоню тебе с мобильного?

Мамино бешенство волнами выплескивалось на меня из трубки. Нужно освободить телефон — вдруг Марк попытается звонить?

— С мобильного, дорогая? Вот глупышка — в последний раз у тебя была такая штука в два годика, помнишь? С такими маленькими рыбками. Ох, папа хочет сказать несколько слов, но... А, вот он!

Жду, лихорадочно переводя взгляд с мобильного на часы.

— Привет, дорогая. — У папы усталый голос. — Мама не едет в Кению.

— Здорово, отличная работа! — поздравила я его, порадовавшись, что на худой конец хоть у одного из нас порядок. — Как тебе это удалось?

— Никак. У неё кончился срок действия паспорта.

— Ха, великолепно! Не говори ей, что можно получить новый.

— О, она знает, знает, — вздохнул папа. — Проблема в том, что для нового паспорта нужна новая фотография. Так что здесь нет никакой моей заслуги, дело лишь во флирте с таможенными чиновниками.

Мама выхватила трубку.

— Всё это совершенно нелепо, дорогая! Я сфотографировалась и выглядела на этом фото как древняя старуха. Юна советует попробовать в кабинке-автомате, но это еще хуже. Поеду со старым паспортом, вот и всё. Ладно, а как Марк?

— Отлично. — Еле удержалась, чтобы не добавить: «Ему нравится спать с восточными мальчиками и возиться с кроликами, — правда забавно?»

— Так! Мы с папой подумали, не приедете ли вы с Марком завтра к нам на ланч. Мы ещё не видели вас вместе. Приготовлю лазанью с бобами в духовке.

— Можно я тебе попозже перезвоню? Опаздываю... на йогу! — осенило меня.

От мамы удалось избавиться лишь после нетипично короткой пятнадцатиминутной бури, — по мере того как она разыгрывалась, становилось всё яснее, что мощь Британской паспортной службы не имеет никакого значения для мамы и её старого фото. Измотанная, растерянная, нащупала новую сигарету. Экономка?.. То есть я знаю, что у Марка есть экономка, но... И потом, вся эта история с Ребеккой. И голосует за тори. Может, съесть сыр? А-а-а, телефон! Звонила Шеззер.

— О-ох, Ше-ез! — протянула я несчастным голосом и принялась выкладывать свою историю.

— А теперь помолчи! — перебила меня Шеззер еще до того, как я добралась до восточного мальчика. — Помолчи! Повторять не буду и хочу, чтобы ты меня выслушала.

— Ладно, — покорилась я, подумав мельком, что если кто-то на всей земле и не способен ничего не повторять (кроме моей мамы), так это Шеззер.

— Кончай с этим.
— Но, Шез...
— Кончай с этим! Ты получила сигнал предупреждения: он голосует за тори. Теперь немедленно покончи с этим, пока тебя не засосало.
— Но подожди, это не...
— Ох, ради бога! — прорычала Шерон. — Он ведет себя точь-в-точь по схеме, ведь правда? Остается у тебя, всё делается для него. Ты приезжаешь разодетая в пух и прах для его кошмарных дружков тори, и что делает он? Флиртует с Ребеккой. Помыкает тобой. И голосует за тори. Всё это — паразитическое использование, помыкание...

Нервно поглядываю на часы.
— Э-э-э, Шез, я тебе перезвоню с мобильного.
— Что?! На случай если он тебе позвонит? Не-ет! — взревела Шеззер.

В этот момент мобильный и в самом деле зазвонил.

— Шез, мне сейчас надо идти. Перезвоню тебе попозже. — И в нетерпении нажала кнопку «ОК». — Джуд.

— Ох, у меня такое похмелье! Кажется, меня сейчас вырвет.

И пустилась рассказывать длинную историю про вечеринку в «Мет-баре»; остановила её, поскольку считала, что проблема восточного мальчика поважнее и вовсе это не эгоистично с моей стороны.

— О боже, Бридж! — выдохнула Джуд, когда я замолчала. — Бедняжка... По-моему, ты повела себя просто здорово. Я правда так думаю. Ты молодчина!

Меня охватило чувство огромной гордости, затем я впала в замешательство.

— А что я такого сделала? — И осмотрелась кругом с удовлетворённой улыбкой, тут же сменившейся растерянным морганием.

— Ты сделала всё точно как советуют в книге «Женщины, которые слишком сильно любили». Ты не сделала ничего — просто самоустранилась. Мы не решаем за них их проблемы, мы просто самоустраняемся.

— Верно, верно! — энергично закивала я.

— Мы не желаем им плохого. Мы не желаем им хорошего. Мы им не звоним. Мы с ними не встречаемся. Мы просто самоустраняемся. Сын экономки, чтоб его! Если у него экономка, почему тогда он вечно приезжает к тебе и заставляет тебя мыть посуду?

— А если это действительно сын экономки?

— Вот, Бриджит! — сурово установила Джуд. — Это и называется Отрицание Очевидного.

11.15. Договорились встретиться с Джуд и Шеззер за ланчем в «192». Не собираюсь впадать в Отрицание Очевидного.

11.16. Да, я абсолютно отстранилась, вот видите!

11.18. Не могу поверить, что он, чёрт его возьми, до сих пор не позвонил! Ненавижу пассивно-агрессивное поведение телефона в современном мире отношений между мужчинами и женщинами — он использует отсутствие коммуникации как средство коммуникации. Это ужасно, ужасно: звонок или отсутствие его означает разницу между любовью и просто дружбой, между счастьем и очередным попаданием в окопы безжалостной войны, причём чувство, которое при этом возникает, с каждым разом становится всё тяжелее.

Полдень. Не могу поверить: телефон и впрямь зазвонил, как раз когда я его гипнотизировала, как будто заставила энергией мысли, — Марк!

— Как ты? — устало осведомился он.

— Прекрасно! — заверила я его, стараясь держаться «устранённо».

— Давай я заеду за тобой, мы где-нибудь пообедаем и поговорим.

— Эмм, я обедаю с подругами, — заявила я в самом деле очень «устранённо».

— О боже...

— Что?

— Бриджит, ты хотя бы можешь себе представить, какую ночку я провёл? Этот парень пытался задушить свою мать на кухне, кругом полиция и «скорая», уколы транквилизаторами, поездки в больницу, по всему дому филиппинцы в истерике... Мне поистине очень жаль, что тебе пришлось через всё это пройти, но через то же самое прошёл и я, и вряд ли это моя вина.

— Почему ты раньше не позвонил?

— Потому что каждый раз, когда у меня выдавалась секунда, чтобы позвонить тебе по телефону или по мобильному, всё время было, чёрт возьми, занято!

Хмм... «Устранение» прошло не слишком гладко. Он и впрямь пережил ужасную ночь. Договорились встретиться и поужинать вместе — Марк говорит, что будет спать весь день. Один, как я глубоко и искренне надеюсь.

2 февраля, воскресенье

128 фунтов (отлично: превращаюсь в восточного мальчика); сигарет — 3 (оч. хор.); калорий — 2100 (оч. скромно); бойфрендов — опять 1 (ура!); психологических книг, подсчитанных громко, вслух, в скептическом тоне новообретённым бойфрендом, — 37 (вполне разумно для нашего времени).

22.00. Моя квартира. Снова хорошо. За ужином поначалу нам было слегка неловко, но затем всё наладилось: решила поверить в рассказанное Марком, особенно когда он добавил, что я сегодня же могу поехать и поговорить с экономкой.

Но вот мы дошли до шоколадного мусса.

— Бридж, вчера вечером, ещё до того, как всё это произошло, мне показалось, будто что-то не так, — заявил Марк.

Я похолодела. Что в самом деле забавно, мне ведь тоже показалось, будто что-то не так. Но если сама думаешь, будто что-то не так в отношениях, это ничего, а вот если другой — это вроде как кто-то чужой критикует твою маму. В такой ситуации невольно приходит на ум, что тебя собираются бросить, а это не считая боли, потери, разбитого сердца и т.д., к тому же очень оскорбительно.

— Бридж, ты что, в гипнозе?

— Нет. Почему ты подумал, будто что-то не так? — прошептала я.

— Ну, каждый раз, когда я пытался прикоснуться к тебе, ты отскакивала, словно я какой-то старый развратник.

Огромное чувство облегчения... Объясняю Марку про жуткое бельё — он искренне хохочет. Заказали десертного вина, оба слегка охмелели, и всё кончилось тем, что поехали ко мне и фантастически провели время в постели.

Сегодня утром — лежали на ковре перед камином и читали газеты — засомневалась: не поднять ли мне вопрос о Ребекке и о том, почему он всегда остается у меня? Но Джуд сказала, не надо: ревность — очень непривлекательная черта для противоположного пола.

— Бриджит, — Марк вернул меня к действительности, — кажется, ты впала в транс. Я спрашиваю: какой смысл в этой новой системе полок? Ты что, медитируешь? Или, может, это специальная буддийская полочная система?

— Дело в электрическом проводе, — рассеянно объяснила я.

— А что это всё за книги? — Марк поднялся и стал их рассматривать. — «Как назначить свидание молодой женщине. Руководство для мужчин старше тридцати пяти»... «Если бы у Будды была подруга»... «Стремление к цели» Виктора Кайема...

— Это мои психологические книги! — заявила я, готовясь к защите.

— «Чего хотят мужчины»... «Как не попасть в зависимость от мужчины, не способного к действию?»... «Как любить независимого мужчину, не теряя головы?»... Ты хоть понимаешь, что собрала самый большой во всей Вселенной массив знаний о поведении противоположного пола? Начинаю чувствовать себя лабораторным животным.

— Э-эмм...

— И как, предполагается, их надо читать — парами? — усмехнулся Марк, доставая с полки книгу. — Охватить обе точки зрения? «Счастливые одиночки» и «Как найти идеального партнера за тридцать дней»... «Доступно о буддизме» и «Стремление к цели» Виктора Кайема?

— Нет, — с достоинством возразила я, — читать надо индивидуально.

— Какого чёрта ты покупаешь всю эту ерунду?

— Ну, вообще-то у меня на этот счет теория, — возбужденно начала я. — Она у меня действительно есть. — Если ты считаешь, что остальные мировые религии, например...

— «Остальные мировые религии»? «Остальные» после чего?

Грр... иногда мне хочется, чтобы Марк не был, чёрт возьми, так подкован в юриспруденции.

— Остальные после психологических книг.

— Я так и думал, что ты скажешь что-то в этом роде. Бриджит, психологические книги — не религия.

— Нет, религия! Это новая форма религии. Вроде... ну, как будто все люди — это водные потоки, и когда на их пути попадается препятствие, они вспениваются и растекаются в стороны в поисках другого пути.

— «Вспениваются и растекаются»? Бриджит...

— Я имею в виду, — если организованные религии рушатся, люди пытаются создать новый свод правил. Я уже говорила: при внимательном чтении психологических книг там обнаруживаешь кучу идей, общих с другими религиями.

— Например?.. — Марк описал рукой круг.

— Ну, с буддизмом и...

— Нет. Например, каких идей?

— Ну, — начала я, немного испугавшись — к сожалению, теория пока ещё не то чтобы хорошо развита — позитивное мышление. В книге «Эмоциональный интеллект» сказано: оптимизм, убеждение, что всё будет хорошо, – самое главное. Потом еще, конечно, вера в себя, как в книге «Эмоциональная уверенность». А если посмотреть на христианство...

– Да-а-а?..

– Ну, тот кусок, который читают на свадьбах, – это то же самое: «Остаются три вещи: вера, надежда, любовь». Потом ещё, жить сегодняшним днем – как в книге «Неизведанный путь» и в буддизме.

Марк смотрел на меня как на помешанную.

– И всепрощение: в книге «Вы в состоянии наладить свою жизнь» говорится, что затаивать обиду вредно, надо прощать людей.

– Так, а это откуда? Надеюсь, не из мусульманства. Не думаю, что можно усмотреть особое всепрощение в такой вере, которая позволяет отрубать людям руки за кражу булочек.

Мне показалось, Марк не совсем понял мою теорию. Возможно, потому, что его духовное развитие недостаточно высоко, – доказывается существование ещё одной проблемы в наших отношениях.

– «Да остави нам долги наши, якоже мы оставляем должникам нашим»! – возмущённо процитировала я.

Тут зазвонил телефон.

– Наверняка бойцы любовного фронта, – заподозрил Марк.

– Или архиепископ Кентерберийский, – предположила я.

Нет, мама.

– Вы до сих пор ещё там? Давайте быстро, раз-раз-раз! Вы же должны быть у нас на ланче!

– Но, мама... – Уверена, что не обещала приехать на ланч, совершенно уверена.

Марк закатил глаза и включил футбол.

– Честное слово, Бриджит! Я приготовила три павловы, – правда, три приготовить не труднее, чем одну, и вынула лазанью из морозильника, и...

Издалека до меня донёсся папин голос: «Оставь её в покое, Пам!», но мама всё раздражённо твердила о вреде вторичной заморозки мяса. Папа подошёл к телефону.

– Не волнуйся, дорогая. Убеждён, ты не обещала приехать. Просто мама вбила себе это в голову. Постараюсь её успокоить. Ладно, у меня плохая новость: она едет в Кению.

Мама выхватила трубку.

— С паспортом всё улажено. Мы сделали прекрасную фотографию в том свадебном магазине в Кеттеринге, знаешь, где Урсула Коллингвуд заказывала фотографии Карен.

— Её подретушировали?

— Нет! — с достоинством ответила мама. — Разве только что-то сделали на компьютере, но ни намёка на ретушь. Мы с Юной улетаем в следующую субботу, всего на десять дней. Африка! Вообрази!

— А как же папа?

— Честное слово, Бриджит! Жить надо со вкусом! Если папа хочет влачить существование между гольфом и сараем в саду, это его дело!

В конце концов мне удалось высвободиться — не без помощи Марка: стоял у меня над душой со свёрнутой газетой в руке, а другой рукой постукивал по часам. Поехали к нему, и теперь я окончательно ему поверила: экономка убирала кухню вместе с пятнадцатью своими родственниками — они, кажется, молились на Марка как на Божество. Мы остались в его доме и зажгли свечи в спальне. Ура! Похоже, порядок. Точно порядок. Обожаю Марка Дарси! Иногда он меня немного пугает, но в душе он очень добрый и милый. И это славно. Особенно учитывая, что День Святого Валентина — через двенадцать дней.

3 февраля, понедельник

127 фунтов (оч. хор.); порций алкоголя — 3; сигарет — 12; кол-во дней, оставшихся до Дня Святого Валентина, — 11; кол-во минут, потраченных на навязчивые мысли о неправильности женской склонности к навязчивым мыслям отн. Дня Святого Валентина, — 162 (приблиз.; плохо).

8.30. Надеюсь, папа придёт в норму. Если мама едет в субботу, это означает, что она оставляет его одного на День Святого Валентина, и это не очень хорошо. Может, я пошлю ему открытку, как будто от тайной поклонницы.

Интересно, что предпримет Марк? Наверняка пошлёт мне открытку – как минимум. То есть точно пошлёт.

И может, мы пойдем вместе ужинать или ещё куда-нибудь. Ммм... как здорово – день Святого Валентина, и у меня теперь бойфренд! Ах, телефон...

8.45. Это Марк; завтра уезжает в Нью-Йорк на две недели. У него какой-то сердитый голос, сказал, что слишком занят и не может встретиться со мной вечером – ему надо разобраться в бумагах и во всём остальном.

Мне удалось сохранить спокойствие и произнести:

– О, прекрасно!

Потом повесила трубку и завопила:

– Но в пятницу на следующей неделе – День Святого Валентина! Ведь День Святого Валенти-ина! А-а-а-а-а!

Ну и ладно, всё это несущественно. Единственное, что имеет значение, – это наши отношения, а не всякие циничные уловки.

4 февраля, вторник

8.00. В кафе, с капучино и шоколадным круассаном. Значит, так, смотрите: я вытащила себя из болота негативных мыслей! Может, очень и хорошо, что Марк уезжает. Ему это позволит оттянуться, как марсианскому попрыгунчику на резинке (по книге «Свидание Марса и Венеры»), и осознать свою привязанность. А мне – поработать над собой и упорядочить собственную жизнь.

План на время, пока Марк в отъезде

1. Каждый день ходить в спортзал.
2. Провести кучу приятных вечеров с Джуд и Шеззер.
3. Продолжать благоустраивать квартиру.
4. Навещать папу, пока мамы нет.
5. Усердно трудиться на работе, чтобы укрепить своё положение.
Ох, и ещё, пожалуй, сбросить пару фунтов.

Полдень. Офис. Мирное утро. Мне поручили тему зеленых автомобилей.

– Зелёные – значит экологически чистые, Бриджит, – уточнил Ричард Финч, – а не выкрашенные в зелёный цвет.

Довольно скоро стало ясно, что тема зелёных автомобилей навсегда забыта, поэтому я позволила себе свободно пофантазировать отн. Марка Дарси, порисовать в воображении свою новую жизненную позицию, представленную в новой графике с разными оттенками, с красивым заголовком, и повыдумывать новые пункты, которые обязательно вознесут меня на вершину... Ха!

12.15. Чёртов Ричард Финч заорал:

– Бриджит! Здесь тебе не сборище идиотов из Попечительского совета. Здесь совещание в офисе на телевидении. Если так уж необходимо таращиться в окно, постарайся хотя бы при этом не совать ручку в рот! Итак, ты на это способна?

– Да! – Надувшись я положила ручку на стол.

– Да не вытащить ручку изо рта! Можешь ты найти мне избирателя из Средней Англии, среднего класса, за пятьдесят, собственный дом, чтобы поддерживал?

– Да, без проблем! – браво согласилась я, решив – потом спрошу у Пачули, что он должен поддерживать.

– Поддерживал – что? – не отставал Ричард Финч.

Одариваю его неподдельной загадочной улыбкой.

– Вы, наверно, помните, что уже ответили на свой вопрос. Мужчину или женщину?

– Обоих, – издевался Ричард. – По одному каждого пола.

– Обычных или гомосексуалов? – не сдавалась я.

– Я сказал – из Средней Англии! – прорычал Финч, уничтожая меня взглядом. – А теперь, чёрт подери, бери телефон и в будущем постарайся не забывать надеть юбку – ты отвлекаешь моих сотрудников!

Честное слово, им всем до лампочки и они трясутся только за собственное место. И не настолько она коротка, просто задралась.

Пачули говорит, поддерживать они должны то ли европейскую, то ли единую валюту. Но ей кажется, это одно и то же. Вот чёрт, чёрт! Так. Ага, телефон. Наверно, из пресс-службы министерства финансов.

12.25.

— О, привет, дорогая!

Грр, мама.

— Слушай, у тебя есть купальник?

— Мам, я тебя просила не звонить мне на работу без крайней необходимости!

— О, знаю, но понимаешь, мы уезжаем в субботу, а магазины до сих пор забиты только зимними вещами.

Неожиданно меня осенила идея, на объяснение которой ушло какое-то время.

— Честное слово, Бриджит, — заявила мама, когда я закончила, — нам не нужно, чтобы из Германии приезжали грузовики и по ночам увозили всё наше золото.

— Но, мама, ты же сама говоришь, что жить надо со вкусом! Тебе следует попробовать всё.

Тишина была мне ответом.

— Это укрепит валюту африканских народов.

Строго говоря, не уверена, что это правда, но неважно.

— Что ж, вполне возможно, но у меня нет времени на телевыступления — упаковываю вещи.

— Слушай, — разозлилась я, — так тебе купальник нужен или нет?

12.40. Ура! Мне удалось найти не одного, даже не двух, а трех избирателей из Средней Англии. Юна едет вместе с мамой, так что они исследуют мой гардероб и заскочат в «Диккинс и Джонс», а Джеффри мечтает попасть на телевидение. Я — высококлассный журналист.

— Ну? Мы так заняты, а? — Это Ричард Финч, после ланча весь потный и чванливый. — Работаем над версией эффективного плана, как внедрить единую валюту имени Джонс?

— Ну, не совсем, — пробормотала я с холодной, смиренной улыбкой. — Нашла вам ваших избирателей из Средней Англии, которые «за». Троих, — небрежно добавила я, перебирая записи.

— А тебе, что ли, никто не сказал? — издевательски ухмыльнулся Ричард. — Эта тема отпала. Занимаемся теперь увечьями от взрывов. Можешь ты мне найти парочку обывателей-тори из Средней Англии, которые поддерживают требования Ирландской республиканской армии?

20.00. Уфф! Битых три часа металась по продуваемому всеми ветрами вокзалу Виктория, пытаясь изменить мнение обывателей в пользу ИРА, пока не начала всерьез опасаться, что меня арестуют и переправят прямехонько в тюрьму Мейз. Вернулась в офис, беспокоясь, что мама с Юной обнаружат у меня в шкафу, и нарвалась на грубейший разговор с Ричардом Финчем на тему: «Не думала же ты, что тебе удастся найти хоть одного! Простофиля!»

Мне необходимо, совершенно необходимо найти другую работу! О боже, телефон...

Том — ура! — вернулся!

— Бриджит! Ты так похудела!

— Правда? — обрадовалась я, прежде чем сообразила, что свое наблюдение он высказал по телефону.

Том пустился в великое восторженное повествование о своем путешествии в Сан-Франциско.

— Этот парень на таможне просто божественный! спросил: «Что вы декларируете?» Я ответил: «Только этот неистовый загар!» В общем, дал мне телефон и я трахал его в бане!

Ощутила знакомый приступ зависти к легкости гомосексуального секса. Такое впечатление, что они спят друг с другом немедленно, просто обоим этого хочется, и никто не напрягается по поводу обязательных трех свиданий до или телефонных звонков после.

Сорокапятиминутное краткое описание всё более скандальных похождений Том завершил так:

— Ладно, ты же знаешь, как я не люблю рассказывать о себе. Как твои дела? Как тот парень Марк, с таким крепким маленьким задом?

Объяснила, что Марк в Нью-Йорке, но решила оставить историю про мальчиков и кроликов на потом из опасения, что Том перевозбудится. Вместо этого несколько охладила его пыл жалобами насчёт работы.

— Мне очень нужна другая работа, здесь моё чувство собственного достоинства и самооценка попросту подрываются. Необходимо что-то позволяющее всерьез использовать свои таланты и способности.

— Хмм, понимаю, что ты имеешь в виду. А ты не думала продолжить в том же русле?

— О, это смешно.

— Почему бы тебе не позаниматься журналистикой на стороне? Сделай в свободное время какие-нибудь интервью.

И впрямь блестящая идея. Том обещал поговорить со своим другом Адамом из «Индепендент», чтобы мне поручили интервью, или обзор, или ещё что-нибудь. Стану журналистом высокого полета, постепенно буду получать всё больше заказов, накоплю денег, брошу работу и просто сяду на диван с лэптопом на коленках. Ура!

5 февраля, среда

Только что позвонила папе — узнать, как у него дела и не хочет ли он устроить что-нибудь на День Святого Валентина.

— О, ты так мила, дорогая. Но твоя мать говорит, что мне нужно расширять самосознание.

— И что же?

— Еду в Скарборо играть в гольф с Джеффри.

Как славно! Рада, что папа чувствует себя нормально.

13 февраля, четверг

129 фунтов; порций алкоголя — 4; сигарет — 19; походов в спортзал — 0; ранних «валентинок» — 0; упоминаний бойфрендом Дня Святого Валентина — 0; смысла в Дне Святого Валентина, если твой бойфренд даже не упоминает о нем, — 0.

Сыта по горло. Завтра День Святого Валентина, а Марк даже не вспомнил об этом. Вообще-то не понимаю, почему ему нужно оставаться в Нью-Йорке на выходные. Наверняка все официальные учреждения закрыты.

Цели, достигнутые в отсутствие Марка
Посещений спортзала – 0.
Вечеров, проведённых с Джуд и Шеззер, – 6 (и ещё один, похоже, завтра).
Минут, проведённых с папой, – 0; минут, проведённых в разговорах с папой о его чувствах, – 0; минут, проведённых в разговорах с папой о гольфе, с раздающимися в трубке воплями Джеффри, – 287.
Написанных журналистских статей – 0.
Сброшенных фунтов – 0.
Набранных фунтов – 2.

Всё равно отправила Марку подарок – шоколадное сердечко. Послала в отель ещё до его отъезда, с запиской: «Не открывать до 14 февраля». Надеюсь, догадается, что это от меня.

14 февраля, пятница

130 фунтов; походов в спортзал – 0; «валентинок» – 0; цветов, безделушек, других подарков – 0; смысла в Дне Святого Валентина – 0; разницы между Днем Святого Валентина и любым другим днем – 0; смысл жизни – неясен; возможность нервного срыва из-за отсутствия Дня Святого Валентина – едва ли.

8.00. Вот уж действительно не стоит расстраиваться из-за чего-нибудь типа Дня Святого Валентина. Это всё слишком неважно по сравнению с общим устройством мира.

8.20. Только сойду вниз, посмотрю, не пришла ли почта.

8.22. Почта не пришла.

8.27. Почта ещё не пришла.

8.30. Принесли почту! Ура!

8.35. Мне прислали уведомление из банка. От Марка – ничего; ничего, ничего, ничего, ничего, ничего. Ничего.

8.40. Не могу поверить, что снова провожу День Святого Валентина одна. Хуже всего было два года назад, когда мы с Джуд и Шеззер собрались в Гамбию и пришлось ехать на день раньше из-за расписания полётов. Спускаемся на ужин — все деревья увешаны сердечками. За каждым столиком — парочка, держатся за руки, а мы сидим содни и читаем «Учитесь любить себя».

Мне так грустно. Не может быть, чтобы Марк не знал. Просто ему всё равно. Видимо, это означает, что я женщина на время: в книге «Свидание Марса и Венеры» сказано, что если мужчина всерьёз заинтересован, он всегда покупает тебе в подарок что-нибудь вроде дорогого белья и драгоценностей, а не книги или шарики. Не исключено, для него это способ показать, что всё кончено, и он собирается сообщить мне об этом, когда вернётся.

8.43. Вероятно, Джуд и Шез правы, и мне следовало покончить с этим сразу, как только появились первые сигналы. В прошлом году: если бы сразу, когда Даниел надул меня с первой встречей, выдумав какое-то жалкое оправдание, покончила с этим и устранилась, а не впадала бы в Отрицание Очевидного — никогда в результате не обнаружила бы у него на крыше голую женщину.

Это уже модель: продолжаю находить голых людей в домах своих бойфрендов. Повторяю одну и ту же ошибку.

8.45. О боже, у меня перерасход 200 фунтов. Как? Как? Как?

8.50. Ну вот, во всём есть что-то хорошее. Нашла странный чек на 149 фунтов, который не узнаю. Убеждена, что это чек, который я выписала в химчистке, на 14,9 фунта или что-то в этом роде.

9.00. Позвонила в банк, выяснить, кому выписала чек; мне ответили — это «месье С.Ф.С.». Работники химчисток — жулики. Надо позвонить Джуд, Шеззер, Ребекке, Тому и Саймону и сказать, чтобы никогда больше не ходили в «Дьюраклин».

9.30. Ха! Только что сходила в «Дьюраклин», проверить этого «месье С.Ф.С.», под предлогом, что хочу сдать в химчистку маленькую чёрную шёлковую ночную рубашечку. И сразу обратила внимание, что сотрудники химчистки похожи не столько на французов, сколько на индийцев. Хотя, может, они индийские французы.

— Будьте любезны, не назовёте ли своё имя? — обратилась я к тому, кому протянула рубашку.

— Сальвани, — представился он, подозрительно приветливо улыбаясь.

Сальвани, ха!

— А ваше имя? — спросил он.

— Бриджит.

— Бриджит. Напишите, пожалуйста, здесь своё имя, Бриджит.

Это уж совсем подозрительно. Решила написать адрес Марка Дарси — у него там прислуга и сигнализация.

— Вы знаете некоего месье С.Ф.С.? — поинтересовалась я.

После чего этот Сальвани стал просто-напросто заигрывать со мной.

— Нет, но кажется, я откуда-то знаю вас, — ответил он.

— Не думайте, будто я не понимаю, что происходит! — отрезала я и пулей выскочила за дверь.

Вот так! У меня всё под контролем.

22.00. Не могу поверить... В половине одиннадцатого в офис входит мальчик с необъятным букетом красных роз и несёт его к моему столу. Мне! Стоило посмотреть на физиономии Пачули и Ужасного Харолда. Даже Ричард Финч онемел от изумления, выдавив лишь жалкое:

— Послали букетик сама себе, да?

Раскрываю открытку, и вот что там написано:

«Будь счастлива в День Святого Валентина и освети мою кошмарную жизнь. Приезжай в Хитроу, 1-й терминал, завтра в 8.30. В отделе «Бритиш эйрвэйз» забери билет (Р23/R55) на таинственный, волшебный мини-брейк. Вернемся в понедельник утром, на работу успеешь. Встречу тебя на том конце. (Попробуй одолжить лыжный костюм и какую-нибудь соответствующую обувь.)»

Не верю, просто не верю! Марк устроил мне сюрприз на День Святого Валентина. Это чудо, ура! Так романтично скользить по склонам, держась за руки, в деревушке с рождественской открытки, среди мигающих огней и т.д., — как Снежные Король и Королева.

Ужасно, что я завязла в болоте негативных мыслей, но такое может случиться с каждым. Определённо.

Только что позвонила Джуд — одолжила мне лыжный костюм, сплошь чёрный, как у Мишель Пфайффер в роли Женщины-кошки или что-то в этом роде. Единственная небольшая проблемка: я каталась на лыжах один раз в жизни, когда училась в школе, и сразу же растянула щиколотку. Ничего. Уверена, это легко.

15 февраля, суббота

168 фунтов (чувствую себя гигантским надувным шаром, заполненным фондю, хот-догами, горячим шоколадом и т.д.); порций граппы — 5, сигарет — 32; порций горячего шоколада — 6; калорий — 8257; падений — 3, смертельных экспериментов — 8.

13.00. На краю пропасти. Не могу поверить, что оказалась в такой ситуации. До вершины горы добралась настолько парализованная страхом, что уговорила Марка Дарси ехать вперед; пока надевала лыжи, смотрела, как он спускается по склону — шшш, вжж, — прямо-таки снаряд или что-то подобное.

Хотя я и оч. благодарна ему, что привёз меня кататься на лыжах, всё же не представляла себе, какой это кошмар: сначала вскарабкалась на гору, совершенно при этом не понимая, почему надо пробираться через гигантские бетонные сооружения, с решётками и цепями, как в каком-нибудь концлагере, на полусогнутых, с чем-то вроде гипсовых слепков на каждой ноге; тащить громоздкие лыжи, которые постоянно разваливаются в разные стороны; толкаться в автоматическом турникете, словно овца, которую гонят на водопой, — а ведь можно спокойно лежать в уютной постели.

Хуже всего, что волосы взбесились и встали вертикально, образовав причудливые кустики и рожки, как коробка конфет «Кэдбери» разной формы, а костюм Женщины-кошки создан исключительно для высоких и худых, вроде Джуд, и в результате я похожа на пугало или на тётку из пантомимы. Кроме того, вокруг носятся дети трёхлетнего возраста, без всяких палок, на одной ноге, кувыркаются и т.д.

Горные лыжи действительно очень опасный вид спорта, я ничего не выдумываю. Человека может парализовать, завалить лавиной и т.д. и т.п. Шеззер рассказывала мне про одного своего друга, который отправился на жуткий горнолыжный тур по новому маршруту, а там вдруг потерял всё своё мужество, так что организаторам пришлось спускать его вниз на носилках, и они уронили их.

14.30. Горное кафе. Марк подъехал со свистом — вжж, вжж — и спросил, готова ли я теперь к спуску.

Шёпотом объясняю, что, поднявшись на гору, сделала большую ошибку: горные лыжи — оч. опасный вид спорта, настолько опасный, что не спасет даже туристическая страховка. Одно дело стать жертвой несчастного случая, когда ты не можешь его предвидеть, и совсем другое — по собственной воле ставить себя в крайне опасную ситуацию, сознательно играя со смертью или рискуя изувечиться. Это всё равно что прыгать в пропасть на резинке, лезть на Эверест, позволять стрелять в яблоки, лежащие у тебя на голове, и т.д.

— Понял твою точку зрения, Бридж. Но это детский склон — практически горизонтальный, он безопасен.

Заявляю Марку, что хочу спуститься вниз, но он говорит что это бугельный подъемник, а на нем спуститься с горы нельзя. Через сорок пять минут Марк спускает меня вниз, чуть-чуть подталкивая, а затем быстро обгоняя, чтобы поймать. Когда мы добираемся до подножия, чувствую в себе силы, чтобы поднять вопрос о том, чтобы спуститься на фуникулере обратно в деревню, немного отдохнуть и выпить капучино.

— Дело в том, Бридж, — подытоживает Марк, — что катание на горных лыжах — это как всё в жизни: тут важна уверенность в себе. Пошли, тебе не помешает выпить граппы.

14.45. Ммм, обожаю вкуснейшую граппу!

15.00. Граппа и впрямь оч. хор. напиток, высшего класса. Марк прав — вполне возможно, что я от природы замечательно катаюсь на лыжах. Главное — выработать эту проклятую уверенность.

15.15. Вершина детского склона. О боже, это, чёрт возьми, проще простого! Вперёд! Вжж!..

16.00. Я — чудесная, фантастическая лыжница! Только что отлично спустилась со склона вместе с Марком — шшш, вжж... Всё моё тело изгибалось в совершенной гармонии, будто инстинктивно. Дикий восторг! Открыла для себя целое новое удовольствие в жизни. Я — спортсменка, как принцесса Анна! Переполнена новой энергией и позитивными мыслями! Уверенность в себе! Ура! Впереди новая, уверенная жизнь! Граппа! Ура!

17.00. Мы пошли отдохнуть в горное кафе, и там Марка вдруг обступило целое стадо людей юристско-банкирского типа. Спиной ко мне стояла высокая, стройная блондинка, в белой лыжной юбочке, пушистых наушниках, с тенями от Версаче, и заливалась оглушительным смехом. Как в замедленной съёмке, блондинка откинула волосы с лица, и, когда они мягкой завесой вернулись на место, до меня стало доходить, что я узнаю этот смех, а потом завороженно смотрела, как она поворачивается к нам лицом... Это была Ребекка.

— Бриджит! — преувеличенно звонко воскликнула она, целуя меня. — Ты великолепна! Как я рада тебя видеть! Какое совпадение!

Смотрю на Марка: озадаченно чешет голову.

— Эмм, не совсем совпадение, — смущенно проговорил он. — Это ведь ты предложила пригласить сюда Бриджит. То есть... я, конечно, очень рад всех вас видеть, но не ожидал, что вы тоже сюда приедете.

Что мне действительно нравится в Марке — всегда ему верю. Но когда она предложила это, когда?.. На секунду Ребекка смутилась, но тут же победно улыбнулась.

— Верно, но я тогда вспомнила, как чудесно в Куршавеле, и все остальные ехали... О-о-о! — Будто случайно повернулась в сторону и позволила себя «перехватить» заждавшемуся поклоннику.

— Хмм... — промычал Марк с видом не особенно счастливым.

Стою опустив голову, пытаюсь сообразить, что

происходит, вести себя адекватно, но быстро устаю от такого напряжения и шепчу Марку, что намерена ещё разок прокатиться по детскому склону.

Добираюсь до очереди к лифту гораздо проще, чем раньше, испытывая большое облегчение — избежала дурацкой сцены. Первые две кабинки пропускаю — не могу за них ухватиться, — зато следующую ухитряюсь поймать.

Беда в том, что, как только кабинка поехала, происходящее показалось мне не совсем правильным: всё не так, будто я дезертировала с места боя. Замечаю, что ребёнок в соседней кабинке машет мне и что-то пронзительно кричит по-французски. В ужасе оглядываюсь на балкон кафе и вижу: все друзья Марка тоже кричат и размахивают руками. Что происходит?.. Вижу Марка — выскочил из кафе и несётся ко мне.

— Бри-иджи-ит! — вопит Марк, подбежав на достаточное расстояние, чтобы я могла его расслышать. — Ты забы-ыла надеть лы-ыжи!..

— Вот ду-ура! — прохохотал Найджел, как только мы вернулись в кафе. — Ничего глупее в жизни не видел!

— Хочешь я с ней побуду? — предложила Ребекка Марку, заботливо распахнув глаза, будто я занудный младенец. — А ты можешь спокойно покататься перед ужином.

— Нет-нет, у нас всё прекрасно! — отказался Марк.

Но я-то видела по его лицу, что ему очень хочется пойти и покататься, и правда сама была за то, чтобы он пошёл, ведь он это любит. И в то же время никак не могла допустить, чтобы эта чёртова Ребекка учила меня ездить на лыжах.

— Вообще-то, думаю, мне стоит отдохнуть, — решила я. — Попью горячего шоколада и приду в норму.

Пить шоколад в кафе очень приятно — будто тянешь из огромной чашки шоколадный соус, — к тому же это отвлекало меня от созерцания, как Марк и Ребекка поднимаются вместе на лифте в одной кабинке. Всё равно я видела, как она смеялась и кокетливо трогала Марка за руку.

Через некоторое время они появились на склоне и

заскользили вниз, Снежные Король и Королева — он в чёрном, она в белом. Настоящая пара из рекламной брошюры Шале: подразумевается, что — кроме восьми спусков, четырёхсот подъёмов и полупансиона — вас ожидает грандиозный секс, такой, которым эти двое как раз собираются заняться.

— Ох, как же я устала! — засмеялась Ребекка Марку в лицо, поднимая на лоб тёмные очки. — Слушайте, хотите поужинать сегодня с нами? Мы собираемся есть фондю на вершине горы, потом спустимся с фонариками... ой, прости, Бриджит, ты можешь спуститься на фуникулере.

— Нет! — резко оборвал ее Марк. — Я пропустил День Святого Валентина, так что приглашаю Бриджит на ужин вечером в этот день.

В Ребекке хорошо то, что всегда есть какая-то доля секунды, когда она выдает себя обескураженным видом.

— Ладно-ладно, как хотите, желаю приятно провести время! — опомнилась она, сверкнула рекламной отбеленной улыбкой, опустила очки и покатила в сторону города, подняв за собой снежную пыль.

— Где ты её встретил? — спросила я. — Когда она предложила тебе поехать в Куршавель?

Марк нахмурился.

— Она была в Нью-Йорке.

Ноги у меня подкосились, и я уронила палку. Марк рассмеялся, поднял её и крепко меня обнял.

— Не пугайся так. — И прижался щекой к моей щеке. — Кроме неё там была толпа народу, я и поговорил-то с ней всего минут десять. Не скрыл, что хочу сделать тебе что-нибудь приятное, потому что пропустил День Святого Валентина, и она предложила пригласить тебя сюда.

Я издала тихий, неопределённый звук.

— Бриджит, — сказал Марк, — я люблю тебя.

16 февраля, воскресенье

Вес — не волнует (да и взвеситься негде); количество повторений в воображении той возвышенной минуты, когда были произнесены слова Любви, — непомерное, бесконечное, как чёрная дыра.

Я так счастлива! На Ребекку совсем не сержусь — великодушна и всё прощаю. Она необычайно милая, кичливая и тупая саранча-корова. Мы с Марком чудесно, весело поужинали, оч. много смеялись да рассказывали, как мы друг по другу скучали. Преподнесла ему подарок — маленький брелок и трусы, всё с эмблемой «Ньюкасл юнайтид», — он был очень, очень рад. А он подарил мне красную шёлковую ночную рубашку, которая оказалась чуточку узковатой, но он, кажется, совсем не расстроился, скорее, наоборот, если уж совсем честно. Потом Марк поведал мне про всё, что случилось с ним в Нью-Йорке, а я высказала все свои мнения на этот счет, — охарактеризовал их как очень убедительные и «уникальные».

17 февраля, понедельник

132 фунта (ох, проклятый горячий шоколад!); порций алкоголя — 4 (но включая самолет, так что оч. хор.); сигарет — 12; ошеломляющих неоколониалистских действий, совершенных мамой, — 1.

Мини-брейк получился фантастический, если не считать Ребекки, но сегодня утром в Хитроу я испытала легкий шок. Стоим мы в зале ожидания и ищем вывеску такси — вдруг раздаётся голос:

— Дорогая! Не стоило тебе приезжать встречать меня, глупышка! Там, снаружи, нас ждут Джеффри и папа! Мы зашли только купить папе подарок. Иди познакомься с Веллингтоном!

Мама — вся покрытая ярко-оранжевым загаром. Волосы заплетены в косички с бусинками на концах, как у Бо Дерека; объемный оранжевый батик, как у Винни Манделы.

— Ты наверняка подумала, что он из племени масаи, а он из племени кикуйю! Кикуйю — вообрази!

Проследила за её взглядом в сторону галантерейного магазинчика: у прилавка, с раскрытым кошельком, стоит Юна Олконбери, тоже вся оранжевая, в батике длиной до пола (но в обычных своих очках, с толстыми стеклами) и с зелёной кожаной сумочкой, украшенной внушительной золотой застёжкой. Юна восхищенно взирает на громадного чёрного юношу в ярко-синем клетчатом балахоне — мочки свисают чуть не до плеч, в одной болтается кассета из-под фотопленки.

— Хакуна матата! Донт варри, би хэппи! Суахили. Правда же, потрясающе? Мы с Юной великолепно отдохнули, а Веллингтон приехал к нам! Привет, Марк! — Мама бегло отметила его присутствие. — Идем, дорогая! Почему ты не скажешь Веллингтону «джамбо»!

— Тише, мам, тише! — прошипела я не разжимая губ и нервно оглядываясь. — Ты не можешь приглашать жить к себе африканского дикаря. Это неоколониализм, и папа только что отошёл после Хулио.

— Веллингтон не дикарь! — возразила мама, гордо выпрямляясь. — Ну, во всяком случае, дорогая, — не настоящий дикарь! В смысле — живёт в хижине из навоза. Но он загорелся ехать! Совершить кругосветное путешествие, как мы с Юной!

По дороге домой, в такси, Марк был довольно неразговорчив. Как бы мне хотелось, чтобы у меня была нормальная, пухлая, седая мама, как у других, которая просто пекла бы вкусные пирожки!

Так, надо позвонить папе.

21.00. Папа впал в максимально подавленное среднеанглийское состояние духа, и голос у него опять...

— Как дела? — осторожно поинтересовалась я, как только наконец отвязалась от возбуждённой мамы.

— О, прекрасно, прекрасно, знаешь. В саду зулусские воины. У примул ростки. Как ты, всё в порядке?

О боже, хватит ли у него сил снова пережить это безумие... Сказала, пусть звонит мне в любое время; но это так тяжело — ведь он всё старается держаться молодцом.

18 февраля, вторник

132 фунта (теперь всерьёз аварийное положение); сигарет — 13; мазохистских фантазий о том, что Марк влюблен в Ребекку, — 42.

19.00. В страшной спешке. Сломя голову примчалась домой после очередного кошмарного рабочего дня (Шез по необъяснимым причинам решила, что обожает футбол, так что мы с Джуд должны ехать к ней смотреть, как немцы громят турок, бельгийцев или кого-то там ещё) и обнаружила на автоответчике два сообщения, оба не от папы.

Первое — от Тома: его друг Адам из «Индепендент» не возражает дать мне возможность попробовать себя в жанре интервью, если только я найду какую-нибудь знаменитость, у которой можно его взять, и не стану ждать, что мне заплатят.

Не может быть, чтобы в газетах именно так обстояли дела. Как тогда они оплачивают свои закладные и лечение от алкоголизма?

Второе послание — от Марка: сообщает, что вечером занят с комиссией по амнистиям и индонезийцами, и спрашивает, можно ли позвонить мне к Шеззер и узнать, как проходит матч. «Да, и вот еще что: э-э-э... Ребекка приглашает нас и всю «компанию» на загородную вечеринку в доме её родителей в Глостершире на следующий уик-энд. Что ты об том думаешь? Перезвоню попозже».

Что я об этом думаю — точно знаю. Лучше сидеть в маленькой норке в саду у мамы с папой и весь уик-энд заводить дружбу со всеми тамошними червяками, чем ехать на загородную вечеринку к Ребекке и любоваться, как она флиртует с Марком. И почему это она не позвонила мне, чтобы пригласить нас?

Это Навязчивое Упоминание, именно настоящее Навязчивое Упоминание — никаких сомнений. Телефон! Готова поспорить, это Марк. Что я ему скажу?

— Бриджит, возьми трубку, положи на место, положи на место. Положи на место!

Растерянно беру трубку.

— Магда?

— Бриджит! Привет! Как покаталась на лыжах?

— Здорово, но... — рассказала ей всё про Ребекку, и Нью-Йорк, и загородную вечеринку. — Не знаю, ехать мне или нет.

— Конечно, ехать, Бридж! — воскликнула Магда. — Если бы Марк хотел встречаться с Ребеккой, так и встречался бы с Ребеккой, а он... О боже, кончай,

кончай, Харри, сейчас же слезай со стула, а не то мама тебя так отшлёпает! Вы два совершенно разных человека.

— Хмм... Кажется, Джуд и Шеззер сказали бы...
Трубку выхватил Джереми.

— Послушай, Бридж, спрашивать совета по поводу любовных отношений у Джуд и Шеззер — это всё равно что спрашивать совета у консультанта по диете, который весит двести восемьдесят.

— Джереми! — закричала Магда. — Он просто играет в адвоката дьявола, Бридж, не обращай на него внимания. У каждой женщины своя аура. Он выбрал тебя. Езжай, будь великолепна и присматривай за ней... Не-е-т, только не на пол!

Магда права. Буду уверенной в себе, разумной, ответственной женщиной, с достоинством, и прекрасно проведу время, источая свою ауру. Ура! Сейчас позвоню папе и поеду смотреть футбол.

Полночь. Снова дома. Оказавшись на улице, на пронизывающем холоде, уверенная в себе женщина с достоинством испарилась от беззащитности. Пришлось пройти мимо рабочих, которые что-то делали с газовой трубой под яркими фонарями. На мне было очень короткое пальто и ботинки, так что приготовилась к непристойному свисту и нескромным выкрикам, а когда ничего такого не последовало, почувствовала себя полной идиоткой.

Это мне напомнило один случай в мои пятнадцать. Шла по безлюдной пригородной улочке, увязался за мной какой-то тип, схватил за руку. В панике поворачиваюсь чтобы взглянуть на напавшего. В то время я была оч. стройная и носила обтягивающие джинсы; правда, ещё круглые очки и проволоку на зубах. Он всего лишь взглянул на мое лицо — и тут же убежал.

Когда приехала, поделилась своими чувствами отн. рабочих с Джуд и Шерон.

— В этом-то всё и дело, Бриджит! — взорвалась Шеззер. — Мужчина обращается с женщиной как с вещью, будто единственная её функция — физическая привлекательность.

— Но они как раз так не сделали, — возразила Джуд.

— Вот именно поэтому всё это так противно. Ладно, пошли, пора смотреть матч!

— Ммм, какие у них классные мышцы на ногах, правда? – заметила Джуд.

— Ага, – согласилась я, рассеянно размышляя, рассвирепеет ли Шез, если во время матча заговорить о Ребекке.

— Одна моя знакомая однажды спала с турком, – продолжала Джуд. – У него такой огромный член, что он ни с кем не мог спать.

— Что? Кажется, ты сказала, что она-то спала, – отреагировала Шеззер не отрываясь от телеэкрана.

— Она с ним спала, но она не делала этого, – объяснила Джуд.

— Потому что не могла, потому что у него был слишком большой член, – поддержала я Джуд с её историей. – Ужасно... Как вы думаете, это зависит от национальности? В смысле как вы думаете, у турок...

— Заткнитесь и смотрите! – оборвала меня Шеззер.

Мы все затихли на какое-то время, воображая много членов, аккуратно засунутых в шорты, и припоминая все известные нам игры разных национальностей. Только я собралась снова открыть рот, как Джуд, которая, казалось, глубоко о чем-то задумалась, провозгласила:

— Наверно, это очень странно – иметь член.

— Да, – согласилась я, – очень странно иметь активный придаток. Если бы у меня был такой, я бы всё время о нём думала.

— Ну да, беспокоилась бы, что он станет делать дальше, – кивнула Джуд.

— Точно! – подхватила я. – У тебя неожиданно может случиться гигантская эрекция прямо посреди футбольного матча.

— О, ради бога! – завопила Шерон.

— Спокойно, без нервов, – отозвалась Джуд. – Бридж, у тебя всё в порядке? Тебя как будто что-то беспокоит.

Я опасливо взглянула на Шез, но тут же решила, что дело слишком важное, чтобы врать. Прокашлялась, чтобы привлечь внимание, и объявила:

— Ребекка позвонила Марку и пригласила нас на мини-брейк на этот уик-энд.

— Что?! — хором вскричали Джуд и Шез.

Меня очень порадовало, что серьёзность ситуации оценена по полной программе. Джуд полезла за коробкой шоколадных конфет, а Шез достала из холодильника новую бутылку.

— Вот что, — резюмировала Шерон, — мы знаем Ребекку уже четыре года. За это время хоть раз приглашала она тебя, меня или Джуд хоть на одну из своих шикарных загородных вечеринок на уик-энд?

— Нет! — торжественно замотала я головой.

— Но вот что, — возразила Джуд, — если ты не поедешь, а он поедет один, что будет? Не можешь же ты позволить Ребекке его зацапать. Кроме того, ясно: для человека с его положением в обществе важно иметь женщину — хорошего социального партнера.

— Хмпф! — фыркнула Шеззер. — Это всё давно устаревшая чепуха! Если Бриджит говорит, что не хочет ехать, а он едет без неё и путается с Ребеккой, так он второсортный шарлатан и не стоит иметь с ним дело. Социальный партнер... пха! Мы же не в пятидесятые живем. Она не убирается в доме целыми днями в жестком лифчике и не развлекает потом его коллег, как какая-нибудь наложница. Скажи ему — ты знаешь, что Ребекка к нему клеится, и потому ехать не хочешь.

— Но это польстит ему, — рассуждала Джуд. — Для мужчины влюблённая в него женщина — самое привлекательное.

— Кто сказал? — поинтересовалась Шез.

— Баронесса в «Звуках музыки», — неуверенно ответила Джуд.

К сожалению, к тому времени, как мы снова обратили внимание на игру, оказалось, что она кончилась. И тут позвонил Марк.

— Что там было? — нетерпеливо спросил он.

— Э-э-э... — растерялась я, бешено жестикулируя в сторону Джуд и Шеззер.

А они сидят себе с растерянным видом.

— Вы же смотрели матч?

— Да, конечно, «футбол приходит в дом, прихоодит», — пропела я, слабо припоминая, что это как-то связано с немцами.

— Так почему тогда ты не знаешь, что там было? Я тебе не верю!
— Мы смотрели. Но мы...
— Что?
— Разговаривали, — виновато закончила я.
— О боже... — последовала длинная пауза. — Слушай, ты хочешь ехать к Ребекке?

Лихорадочно перевожу взгляд с Джуд на Шеззер. Один голос «за», один «против», еще один — «за», от Магды.

— Да, — решилась я.
— Прекрасно. Думаю, будет весело. Она просила взять с собой купальник.

Купальник! Это конец! Коне-е-е-ец!

По дороге домой наткнулась на тех же самых рабочих, — пьяно пошатываясь, вываливаются из бара. Поднимаю голову повыше — мне всё равно, будут они свистеть или нет; прохожу мимо них — раздается дружная какофония одобрительных возгласов. Оборачиваюсь, с удовольствием приготовившись наградить их презрительным взглядом, — они все смотрят в другую сторону, а один только что швырнул кирпич в окно «фольксвагена»...

22 февраля, суббота

131 фунт (ужасно); порций алкоголя — 3 (отличное поведение); сигарет 2 (уф!); калорий — 10 000 (подозреваю саботаж со стороны Ребекки).

Глостершир. Выяснилось, что в «загородном доме Ребеккиных родителей» — конюшни, пристройки, бассейн, полный набор прислуги и собственная церковь в саду. Когда мы с хрустом шли по гравию, Ребекка — в джинсах, обтягивающих её круглый задик как в рекламе Ральфа Лорана, — возилась с собакой, размахивая волосами (в них играл солнечный свет), среди выстроившихся рядами «саабов» и «БМВ» с откидным верхом.

— Эмма! Сидеть! Приве-е-ет! — воскликнула она.
Собака сорвалась с места и уткнулась носом прямо в мой пиджак.

— Ну-у-у, идём что-нибудь выпьем! — пригласила Ребекка Марка, пока я боролась с собачьей головой.

Марк спас меня, крикнув:

— Эмма! Ко мне! — И отбросил в сторону палку.

Собака принесла её, виляя хвостом.

— О, она тебя обожает, правда, дорогая, правда, правда? — просюсюкала Ребекка, любовно глядя собаку по голове, будто это их с Марком первый ребёнок.

Зазвонил мой мобильный — стараюсь не обращать внимания.

— Кажется, это твой, Бриджит, — заметил Марк.

Достаю мобильный, нажимаю кнопку.

— О, привет, дорогая! Знаешь что?

— Мама, зачем ты звонишь мне на мобильный? — Наблюдаю, как Ребекка уводит Марка.

— В следующую пятницу мы все идем на «Мисс Сайгон»! Юна с Джеффри, мы с папой и Веллингтон. Он никогда раньше не видел мюзикла. Человек из племени кикуйю — на «Мисс Сайгон». Правда, забавно? Мы взяли билеты и для вас с Марком! Ха-а-а! Мюзиклы! Странные мужчины стоят с раздвинутыми ногами и вопят песни, глядя прямо перед собой.

К тому времени, как я добралась до дома, Марк с Ребеккой уже исчезли, вокруг никого, кроме собаки, снова уткнувшей нос в мой пиджак.

16.00. Только что вернулись с прогулки по саду. Ребекка упорно втягивала меня в разговоры с мужчинами, а затем утаскивала Марка на мили вперед от всех остальных. В конце концов я осталась с племянником Ребекки: что-то вроде Леонардо ди Каприо, в оксфордском пиджаке, с затравленным видом. Все называют его Сынок Джонни.

— У меня, между прочим, есть имя, — пробормотал он.

— О, не может бы-ы-ы-ы-ыть! — воскликнула я, передразнивая Ребекку. — Какое?

Он смущенно помолчал.

— Сэйнт Джон.

— Ох... — посочувствовала я.

Парень засмеялся и предложил мне сигарету.

— Не стоит, — отказалась я и кивнула в сторону Марка.

— Это ваш бойфренд или отец?

Он провёл меня в сторону от тропинки, к маленькому озеру, и прикурил сигарету. Это было оч. приятно — курить и озорно хихикать.

— Лучше пойдём обратно, — предложила я и затушила сигарету ботинком.

Все уже ушли далеко вперёд, так что мы побежали — молодые, дикие и свободные, как в рекламе Келвина Клайна. Когда догнали остальных, Марк обхватил меня руками.

— Чем ты занималась? — прошептал он, зарывшись лицом в мои волосы. — Курила, как непослушная школьница?

— Я не выкурила ни одной сигареты за последние пять лет! — звонко объявила Ребекка.

19.00. Ммм, ммм... Марк был так хорош перед ужином, ммм...

Полночь. Ребекка из кожи вон лезла, чтобы за ужином посадить меня рядом с Сынком Джонни:

— Вы та-а-а-ак хорошо поладили!

А сама угнездилась рядом с Марком. Вместе, в вечерних нарядах, они смотрелись идеально. Вечерние наряды... Как сказала Джуд, всё это только из-за того, что Ребекка хотела продемонстрировать свою фигуру и в костюме из «Кантри кэжьюэлз», и в вечернем платье как на конкурсе «Мисс Мира».

— Давайте переоденемся в купальники! — Легко выбежала и через несколько минут появилась в безупречном чёрном купальнике — в нём казалось, что у неё ноги до люстры.

— Марк, — обернулась она к нему, — поможешь мне снять покрывало с бассейна?

Марк тревожно перевёл взгляд на меня.

— Конечно... да... — нескладно пробормотал он и исчез вслед за ней.

— Ты пойдёшь плавать? — спросил подросток.

— Ну... — начала я, — не сомневайся — я уверенная и убеждённая спортсменка, но одиннадцать часов вечера, после обеда из пяти блюд, по-моему, не самое подходящее время для плавания.

Поболтали немного, а потом я заметила, что уже последний гость покидает комнату.

— Может, пойдем выпьем кофе? — поднялась я.

— Бриджит... — Неожиданно мальчик шатнулся вперёд и полез целоваться.

Дверь распахнулась — Марк и Ребекка...

— Упс, простите! — хихикнула Ребекка и захлопнула дверь.

— Ты соображаешь, что делаешь?! — в ужасе сиплю я этому дурачине.

— Но... Ребекка говорит, ты ей сказала, что я тебе очень нравлюсь и... и...

— И что?

— Говорит, вы с Марком намерены расстаться.

Я схватилась за край стола.

— Кто ей это сказал?

У него сделался такой испуганный вид, что мне стало его жалко.

— Говорит — Марк.

23 февраля, воскресенье

172 фунта (наверно); порций алкоголя — 3 (считая с полуночи, а сейчас только семь утра); сигарет — 100 000 (по моим ощущениям); калорий — 3275; позитивных мыслей — 0; бойфрендов — крайне неточное число.

Когда я вернулась в комнату, Марк был в ванной, так что я надела ночную рубашку, села и стала планировать свою защиту.

— Это не то, что ты подумал! — оригинально объявила я, когда он появился со стаканом виски.

— Нет? — переспросил Марк и стал прохаживаться по комнате, как адвокат в суде, завернутый в одно полотенце.

Выглядел при этом расстроенным, но невероятно сексуальным.

— Может, у тебя в горле застрял мраморный шарик? И это Синджун, а вовсе не обеспеченный родителями малолетний бездельник, как кажется на первый взгляд? Может, он известный врач ухо-горло-нос, который пытался вытащить шарик при помощи языка?

— Не-ет, — осторожно, спокойно ответила я, — ни то ни другое.

– Или вы делали искусственное дыхание? Этот Синджун выискал в своих протухших от марихуаны мозгах обрывки информации о первой помощи. А информацию эту получил, наверно, из плакатов – тех, что висят на стенах реабилитационных центров для наркоманов, – сколько он их перевидал в своей короткой, бедной событиями жизни. И пытался прописать тебе поцелуй жизни. Или просто перепутал тебя с отборной порцией наркотика и не устоял...

Я стала хохотать, он тоже, мы начали целоваться, так одно за другим, и в конце концов заснули в объятиях друг друга.

Утром я пробудилась в радужном настроении – всё в порядке; потом огляделась – Марк уже одет... Нет, всё далеко не в порядке.

– Я могу объяснить! – И вскочила с постели.

Несколько секунд мы смотрели друг на друга, потом рассмеялись. Затем Марк снова помрачнел.

– Давай, объясняй.

– Это всё Ребекка, – заторопилась я. – Сэйнт Джон сказал мне, что Ребекка сказала ему, что я сказала ей, что он мне нравится, и...

– И ты веришь в этот бестолковый бред, в этот испорченный телефон?

– И что ты сказал ей, что мы...

– Да?

– Намерены расстаться, – заключила я.

Марк сел и начал тихо-тихо тереть пальцами лоб.

– Ты говорил?.. – прошептала я. – Ты это говорил Ребекке?..

– Нет, – ответил он после паузы, – этого я Ребекке не говорил, но...

Я боялась взглянуть на него.

– Но, может быть, мы... – продолжал Марк.

У меня всё поплыло перед глазами. Ненавижу такие ситуации. Как только человек становится тебе ближе всех на свете, тут же, стоит только ему произнести «на некоторое время», «серьёзный разговор» или «может быть, мы» – и ты уже больше никогда его не увидишь, а следующие шесть месяцев прокручиваешь в уме воображаемые диалоги – он просит тебя вернуться – и рыдаешь при виде его зубной щетки.

— Ты хочешь расстаться со мной?

В дверь постучали: Ребекка, в темно-розовой кашемировой шали, вся сияет.

— Ребята, последний звонок к завтраку! — прощебетала она не думая удаляться.

В результате я завтракала с всклокоченной, немытой головой, а Ребекка подавала индийские блюда, взмахивая блестящей гривой.

Домой ехали молча. Из последних сил старалась не показать, как скверно у меня на душе, и не брякнуть чего-нибудь глупого. По опыту знаю, как это ужасно, когда убеждаешь кого-то, что не надо расставаться, а он про себя уже всё решил, и потом ты всё обдумываешь свои слова и чувствуешь себя полной идиоткой.

«Не надо так! — хотелось мне крикнуть, когда остановились у моего дома. — Она старается подцепить тебя, всё это подстроено! Я не целовалась с Сэйнт Джоном! Я люблю тебя!»

— Ладно, пока, — произнесла я с достоинством и заставила себя вылезти из машины.

— Пока, — пробормотал Марк не глядя на меня.

Я смотрела, как он быстро, с визгом разворачивается. Когда отъезжал, заметила — сердито потёр щёку, будто пытался что-то стереть.

4

Убеждение

24 февраля, понедельник

210 фунтов (суммарный вес тела и несчастья); порций алкоголя — 1; сигарет — 200 000; калорий — 8477 (не считая шоколада); теорий о том, что происходит, — 447; кол-во передумываний насчёт того, что мне делать, — 448.

3.00. Не знаю, что бы я вчера делала, если бы не подруги. Позвонила им сразу же, как только Марк уехал, через пятнадцать минут они уже были у меня, и никто ни разу не произнёс: «Я тебя предупреждала...»

Шеззер ворвалась с батареей бутылок и охапкой пакетов, пролаяв:

— Он звонил?

Вся сцена очень напоминала эпизод из сериала «Скорая помощь», когда появляется доктор Грин.

— Нет, — ответила за меня Джуд, засовывая мне в рот сигарету как термометр.

— Это вопрос времени! — бодро заверила Шез, откупоривая бутылку шардонне и распаковывая три пиццы, две пачки пралине и пакет с твиксами.

— Ага! — подхватила Джуд, выкладывая на видеомагнитофон кассету с фильмом «Гордость и предубеждение»; за ней последовали «Через любовь и потерю — к самооценке», «Пособие по пяти стадиям любви» и «Как залечить рану ненавистью». — Он вернется.

— Как вы думаете, может, мне ему позвонить? — пролепетала я.

— Не-ет! — завопила Шез.

— Ты с ума сошла! — закричала Джуд. — Он марсианский попрыгунчик на резинке. Последнее, что ты должна делать, — это звонить ему!

— Знаю, — обиженно согласилась я.

Не думает же она, что я настолько неначитанна.

— Ты должна позволить ему вернуться в свою пещеру и осознать свою любовь. А ты сползаешь от Исключительности обратно к Неуверенности.

— А вдруг он...

— Давай-ка, Шез, наливай! — вздохнула Джуд. — А то она всю ночь будет ждать, когда он позвонит, вместо того чтобы работать над самооценкой.

— Не-е-ет! — взревела я, как будто они собирались отрезать мне ухо.

— Вот так! — Шез со щелчком выдернула телефонный шнур из розетки. — Это пойдёт ему на пользу.

Два часа спустя я уже чувствовала, что окончательно запуталась.

— «Чем больше мужчине нравится женщина, тем больше он будет избегать серьёзных отношений!» — победно вычитала Джуд цитату из «Свидания Марса и Венеры».

— По-моему, вполне в духе мужской логики, — возразила Шез.

— Значит, то, что он меня бросил, на самом деле означает, что он и впрямь серьезно воспринимает наши отношения? — оживилась я.

— Подожди, подожди... — Джуд уткнулась в «Эмоциональную интеллигентность». — Жена ему изменила?

— Да, — промямлила я с полным ртом твиксов, — через неделю после свадьбы, с Даниелом.

— Хмм... Понимаешь, похоже на то, что он тоже испытал Эмоциональную Утрату, возможно из-за эмоционального «ушиба», который получил раньше, а ты сама того не желая его задела. Конечно, конечно, вот в чём дело! Вот почему он так бурно отреагировал на то, что ты обнималась с мальчиком. Так что не волнуйся: как только «ушиб» перестанет расшатывать его нервную систему, он осознает свою оплошность.

— И поймёт — следует встречаться с кем-нибудь другим, потому что ты слишком ему нравишься! — весело заключила Шерон, закуривая сигарету.

— Замолкни, Шез! — шикнула на нее Джуд. — Замолкни!

Поздно — образ Ребекки соткался в воздухе, заполнив всю комнату, как прозрачный монстр.

— Ой-ёй-ёй-ёй!.. — простонала я, закатив глаза.

— Быстро, дай ей выпить, дай ей выпить! — крикнула Джуд.

— Прости, прости... Поставь «Гордость и предубеждение»... — забормотала Шез, наливая мне в рот чистый бренди. — Найди место с мокрой рубашкой. Пиццу есть будем?

Всё это походило на Рождество или, скорее, на ситуацию, когда кто-то умирает, но в суматохе с похоронами всё встаёт с ног на голову и это настолько отвлекает, что никто и не замечает потери. Беда наступает, когда жизнь возвращается в обыкновенное русло и становится как было, только уже без умершего. Например, как сейчас.

19.00. Дикая радость! Вернулась домой — лампочка на автоответчике мигает.

— Бриджит, привет, это Марк. Не знаю, где ты была вчера вечером, но ладно, просто проверяю. Попробую позвонить позже.

Попробует позвонить позже, хмм... Итак, это, по-видимому, означает, что мне не надо ему звонить.

19.13. Не перезвонил. Не уверена, что теперь будет правильно. Лучше позвоню Шез.

В довершение ко всему прочему волосы взбесились, будто из сострадания ко мне. Странное явление природы: неделями прическа нормальная — и вдруг за какие-то пять минут впадает в бешенство и объявляет, что пора стричься; так ребёнок начинает реветь, чтобы его покормили.

19.30. Позвонила Шез; проиграла ей сообщение и спросила, стоит ли мне перезвонить.

— Нет! Дай ему помучиться. Если он тебя бросил, а потом передумал, ему ещё придётся доказать, чёрт подери, что он тебя достоин.

Шез права. Да, я оч. решительно настроена отн. Марка Дарси.

20.35. Хотя... может, ему грустно. Ужасаюсь при мысли, что он сидит, в своей футболке «Ньюкасл юнайтед», и грустит. Может, всё-таки позвонить?

20.50. Только собралась звонить Марку и высказать ему, как я его люблю и что всё это просто недоразумение, но, на моё счастье, Джуд успела позвонить, раньше чем я взяла трубку. Сообщила ей о своём неожиданном, но подозрительном настрое.

— Итак, ты хочешь сказать, что снова впала в Отрицание Очевидного?

— Да-а... — неуверенно согласилась я. — Может, позвонить ему завтра?

— Нет! Если хочешь возобновить отношения, нельзя омрачать их всякими сценами, так что подожди четыре-пять дней, пока не восстановишь форму, а потом... Да, ничего плохого, если сделаешь такой лёгкий, дружественный звонок, просто чтобы дать ему понять — всё о'кей.

— «Дружественный звонок»?..

— Да-да, вот так и поступи! Ручаюсь тебе — это пойдёт только на пользу вашим отношениям.

23.00. Не позвонил. Вот чёрт! Совсем сбита с толку. Мир любовных отношений — это как отвратительная игра с блефом и двойным блефом: мужчины и женщины ведут огонь друг по другу, засев по разные стороны баррикады. Будто существует некий свод законов и предполагается, что все должны ему следовать, но никто не знает, в чём он состоит, и каждый просто выдумывает свой собственный. И в результате тебя бросают, потому что ты не следовал правильным законам. Но ведь ты и не мог, поскольку заранее не знал, что это за законы!

25 февраля, вторник

Проезжала мимо дома Марка с целью проверить, горит ли там свет, — 2 раза (или четыре, если считать в обе стороны); набирала 141 (чтобы он не мог вычислить мой номер, если позвонит по 1471) и сразу же звонила ему на автоответчик, чтобы услышать его голос, — 5 раз (плохо) (хотя оч. хор., что не оставила сообщений); искала в телефонной книге номер Марка Дарси, чтобы убедиться, что он ещё существует, — 2 раза (оч. сдержанно); исходящих звонков с мобильного, чтобы не занимать телефонную линию, на случай если он позвонит, — 100%.; звонящих абонентов, вызвавших злое раздражение тем, что они не Дарси (если не звонили, чтобы поговорить о Марке Дарси), и принуждённых освободить телефон как можно быстрее, чтобы не заблокировать звонок от Марка Дарси, — 100%.

20.00. Только что звонила Магда — спрашивала, как прошёл уик-энд. Рассказала ей всё.

— Слушай, если ты ещё раз так сделаешь — отправишься в угол! Харри! Извини, Бридж. А он что?

— Я с ним не разговаривала.

— Что? Почему?

Рассказала всё про сообщение на автоответчике и теорию марсианской резинки — эмоционального ушиба — избыточной любви.

— Бриджит, я просто отказываюсь верить! Из всей твоей истории вовсе не следует, что он тебя бросил. Просто у него испортилось настроение — ведь он поймал тебя, когда ты с кем-то там обнималась.

— Не обнималась я! Это всё произошло... случайно, против моей воли.

— Но он же не умеет читать мысли. Как, интересно, он узнает, что ты чувствуешь на самом деле? Вам надо объясниться! Ох, извини... Немедленно вытащи это у него изо рта! Ты идёшь со мной! Идёшь со мной наверх и встаёшь в угол!

20.45. Может, Магда и права: просто я вбила себе в голову, что он меня бросил, а он вовсе этого не имел в виду. А тогда, в машине, просто был расстроен из-за всей этой истории с обниманиями и хотел, чтобы я что-нибудь сказала, а теперь он думает, будто я его избегаю! Надо позвонить. Вот в чём проблема современных отношений (или экс-отношений) — не хватает общения.

21.00. Да, я собираюсь это сделать.

21.01. Поехали.

21.10. Марк Дарси резко ответил: «Да?» — бесконечно нетерпеливым тоном. В трубке слышался какой-то шум. Потеряв всю свою решимость, шепчу:

— Это я, это Бриджит...

— Бриджит! Ты с ума сошла! Вообще не соображаешь? Не звонила мне два дня — и теперь звонишь посреди самого важного, самого решающего! Не-е-е-ет! Не-е-е-ет! Дубина, чёрт!.. Господи, дубина, — прямо за защитником! Это же фол! Тебя же... Всё, он его штрафует... его удаляют. О господи! Слушай, я тебе перезвоню, когда кончится.

21.15. Конечно, я знала — там финал чемпионата мира или чего-то еще. Просто забыла; всё из-за того, что переволновалась, погрязла в эмоциональном болоте. С каждым может приключиться.

21.30. Как можно было быть такой дурой? Как? Как?!

21.35. Боже, телефон! Марк Дарси! Нет, это Джуд.

— Ну что? Он не стал с тобой разговаривать, потому что смотрел футбол?! Кончай с ним, немедленно! Будет звонить — тебя нет дома. Как он смеет?!

Сразу поняла, что Джуд права: если бы Марк действительно серьёзно ко мне относился, футбол не был бы важнее. Шез была ещё более выразительна.

— Единственная причина помешательства мужчин на футболе — это их врождённая неполноценность! — взорвалась она. — Комплекс: болеют за какую-нибудь команду, устраивают вокруг этого жуткую шумиху, а воображают, что сами выигрывают матч, что им это одобрение, аплодисменты, всяческие почести...

— Да. Так ты придёшь к Джуд?
— Э-э-э... нет.
— Почему?
— Мы с Саймоном будем смотреть матч.

С Саймоном? Шезер и Саймон?.. Но Саймон просто один из наших друзей.

— Но ведь ты говорила...
— Это совсем другое. Люблю футбол, потому что это очень интересная игра.

Хмм... Уже выходила из дома, когда телефон снова зазвонил.

— О, привет, дорогая, это мама. У нас тут всё замечательно! Все обожают Веллингтона! Мы брали его с собой в Ротари и...

— Мама, ты демонстрируешь кругом Веллингтона как какой-нибудь экспонат!

— Ты знаешь, дорогая, — холодно отозвалась мама, — что я действительно ненавижу — так это расизм и фанатизм.

— Что-о?

— А вот что. Когда Робертсоны вернулись из Амершама, мы возили их в Ротари, и ты ничего тогда не говорила, верно?

Перевожу дыхание, пытаясь выбраться из паутины логических извращений.

— Ты всегда раскладываешь всё по маленьким коробочкам, ведь правда, — с этими твоими Самодовольными Женатиками, Одиночками, цветными и гомосексуалистами. Ладно, я звоню напомнить: «Мисс Сайгон» в пятницу, начало в семь тридцать.

О боже! Мычу в отчаянии:

— У-у-у...

Уверена, что не соглашалась, уверена!

— Ты идёшь, Бриджит; мы уже купили билеты.

Малодушно согласилась принимать участие в этом странном увеселении, невнятно извинившись за Марка — он работает, — и этим крайне маму взбудоражив.

— «Работает», фрр! Над чем таким он трудится в пятницу вечером? Тебе не кажется, что он слишком много работает? Не думаю, чтобы работа...

— Мам, правда надо идти, опаздываю к Джуд! — твёрдо заявила я.

— О, вечно ты бегаешь туда-сюда! Джуд, Шерон, йога... Меня удивляет, что у вас с Марком ещё находится время как-то встречаться!

Как только приехала к Джуд, разговор естественным образом закрутился вокруг Шеззер и Саймона.

— Нет, правда! — Джуд заговорщицки наклонилась ко мне, хотя в квартире больше никого не было. — Наткнулась на них в субботу, в «Конран-шоп»: вместе хихикали над прилавком с ножами, как пара Самодовольных Женатиков.

Современные Одиночки отличаются тем, что единственный способ для них вступить в нормальные отношения — это сделать вид, что никаких отношений нет. Шез с Саймоном вроде не встречаются, но при этом делают всё, что полагается делать обычным парам. А нам с Марком вроде полагается встречаться, но мы при этом вообще друг с другом не видимся.

— Я считаю, люди должны говорить не «мы просто хорошие друзья», а «мы просто встречаемся», — мрачно изрекла я.

— Ага, — кивнула Джуд. — Может, лучше всего «платоническая дружба в сочетании с вибратором»?

Возвращаюсь домой — полное раскаяния сообщение от Марка: пытался звонить сразу после матча, но телефон постоянно занят, а теперь меня вообще нет. Раздумываю, стоит ли ему перезванивать, и тут он сам — винится:

— Прости меня, я ужасно расстроен. А ты?

— Понимаю, — мягко соглашаюсь я. — Чувствую то же самое.

— Я все думаю: ну почему?..

— Верно! — просияла я.

На меня накатывает необоримая волна любви и облегчения.

— Так глупо и не нужно! — с мукой продолжает Марк. — Бессмысленный порыв — и такие ужасные последствия.

— Понимаю... — Вот чёрт, да он переживает ещё больше, чем я.

— Как можно жить после этого?

— Ну, мы ведь люди, — мудро рассуждаю я. — Люди должны прощать друг друга и... себя.

— Ха, легко сказать! — убивается Марк. — Если б его не удалили, нам ни за что не присудили бы пенальти! Мы сражались как короли против львов, но это стоило нам игры.

Издаю сдавленный писк, в голове всё перемешалось... Не может же и впрямь так быть, что футбол у мужчин заменяет чувства?.. Понимаю, футбол захватывает, сплачивает нацию общими целями и общей ненавистью, но все эти муки, депрессии и скорби затягиваются на многие часы после игры и это, безусловно...

— Бриджит, в чём дело? Это просто игра! Даже я это понимаю. Когда ты мне позвонила во время матча, я был так взвинчен, что... Но это просто игра.

— Верно, верно, — отзываюсь я, обводя комнату бешеным взором.

— Ладно, что происходит? От тебя несколько дней ни звука. Надеюсь, ты не обнималась с очередным тинэйджером... О, подожди, подожди, собираются переигрывать... Давай я заеду завтра... нет, стой, у нас завтра матч... в четверг, а?

— Э-э-э... ладно! — выдыхаю я.
— Вот и здорово, встретимся около восьми.

26 февраля, среда

130 фунтов; порций алкоголя — 2 (оч. хор.); калорий — 3845 (плохо); минут, не загруженных размышлениями отн. Марка Дарси, — 24 (существенный прогресс); вариантов двурогой скульптуры, изобретенных волосами, — 13 (тревожно).

8.30. Так, всё, видимо, хорошо (не считая, конечно, волос), хотя возможно, что Марк избегал темы, поскольку не хотел обсуждать чувства по телефону. Итак, завтра вечером всё решится.

Важно быть уверенной в себе, восприимчивой, ответственной, ни на что не жаловаться, восстановить положение и... э-э-э... выглядеть сексапильно. Посмотрим, может, удастся постричься в перерыве. А перед работой пойду в спортзал. А если ещё схожу в сауну — буду вся светиться.

8.45. Из банка пришло письмо — уведомление о перерасходе. И приложен чек на имя «М.С.Ф.С.». Ха, совсем забыла! Мошенник из химчистки сейчас будет разоблачен, и я получу обратно 149 фунтов. О-о-ох, из чека выпала записка; там сказано: «Чек выписан на «Маркс и Спенсер». Финансовая служба».

Это рождественский взнос за карту «М и С». Ох, о боже! Теперь слегка неудобно за то, что я мысленно оклеветала невинного работника и так глупо вела себя с парнем. Хмм, теперь уже слишком поздно идти в спортзал; да и вообще, я расстроена. Пойду после работы.

14.00. Офис. Туалет. Полная, полнейшая катастрофа! Только что вернулась из парикмахерской. Сказала Паоло, что хочу лишь слегка подровнять и чтобы вместо бешеного хаоса получилось как у Рэйчел в сериале «Друзья». Он принялся ворошить мои волосы, и я тут же почувствовала себя в заботливых руках гения, с интуитивным чувством красоты. Паоло казался мне волшебником... Перекидывал волосы так и сяк, вздувал феном в огромный шар, многозначительно поглядывал на меня, как бы желая сказать: «Сейчас превращу вас в горячую цыпку».

Потом он вдруг остановился. Причёска получилась абсолютно безумная — как у школьной училки, которой сделали перманент, а потом постригли «под горшок». Паоло взирал на меня с выжидающей, уверенной ухмылкой, а его помощник подошёл к нам и завздыхал: «О, это божественно!» Я запаниковала, в ужасе уставившись на себя в зеркало, но между нами с Паоло уже установились такие отношения взаимного восхищения, что высказать свое разочарование означало всё это разрушить, как невероятно сложный карточный домик. В результате я присоединилась к сумасшедшим излияниям восторга по поводу монстровой причёски и дала Паоло пять фунтов чаевых. Когда вернулась на работу, Ричард Финч заметил, что я похожа на Рут Мэдок из «Хай де хай».

19.00. Дома. Причёска похожа на совершенное чучело с жутко короткой чёлкой. Только что битых сорок пять минут таращилась на себя в зеркало и поднимала брови, пытаясь заставить чёлку выглядеть подлиннее. Но не могу же я завтра весь вечер походить на Роджера Мура, когда враг пригрозил взорвать его, весь мир и крошечную коробочку с жизненно важными микросхемами М15.

19.15. Попыталась изобразить раннюю Линду Евангелисту путем закрепления чёлки по диагонали с помощью геля — превратилась в Пола Дэниелса.

Меня приводит в ярость тупой Паоло: зачем сотворять такое с другими, зачем? Ненавижу мегаломаньяков парикмахеров с садистскими наклонностями. Подам на Паоло в суд. Напишу на него жалобу в Международный комитет по амнистиям, Эстер Рантцен, Пенни Джунору или кому-нибудь ещё и выведу его на чистую воду по национальному телевидению.

Слишком подавлена, чтобы идти в спортзал.

19.30. Позвонила Тому и рассказала ему о своей психологической травме. Он посоветовал не преувеличивать, а лучше вспомнить Мо Моулэм и ее лысину. Оч. стыдно. Не собираюсь больше переживать. А ещё Том спросил, придумала ли я уже, у кого взять интервью.

— Ну, я была немного занята, — виновата пискнула я.

— Знаешь что? Надо же хотя бы иногда отрывать задницу от дивана!

О боже, что с ним стало в Калифорнии!

— Кому это вообще-то надо? — продолжал Том. — Неужели нет ни одной знаменитости, у которой тебе самой не хотелось бы взять интервью?

Немного подумала и вдруг сообразила:

— У мистера Дарси!
— Что? У Колина Фёрта?
— Да, да! У мистера Дарси! У мистера Дарси!

Итак, у меня есть план. Ура! Поеду на работу и договорюсь об интервью с его агентом. Здорово — соберу из газет всю информацию и воспользуюсь уникальной возможностью... Хотя нет, лучше подождать, пока отрастёт чёлка. Га-а-а, звонок в дверь! Только бы не Марк, он же ясно сказал — завтра. Спокойно, спокойно...

— Это Гари, — послышалось из домофона.
— О, привет, привет, Гари-и-и! — деланно обрадовалась я, не имея ни малейшего понятия, кто это такой. — Как дела?

Соображаю: а у кого, собственно, я спрашиваю?

— Неважно. Ты впустишь меня?

Вдруг я узнала голос.

— А, Гари! — У меня ещё более преувеличенная радость в голосе. — Поднимайтесь! — И хлопаю себя по лбу: что он тут делает?

Гари входит: выцветшие рабочие джинсы, оранжевая футболка и какой-то странный клетчатый пиджак с воротником из искусственной кожи.

— Привет! — И усаживается за кухонный стол с таким видом, будто он мой муж.

Не знаю, как себя вести, — двое-людей-в-одной-комнате-с-принципиально-разными-представлениями-о-своих-реальных-взаимоотношениях.

— Так, Гари, — намекаю, — я немного спешу!

Он не отвечает и принимается мастерить самокрутку. Внезапно пугаюсь: вдруг он сумасшедший, насильник... Но Гари никогда не пытался изнасиловать Магду, во всяком случае насколько мне известно.

— Вы что-нибудь здесь забыли? — нервно интересуюсь я.

— Не-а, — мотает он головой, продолжая трудиться над самокруткой.

Взглядываю на дверь, прикидывая, стоит ли перебежать к ней поближе.

— Где у тебя громоотвод?

«Гари-и-и! — чуть не заорала я. — Уходите! Просто уходите! Я сегодня вечером встречаюсь с Марком, а мне ещё надо сделать что-нибудь со своей чёлкой и позаниматься гимнастикой!»

Гари сует самокрутку в рот и поднимается.

— Давай посмотрим ванную.

— Не-е-ет! — издаю я вопль, вспомнив, что на ванне лежит открытый тюбик депилятора для лица и брошюрка «Чего хотят мужчины». — Послушайте, не могли бы вы зайти как-нибудь...

Но Гари уже сунул нос во все углы, открыл дверь, выглянул на лестницу и продвигается к ванной.

— У тебя тут есть окно во двор?

— Да-а-а.

— Посмотрим.

Нервно заслоняю собой проход в ванную, а он тем временем распахивает окно и выглядывает наружу. Похоже, и впрямь больше интересуется трубами, чем мною, и не собирается нападать.

— Так и думал! — удовлетворенно объявляет он, слезая с подоконника и закрывая окно. — У тебя там снаружи есть место, чтобы расширить помещение.

— Боюсь, мне придется вас проводить. — Выпрямляюсь во весь рост и возвращаюсь в гостиную. — Мне нужно уходить.

— Ага, место есть. Учти — придется передвинуть громоотвод.

— Гари...

— У тебя будет вторая спальня — маленькая крытая терраса.

Крытая терраса? Вторая спальня? Устрою там кабинет и начну новую карьеру.

— Сколько это будет стоить?
— О-о-о, — Гари удручённо качает головой, — вот что: давай-ка спустимся в паб и прикинем.
— Не могу! — отрезала я. — Сейчас ухожу.
— Ладно. Тогда сам подумаю и позвоню.
— Отлично. Ну что ж, идёмте!

Гари берёт свой пиджак, табак и папиросную бумагу, открывает сумку и благоговейно выкладывает оттуда на кухонный стол журнал. Дойдя до двери, оборачивается, многозначительно взглядывает на меня и сообщает:

— Страница семьдесят один. Чао!

Беру журнал, — наверно, «Архитектурный дайджест» — и вижу название: «Простой рыбак». На обложке — человек с гигантской, скользкой, серой рыбиной в руках. Пролистываю огромное количество страниц — на всех картинки с людьми, держащими в руках гигантских, скользких, серых рыбин. Дохожу до страницы 71: там, напротив заметки «Соблазны хищников», сияет гордой улыбкой Гари, в холщовой шляпе с эмблемами; в руках у него гигантская, скользкая, серая рыбина.

27 февраля, четверг

129 фунтов (1 фунт потерян за счет волос); сигарет — 17 (из-за волос); воображаемых писем адвокатам, в телепрограммы для потребителей, передачи о здоровье и т.д. с жалобами на Паоло, отсекающего волосы, — 22; походов к зеркалу для проверки роста волос — 72; миллиметров выросших волос, несмотря на все усилия, — 0.

19.45. Осталось пятнадцать минут. Только что снова проверила чёлку: из ужасного чучела превратилась в кошмарное, уморительное, окончательно расцветшее чучело.

19.47. Всё ещё вылитая Рут Мэдок. Почему это случилось в самый важный вечер в истории наших отношений с Марком? Почему? Хотя по крайней мере вносит некое разнообразие, отвлекая от рассматривания в зеркале бедер в надежде, что они усохли.

Полночь. Когда Марк Дарси появился в дверях, у

меня перехватило дыхание. Не поздоровавшись уверенно вошёл, вынул из кармана конверт в форме открытки и протянул мне. На конверте значилось моё имя, но адрес Марка; он вскрыт.

— Это лежало в почтовом ящике с тех пор, как я вернулся, — пояснил Марк, тяжело опускаясь на диван. — Сегодня утром я открыл по ошибке, извини. Но, может, оно и к лучшему.

Дрожащими руками вынимаю из конверта открытку: двое мультяшных дикобразов наблюдают крутящийся в стиральной машине комплект из лифчика и трусиков.

— От кого? — вежливо осведомился Марк.
— Не знаю.
— Нет, знаешь, — возразил Марк спокойным, любезным тоном, предполагающим, что человек сейчас вытащит массивный резак и отрежет тебе нос. — От кого это?
— Я же сказала... — бормочу, — не знаю.
— Прочитай, что там написано.

Раскрываю открытку. Надпись, выполненная тонкими красными буквами, гласит: «Будь моей Валентиной! Увидимся, когда придёшь за своей ночнушкой. С любовью — С...».

В шоке уставилась на открытку — и тут зазвонил телефон.

Ба-а-а, думаю, наверняка Джуд или Шеззер с каким-нибудь жутким советом по поводу Марка. Чуть не кидаюсь к телефону, но Марк удерживает меня за руку.

— Привет, куколка, Гари на проводе.

О боже, как он смеет так фамильярничать?!

— Да, так я насчёт того, о чём мы говорили в спальне: у меня тут есть кое-какие идеи, так ты перезвони мне — я подъеду.

Марк смотрит вниз, очень быстро моргая; затем глубоко вздыхает и проводит рукой по лицу, словно собираясь с мыслями.

— О'кей, — говорит, — если хочешь, объясни.
— Это рабочий, Гари. — Пытаюсь обнять Марка. — Его прислала Магда. Именно он соорудил эти кривые полки. Предлагает расширить квартиру между спальней и лестницей.

— Понятно, — кивает Марк. — А открытка тоже от Гари? Или от Сэйнт Джона? Или, может, ещё от кого-то...

В этот момент зажужжал факс — из него что-то вылезало. Пока я смотрела, Марк вытащил из факса листок бумаги, взглянул на него и протянул мне. Наспех нацарапанное послание от Джуд: фраза «Кому нужен Марк Дарси, когда за 9.99 в «Р и Р» можно их купить сколько угодно» надписана на рекламе вибратора с языком.

28 февраля, пятница

128 фунтов (лишь яркая точка на горизонте); причин, по которым люди любят ходить на мюзиклы, — загадочное, непостижимое количество; причин, по которым Ребекку можно оставить в живых, — 0; причин, по которым Марк, Ребекка, мама, Юна и Джеффри и Эндрю Ллойд Уэббер или кто-то ещё должны разрушать мою жизнь, — неясно.

Надо успокоиться. Необходим позитивный настрой. Нет сомнений: что всё это случилось одновременно — результат фатального невезения. Прекрасно можно понять Марка: сразу уехал и сказал, что позвонит, когда успокоится и... Ха, догадалась, от кого эта проклятая открытка! Наверняка от того парня из химчистки. Когда пыталась выудить из него что-нибудь об их делишках и говорила: «Не думайте, будто не понимаю, что происходит!» — я же принесла ему ночную рубашку. И дала адрес Марка — на случай, если он вздумает схитрить. В мире полно лунатиков и психов, а мне ещё сегодня придётся идти на чёртову «Мисс Сайгон».

Полночь. Поначалу всё шло неплохо. С облегчением выбралась из тюрьмы собственных мыслей и адских мук, названивая по 1471 каждый раз по дороге в туалет.

Веллингтон совсем не походит на трагическую жертву культурного империализма и чудесно выглядит в папином костюме покроя пятидесятых — прямо официант из «Мет-бара» в свой выходной день. Он с достоинством и грацией поддерживал беседу, в то время как мама с Юной щебетали вокруг него, как пташки. Приехала я поздно и потому успела обменяться с ним лишь краткими словами извинений в антракте.

— Наверно, здесь, в Англии, вам всё кажется странным? — поинтересовалась я и сразу почувствовала себя дурой, — и так ясно, что ему всё кажется странным.

— Здесь всё интересно, — возразил Веллингтон, испытующе глядя на меня. — А вы находите всё странным?

— Так, — вмешалась Юна, — где Марк? Он ведь тоже должен приехать!

— Он работает, — пробормотала я.

Тут, пошатываясь, появились подвыпившие дядя Джеффри с папой.

— То же самое говорил и предыдущий парень, а? — заревел Джеффри. — У моей маленькой Бриджит всё по-старому. — И похлопал меня в опасной близости к заднему месту. — Испаряются! Тю-тю-у-у-у!

— Джеффри! — прикрикнула Юна и добавила, будто вела светскую беседу: — В вашем племени есть пожилые женщины, которые не могут выйти замуж, Веллингтон?

— Я не пожилая женщина, — поспешила я поправить.

— За это несут ответственность старейшины племени, — пояснил Веллингтон.

— Ну, я всегда говорила, что это лучший выход, правда, Колин? — гордо произнесла мама. — То есть я ведь говорила Бриджит, что она должна встречаться с Марком.

— Но с возрастом, с мужем или без него, женщина приобретает уважение племени. — И Веллингтон подмигнул мне.

— А можно мне переехать туда? — угрюмо осведомилась я.

— Не уверен, что вам понравится, как у нас пахнут стены, — засмеялся Веллингтон.

Мне удалось подловить в дальнем углу папу; я прошептала:

— Как дела?

— Ты знаешь, неплохо; он, кажется, славный парень. А мы можем взять с собой чего-нибудь выпить?

Второе действие превратилось в кошмар. Происходившее на сцене жуткое веселье расплывалось у меня перед глазами, а в мозгах возник ужасный эффект снежного кома и образы Ребекки, Гари, вибраторов и ночных рубашек, закрутившиеся у меня в голове, становились все более трагическими. К счастью, шумная толпа — все вываливались из фойе и кричали, видимо от восторга, — мешала разговору до тех пор, пока мы все не загрузились в «рейндж ровер» Джеффри и Юны. Сама она сидела за рулем, Джеффри — на переднем сиденье, папа, весело хихикая, устроился у нас в ногах, а я оказалась зажатой на заднем сиденье, между мамой и Веллингтоном. И тут случилось нечто потрясающее, невероятное: мама водрузила на нос огромные очки в золотой оправе.

— Не знала, что ты носишь очки, — поразилась я этому нехарактерному для неё шагу к признанию процесса старения.

— Я не ношу очки! — весело откликнулась мама. — Обрати внимание на тот знак перехода, Юна.

— Но ты же в них! — настаивала я.

— Нет-нет-нет! Надеваю, только когда веду машину.

— Но ты не ведёшь машину.

— Нет, ведёт, — уныло хмыкнул папа.

Мама как раз кричала:

— Смотри на того полицейского, Юна! Он регулирует!

— Это не Марк там? — вдруг проговорила Юна. — А я думала, он работает.

— Где? — тут же отреагировала мама.

— Вон там, — показала Юна. — Да, кстати, я говорила тебе, что Оливия и Роджер уехали в Гималаи? Наверно, везде уже валяется туалетная бумага — по всему Эвересту.

Перевожу взгляд туда, куда направлен палец Юны: Марк, в темно-синем пальто и белоснежной полурасстёгнутой рубашке, вылезает из такси. Как при замедленной съёмке выплывает следующий кадр: с заднего сиденья машины выпархивает женщина – высокая, стройная, длинные светлые волосы – и хохочет ему прямо в лицо. Ребекка...

Уровень невыносимости пыток, развернувшихся в «рейндж ровере», оказался невероятен – мама и Юна исполняются негодованием от моего имени:

– Ну-у, я считаю – это просто отвратительно! С другой женщиной, в пятницу вечером, а ведь сказал, что работает! У меня прямо руки чешутся позвонить Элейн и потребовать объяснений!

Пьяный Джеффри подвывает:

– Испаряются! Тю-тю-у-у!

А папа пытается всех успокоить. Молчим только мы с Веллингтоном. Не произнеся ни единого слова он берёт меня за руку и держит – спокойно и крепко.

Когда подъехали к моему дому, Веллингтон вылез из машины, чтобы выпустить меня, под журчащую беседу:

– Что ж! Кажется, первая жена от него ушла?

– Точно, нет дыма без огня.

– В темноте камень можно принять за быка, – шепнул Веллингтон. – При свете всё становится на свои места.

– Спасибо, – растроганно поблагодарила я и поковыляла домой, ломая голову над тем, можно ли превратить Ребекку в быка и зажарить на костре так, чтобы не слишком надымить и не потревожить Скотланд-Ярд.

1 марта, суббота

22.00. Дома. Очень чёрный день. Джуд, Шез и я предприняли чрезвычайный поход по магазинам, а затем все вместе приехали ко мне подготовиться к вечеринке в городе, которую подруги придумали, чтобы я как-то развеялась. К 20.00 мы уже порядком приняли.

– Марк Дарси – голубой! – объявила Джуд.

– Конечно, голубой! – прорычала Шеззер, готовя очередные порции «Кровавых Мери».

– Вы правда так думаете? – оживилась я, почувствовав облегчение при этой ужасной, но всё же успокаивающей мысли.

— Ну ты же застала парня в его постели! — убеждала меня Шез.

— Ну кто ещё куда-нибудь пойдет с такой уродливой дылдой, как Ребекка, без всяких понятий о женской дружбе, без груди и задницы, — только виртуальный мужчина, подключилась Джуд.

— Бридж, — заметила Шез, глядя на меня снизу вверх пьяными глазами, — господи, ты знаешь что? Если посмотреть на тебя под таким углом, у тебя настоящий двойной подбородок.

— Спасибо, — сухо поблагодарила я, наливая себе очередной стакан вина, и включила автоответчик.

Джуд и Шез заткнули уши ладонями.

«Привет, Бриджит! Это Марк. Ты не отвечаешь на мои звонки. Я думаю, что бы ни... на самом деле... Мы... по крайней мере мне так казалось... — я обязан быть тебе другом, поэтому надеюсь, ты... мы... О боже, ладно, позвони мне как-нибудь поскорее. Если хочешь».

— По-моему, он совершенно обнаглел, — проворчала Джуд. — Как будто он тут ни при чём, когда удирает с Ребеккой. Теперь тебе непременно надо устраниться. Слушайте, мы идем на вечеринку или нет?

— Р-р-р... Штоон, чрт взьми, о себе думает?.. — выговаривала Шез.

— Он тебе обязан! Скжжи ему: «Милый, мне в жизни не нужнникто только птому, што он мне обязан».

В этот момент зазвонил телефон.

— Привет!

Марк! В сердце мне очень некстати хлынула мощная волна любви.

— Привет! — с готовностью отозвалась я и обернулась к подругам, беззвучно прошептав: — Это он!

— Ты слышала своё сообщение? То есть моё сообщение? — спросил Марк.

Шеззер дёргала меня за ногу, бешено шепча:

— Скажи ему, давай!..

— Да, — высокомерно ответила я. — Но я его прослушала через несколько минут после того, как увидела, что ты выходишь из такси с Ребеккой — вечером, в одиннадцать часов, — и не была особо расположена к шуткам.

Шез взмахнула в воздухе кулаком с беззвучным криком: «Йес-с-с!», а Джуд зажала ей рот ладонью, показала мне оба больших пальца и потянулась за шардонне.

На том конце провода повисла тишина.

– Бридж, почему ты всегда так спешишь делать выводы?

Повременила с ответом.

– Он говорит, что я спешу делать выводы, – зашептала я, зажав трубку рукой.

Разъярённая Шез нанесла в воздухе удар по воображаемой цели.

– Спешу делать выводы? – говорю я Марку. – Ребекка вот уже месяц разыгрывает для тебя целый спектакль, ты бросаешь меня за то, чего я не совершала, и следующее, что я вижу, – ты выходишь из такси с Ребеккой...

– Но я не виноват, я могу объяснить, и прямо перед этим я звонил тебе.

– Да – сказать, что обязан быть мне другом.

– Но...

– Давай! – шепнула Шеззер.

Делаю глубокий вдох.

– Ты мне обязан? Милый...

Джуд с Шеззер в экстазе заключили друг друга в объятия.

– Милый, я почти вылитая Линда Фьорентино в «Последнем соблазне». – Мне в жизни не нужен кто-то только потому, что он обязан, – уверенно продолжала я. – У меня самые лучшие, самые понимающие, мудрые, остроумные, заботливые, надёжные друзья в мире. И если бы мне пришлось быть твоим другом после того, как ты так со мной обошёлся...

– Но... как? – В голосе Марка слышалась боль.

– И я всё равно осталась бы твоим другом... – Я начинала путаться.

– Давай-давай! – подбодрила меня Шез.

– ...Тебе бы по-настоящему повезло.

– Хорошо, ты достаточно сказала, – отозвался Марк. – Не хочешь, чтобы я всё объяснил, не стану донимать тебя звонками. До свидания, Бриджит.

Ошеломлённо кладу трубку и оглядываюсь на подруг. Шерон лежит на ковре, победно размахивая сигаретой, а Джуд глотает шардонне прямо из бутылки. Внезапно у меня появляется кошмарное чувство, что я совершила ужаснейшую ошибку...

Через десять минут — звонок; бегу к домофону.

— Можно войти? — слышится приглушённый мужской голос.

Марк!

— Конечно! — с облегчением киваю и поворачиваюсь к Джуд и Шез. — Не обидитесь, если я попрошу вас... это... посидеть в спальне?

Они уже сердито поднимались с пола, когда дверь открылась, только за ней оказался не Марк, а Том.

— Бриджит! Ты так похудела! — воскликнул он. — О боже! — и плюхнулся за кухонный стол. — О боже! Жизнь — дерьмо, жизнь — сказка, придуманная циничным...

— Том, — перебила его Шеззер, — у нас тут свой разговор.

— И никто из нас не видел тебя, чёрт возьми, несколько недель, — обиженно пробормотала Джуд.

— Разговор? Не про меня? А о чём ещё можно разговаривать? О боже, чёртов Джером, чёртов, чёртов Джером!

— Джером? — в ужасе спросила я. — Претенциозный Джером? Я думала, ты навсегда вычеркнул его из своей жизни.

— Он оставил на автоответчике столько сообщений, пока я ездил в Сан-Франциско, — оправдывался Том. — Ну и мы стали встречаться, а сегодня я всего лишь намекнул, что не прочь снова с ним сойтись, ну, пытался заигрывать, а Джером сказал, он сказал... — Том сердито потёр глаз, — что я ему не нравлюсь.

Все поражённо замолчали. Претенциозный Джером совершил мерзкое, эгоистичное, непростительное, саморазрушительное преступление против всех законов любовной этики.

— Я непривлекательный, — в отчаянии жаловался Том. — Нет сомнений — я неудачник в любви.

Мы немедленно начали действовать. Джуд схватила шардонне, Шез обняла Тома, а я принесла стул, бубня:

— Это не так, это не так...

— Почему тогда он это сказал? Почему, а — вдруг? Почему-у-у?

— Всё совершенно ясно, — успокаивала Джуд Тома, протягивая ему стакан. — Всё потому, что Претенциозный Джером — натурал.

— Натурально натурал! — поддакнула Шез. — Я знала, что этот парень не гей, с тех пор как впервые его увидела.

— Натурал, — согласно захихикала Джуд, — натурал, как самый натуральный, натуральный... член.

5

Мистер Дарси, мистер Дарси

2 марта, воскресенье

5.00. Ахх! Только что вспомнила, что случилось.

5.03. Зачем я это сделала? Зачем? Зачем? Как бы мне снова заснуть или уже встать.

5.30. Странно, как быстро летит время, когда у тебя похмелье. Это потому, что в голове так мало мыслей, — в точности наоборот происходит, когда люди постепенно напиваются: перед ними вспышками мелькает вся жизнь, и кажется, будто каждый миг длится вечность, потому что очень много мыслей.

6.00. Ну вот, так и прошло полчаса — ведь у меня не было ни одной мысли. Уф, жутко болит голова. О боже, надеюсь, вчера меня не стошнило на пиджак.

7.00. Проблема вот в чём: никто не говорит, что произойдет, если выпьешь больше двух порций в день или, вернее, целую недельную норму алкоголя за один вечер. Значит ли это, что у тебя будет багровая рожа и нос крючком, как у гнома, или что ты алкоголик? Но в таком случае все на вчерашней вечеринке — алкоголики. Учитывая, что те немногие, кто не пил, как раз алкоголики. Хмм...

7.30. Может, я беременна и тогда навредила ребёнку алкоголем? Хотя нет. Не беременна – у меня только что кончились месячные, и я никогда больше не буду спать с Марком. Никогда. Никогда.

8.00. Хуже всего остаться посреди ночи одной, когда не с кем поговорить и не у кого спросить, насколько я пьяна. Продолжаю постепенно припоминать все те ужасные вещи, которые я наговорила. Ох нет! Только что вспомнила, что дала нищему 50 пенсов, а он, вместо того чтобы сказать «спасибо», заметил: «Где ж это ты так набралась?» А ещё вдруг вспомнила, как мама в детстве говорила: «Нет ничего хуже пьяной женщины». Я похожа на опустившуюся шлюху из «Ятс Вайн Лодж». Надо ещё поспать.

10.15. Теперь уже немного лучше. Может быть, похмелье прошло? Думаю, стоит открыть занавески. Га-а-а-а! Совершенно неестественно – чтобы солнце с утра так ярко светило.

10.30. Так. Через минуту иду в спортзал и больше никогда не буду пить, а следовательно, сейчас идеальный момент для начала диеты по Скарсдейлу. И значит, то, что произошло вчера, оч. хор., поскольку это начало абсолютно новой жизни. Ура! Люди будут говорить... О-о-ох, телефон!

11.15. Это была Шеззер.

– Бридж, я что, правда вчера была такой пьяной и ужасной?

Сейчас я вообще не могла её вспомнить.

– Нет, конечно, нет! – деликатно заверила я, чтобы успокоить Шеззер; уверена: была бы действительно сильно пьяна – запомнила бы это; собралась с духом и спросила:

– А я?

В ответ – молчание.

– Нет, ты была прелесть, – правда, очень мила.

Ну вот, всё это просто похмельная паранойя. О-о-ох, телефон! Может быть, он... Оказалось – мама.

– Как, Бриджит, ты всё ещё дома? Ты же должна быть здесь через час! Папа взбивает «Аляску»!

11.30. Чёрт, чёрт. В пятницу вечером мама приглашала меня на обед, а у меня сначала не было сил спорить, а потом я слишком напилась, чтобы помнить об этом. Не могу сейчас ехать. Или могу? Так, вот что надо сделать: сохранять спокойствие и поесть фруктов — с помощью ферментов выводятся из организма токсичные вещества, и всё будет в порядке. Сейчас съем кусочек, постараюсь удержать его внутри и перезвоню маме, когда выберусь из Страны Колебаний.

Аргументы «за»
Проверю, действительно ли с Веллингтоном не обращаются таким образом, что это заинтересовало бы Комитет расового равенства.
Поговорю с папой.
Побуду хорошей дочерью.
Не придётся огорчать маму.
Аргументы «против»
Подвергнусь мукам и пыткам из-за происшествия с Марком/Ребеккой.
Меня может стошнить прямо на стол.

Снова телефон... Только бы не мама.
— Как голова? — раздался голос Тома.
— Прекрасно! — бодро воскликнула я дрожащим голосом и покраснела. — А что?
— Ну... ты вчера вечером была куда как хороша.
— Шеззер сказала, что нет.
— Бриджит, — вздохнул Том, — Шеззер там не присутствовала. Пошла в «Мет-бар» встречаться с Саймоном. Из всего этого я делаю вывод, что она находилась в таком же состоянии.

3 марта, понедельник

131 фунт (ужасное, резкое образование жира в результате просаленного воскресного обеда у родителей); сигарет — 17 (аварийное положение); происшествий во время родительского обеда, доказывающих, что в жизни есть ещё какой-то здравый смысл или реальность, — 0.

8.00. Похмелье наконец начинает отпускать. С огромным облегчением вернулась домой, где чувствую себя взрослой хозяйкой замка, а не пешкой в чужих играх. Вчера решила, что отвертеться от маминого обеда нет никакой возможности, но всю дорогу в Графтон Андервуд боролась с постоянными приступами тошноты. Деревня показалась мне неестественно идиллической — отделана нарциссами, оранжереями, утками и т.д. Люди кругом подстригали кусты, как будто жизнь простая и мирная, никаких катастроф нет и в помине и Бог существует.

— О, привет, дорогая! Хакуна матата! Я только что из магазина. — И мама затолкала меня на кухню. — Кончились бобы! Сейчас, только прослушаю автоответчик.

В отвратительном состоянии присела: автоответчик орёт, мама грохочет вокруг, включая разные приспособления — они перемалывают мне мозги и визжат у меня в голове, которая и так раскалывается.

— Пэм, — послышалось из автоответчика, — это Пенни. Знаешь парня, который живёт за углом, у гаража? Так вот, он покончил с собой — из-за шума от этих охотников на голубей. Прочитала в «Кеттеринг игзэминер». Да, и хотела спросить: можно Мёрл положит тебе в морозильник пару дюжин пирожков с фаршем, пока они не установят газовую плиту?

— Привет, Пэм! Марго! Опять попрошайничаю! Не дашь шестидюймовый круглый шведский противень на двадцать первый день рождения Алисон?

Бешеным взором оглядываю кухню, сходя с ума от мысли, сколько разных миров можно открыть, проиграв чью-нибудь пленку на автоответчике. Может, кому-нибудь стоит сделать это на инсталляции в «Саачи-гэлери»? Мама тем временем гремит чем-то в кухонных шкафах, а затем набирает номер.

— Марго, Пэм. У меня есть губчатый овальный противень, подойдёт? Ну тогда возьми йоркширский противень для пудинга и постели на дно кальку.

— Привет, привет, бом-ди-бом-бом! — На кухню забрёл папа. — Кто-нибудь знает почтовый индекс Бартон Сигрейв? Может, КТ4 ХС или L? А, Бриджит, добро пожаловать в наши траншеи! На кухне третья мировая война, Маугли играет в саду.

— Колин, будь добр, вылей масло из сковороды

для чипсов! — скомандовала мама. — Джеффри говорит, после того как его сильно нагреваешь десять раз, надо выбрасывать. Кстати, Бриджит, я купила тебе тальк. — И мама протянула мне белоснежную коробочку от Ярдли с золотой крышечкой.

— Э-э, зачем? — удивилась я, осторожно принимая коробочку.

— Ну как же! Придаёт приятный запах и свежесть.

Грр, грр! Ход её мыслей слишком очевиден: Марк ушёл от меня к Ребекке, потому что...

— Ты хочешь сказать, я пахну? — я обиделась.

— Нет, дорогая. — Мама помолчала. — Но ведь всегда приятно сохранять приятный запах и свежесть.

— Добрый день, Бриджит! — Юна появилась будто ниоткуда, с тарелкой варёных яиц в руках. — Пэм, забыла тебе сказать: Билл пытается уговорить совет счистить его подъездную дорожку — не проложили её щебёнкой, и у них рытвины. Так Элейн спрашивает, не могла бы ты сказать им, что у вас по дорожке стекала вода, пока они не проложили щебёнку.

Чепуха всё какая-то, чепуха. Чувствую себя пациентом в коме — все окружающие уверены, что он ничего не слышит.

— Давай же, Колин, где фарш?! Сейчас уже приедут!

— Кто? — спрашиваю с подозрением.

— Дарси. Юна, заправь яйца майонезом и посыпь паприкой, ладно?

— Дарси? Родители Марка? Сейчас? Зачем?!

И в этот момент звонок — исполняет целиком мелодию городских курантов — заиграл.

— Мы старейшины племени! — подмигивает мама, снимая передник. — Так, давайте, все-все-все, приступаем!

— Где Веллингтон? — шепчу я маме на ухо.

— А, он там, в саду, учится играть в футбол! Ему не особо нравится сидеть на наших ланчах и болтать с нами со всеми.

Мама с Юной бросились к дверям, а папа похлопал меня по руке.

— Вперёд, и с песней! — ободрил он меня.

Прохожу за ним в гостиную, покрытую коврами

и всячески украшенную, соображая, хватит ли мне сил и контроля над собственными конечностями, чтобы улизнуть. Решила, что нет. Отец и мать Марка, Юна и Джеффри неуклюже выстроились в кружок; каждый держал в руке бокал с шерри.

— Ладно, милая, — предложил папа. — Давай тебе чего-нибудь нальем.

— Вы знакомы... — Сделал жест в сторону Элейн. — Ты знаешь, дорогая моя, прости, я знаком с тобой вот уже тридцать лет и напрочь забыл твое имя.

— А как поживает ваш сын? — вмешалась Юна.

— Мой сын? Ведь он женится, вы не знали?! — прогрохотал адмирал Дарси — у него гениальная способность орать.

Комната поплыла у меня перед глазами.

Женится?..

— Женится? — переспросил папа, взяв меня за руку, пока я пыталась восстановить дыхание.

— Знаю, знаю, — весело согласился адмирал Дарси. — За этой молодежью теперь не уследишь: сегодня женится на одной, завтра на другой! Правда, дорогая? — И похлопал мать Марка по заднему месту.

— Думаю, Юна спрашивала про Марка, а не про Питера, дорогой, — возразила та, бросив в мою сторону понимающий взгляд. — Питер — наш второй сын, он живёт в Гонконге. Женится в июне. Ну что, никто так и не даст Бриджит чего-нибудь выпить? Совсем заболтались, а о главном забыли, правда? — продолжала она, сочувственно глядя на меня.

«Кто-нибудь, заберите меня отсюда, — подумала я. — Не хочу, чтобы меня пытали. Хочу лежать на полу в ванной и держать голову над унитазом, как все нормальные люди».

— Кто-нибудь желает? — предложила Элейн, протягивая серебряный портсигар с сигаретами «Собрание» чёрного цвета. — Знаю, это медленная смерть, но мне шестьдесят пять и я всё еще тут.

— Так, внимание, все садимся за стол! — пригласила мама, появляясь в гостиной с блюдом ливерной колбасы. — Окх! — И демонстративно закашлялась, замахала руками, строго предупредила: — За столом не курим, Элейн.

Прошла за мамой в столовую. Там, снаружи, за французскими окнами, Веллингтон, в свитере и голубых шёлковых шортах, проделывал поразительно сложные вещи с мячом.

— А, вот и он! Держи, держи, парень! — ликовал Джеффри, выглядывая из окна и потирая о бедра ладонями, засунутыми в карманы. — Держи его!

Все уселись и смущённо уставились друг на друга. Ситуация напоминала предсвадебную встречу счастливой пары и обоих наборов родителей, вот только жених две ночи назад сбежал с другой.

— Итак... — нарушила молчание мама. — Лосося, Элейн?

— Спасибо, — кивнула Элейн.

— Мы недавно ходили на «Мисс Сайгон»! — подозрительно жизнерадостно начала мама.

— Ба-а-а, мюзиклы! Чёрт возьми, не выношу их, сборище проклятых сутенёров, — проворчал адмирал Дарси, пока Элейн выкладывала ему на тарелку лосося.

— Да-а... а нам понравилось... — растерялась мама. — Ну что ж...

Тоскливо выглядывая в окно в поисках хоть какой-нибудь поддержки, я заметила, что Веллингтон смотрит на меня, и взмолилась беззвучно: «Помогиите!» Он кивнул в сторону кухни и исчез.

— Расставляют ноги и вопят! — прорычал адмирал, чем сразу вызвал во мне симпатию. — Вот Джилберт и Салливан из «Эйч-Эм-Эс Пайнафор» — совсем другое дело.

— Извините, я на минутку, — пробормотала я и выскользнула из комнаты, проигнорировав мамин разъярённый взгляд.

Бросилась на кухню — Веллингтон уже там; бессильно прислонилась к холодильнику.

— Ну что? — Он внимательно глядел мне прямо в глаза. — Что случилось?

— Ей привиделось, что она принадлежит к старейшинам племени, — шепнула я. — Обрабатывает родителей Марка... помните Марка, мы видели его...

Веллингтон кивнул.

— Я всё знаю.

— Что вы ей наговорили? Пытается устроить какое-то шоу из-за того, что он встречается с Ребеккой, как будто...

Тут дверь кухни распахнулась.

— Бриджит! Что ты здесь делаешь? Ой... — Заметив Веллингтона, мама прикусила язык.

— Памела, — вступил в разговор Веллингтон, — что происходит?

— Ну, я просто подумала, когда ты сказал, что мы, взрослые, могли бы... всё устроить... — Мама справилась с замешательством, и ей даже почти удалось широко улыбнуться.

— Ты пыталась использовать правила поведения нашего племени?

— Ну, я...

— Памела, ваша культура развивалась многие века. Когда возникает внешнее влияние, вы не должны позволять ему заражать и ослаблять ваши традиции. Мы это обсуждали: цель кругосветного путешествия — наблюдать, а не разрушать.

Я всё дивилась, как новый фирменный CD-плейер Веллингтона соотносится с его словами, а мама с раскаянием кивала. Никогда не видела, чтобы она так к кому-нибудь прислушивалась.

— Теперь возвращайся к своим гостям, и пусть отношения Бриджит с её другом будут такими, как принято по старой традиции вашего племени.

— Та-ак... Кажется, ты прав, — согласилась мама, взбивая причёску.

— Желаю приятного ланча. — И Веллингтон еле заметно мне подмигнул.

Когда мы вернулись в столовую, мама Марка, казалось, уже успела ловко уклониться от раскрытия собственных карт.

— Для меня совершеннейшая загадка, как в наши дни кто-то вообще умудряется жениться! — удивлялась она. — Не выйди я замуж в ранней юности — мне бы уже никогда не удалось.

— Абсолютно согласен, — поддакнул папа, пожалуй, слишком искренне.

— А я не понимаю, — подхватил дядя Джеффри, — как женщина может дожить до возраста Бриджит и так никого и не подцепить. Нью-Йорк, открытый космос — они улетучиваются! Тю-тю-у-у!..

«О, заткнитесь! Заткнитесь же!» — кричала я про себя.

— Молодым людям сейчас трудно, — снова вмешалась Элейн, выразительно глядя на меня. — Выйти замуж можно ещё в восемнадцать. Но когда уже сформировался характер, смиряться с недостатками мужчины кажется невыносимым. Присутствующие, конечно, исключаются.

— Надеюсь, — пробасил отец Марка, похлопывая жену по руке. — Иначе мне пришлось бы поменять тебя на парочку тридцатилетних. Почему все хорошее должно доставаться моему сыну?! — И галантно кивнул в мою сторону.

У меня снова ёкнуло сердце — неужели он думает, что мы все ещё вместе? Или знает о Ребекке и полагает, что Марк встречается с нами обеими?

К счастью, разговор вскоре снова вернулся к «Эйч-Эм-Эс Пайнафор», затем коснулся футбольных талантов Веллингтона, перескочил на папин гольф с дядей Джеффри, покрутился вокруг цветочных бордюров, затронул подъездную дорожку Билла, и наконец оказалось, что уже 15.45 и весь кошмар кончился.

Перед отъездом Элейн насильно втиснула мне в руку пару сигарет:

— Возьми, пригодится по дороге обратно. Надеюсь, скоро снова увидимся.

Это прозвучало ободряюще, но все же недостаточно, для того чтобы я могла устроить свою жизнь. Хочу снова встречаться с Марком, а отнюдь не с его родителями.

— Хорошо, дорогая! — воскликнула мама, выскакивая из кухни с пищевым контейнером в руках. — Где твоя сумка?

— Мам, — процедила я сквозь зубы, — мне не нужна еда.

— У тебя всё хорошо, дорогая?

— Насколько возможно, при данных обстоятельствах, — буркнула я.

Мама обняла меня — приятно, но неожиданно.

— Понимаю, тебе тяжело. Но не переживай слишком сильно из-за Марка. Всё будет хорошо, я точно знаю.

И только я начала получать удовольствие, слушая непривычную, домашнюю маму, она воскликнула:

— Ну, ты понимаешь! Хакуна матата! Донт варри, би хэппи! Теперь: хочешь взять с собой что-нибудь вкусненькое? Как насчет бисквитов? Можно я без спроса положу в тот кармашек? О-о-о, знаешь что? У меня есть два стейка.

Почему мама считает, что еда лучше, чем любовь? Осталась бы на кухне ещё на минуту — меня бы точно стошнило.

— А где папа?
— О, наверняка в своём сарае.
— Где-где?
— В сарае. Сидит там часами, а когда выходит, от него пахнет...
— Чем?
— Ничем, дорогая. Езжай и, если хочешь, попрощайся с папой.

Веллингтон читал «Санди телеграф» на улице на скамейке.

— Спасибо. — Подошла к нему.
— Нет проблем, — отозвался он и добавил: — Она хорошая женщина. У неё сильный ум, доброе сердце, она увлечённая. Но, может быть...
— Приблизительно раз в четыреста больше, чем нужно, — иногда.
— Да-а... — засмеялся Веллингтон.

О боже, надеюсь, он имел в виду увлечённость жизнью, ничего другого.

Подхожу к сараю — оттуда появляется папа с красным, каким-то помятым лицом; изнутри доносится музыка — играет его кассета (Нэт Кинг Коул).

— А-а-а, обратно в большой, просмогосмоленный Лондон? — Папа слегка споткнулся и опёрся рукой о стену сарая. — Слегка расстро-оена, малы-ышка? — нежно протянул он.

Я кивнула.
— Ты тоже?

Папа обхватил меня руками и сильно сжал, как часто делал, когда я была маленькая. Приятно, — мой папа.

— Как тебе удалось так долго оставаться женатым

на маме? – прошептала я, гадая: что это? слабый сладкий запах виски?..
 – С-свсем не так трудно, правда, малышка. – Он снова облокотился на стену сарая, замер и склонил голову набок, прислушиваясь к Нату Кингу Коулу. – «Важнее нет науки в жизни, – тихо подпел он, – чем как любить и быть любимым». Просто я надеюсь, что она всё ещё любит меня, а не Маугли. – Наклонился и поцеловал меня.

5 марта, среда

128 фунтов (хорошо); порций алкоголя – 0 (отлично); сигарет – 5 (приятное, здоровое число); проехала мимо дома Марка Дарси – 2 раза (оч. хор.); искала номер Марка Дарси в телефонной книге, чтобы удостовериться, что он всё ещё существует, – 18 раз (оч. хор.); звонков по 1471 – 12 (лучше); звонков от Марка – 0 (трагедия).

8.30. Дома. Очень грустно; скучаю по Марку. Всё воскресенье и понедельник ничего о нём не слышала, а вчера вечером приехала с работы и нашла сообщение: уезжает в Нью-Йорк на несколько недель. «Так что, видимо, и в самом деле до свидания».
Изо всех сил стараюсь не падать духом. Обнаружила: если когда утром просыпаешься, немедленно, опередив первый приступ боли, поставить программу «Сегодня» на Радио-4 (пусть даже состоит из многочасовых мини-интервью с политиками, а они пытаются не отвечать ни «да» ни «нет» либо вообще не отвечать), – впрямь удается избежать попадания в сети циклических размышлений типа «вот если б только» и в ловушки воображаемых разговоров с Марком Дарси, которые только усугубляют уныние и неспособность выбраться из постели.

Надо сказать, Гордон Браун сегодня в программе был оч. хор. Умудрился осветить вопрос о европейской валюте без колебаний, пауз, вообще без каких-либо конкретных высказываний, – говорил всё время спокойно, бегло, заглушая Джона Хамфриса, который всё кричал: «Да или нет? Да или нет?» – как

Лесли Кроузер. Так что... ну, могло быть, пожалуй, и хуже. Я так думаю.

Интересно, европейская валюта — это то же самое, что единая валюта? В некотором смысле я поддерживаю эту идею, потому что, видимо, у нас были бы другие монеты, наверно очень европейские и шикарные. А ещё это избавило бы от медяков, слишком тяжелых, и от 5- и 20-пенсовых монет, слишком крошечных, чтобы производить приятное впечатление. Хмм... хотя надо сохранить однофунтовые монеты — они необыкновенны, похожи на соверены, и можно неожиданно обнаружить в кошельке 8 фунтов, когда считаешь, что деньги уже кончились. Но тогда придётся менять все автоматы и... А-а, звонок в дверь! Может, Марк пришёл попрощаться?

Это всё тот же проклятый Гари. В конце концов я ухитрилась из него выудить, что он пришёл сообщить мне расходы по увеличению площади — «всего» 7 тысяч фунтов.

— Где же я возьму семь тысяч фунтов?

— Можешь перезаложить квартиру, — посоветовал Гари. — Тебе это даст лишнюю сотню в месяц.

На моё счастье, даже он понял, что я опаздываю на работу, — удалось выставить его из дома. Семь тысяч фунтов! Ничего себе.

19.00. Снова дома. Все же это ненормально — обращаться с автоответчиком как со старомодным супругом: нестись с работы домой, чтобы проверить, в каком он настроении, подтвердит ли своим звоном, что я любимый и признанный член общества, или окажется пустым и отстранённым, как сейчас, например. На нём не только вот уже сорок второй день нет сообщения от Марка, но вообще ни от кого-либо. Почитать немного «Неизведанный путь»?

19.06. Да, всё понятно: любовь — это не что-нибудь, что с тобой происходит, а нечто, что делаешь ты сам. Так чего же я не сделала?

19.08. Я — уверенная в себе, способная, ответственная женщина, с чувством собственного достоинства. Мое самоуважение проистекает не из отношения ко мне других людей, а из... из... изнутри? Не может такого быть.

19.09. Ладно. Хорошо, что я не переживаю из-за Марка Дарси. Начинаю самоустраняться.

19.15. Боже, телефон! Может быть, Марк Дарси!

— Бриджит, ты такая стройная! — поздоровался Том. — Как поживаешь, детка?

— Паршиво, — призналась я, вытащила изо рта жвачку и принялась лепить из неё фигурку. — Само собой.

— Да ладно тебе, Бриджит! Мужчины! По десятку за пенни. Как твоя новая карьера интервьюера?

— Ну, позвонила агенту Колина Фёрта, нашла все статьи в газетах. Мне правда казалось, что он согласится, — скоро ведь выходит «Крайнее возбуждение», им понадобится реклама.

— И что же?

— Перезвонили и сказали, что он слишком занят.

— Ха! В общем-то, именно по этому поводу я и звоню. Джером говорит, он знает...

— Том, — опасливо осведомилась я, — это случайно не Навязчивое Упоминание?

— Нет-нет... я не собираюсь с ним снова встречаться, — неубедительно соврал Том. — Но в любом случае Джером знаком с парнем, который работал с Колином Фёртом на его последнем фильме, вот он и спрашивает: хочешь ты, чтобы он замолвил за тебя словечко?

— Да! — взволнованно воскликнула я.

Понимаю, для Тома это просто очередной предлог поддержать связь с Претенциозным Джеромом; но ведь все поступки человека — смесь альтруизма и собственного интереса; и потом, вдруг Колин Фёрт согласится! Ура, это идеальная работа для меня! Ездить по всему миру и брать интервью у знаменитостей. А ещё заработаю деньги, перезаложу квартиру, заплачу за крытую террасу-кабинет; потом бросаю ненавистную подёнщину в «Британии у экрана» и работаю дома. Да! Всё встает на свои места! Сейчас позвоню Гари. Нельзя ожидать, что всё изменится, пока сама не изменишься. Беру свою судьбу в собственные руки! Точно — нечего лежать в постели и предаваться меланхолии. Встану и поделаю что-нибудь полезное, например... Хмм... Покурить? О боже! Не могу вынести мысли, что Марк Дарси звонит Ребекке и описывает ей все незначительные события своего дня, – как мне обычно. Нельзя, нельзя мыслить негативно! Может, Марк и не встречается с Ребеккой, а вернётся и будет со мной! Видали? Ура!

12 марта, среда

128 фунтов; порций алкоголя – 4 (но я теперь журналист, очевидно, что должна быть немного выпивши); сигарет – 5; калорий – 1845 (хор.); огоньков в конце тоннеля – 1 (оч. маленький).

16.00. Только что Том позвонил мне в офис.
– Сработало!
– Что?
– Идея с Колином Фёртом!
Вздрагиваю и выпрямляюсь на стуле.
– Да! Приятель Джерома позвонил ему, Колин Фёрт был очень мил и сказал, если напечатаешь интервью в «Индепендент», он тебе его даст. А я обедаю с Претенциозным Джеромом!
– Том, ты святой, ты Бог и архангел. Так что мне теперь надо делать?
– Просто позвони агенту Колина Фёрта, а потом – Адаму из «Индепендент». Да, кстати, я им сказал, что ты уже написала кучу материалов.
– Но я не писала.
– Ох, чёрт, да не понимай всё так буквально, Бриджлин, а скажи им, что написала.

18 марта, вторник

129 фунтов (оч. нечестное, несправедливое наказание); калорий – 1200 (все мои); закладов – 2 (ура!); количество спален в квартире – скоро будет две (ура!).

Позвонила в банк – с вторым закладом всё прекрасно! Всего-то нужно заполнить несколько бланков и бумажек, и тогда я получу 7 тысяч фунтов, а платить нужно всего 120 фунтов в месяц! Как это раньше не приходило мне в голову? Решились бы все мои проблемы с перерасходами!

2 апреля, среда

130 фунтов; калорий — 998 (странная обратная зависимость веса от калорий, кажется, означает, что ограничения в пище бесполезны); чудес — множество; обнаруженных радостей жизни — бесконечное количество.

17.00. Происходит нечто необычайное. Не только беру интервью у Колина Фёрта, но ещё и в Риме! В следующий раз скажут: беседуете обнажённые, на далёком острове в Карибском море — прямо как во «Встрече с незнакомкой». Могу понять, что Бог награждает человека, чтобы компенсировать его страдания, но это уж совсем выходит за рамки религиозных норм. Как будто жизнь стремительно летит к какой-то вершине — и вдруг скорое сокрушительное падение и безвременная смерть. Может, это запоздалая первоапрельская шутка?

Только что позвонила Тому. Советует не подозревать постоянно, что меня надувают; интервью состоится в Риме по той причине, что Колин Фёрт там живёт (это правда). Ещё Том рекомендует хорошо обдумать то обстоятельство, что у Колина есть и другие заслуги, кроме исполнения роли мистера Дарси. Например, его новый фильм «Крайнее возбуждение».

— Ага-ага-ага! — согласилась я и пустилась благодарить Тома за то, что он мне помог и всё уладил. — Понимаешь, это как раз то, что мне было нужно! — возбуждённо твердила я. — Теперь, когда я сконцентрировалась на карьере и не загружаю голову из-за мужчин, мне стало гораздо лучше!

— Э-э-э, Бриджит, — кашлянул Том, — ты ведь в курсе, что у Колина Фёрта есть подруга?

Хмм...

11 апреля, пятница

128 фунтов; порций алкоголя — 5 (журналистская тренировка); сигарет — 22; калорий — 3844 (вот так-то, в жизни больше не буду сидеть на диете!).

18.00. Чудеса! Только что разговаривала с женщиной из паблик рилейшнз и узнала, что Колин Фёрт позвонит мне домой на уик-энд, чтобы обо всём договориться! Прямо не верится. Понятно, не смогу весь уик-энд выйти из дому, но это и к лучшему — возможность подготовиться и пересмотреть «Гордость и предубеждение», хотя, конечно, говорить с ним надо и о других вещах. Так, это действительно может стать настоящей поворотной точкой в карьере. Вот забавно: благодаря чему-то вроде шестого чувства мистер Дарси помог мне забыть о собственной одержимости Марком Дарси... Телефон! Может быть, мистер или Марк Дарси? Надо быстро включить какую-нибудь впечатляющую музыку — джаз или классику.

Уф, это противный, высокомерный тип, по имени Майкл, из «Индепендент».

— Слушайте, мы с вами раньше дела не имели. Так вот, чтобы не было никакой путаницы. Возвращаетесь на самолете, билет для вас заказан, в понедельник вечером; сидите со всем этим во вторник утром; сдаете материал к четырем часам дня, иначе он в номер не пойдёт. Спрашиваете его про фильм «Крайнее возбуждение». «Крайнее возбуждение» — понимаете? Там он играет другую роль, не мистера Дарси.

Да, всё правильно. Ох, телефон.

Звонила Джуд — они с Шеззер подъедут. Опасаюсь, что будут смешить, когда позвонит мистер Дарси; с другой стороны, мне необходимо что-то отвлекающее, иначе просто свихнусь.

12 апреля, суббота

129 фунтов (но определенно смогу сбросить до завтра 3 фунта с помощью франкфуртской больничной диеты); порций алкоголя — 3 (оч. хор.); сигарет — 2 (я идеальна, я святая); франкфуртеров — 12; звонков по 1471 с целью проверить, не пропустила ли я звонок Колина Фёрта из-за неожиданной, незамеченной глухоты, — 7; футов на площади пола, не покрытых коробками с пиццей, отвергнутым нижним бельём, пепельницами и т.д., — 2 (под дива-

ном); кол-во просмотров того места на кассете с «Гордостью и предубеждением», где Колин Фёрт ныряет в озеро, – 15 (я высококлассный журналист); звонков от Колина Фёрта – 0 (пока).

10.00. Колин Фёрт не позвонил.
10.03. Все еще не позвонил.
10.07. Пока не звонил. Интересно, ещё не слишком рано будить Джуд и Шеззер? Может, он хочет позвонить мне, когда его подруга пойдёт в магазин, и ждёт?

17.00. Квартира выглядит так, будто в ней взорвалась бомба, – всё из-за мистера Дарси: вещи разбросаны по гостиной, как в фильме «Тельма и Луиза»: дом Тельмы захватывает полиция, и Харви Кейтель ждёт, когда позвонят, а на заднем плане жужжит записывающее устройство. Искренне ценю поддержку и всё такое, которую оказывают мне Джуд и Шеззер, но в результате не смогла закончить приготовления, не считая физических.

18.00. Мистер Дарси пока не позвонил.

18.05. Всё ещё не позвонил. Может, подруга просто отказалась идти по магазинам? Может, они весь выходной занимались сексом, заказывали на дом итальянское мороженое и смеялись надо мной?

6.30. Джуд неожиданно проснулась и приложила ко лбу кончики пальцев.

– Мы должны уйти-и, – протянула она странным, мистическим голосом.

– С ума сошла?! – зашипела Шерон. – «Уйти»! Последние мозги потеряла?

– Нет, – холодно возразила Джуд. – Телефон не звонит потому, что здесь на нём сфокусировано слишком много энергии.

– Господи! – фыркнула Шез.

– Кроме всего прочего, здесь уже начало вонять. Нам надо убраться, выпустить поток энергии, потом пойти и выпить по «Кровавой Мери», – не унималась Джуд, бросая на меня соблазняющие взгляды.

Через несколько минут мы уже были на улице и моргали от неожиданно весеннего, ещё яркого солнца. Я резко дёрнулась обратно к двери, но Шеззер удержала меня.

— Мы идём. Выпить. «Кровавую». «Мери», — изрекла она, таща меня по тротуару, как здоровенный полицейский.

Через четырнадцать минут мы вернулись. Я бросилась через комнату и похолодела; лампочка на автоответчике мигает...

— Вот видишь! — произнесла Джуд, ужасно довольная. — Вот видишь!

Шеззер протянула дрожащую руку и, будто касаясь неразорвавшейся бомбы, нажала кнопку автоответчика.

— Привет, Бриджит, это Колин Фёрт.

Мы все отскочили назад: мистер Дарси... Тот самый шикарный, глубокий, абсолютно спокойный голос, которым он делал предложение Элизабет Беннет на Би-Би-Си.

— Бриджит, это я.

Мистер Дарси сказал «Бриджит», на моём автоответчике.

— Кажется, вы собираетесь приехать в Рим и взять у меня интервью в понедельник, — продолжал он. — Звоню, чтобы договориться, где мы встретимся. Здесь есть площадь, называется Пьяцца Навона, легко поймать такси. Жду вас около половины пятого возле фонтана. Желаю спокойного полёта.

— Тысяча четыреста семьдесят один... — забормотала Джуд. — Быстро, быстро! Нет, вытащи пленку, вытащи пленку!

— Перезвони ему! — взвизгнула Шерон, как палач из СС. — Перезвони и попроси встретить тебя в фонтане! О-о-о боже!

Телефон снова зазвонил. Мы стояли в оцепенении, с открытыми ртами. И тут прогремел голос Тома:

— Привет, малышки! Это мистер Дарси. Я звоню, чтобы спросить, может ли мне кто-нибудь помочь выбраться из этой мокрой рубашки.

Шеззер вдруг очнулась.

— Останови, останови его! — закричала она, кинувшись к автоответчику. — Заткнись, Том, заткнись, заткнись!

Поздно. Запись на моём автоответчике, где мистер Дарси произносил слово «Бриджит» и приглашал меня встретиться с ним в Риме, возле фонтана, утрачена навсегда. И никто в мире никогда не сможет с этим ничего поделать!

6

Итальянская работа

21 апреля, понедельник

139 фунтов (жир испарился благодаря волнению и страху); порций алкоголя – 0: отлично (но сейчас всего 7.30 утра); сигарет – 4 (оч. хор.).

7.30. Вообще, отправляться в дорогу с таким запасом времени – отличный шаг вперёд. Это показывает, как говорится в «Неизведанном пути», что у человека есть способность меняться и расти. Вчера вечером заезжал Том и мы с ним вместе продумали вопросы. Так что я отлично подготовлена и у меня есть ясный, краткий конспект, хотя, честно говоря, была чуть-чуть навеселе.

9.15. У меня действительно куча времени. Всякому известно: бизнесмены, мотаясь между европейскими аэропортами, приезжают за сорок минут до отлета, с одним маленьким кейсом, где лежат нейлоновые рубашки. Самолет в 11.45. Я должна быть в Гатвике в 11.00; значит, надо сесть на поезд с вокзала Виктория в 10.30, а на метро – в 10.00. Отлично.

9.30. Вдруг всё это так на меня подействует, что я просто... ну не выдержу и поцелую его? А ещё брюки слишком узкие и живот выпирает. Пожалуй, надену что-нибудь другое. И ещё, наверно, надо взять пакет с умывальными принадлежностями, чтобы освежиться перед интервью.

9.40. Страшно сказать: потратила время на собирание умывальных принадлежностей, а самое главное, конечно, – хорошо выглядеть по прибытии. Причёска совершенно сумасшедшая, придётся снова намочить волосы. Где паспорт?

9.45. Нашла паспорт, волосы в порядке, – лучше уже выходить.

9.49. Единственная проблема: не могу поднять сумку. Может, сократить содержание пакета с умывальными принадлежностями и оставить только зубную щётку, пасту, зубной эликсир, очищающее молочко и увлажняющий крем? Да, и надо вытащить из микроволновки 3500 фунтов и оставить их для Гари, чтобы он начал готовить материалы для нового кабинета и крытой террасы! Ура!

9.50. Слава богу, заказала такси! Через две минуты приедет. 10.00. Где такси?

10.05. Где, чёрт возьми, такси?

10.06. Только что позвонила в фирму по аренде такси – говорят, «серебряный кавальер» уже на подходе.

10.07. «Серебряный кавальер» не на подходе, и нигде на улице его нет.

10.08. Человек из фирмы утверждает, что «серебряный кавальер» совершенно точно сейчас поворачивает на мою улицу.

10.10. Такси все ещё нет. Проклятые, проклятые такси и все их... Га-а, он здесь. Чёрт, где ключи?

10.15. Наконец в такси. Определённо следовало выехать на пятнадцать минут раньше.

10.18. Ахх, машина неожиданно оказалась на Марилбоун-роуд – таксист непонятно почему решил, что везёт меня на экскурсию по Лондону, а не на вокзал Виктория. Подавляю инстинктивный порыв напасть на таксиста, убить его и съесть.

10.20. Нужный курс восстановлен – больше не держим путь в Ньюкасл, – но движение очень медленное. В Лондоне не бывает, чтобы без пробок.

10.27. Можно ли добраться от Марбл Арч до Гатвик Экспресс за одну минуту?

10.35. Виктория. О'кей, спокойно, спокойно – поезд ушёл без меня. Если сяду в 10.45, до отлёта останется целых тридцать минут. И рейс ещё могут отложить.

10.40. Хватит ли времени переодеть в аэропорту

брюки? А вообще-то, нервничать из-за этого не стоит. Путешествовать в одиночку прекрасно — развиваешь в себе новый характер, становишься элегантной и спокойной в стиле дзен — ведь никто здесь тебя не знает.

10.50. Вот бы не думать постоянно, что паспорт выскочил из сумки и убежал обратно домой.

11.10. Поезд почему-то остановился. Всё, что не успела сделать (напр., нанести ещё один слой эмали на ногти), вдруг показалось незначительным, если сравнить с опозданием в аэропорт.

11.45. Не могу поверить — самолёт улетел без меня.

Полдень. Слава Богу, мистеру Дарси и всем ангелам на небесах! Выяснилось, что я могу сесть в другой самолёт, через час сорок. Позвонила агентше — говорит, нет проблем, попросит встретить меня на два часа позже. Как славно — успею походить по магазинам в аэропорту.

13.00. Оч. впечатляет эта новая весенняя мода — на лёгкий шифон с розами; только вот почему эти вещи заведомо так сконструированы, что не лезут на человеческие задницы?!

Обожаю чудесные магазины в аэропорту! Сэр Ричард Роджерс, Теренс Конран и всякие подобные постоянно жалуются, что аэропорты превратились в огромные ярмарки, а я считаю — хорошо. Возможно, включу эту тему в свой следующий специальный очерк, — может быть, о самом сэре Ричарде, если не о Билле Клинтоне. Может, стоит примерить бикини?

13.30. Так. Сейчас отправлю письма, заскочу в магазин с товарами для тела и пойду.

13.31. Прозвучало объявление: «Пассажирка Джонс, вы последний пассажир на рейс ВА 175 до Рима. Пожалуйста, немедленно пройдите к терминалу 12, самолёт вылетает».

22 апреля, вторник

128 фунтов; порций алкоголя — 2; сигарет — 22; звонков от противного Майкла из «Индепендент» с целью проверить, «как продвигаются дела», — око-

ло 30; кол-во прослушиваний пленки с записью интервью — 17; написанных слов — 0.*

9.00. Снова дома, в Лондоне; после путешествия, посланного небесами. Так, собираюсь сесть за интервью. Поразительно, насколько концентрация на работе и карьере отвлекает от любовной тоски. Это просто настоящая фантастика. Вылезаю из такси на римской площади — и кажется, что сейчас упаду в обморок, действительно фантастика: залитая солнцем огромная площадь, вся в высоких руинах, и посреди всего этого — мистер... Ох, телефон.

Звонил Майкл из «Индепендент»:

— Ну что, получается?

— Да, — раздражённо ответила я.

— И вы не забыли взять диктофон вместо плейера?

Честное слово, не знаю, что там Том ему обо мне наговорил, но его тон подсказывает — я не пользуюсь особым уважением.

— Ладно, у вас есть время до четырёх часов. Так что поторопитесь.

Ла-ла, у меня масса времени. Восстановлю только немного в памяти этот день. Ммм... он выглядел в точности как мистер Дарси — весь такой чувственный и стройный. Даже показал мне церковь с дырой, могилу какого-то Адриана или что-то в этом роде, статую Моисея; невероятно мастерски не давал мне кидаться под машины и всё время говорил по-итальянски. Ммм...

Полдень. Утро прошло не слишком хорошо, хотя, очевидно, мне нужно какое-то время, чтобы осознать случившееся и обсудить свои впечатления с другими смертными. Возможно, оно прошло вполне продуктивно.

14.00. Снова телефон. Так вот что бывает, если пишешь и специализируешься на знаменитостях: телефоны звонят непрерывно. Это был проклятый Майкл:

— Как продвигаются дела?

Чёрт, чёрт, он действует мне на нервы. 16.00 вовсе даже не последний срок, понятно, что это конец рабочего дня. Признаться, мне ужасно нравится делать запись. Очень правильно поступила, когда начала с лёгких вопросов, а потом уже перешла к содержательным вопросам Тома, которые записала накануне вечером, хотя и была слегка выпивши. Моё умение вести беседу явно произвело на него должное впечатление.

14.30. Сейчас только быстренько выпью кофе и выкурю сигарету.

15.00. Лучше ещё разок послушаю плёнку.

Вот это да! Позвоню-ка Шез и дам ей послушать этот последний кусок.

Ай-ай, уже 15.30, а я ещё не приступила. Ладно, не надо паниковать; они наверняка ещё сто лет не вернутся с ланча, а потом будут пьяны, как... как журналисты. Погодите, увидите мою сенсацию!

Как начать? Ясно, что интервью должно включать мои впечатления от мистера Дарси и надо искусно вплести темы нового фильма «Крайнее возбуждение», театра, кино и т.д. Может быть, мне поручат регулярную еженедельную рубрику — «Очерки Бриджит Джонс»: «Джонс беседует с Дарси»; «Джонс беседует с Блэром», «Джонс беседует с Маркосом» (правда, он уже умер).

16.00. Как, по их мнению, мне творить, если чёртов Майкл постоянно названивает и диктует, что я должна и чего не должна писать? Грр, если это снова он... У них там нет никакого уважения к журналистам — никакого.

17.15. Ха-ха, отбрила его: «Я пи-шу-ин-тер-вью!» Только тогда заткнулся.

18.00. Ладно всё в порядке. Известные журналисты всегда опаздывают с материалами.

19.00. Чёрт, чёрт. О чёрт, чёрт!

23 апреля, среда

129 фунтов (кажется, у меня и впрямь выработалось что-то вроде привычки к жиру); поздравительных звонков от друзей, родственников и коллег по поводу моего интервью с Колином Фёртом — 0; поздравительных звонков от сотрудников «Индепендент» по поводу моего интервью с Колином Фёртом — 0; поздравительных звонков от Колина

Фёрта по поводу моего интервью с Колином Фёртом — 0 (странно, правда?).

8.00. Статья выходит сегодня. Попала в небольшой цейтнот, но, наверно, это не так уж и плохо. Должно получиться вполне нормально. Поскорее бы принесли газету.

8.10. Почта ещё не пришла.

8.20. Ура, принесли газету!

Только что видела интервью. В «Индепендент» полностью проигнорировали всё мною написанное. Понимаю, слегка опоздала, но это невыносимо. Вот что они напечатали:

По не зависящим от редакции причинам нам пришлось опубликовать интервью, которое Бриджит Джонс взяла у Колина Фёрта, дословно, в виде расшифровки магнитофонной записи.

БД. Так. Теперь давайте начнём интервью.

КФ (немного нервно). Хорошо, хорошо.

Очень длинная пауза.

БД. Какой у вас любимый цвет?

КФ. Простите?

БД. Ваш любимый цвет?

КФ. Синий.

Длинная пауза.

БД. Какой у вас любимый пудинг?

КФ. Э-э... Крем-брюле.

БД. Вы знаете, что скоро выходит фильм Ника Хорнби «Крайнее возбуждение»?

КФ. Знаю, да.

БД (пауза, шелест бумаги). Вы... ой! (Снова шуршание бумаги.) Как вы думаете, книга

«Крайнее возбуждение» глубоко проникла в общественный тип?

КФ. Простите?

БД. Глубоко... проникла... в общественный... тип.

КФ. Проникла в общественный тип?

БД. Да.

КФ. Ну, конечно, стилю Ника Хорнби очень много подражают, и я думаю, это довольно привлекательный... э-э-э... тип независимо от того, действительно ли он, э-э... проник в него.

БД. Вы смотрели «Гордость и предубеждение» по Би-Би-Си?

КФ. Смотрел, да.

БД. Вам там пришлось нырять в озеро.

КФ. Да.

БД. Когда им надо было делать новый дубль, вам приходилось снимать мокрую рубашку и надевать сухую?

КФ. Да, возможно, мне приходилось это делать, да. Scusi. Ha vinto. E troppo forte. Si, grazie.

БД (неровно дыша). Сколько дублей вам пришлось сделать,

когда вы прыгали в озеро?

КФ (кашляет). Ну... кадры под водой снимались в бассейне на Эрлинг Студиос.

БД. О нет!

КФ. Боюсь, что так. В тот э-э-э... момент, когда герой летит в воздухе, – очень короткий – снимали каскадёра.

БД. Но он выглядел как мистер Дарси.

КФ. Это потому, что ему наклеили бакенбарды, а поверх водолазного костюма надели костюм мистера Дарси, хотя, вообще-то, так он был похож на позднего Элвиса. По соображениям страховки он мог выполнить трюк только один раз, а потом примерно шесть недель проходил медосмотры. На всех остальных кадрах с мокрой рубашкой – я.

БД. А надо было всё время мочить рубашку?

КФ. Да, её спрыскивали. Спрыскивали и потом...

БД. Чем?

КФ. Простите?

БД. Чем?

КФ. Какой-то штукой, вроде спринцовки. Послушайте, может быть, мы...

БД. Да, вот я что хотела спросить: вам все время приходилось снимать рубашку и... и надевать новую?

КФ. Да.

БД. Чтобы снова намочить?

КФ. Да.

БД (пауза). Вы знаете, что скоро выходит фильм «Крайнее возбуждение»?

КФ. Да.

БД. Какие, по вашему мнению, основные отличия и общие черты у Пола из «Возбуждения» и...

КФ. И?

БД (смущённо). У мистера Дарси.

КФ. Мне ещё никогда об этом не спрашивали.

БД. Неужели?

КФ. Нет. По-моему, основные отличия...

БД. Вы хотите сказать, и так совершенно очевидно?

КФ. Нет. Я хочу сказать, что никто у меня этого не спрашивал.

БД. Разве люди не спрашивают вас об этом постоянно?

КФ. Нет-нет, уверяю вас.

БД. Так это...

КФ. Это абсолютно оригинальный, новый, необычный вопрос.

БД. Ох, как хорошо!

КФ. Можно теперь ответить?

БД. Да.

КФ. Мистер Дарси не болеет за «Арсенал».

БД. Нет.

КФ. Он не школьный учитель.

БД. Нет.

КФ. Он жил около двухсот лет назад.

БД. Да.

КФ. Пол из «Возбуждения» любит потолкаться среди футбольных болельщиков.

БД. Да.

КФ. А мистер Дарси не выносит даже деревенских танцев.

Так. А можем мы поговорить о чем-нибудь не связанном с мистером Дарси?

БД. Да.

Пауза. Шелест бумаги.

БД. Вы все ещё встречаетесь со своей подругой?

КФ. Да.

БД. О!

Длинная пауза.

КФ. Всё в порядке?

БД (еле слышно). Как вы думаете, короткие британские фильмы на пути?

КФ. Не слышу вас.

БД (несчастным голосом). Как вы думаете, короткие британские фильмы на пути?

КФ. На пути к... (ободряюще) к чему?

БД (очень длинная задумчивая пауза). К будущему.

КФ. Верно. Мне кажется, они продвигаются шаг за шагом. Мне очень нравятся короткие фильмы, но и большие фильмы тоже нравятся, – неплохо, если мы их тоже ещё поснимаем.

БД. Но у вас не возникает проблем из-за того, что она итальянка и всё такое?

КФ. Нет.

Очень долгое молчание.

БД (угрюмо). Как вы думаете, мистер Дарси придерживался каких-нибудь политических взглядов?

КФ. Я действительно думал – какие у него могли бы быть взгляды, если вообще были. Полагаю, вряд ли они показались бы слишком уж вызывающими читателям «Индепендент». Эта та самая предвикторианская или викторианская идея социальной благодетели, которая, возможно, вполне соотносится с идеями Тэтчер. То есть, конечно, мысли о социализме не возникали в...

БД. Нет.

КФ. ...В его кругу. И по тому, насколько он вообще показан славным парнем, судишь, что он хорошо обращается со своими арендаторами. Но мне кажется, он как-то ближе к ницшеанскому типу, и...

БД. Что такое «ницшеанский тип»?

КФ. Понимаете, идея о человеке... э-э-э... человеке-супермене.

БД. Супермене?

КФ. Я не имею в виду – супермене как таковом, нет. Нет. (Негромкий звук, похожий на стон.) Не думаю, что он носил подштанники, обтягивающие зад, нет. Послушайте, мне бы очень хотелось сейчас покончить с этой темой.

БД. Какие у вас творческие планы?

КФ. Следующий фильм называется «Царство мха».

БД. Это программа о природе?

КФ. Нет. Нет-нет. Нет... Это, хм, э-э... об эксцентричном семействе тридцатых годов; отец владеет фабрикой, которая производит мох.

БД. А разве мох не растёт сам по себе?

КФ. Ну нет, он выращивает

особый мох, сфагнум, который использовали во времена первой мировой войны для лечения ран, и, э-э-э, это, э-э-э, довольно лёгкий, э-э-э, весёлый...

БД (очень неуверенно). Звучит увлекательно.

КФ. Очень надеюсь, что таким фильм и получится.

БД. Можно я только кое-что уточню насчёт рубашки?

КФ. Да.

БД. Сколько раз в общей сложности вам пришлось её снимать, а потом снова надевать?

КФ. Если точно... не знаю. Хм, сейчас... Был кусок, когда я иду в Пэмберли. Там был один дубль. Одна рубашка. Потом кусок, где я кому-то отдаю лошадь... Кажется, там я переодевался.

БД (оживившись). Там вы переодевались?

КФ (строго). Да, один раз.

БД. То есть в целом всё же была только одна мокрая рубашка?

КФ. Одна мокрая рубашка, которую они всё время спрыскивали, да. Это всё?

БД. Да. Какой у вас любимый цвет?

КФ. Вы уже спрашивали.

БД. Хм... (Шелест бумаги.) Вам не кажется, что фильм «Возбуждение», в сущности, целиком про Запудривание Мозгов?

КФ. «Запудривание»... чего?

БД. Мозгов. Ну, вы знаете: мужчины все сумасшедшие алкоголики, неспособные к действию, и их интересует только футбол.

КФ. Нет, я так не считаю, правда. По-моему, Пол гораздо лучше справляется со своими эмоциями и гораздо свободнее в своих чувствах, чем его подруга. Думаю, в последней сцене вся суть в том, что Ник Хорнби пытался сказать от себя: в довольно приземлённом, повседневном мире он обнаружил нечто дающее людям доступ к эмоциональным всплескам, которые...

БД. Простите...

КФ (вздыхает). Да?

БД. У вас с вашей подругой возникает проблема языкового барьера?

КФ. Да нет, она очень хорошо говорит по-английски.

БД. Но вы не считаете, что вам было бы лучше с англичанкой и чтобы она больше подходила вам по возрасту?

КФ. Кажется, мы прекрасно ладим.

БД. Хммпф. (Мрачно.) До поры до времени. Вы предпочитаете больше играть в театре, чем в кино?

КФ. Э-э... я не разделяю мнения, что настоящая актёрская игра может быть только в театре, а кино — это не искусство. Но я действительно предпочитаю театр, когда работаю там, да.

БД. Но не кажется ли вам, что театр неестественен и запутан, людям приходится часами сидеть на спектакле, не имея возможности перекусить, поговорить или...

КФ. «Неестествен»? «Запутан» и «неестествен»?

БД. Да.

КФ. Вы хотите сказать – неестествен в смысле, что...

БД. Можно сказать, там всё не по-настоящему.

КФ. В каком-то смысле это нереалистично, да. (Вздох, похожий на тихий стон.) Эмм... думаю, в хорошем театре так и должно быть. Гораздо более... работа над фильмом кажется гораздо более искусственной.

БД. Неужели? Кажется, его не снимают одним большим куском, да?

КФ. Ну нет, не снимают, нет. Да, фильм не снимают одним большим куском. Он состоит из маленьких кадров и кусочков. (Еще более тяжёлый вздох.) Маленьких кадров и кусочков.

БД. Понятно. Как вы считаете, стал бы мистер Дарси спать с Элизабет Беннет до свадьбы?

КФ. Да, думаю, он мог бы.

БД. Вы думаете?

КФ. Да, думаю, это очень даже возможно. Да.

БД. (затаив дыхание). Правда?

КФ. Думаю, это возможно, да.

БД. Но как это может быть?

КФ. Не знаю, согласилась ли бы со мной Джейн Остин по этому вопросу, но...

БД. Мы теперь не можем узнать, она ведь умерла.

КФ. Да, не можем... Но мне кажется, мистер Дарси Эндрю Дэвиса мог бы.

БД. Но почему вам так кажется? Почему? Почему?

КФ. Потому что, мне кажется, для Эндрю Дэвиса было очень важно, чтобы мистер Дарси обладал огромной сексуальной привлекательностью.

Тяжёлое дыхание БД.

КФ. И, э-э-э...

БД. Я считаю, у вас это получилось, правда-правда, здорово. Я правда так считаю.

КФ. Спасибо. В одном месте Эндрю даже написал мне такую сценическую директиву: «Представь себе, что у Дарси эрекция».

Оч. громкий хохот.

БД. В каком месте это было?

КФ. Когда Элизабет гуляет по полям и сталкивается с ним – в одной из первых серий.

БД. Это там, где она вся перепачканная?

КФ. И всклокоченная.

БД. И потная?

КФ. Точно.

БД. А трудно было это сыграть?

КФ. Вы имеете в виду эрекцию?

БД (благоговейным шёпотом). Да.

КФ. Э-э-э, ну, Эндрю ещё написал, чтобы я не пытался сфокусировать на этом внимание зрителей, так что, во всяком случае по этой части, особой игры не потребовалось.

БД. Ммм...

Длинная пауза.

КФ. Да.

Ещё одна пауза.

БД. Ммм...

КФ. Что ж, может быть, закончим на этом?

БД. Нет. Когда вы стали мистером Дарси, как отнеслись к этому ваши друзья?

КФ. По этому поводу было много шуток: за завтраком все рычали «мистер Дарси» и тому подобное. Был короткий период, когда им приходилось прилагать значительные усилия, чтобы скрывать своё знание о том, кто я есть на самом деле...

БД. От кого скрывать?

КФ. Ну, от всех, кто полагал, что я, возможно, похож на мистера Дарси.

БД. А вы считаете, что не похожи на мистера Дарси?

КФ. Да, я считаю, что не похож на Дарси.

БД. А мне кажется, что вы в точности как мистер Дарси.

КФ. В каком смысле?

БД. Вы разговариваете прямо как он.

КФ. Да?

БД. Вы выглядите в точности как он, и я... о-о...

Грохот, а затем звуки борьбы.

7

Перепады настроения у Одиночек

25 апреля, пятница

126 фунтов (йес-с-с, йес-с-с!); порций алкоголя — 4; сигарет — 4; духовных просветлений как совместных результатов чтения «Неизведанного пути» и порций алкоголя — 4; квартир без дырок — 0; кол-во фунтов на счету в банке — 0; бойфрендов — 0; тех, с кем сегодня вечером можно куда-нибудь пойти, — 0; вечеринок в честь выборов, куда я приглашена, — 0.

17.30. Офис. Очень тяжелые два дня на работе: Ричард Финч зачитывает вслух выдержки из интервью и разражается низким, булькающим гоготом в манере Дракулы. Но это по крайней мере отвлекло меня от собственных мыслей. И потом, Джуд сказала, что интервью очень даже хорошее и даёт полное представление об атмосфере всей встречи. Ура! От Адама или Майкла из «Индепендент» ни слова, но уверена — скоро позвонят и, может быть, попросят меня сделать ещё одно интервью. Тогда я — свободный художник и работаю дома, в кабинете,— печатаю на крытой террасе с растениями в терракотовых горшках! А ещё до выборов осталась всего неделя и тогда все изменится! Брошу курить, Марк вернется и обнаружит новую меня — профессионалку, с большой внутренне-внешней квартирой.

17.45. Хмф... только что звонила домой, проверяла записи на автоответчике. Только одна, от Тома, — разговаривал с Адамом: — все там, в «Индепендент» в большом раздражении. Надиктовала Тому на автоответчик, чтобы срочно мне перезвонил и всё объяснил.

17.50. О боже, теперь беспокоюсь из-за второго заклада. У меня не осталось никаких сбережений, а что если потеряю работу? Может, лучше сказать Гари, что я не хочу расширять жилое пространство, и забрать у него 3500 фунтов? Гари собирался начать вчера, но, к счастью, только пришёл, оставил свои инструменты и снова ушёл. В тот момент у меня это вызвало досаду, но, как выясняется, то был знак свыше. Позвоню ему, когда доберусь до дома, а потом — в спортзал.

18.30. Дома. А-а-а, а-а-а, а-а-а! В стенке кошмарная, огромная дыра! Открыта всему внешнему миру, как зияющая пропасть, и из всех домов напротив её видно. Впереди целый уик-энд, а у меня в стене гигантская дырка, кругом кирпичи и ничего с этим не поделаешь! Ничего! Ничего!

18.45. О, телефон, — может, кто-нибудь пригласит меня на вечеринку в честь выборов? Или это Марк!

— О, привет, дорогая, знаешь что?

Мама... Естественно, пришлось достать сигарету.

— О, привет, дорогая, знаешь что? — повторила она.

Иногда просто удивляюсь — сколько можно вот так повторять, как попугай. На том конце провода молчат — так скажи «алло, алло». Но твердить: «О, привет, дорогая, знаешь что?» — определённо ненормальность.

— Что? — мрачно откликнулась я.

— Не говори со мной таким тоном.

— Что? — повторила я приятным, почтительным, дочерним тоном.

— Не говори «что?», Бриджит, надо говорить «извини».

Затягиваюсь обычным добрым другом «Силк кат ультра».

— Бриджит, ты куришь?

— Нет-нет! — пугаюсь я, гашу сигарету и прячу пепельницу.

— Ладно, знаешь что? Мы с Юной устраиваем для Веллингтона в саду кикуйскую вечеринку в честь выборов!

Глубоко вдыхаю через нос и думаю о Внутреннем Достоинстве.

— Правда, супер? Веллингтон будет прыгать через костёр, как настоящий воин! Вообрази — прямо через костёр, в костюме племени! А мы все пьём красное вино и делаем вид, что это бычья кровь! Бычья кровь! Вот почему у Веллингтона такие сильные бёдра.

— Э-э, а Веллингтон об этом знает?

— Ещё нет, дорогая, но ему точно захочется отпраздновать выборы. Веллингтон — большой сторонник свободного рынка, а мы не хотим, чтобы нам снова вбили красный клин. В результате снова останемся с этим... как там его... и с шахтёрами. Ты-то не помнишь правительственного беспредела, в школе тогда ещё училась, а вот Юна выступала с речью на дамском обеде — всё зря.

19.15. Наконец удалось избавиться от мамы — снова телефон: Шез. Поделилась с ней, как мне всё осточертело, и она меня здорово поддержала:

— Ну-ну, Бридж! Просто нельзя определять себя в терминах отношений с другим человеком! Радуемся — чудесно быть свободными! А скоро выборы и у всей нации изменится настроение!

— Ура! — воскликнула я. — Одиночки! Тони Блэр! Ура!

— Да! — восторгалась Шеззер. — А ведь сколько таких, что связаны со всякими там родственниками, уик-энды проводят ужасно, вынуждены обслуживать неблагодарных детей и терпеть побои от собственных супругов.

— Верно, верно! — подхватила я. — Идём куда и когда хотим и развлекаемся. Пойдём сегодня куда-нибудь?

Хмф... Шерон с Саймоном идут ужинать — как Самодовольные Женатики.

19.40. Только что позвонила Джуд в настроении, сильно подзаряженном сексуальной уверенностью.

— Со Стейси всё наладилось! — похвасталась она. — Вчера вечером мы встречались, рассказывал о своей семье!

Последовала выжидательная пауза.

— Рассказывал о своей семье! — произнесла она снова. — Что означает — у него серьёзные намерения. И сегодня вечером я с ним увижусь, и это четвертое свидание, и... ду-би, ду-би, ду. Бридж, ты слушаешь?

— Да, — откликнулась я слабеньким голосом.
— В чём дело?

Промямлила что-то насчёт дыры в стене и про Марка.

— Вот-вот, Бридж. Ты приблизилась к Достижению Контакта — и следуй дальше по этому пути! — заявила Джуд.

Не сознаёт, видимо, что прошлый её совет в основном потерпел крах и это просто обесценивает и настоящий.

— Ты подошла к тому, чтобы начать работать над Любовью к Себе. В добрый путь, Бридж! Знаешь, это фантастический путь. Мы можем иметь секс когда угодно.

— Одиночки, ура! — поддержала я.

Так почему тогда я в депрессии? Позвоню-ка опять Тому.

20.00. Нет его. Никого нет, все ловят кайф сами по себе, — кроме меня.

21.00. Только что почитала «Вы в состоянии наладить свою жизнь» и теперь ясно вижу, в чём совершила ошибку. Это говорила Сондра Рау, великая мастерица возрождать, — а может, и не она. Во всяком случае, звучит так: «Любовь никогда не бывает вне нас, – любовь внутри нас».

Что способно уводить от нас любовь? Безрассудное следование стандартам? Примеривание на себя имиджа кинозвёзд? Ощущение собственной неполноценности? Убеждение – мы из тех, кого нельзя любить?

Уф, по правде, это не убеждение. Открою-ка бутылку шардонне и буду смотреть сериал «Друзья».

23.00. Обожже! Проклятый «Неизведанный путь», классн. книжка. Катехизис или что-то в этом роде. «Общ. рзделение любви вклчает любовь к себе, если любишь другого». Чртвзьми, здорво... У-у-ух, чуть не упала...

26 апреля, суббота

130 фунтов (пусть так); порций алкоголя – 7 (ура!); сигарет – 27 (ура!); калорий – 4248 (ура!); походов в спортзал – 0 (ура!).

7.00. О-о-оох, кто исчеркал эту проклятую книгу?

7.05. Сегодня я принимаю на себя ответственность за собственную жизнь и начинаю себя любить. Я прекрасна. Я изумительна. Боже, где сигареты?..

7.10. Так, сейчас встаю и иду в спортзал.

7.15. Хотя, вообще-то, скорее всего, довольно опасно выкладываться до того, как окончательно проснешься, – можно повредить суставы. Пойду в зал вечером, перед «Встречей с незнакомкой». Глупо идти туда в субботу днём, когда надо переделать столько дел, напр. походить по магазинам. Хватит думать о том, что Джуд и Шез сейчас обе, наверно, лежат в постели и занимаются диким, диким, диким сексом.

7.30. Сексом.

7.45. Сейчас наверняка слишком рано, чтобы кому-нибудь звонить. Если я проснулась, это ещё не значит, что все вскочили тоже. Надо учиться быть внимательнее к другим.

8.00. Только что позвонила Джуд. Практически невозможно описать эту сцену, с блеянием, всхлипываниями и рыданиями.

— Джуд, что такое случилось? — обескураженно спросила я её.
— У меня депрессия... — всхлипнула она. — Всё кажется чёрным, чёрным... Я не вижу выхода, я не...
— Всё в порядке, всё в порядке, — успокаивала я её, дико озираясь на окно в надежде, что мимо пройдёт психотерапевт. — Это серьёзно или просто алкоголь?
— Всё очень, очень пло-охо, — затянула Джуд зомбированным голосом. — Всё это копилось во мне около одиннадцати лет. — И снова разревелась. — Впереди целый уик-энд, а я одна, одна... Я совсем не хочу жить...
— Ничего, всё хорошо, — утешала я Джуд, соображая, куда звонить — в полицию или в Общество добрых самаритян.
Выяснилось, что вчера вечером, после ужина, Стейси непонятно почему бросил её одну и не договорился о новой встрече. И теперь Джуд кажется, что в четверг она совершила большую ошибку, когда целовалась с ним.
— Мне так плохо. Впереди целый уик-энд. Одна, одна, я могу умереть и...
— Хочешь — давай встретимся вечером.
— О-о-о, да, пожа-алуйста! Пойдём в «Сто девяносто два»! Я могу надеть свой новый кардиган.
Следующим позвонил Том.
— Почему ты не перезвонил мне вчера вечером? — спросила я.
— Что? — каким-то странным, скучным, монотонным голосом отозвался он.
— Ты мне не перезвонил.
— А-а, — устало вздохнул Том, — подумал, что мне нельзя ни с кем разговаривать.
— Почему? — озадачилась я.
— Ох... потому что я утратил свою индивидуальность и превратился в депрессивного маньяка.
Оказывается, Том всю неделю работал дома в одиночестве, переживая из-за Джерома. Через какое-то время мне удалось ему помочь — осознал, что воображаемое сумасшествие довольно смешная идея: не проинформируй он меня о своём клиническом безумии — не заметила бы никакой разницы.

Напомнила Тому, как Шерон однажды три дня не выходила из дому — ей показалось, будто солнце разрушает её лицо, как в видеоэффекте. Она никого не хотела видеть и не желала подставлять себя под ультрафиолетовые лучи, пока сама с этим не смирилась. А когда всё же пришла в «Кафе руж», выглядела точно так же, как неделю назад. Наконец мне удалось перевести разговор с проблемы Тома на мою карьеру интервьюера известных людей, — таковая, к сожалению, кажется, кончилась, по крайней мере пока.

— Не волнуйся, бэби, — успокоил меня Том, — они всё забудут через десять минут, вот увидишь. Ты начнёшь заново.

14.45. Теперь мне намного лучше. Я поняла: весь вопрос в том, чтобы не страдать из-за своих проблем, а помогать другим. Только что провела час с четвертью у телефона, подбадривая Саймона, который явно не лежал в постели с Шеззер. Оказывается, сегодня вечером он предполагал встретиться с девушкой, по имени Джорджи, с которой время от времени тайно спал по субботам. Но теперь Джорджи говорит, что субботний вечер не кажется ей подходящим временем — слишком похоже на «расписание».

— Я неудачник в любви, проклят богами и навсегда останусь один! — свирепствовал Саймон. — Навсегда, навсегда! Впереди целое воскресенье...

Объяснила Саймону: одиночество — это прекрасно, потому что мы свободны! Свободны! (Хотя почему-то надеюсь, что Шез до конца не догадается, насколько свободен Саймон.)

15.00. Я — чудо: весь день была почти психотерапевтом. Сказала Джуд и Тому — пусть звонят мне в любое время днём и ночью, только бы так не огорчались. Вот видите, какая мудрая, уравновешенная — прямо мать-настоятельница из «Звуков музыки». Легко могу представить себе, как пою «Достигни всех вершин» у стены посреди «192», а Джуд почтительно преклоняет колени на заднем плане.

16.00. Только что зазвонил телефон: Шеззер давится слезами, но старается это скрыть. Дело вот в чем: Саймон позвонил ей и выложил всю историю про Джорджи (оч. неприятно, так как ясно, что моего собственного святого акта добродетели оказалось недостаточно для, как я теперь понимаю, эмоционально жадного Саймона).

— Но я до сих пор думала, что вы «просто хорошие друзья», — возразила я.

— Я тоже так думала, — ответила Шеззер. — Но теперь понимаю, что в душе фантазировала, будто это высшая форма любви. Как ужасно быть одинокой! — И она разрыдалась. — Никто тебя не обнимет вечером, никто не поможет тебе починить кастрюлю... Впереди целый уик-энд! Совершенно одна!

16.30. Ура! Придут все — Шез, Джуд и Том (но не Саймон — он в опале за Смешанные Звонки). Собираемся заняться индийской медитацией, а потом будем смотреть по видео сериал «Скорая помощь». Как здорово быть одинокой — можно веселиться с разными людьми, а жизнь полна свободы и перспектив.

18.00. Случилось ужасное — позвонила Магда:

— Сунь его обратно в горшок, сунь обратно! — Слушай, не знаю, стоит ли мне об этом тебе говорить, Бридж, но... Сунь его обратно в горшок, обратно!

— Магда! — пригрозила я.

— Прости, милая. Слушай, я звоню, чтобы сказать тебе, что Ребекка... Смотри теперь, как это противно, правда? Кака! Кака! Скажи — «кака»!

— Что?

— Марк возвращается на следующей неделе. Она пригласила нас на послевыборный обед в его честь, что-то типа «добро пожаловать домой», и... Не-е-е-ет! О'кей, о'кей, положи мне в руку!

Обессиленно шарю рукой по кухонному столу, отыскивая сигарету.

— Ладно, тогда положи в руку папе. Дело в том, Бридж... Ты не возражаешь, если мы пойдём, или ты опять? Тогда делай это в горшок. В горшок!

— О боже! — простонала я. — О боже!

18.30. Иду за сигаретами.

19.00. По всему Лондону ходят парочки, по-весеннему держатся за руки, спят друг с другом и планируют чудесные мини-брейки. А я до конца жизни останусь одна. Одна!..

20.00. Всё вышло просто прекрасно. Сначала пришли Джуд и Том, с вином и журналами, и устроили мне выволочку за то, что я не знаю, что такое пашмина. Джуд решила, что у Стейси огромная задница, а ещё он мечтает класть ладонь ей на руку и шептать слово «счастье», о чём она вовремя не догадалась, и это определённо означает, что он уже выбросился из окна. Кроме того, мы сошлись на мысли, что всё хорошо: Магда пойдёт на вечеринку ненавистной Ребекки как шпионка, и, если Марк действительно встречается с Ребеккой, тогда он точно голубой, и это тоже хорошо — особенно для Тома, который очень оживился. А ещё Джуд собирается устроить вечеринку в честь выборов и не приглашать Ребекку. Ха!

А-хаа-ха-ха-ха-ха-а-ха-ха-ха-ха-ха-ха!

Потом приехала Шез, вся в слезах, и это в определённом смысле неплохо — обычно она не показывает, если её что-то волнует.

— Сволочные сволочи! — в конце концов сообщила она. — Весь этот год — сплошной эмоциональный облом, и я совсем запуталась.

Все бросились ей на помощь, вооружившись номером «Вог», шампанским, сигаретами и т.д., а Том объявил, что не существует платонической дружбы.

— Конешн, всь они сволчи, — констатировала Джуд заплетающимся языком. — Просто ты свихнулась на сексе.

— Нет-нет, — возразил Том, — это просто кошмарный вариант отношений конца тысячелетия. Дружба между мужчиной и женщиной строится на сексуальной динамике. Люди делают ошибку, когда игнорируют это, а потом расстраиваются, если их друзья не хотят с ними спать.

— Я не расстраиваюсь, — пробормотала Шеззер.

— А как насчёт такой дружбы, когда оба не хотят спать друг с другом? — поинтересовалась Джуд.

— Не бывает такого. Секс — вот что всем движет. «Друзья» — это плохое определение.

— Пашмина, — вставила я, отхлебнув шардонне.

— Точно! — возбуждённо воскликнул Том. — Это пашминаизм конца тысячелетия. Шеззер — «пашмина» Саймона, потому что она очень хочет спать с ним и он её унижает, а Саймон — «пашмастер» Шеззер.

Шерон в ответ на это ударилась в слёзы, и двадцать минут мы потратили на то, что успокаивали её с помощью ещё одной бутылки шардонне и пачки сигарет, после чего вернулись к составлению списка дальнейших определений, а именно:

Пашминсер. Друг, с которым ты хочешь спать, но на самом деле он голубой. («Это я!» — сказал Том.)

Пашмуж. Друг, с которым ты спала, а теперь он женат и у него дети и ему нравится иногда встречаться с тобой в память о былых временах, но ты при этом чувствуешь себя сумасшедшей, бесплодной старой девой, воображающей, что в неё влюблен викарий.

Экс-пашспёт. Экс-партнер, который стремится снова встречаться с тобой, но прикидывается, будто хочет быть тебе просто другом, а потом начинает приставать и делает всё наоборот.

— Как насчёт пашмучителей? — злобно предложила Шез. — Друзья, которые превращают твою интимную эмоциональную беду в социологическое исследование ценой твоих собственных чувств.

Тут я решила, что лучше сходить за сигаретами. Торчу в грязном пабе на углу, у автомата с сигаретами, жду сдачу — и вдруг чуть не подпрыгиваю до потолка. Возле бара стоит мужчина, который выглядит в точности как Джеффри Олконбери, только вместо жёлтого свитера с ромбами и подтяжек на нём светло-голубые джинсы с отутюженными складками спереди и чёрный нейлоновый жилет.

Бешено уставляюсь на бутылку «Малибу», пытаясь собраться с мыслями. Это никак не может быть дядя Джеффри. Снова оборачиваюсь — беседует с мальчиком на вид лет семнадцати. Дядя Джеффри, точно он!

Заколебалась, не зная, что делать. Мелькнула мысль плюнуть на сигареты и убежать, пощадить чувства Джеффри. Но затем какая-то злая внутренняя мстительность заставила меня вспомнить, сколько раз Джеффри оскорблял меня в своём кругу и вопил при этом изо всех сил. Ха! А-ха-ха-ха! Теперь дядя Джеффри на моей территории.

Собиралась уже подойти и заорать изо всех сил: «Кого я вижу! Фрр! Нашёл себе сосунка!» И тут кто-то хлопает меня по плечу. Оборачиваюсь – никого; кто-то хлопает меня по другому плечу – любимая шутка дяди Джеффри.

— А-ха-ха-ха-ха, что здесь делает моя маленькая Бриджит – ищет парня? – рычит он.

Поверить не могу – поверх жилета успел надеть жёлтый свитер с пумой, мальчик исчез: Джеффри пытается нагло выкрутиться.

— Здесь ты никого не найдёшь, Бриджит, – по мне, они все тут похожи на Джулиана Клариса. Надуют и денег не попросят! А-ха-ха-ха! Зашёл вот только купить пачку «панателлы».

В этот момент появляется мальчик: в руках держит кожаную куртку, явно взволнован и смущён.

— Бриджит, – произносит дядя Джеффри, будто весь кеттерингский клуб «Ротари» стоит у него за спиной, но тут у него сдают нервы – поворачивается к бармену: – Эй, парень! Где «панателла», которую я просил? Двадцать минут уже жду!

— Что вы делаете в Лондоне? – с подозрением спрашиваю я.

— В Лондоне? Приехал по делам «Ротари». Он, знаешь ли, не твоя собственность, Лондон.

— Привет, меня зовут Бриджит! – многозначительно обращаюсь я к мальчику.

— Ах да... Это, э-э-э... Стивен, хочет устроиться на работу в министерство финансов, правда, Стивен? Даю ему тут кое-какие советы. Ладно, пойду, пожалуй. Будь хорошей девочкой! А не сможешь – будь осторожна! А-ха-ха-ха! – И дядя Джеффри пулей выскакивает из паба.

Мальчик следует за ним, обиженно оглядываясь на меня.

Когда я вернулась домой, Джуд и Шез едва поверили, что я упустила такую возможность взять реванш.

— Только подумать, что ты могла ему сказать! – с удивлённым сожалением закатила глаза Шез. – «Ну что ж, рада видеть, что вы наконец нашли себе парня, дядя Джеффри-и-и-и! Посмотрим, долго ли это продлится на сей раз. Испаряются – тю-тю-у-у!»

Однако у Тома на лице образовалось довольно неприятное выражение торжественного сочувствия.

— Это трагедия, трагедия! — вспыхнул он. — Столько мужчин по всей стране живут во лжи! Только представьте себе все эти тайные мысли, стыд и желания, которые пожирают их сознание в замкнутом пространстве между диваном и окном! Он, возможно, ходит в Хэмпстед Хет. Он, возможно, идёт на ужасный, ужасный риск. Ты должна с ним поговорить, Бриджит!

— Слушай, — вмешалась Шез, — заткнись. Ты напился.

— У меня такое ощущение, будто я оправдана, — медленно и задумчиво проговорила я.

Принялась объяснять: давно подозревала — тот мир Самодовольных Женатиков, который демонстрировали Джеффри и Юна, вовсе не таков, каким кажется, а значит, я не урод и жизнь в нормальной, гетеросексуальной паре не единственный указанный Богом путь.

— Бридж, заткнись, ты тоже напилась! — оборвала меня Шез.

— Ура! Давайте вернёмся к своим делам. Нет ничего противнее, чем когда другие отвлекают тебя от твоих собственных переживаний! — обрадовался Том.

После этого мы все набрались по полной программе. Получился совершенно фантастический вечер. Как сказал Том, будь у мисс Хэвишем весёлые друзья, которые её развлекли бы, — не сидела бы так долго в своём свадебном платье.

28 апреля, понедельник

128 фунтов; порций алкоголя — 0; сигарет — 0; бойфрендов — 0; звонков от Строителя Гари — 0; возможностей найти новую работу — 0 (многообещающе); походов в спортзал — 0; походов в спортзал за этот год — пока 1; стоимость годового абонемента в спортзал — 370 фунтов; стоимость единственного посещения спортзала — 123 фунта (оч. плохая экономия).

Так, сегодня решительно начинаю программу посещений спортзала, чтобы иметь возможность говорить всем вокруг: «Да, это трудно. Да, это работает», как партия консерваторов, и все мне будут верить (а не как им) и думать, что я достойна восхищения. Хотя, боже мой, уже 9.00. Тогда пойду вечером. Где этот проклятый Гари?

Позже. В офисе. Ха-ха! А-ха-ха-ха-ха! Сегодня на работе было потрясающе.

— Ну что, Бриджит, — начал Ричард Финч, когда мы все собрались за столом. — Тони Блэр; женские комитеты; новые направления в политике; всё, что касается женщин, — какие предложения? Ни малейшей связи с Колином Фёртом, — если, конечно, тебе удастся.

Красиво заулыбалась, разглядывая свои записи, подняла взгляд, полный достоинства и уверенности.

— Тони Блэр должен вынести на рассмотрение Кодекс любовных правил для Одиночек! — немного помедлив, объявила я.

— Вот как? — отозвался Ричард Финч.

— Н-да, — кивнула уверенно.

— Не кажется ли тебе, — продолжал он, — что наш потенциальный новый премьер-министр мог бы потратить свое время на вещи поважнее?

— Только подумайте об огромном количестве рабочих часов, потерянных из-за рассеянности или плохого настроения, потраченных на обдумывание сложных ситуаций или ожидание телефонных звонков, — возразила я. — Это легко сравнить с болью в пояснице. Кроме того, во всех других культурах есть особые ритуалы ухаживания, а мы действуем в плохо определённом мире, где мужчины и женщины все больше отчуждаются друг от друга.

Тут Ужасный Харолд насмешливо хмыкнул.

— Боже мо-ой, — затянула Пачули, лениво задрав на стол ноги в велосипедных лайкровых шортах, — нельзя же подчинять закону чувства. Это фашизм.

— Нет-нет, Пачули, ты плохо слушала, — строго ответила я. — Всего лишь рекомендации относительно хороших сексуальных манер. Поскольку четверть семей состоят из одного человека, они значительно улучшат психическое здоровье нации.

— Мне кажется, накануне выборов... — глумливо начал Ужасный Харолд.

— Нет, подожди, — перебил его Ричард Финч, жуя жвачку, подёргивая ногами и странно поглядывая на нас. — Кто из вас женат?

Все глупо уставились в стол.

— Но не один же я, правда? — удивился Ричард. — Неужели только я пытаюсь удерживать вместе разодранные клочки британского общества?

Все старались не смотреть на Саскию, журналистку, с которой Ричард спал всё лето, пока резко не потерял к ней интерес и не переключился на девушку — продавщицу сандвичей.

— Заметьте, я не удивлён, — продолжал Финч. — Кто из вас сможет жениться? Вы до конца своей жизни останетесь не способны к простейшему действию — принести капучино хотя бы одному человеку.

При этих словах Саския издала странный звук и выскочила из офиса.

Всё утро я занималась серьёзным исследованием: звонила по телефону и разговаривала с людьми. Довольно интересно, что даже те сотрудники, которые не одобрили мой проект, постоянно подходили ко мне с предложениями.

— О'кей, Бриджит, давай послушаем потрясающий основы, великий труд, — предложил Ричард Финч перед ланчем.

Объяснила ему, что Рим был построен не за один день и я, понятно, ещё не закончила работу полностью, но вот пункты, над которыми работаю. Прокашлялась и приступила:

Кодекс любовных правил

1) Если граждане знают, что не хотят встречаться с кем-нибудь, они прежде всего не должны провоцировать.

2) Когда мужчина и женщина решают, что будут спать вместе, то, если какая-нибудь из сторон знает, что хочет лишь «поразвлечься», это должно быть ясно оговорено заранее.

3) Если граждане целуются или спят с другими гражданами, они не должны делать вид, будто ничего не происходит.

4) Граждане не должны годами встречаться с

другими гражданами, заявляя при этом, что не хотят слишком серьезных отношений.

5) После сексуальных отношений не оставаться на ночь, несомненно следствие плохих манер.

— Но что если... — грубо вмешалась Пачули.

— Можно я закончу? — снисходительно и авторитетно поинтересовалась я.

Затем зачитала остальное и добавила:

— Кроме того, если правительство собирается продолжать настаивать на семейных ценностях, ему придётся сделать что-нибудь более позитивное для Одиночек, нежели просто вычеркивать их из жизни общества. — И выдержала паузу, любезно перелистывая бумаги. — Вот мои предложения:

Предложения по воспитанию Самодовольных Женатиков

1) Включить книгу «Все мужчины с Марса, все женщины с Венеры» в школьную программу, чтобы представители противоположных армий понимали друг друга.

2) Учить мальчиков с детства, что брать на себя часть домашней работы не означает лишь поковырять вилкой в кране.

3) Сформировать крупное правительственное брачное агентство для Одиночек со строгим кодексом любовных правил, клиентскими скидками на напитки, телефонные звонки, косметику и т.д., запретом на Запудривание Мозгов и следующим правилом: прежде чем объявить себя Одиночкой, гражданин должен сходить по крайней мере на 12 организованных правительством свиданий и иметь веские основания для отказа от всех двенадцати.

4) Если основания признаны недостаточно вескими, гражданин обязан признать себя Запудривателем мозгов.

— О боже! — простонал Ужасный Харолд. — По-моему, всё это ерунда.

— Нет, хорошо, оч-чень хорошо. — Ричард Финч пристально посмотрел на меня.

У Харолда был такой вид, будто он проглотил голубя.

— Я думаю, живое обсуждение в студии, — продолжал Ричард Финч. — Я думаю, Харриет Хармен; я думаю, Робин Кук. Я даже думаю, может, и Блэр. Так, Бриджит, давай, работай. Дозвонись до офиса Хармен и достань её завтра. Потом попробуй Блэра.

Ура! Я — ведущий журналист и работаю над главной темой. Скоро всё изменится — для меня и для всей нации!

19.00. Хмм... Харриет Хармен не перезвонила. И Тони Блэр тоже. Тема закрыта.

29 апреля, вторник

Не могу поверить в ситуацию со Строителем Гари. На этой неделе каждый день оставляла ему сообщения — и ничего, никакого ответа. Может, он заболел или ещё что. А кроме того, со сквозняком постоянно доносится ужасный запах с лестницы.

30 апреля, среда

Хмм... Только что приехала домой с работы: дыра прикрыта большим куском полиэтилена, но ни записки, ни записи на автоответчике — вообще ничего относительно возвращения мне 3500 фунтов. Ничего. Хочу, чтобы позвонил Марк.

8

Oh baby!

1 мая, четверг

128 фунтов; порций алкоголя — 5 (но я праздную победу новых лейбористов); вклад в победу новых лейбористов, не считая порций алкоголя, — 0.

18.30. Ура! Атмосфера сегодня просто фантастическая: день выборов — один из немногих дней, когда понимаешь, что именно мы, то есть народ, несём всю ответственность, а правительство — это всего лишь временные надутые и высокомерные пешки и теперь пришло время нам собраться вместе и почувствовать свою силу.

19.30. Только что вернулась из магазина. Там, на улице, — поразительно. Все вываливаются из пабов совершенно пьяные. И впрямь чувствую себя частью чего-то большого. Дело не просто в том, что хочешь измениться, нет. Это великое выступление нас, нации, против всяческой жадности, отсутствия принципов и уважения к обычным людям, с их проблемами, и... О, прекрасно — телефон.

19.45. Хмф, это Том.
— Ты уже проголосовала?
— Как раз собираюсь! — гордо ответила я.
— Вот оно что. А на какой избирательный пункт?
— На тот, что за углом.

Ненавижу, когда Том такой. Если он член красного клина и марширует, распевая отвратительным голосом «Спой, если ты счастлив быть геем», это ещё не даёт ему повода вести себя так, будто он представитель испанской инквизиции.

— А за кого собираешься голосовать?
— Э-э-э... — я лихорадочно высунулась из окна, рассматривая красные надписи на светящихся стендах, — за Бака!
— Ну давай-давай! — хмыкнул Том. — Помни миссис Пэнкхерст.

Честное слово, кем он себя считает — главой партии или ещё кем? Естественно, я собираюсь голосовать. Правда, лучше переодеться — в этом костюме я выгляжу недостаточно левой.

20.45. Только что вернулась с избирательного пункта.
— У вас есть карточка избирателя? — с важным видом спросил какой-то молокосос.

Что ещё за карточка избирателя — вот это мне хотелось бы знать. Выяснилось, что я не зарегистрирована ни в одном из списков, хотя многие годы, чёрт возьми, платила избирательный налог. Придётся идти на другой пункт. Вернулась за справочником.

21.30. Хмм, проклятье, там я тоже не зарегистрирована. Теперь надо в какую-нибудь библиотеку или ещё куда-то за мили отсюда. Кстати, на улицах сегодня вечером великолепно. Мы, народ, объединяемся, чтобы изменить свою жизнь. Йес-с-с! Только не надевать бы мне туфли на платформе. И ещё — каждый раз, как выхожу из дома, не доносился бы с лестницы этот ужасный запах.

22.30. Прямо не верится в то, что случилось! Предала Тони Блэра и свою страну, и тут нет никакой моей вины. Оказалось: квартира моя есть в списке, но я не зарегистрирована в избирательных бюллетенях, хоть у меня и с собой налоговая книжка. Честное слово, столько шума поднимают вокруг потери избирательного права, если не платишь налог, а тут и платишь — всё равно голосовать не можешь.

— Вы заполняли форму в прошлом октябре? — спросила меня переполненная чувством собственной значимости тумба, в блузке с рюшками и брошью, — наслаждается минутами славы всего лишь потому, что ей посчастливилось заведовать столиком на избирательном пункте.

— Да, — соврала я.

Ясно же, что квартиросъёмщики не обязаны распечатывать каждый скучный коричневый конверт с соответствующей надписью, который выскакивает из щели в двери. Что если Бак потеряет один голос, а потом проиграет все выборы из-за одного бюллетеня? И это моя вина, моя вина. Иду с избирательного пункта к Шеззер и испытываю какое-то стыдное чувство вины. Кроме того, не могу больше носить платформу — ноги совсем разбиты, так что придётся выглядеть коротышкой.

2.30. Бже, вечер был влколепн. Чртов Мейджор. Долой! Долой! Долой! Упс...

2 мая, пятница

129 фунтов (ура, новый лейбористский фунт, первый в новой эре!).

8.00. Ура! Моей радости по поводу внушительной победы лейбористов нет предела. Прекрасный повод пристыдить маму и экс-бойфренда — членов партии тори. Ха-ха, не дождусь случая позлорадствовать. Шери Блэр фантастична. Ведь наверняка не влезет в крошечное бикини в общей примерочной; у неё тоже нет кругленькой, аккуратной попочки. И всё же она как-то умудряется подбирать одежду, которая хорошо сидит сзади, и при этом ещё выглядеть как модель. Может, Шери теперь повлияет на премьер-министра и он предпишет магазинам продавать такую одежду, чтоб делала привлекательными все попки.

Правда, беспокоюсь, что ситуация с новыми лейбористами окажется похожа на ту, когда влюбляешься в кого-то, начинаешь наконец с ним встречаться, а потом первая ссора — и всё, катастрофа. Но Тони Блэр всё же первый премьер-министр, с которым я легко могу представить себе взаимно добровольный секс. Вообще, вчера вечером у Шез появилась теория, что причина, по которой они с Шери постоянно дотрагивались друг до друга, состояла в том, что Шери всё больше возбуждалась по мере роста отрыва голосов. Ох, телефон.

— О, привет, дорогая, знаешь что? — раздался бодрый мамин голос.

— Что? — гордо отозвалась я, приготовившись злорадствовать.

— Мы победили, дорогая. Правда, это замечательно?! Такой отрыв — вообрази!

Меня вдруг пробила холодная дрожь. Когда мы пошли спать, Питер Сноу расхаживал элегантно, но неопределённо и казалось, цифры на табло в пользу лейбористов, но... Ох-ох, может, мы чего-то недопоняли? Были немного подшофе, и ничто не имело для нас особого значения, кроме того факта, что голубые здания тори взрываются по всей карте Британии. Или, может, за ночь что-то произошло и тори вернулись?

— И знаешь ещё что? — продолжала мама.

Это я виновата. Лейбористы проиграли, и виновата в этом я. Да и такие люди, как я, — мы, как и предупреждал Тони Блэр, остались равнодушны. Я недостойна называться гражданкой Великобритании, британской женщиной. Конец, коне-е-е-ец!

— Бриджит, ты меня слушаешь?

— Да, — прошептала я, скованная ужасом.

— Мы устраиваем в честь Тони и Гордона вечер для леди в Ротари! Все называют друг друга по имени, надевают простую одежду, а не официальные наряды. Мёрл Робертшоу нас отговаривает — говорит, никто не хочет ходить в слаксах, кроме викария, — а мы с Юной считаем, что всё из-за ненависти Пёрсиваля к оружию. Веллингтон готовит речь. Человек чёрной расы выступает с речью в Ротари — вообрази! Понимаешь, дорогая, — вполне в лейбористском духе. Цвета и этичность — как у Нельсона Манделы. Джеффри повозил Веллингтона по пабам в Кеттеринге. Вчера они застряли за грузовиком, загруженным досками, а мы-то решили — попали в аварию!

Стараясь не думать о возможной мотивации «поездок» дяди Джеффри с Веллингтоном, я поинтересовалась:

— Кажется, вы уже устраивали предвыборную вечеринку с Веллингтоном?

— О, нет-нет, дорогая! Веллингтон не захотел. Сказал — не желает осквернять нашу культуру и заставлять нас с Юной прыгать на вечеринках через костры, вместо того чтобы подавать воздушные пирожные.

Я рассмеялась.

— Так вот, теперь он выступает с речью — зарабатывает на водный мотоцикл.

— На что?

— На водный мотоцикл, дорогая, ты же знаешь. Откроет на пляже небольшой бизнес — не всё же ему продавать ракушки. Считает, клуб Ротари как раз ему поможет — они ведь поддерживают бизнес. Ох, мне пора бежать! Мы с Юной везём его подбирать цвета!

Я — уверенная в себе, способная, ответственная женщина, с чувством собственного достоинства; я не несу ответственности за поведение других, — только за своё собственное, да-да.

3 мая, суббота

128 фунтов; порций алкоголя — 2 (стандартное здоровое количество для профилактики сердечного приступа); сигарет — 5 (оч. хор.); калорий — 1800 (оч. хор.); позитивных мыслей — 4 (отлично).

20.00. Вот мой совершенно новый позитивный настрой. Убеждена, что при новом режиме Блэра все станут вежливыми и внимательными к другим. Ясно, что новая метла очистит нас от пороков правительства тори. Даже стала по-другому относиться к Марку и Ребекке: ведь то, что она устраивает обед, вовсе не означает, что они встречаются, — просто пытается манипулировать. В самом деле чудесно почувствовать — ты достигла вершины, всё вокруг кажется тебе прекрасным. Считала, что многие вещи в определённом возрасте теряют свою привлекательность, а это вовсе не так. Посмотреть хотя бы на Хелен Миррен и Франческу Аннис.

20.30. Хотя — хмм... Мысль, что этот обед устраивается сегодня, не особо приятна. Почитаю немного «Буддизм. Драма монаха, раздобывшего денег». Хорошо бы успокоиться. Нечего ожидать, чтобы жизнь всегда поворачивалась к тебе светлой стороной. Человек должен подпитывать свою душу.

20.45. Да, вся моя проблема — жила в мире фантазий и постоянно обращалась либо в прошлое, либо в будущее, а надо наслаждаться настоящим моментом. Вот сейчас — сидеть и наслаждаться.

21.00. Настоящий момент совсем не радует. В стене у меня дыра, на лестнице вонючий мусор, в банке увеличивается перерасход, а Марк пошёл на обед к Ребекке. Открыть бутылку вина и посмотреть «Скорую помощь»?

22.00. Интересно — Магда вернулась? Обещала позвонить, как только вернётся, и представить мне полный отчёт. Наверняка скажет: Марк не встречается с Ребеккой и спрашивал обо мне.

23.30. Только что разговаривала с няней Магды: ещё не вернулись. Оставила Магде сообщение, чтоб не забыла позвонить.

23.35. Пока не звонила. Возможно, обед у Ребекки имел фантастический успех: все ещё там, и в кульминации буйного веселья Марк Дарси залезает на стол и объявляет о своей помолвке с Ребеккой... Ох, телефон...

— Привет, Бридж, это Магда.
— Ну как всё прошло? — слишком уж поспешно спросила я.
— О, по правде говоря, довольно мило.

Я вздрогнула — совершенно не те слова, совершенно.

— Она приготовила кроттин-гриль на зелёном салате; потом, пенне карбонара, только не из панцетты, а из спаржи, очень вкусно; потом, персики, запечённые в марсале, с сыром маскарпон.

Вот кошмар!

— Скорее всего, из книги рецептов Делли Смит, но она отрицала.
— Правда? — оживилась я.

Хоть это хорошо — Марк не любит, когда что-то из себя строят.

— А как Марк?
— О, прекрасно! И впрямь классный парень! Ужасно привлекателен.

Магда просто ничего не понимает. Ничего не понимает, ничего. Нельзя петь дифирамбы экс-бойфрендам, которые кого-то бросили.

— Да, и ещё она сделала цедру в шоколаде.

Так, — терпеливо кивнула я.

Нет, правда, будь на её месте Джуд или Шеззер, преподнесли бы мне каждый нюанс, готовый и разжёванный.

— Как ты думаешь, он встречается с Ребеккой?
— Хмм, не знаю. Держалась с ним очень кокетливо.

Стараюсь не забывать об установлениях буддизма и о том, что у меня по крайней мере есть сила духа.

— Когда вы приехали, он уже был там? — спрашиваю медленно и отчётливо, будто разговариваю с очень стеснительным двухлетним ребёнком.
— Да.
— А когда все уезжали, он тоже уехал?
— Джере-еми! — неожиданно завопила Магда изо всех сил. — Когда мы уезжали, Марк Дарси ещё был там.

О боже!

— Что — Марк Дарси?.. — слышу я рёв Джереми и потом ещё какие-то звуки.

— Он сделал это в постели?! — крикнула Магда. — По-большому или по-маленькому? По-большому или по-маленькому? Прости, Бридж, мне надо идти.

— Ещё один вопрос! — взмолилась я. — Он говорил обо мне?

— Доставай это из постели — руками! Ты ведь можешь их потом помыть, правильно? Ох, ради бога, будь же взрослым мальчиком! Прости, Бридж, что ты спросила?

— Он говорил обо мне?

— Ам, ам! Да иди ты к чёрту, Джереми!

— Ну?

— Честно говоря, Бридж, по-моему, нет.

4 мая, воскресенье

128 фунтов; порций алкоголя — 5; сигарет — 9 (прекратить деградировать); ядовито-ненавистнических планов убить Ребекку — 14; буддийский стыд за мысли об убийстве — необъятен; католическая вина (хоть я и не католичка) — растёт.

Моя квартира. Очень плохой день. Днём ездила к Джуд в зомбированном состоянии. Они с Шез всё повторяли, что мне надо снова сесть на какого-то там коня и начать (честно говоря, унизительно) полистывать рубрику «Одинокие сердца» в «Тайм аут».

— Не хочу читать «Одинокие сердца», — с достоинством возразила я. — Не так всё запущено.

— Э, Бриджит, — холодно заметила Шерон, — не ты ли хотела, чтобы Тони Блэр организовал брачные агентства для Одиночек? Мне казалось, мы договорились, что политическая интеграция имеет большое значение.

— Боже мой, это возмутительно! — Джуд громко цитировала, засовывая в рот большие куски пасхального печенья. — «Очень высокий, привлекательный мужчина, пятидесяти семи лет, БВП, БК, СПЧ, познакомится с цивилизованной замужней, чувственной леди двадцати-двадцати пяти лет для благоразумных, нескованных отношений вне брака». Кем они себя считают, эти уроды?

— Что такое БВП, БК и СПЧ? — озадачилась я.

— Башка с великолепной плешью, безмозглый козёл, старая пипетка вместо члена, — предположила Шерон.

— Безобразен в постели, болен корью, секс после чтения, — развила я мысль.

— Это значит: без вредных привычек, без комплексов, серьёзный, положительный человек. Джуд явно пожалела, что не объяснила раньше.

— Надо и правда быть серьёзным и положительным, чтобы иметь наглость высказаться настолько открыто, — хмыкнула Шерон.

«Говорящие сердца» оказались оч. хорошим развлечением: звонишь и слушаешь, как люди рекламируют себя, словно участники шоу «Встреча с незнакомкой».

— Так. Меня зовут Баррет; станешь моей клубничкой с перцем — мой жеребец унесёт твоё сердце.

Не очень-то здорово начинать сообщение со слова «так» — создаётся впечатление, что тебя ожидает огромная, навороченная, кошмарная речь. Да она и вправду кошмарная:

— На работе я занимаюсь умственным, высокопроизводительным и хорошо оплачиваемым трудом; интересуюсь всякими обычными вещами — магией, оккультизмом, язычеством.

— Я красив, очень страстен. Писатель; ищу особенную, самостоятельную леди. Станет получать удовольствие от обладания моим мировецким телом; я по крайней мере на десять лет старше, и ей это понравится.

— Пха! — воскликнула Шерон. — Вот позвоню кому-нибудь из этих сволочей сексистов...

Шеззер, на седьмом небе, дозванивалась до них и сексапильно мурлыкала в трубку:

— Алло, это «Первое знакомство» на линии? Быстрее слезайте, поезд подходит!

Шутка, наверно, довольно детская, но нам казалось весело, учитывая, сколько шардонне мы уже в себя влили.

— Привет, это Неистовый Парень. Я высокий испанец, с длинными чёрными волосами, длинными чёрными ресницами и стройным, неистовым телом... — зачитала я идиотским голосом.

— О! — радостно вскричала Джуд. — Это на слух вполне подходит!

— Так почему бы тебе не позвонить ему?

— Нет! — испугалась Джуд.

— Ну а почему тогда ты пытаешься заставить меня кому-то звонить?

Тут Джуд притихла. Выяснилось, что вся эта история со Стейси и Депрессией Одиночки на уик-энд вынудила её ответить на один из звонков Подлеца Ричарда.

— О боже! — хором вздохнули мы с Шеззер.

— Не собираюсь снова с ним встречаться или вообще что-нибудь. Просто это... приятно, — смущенно заключила Джуд, избегая наших укоризненных взглядов.

Возвращаюсь — включается автоответчик.

— Привет, Бриджит! — Глубокий, сексуальный, молодой голос, с иностранным акцентом. — Это Неистовый Парень...

Проклятые девчонки, должно быть, дали ему мой номер. Ужаснувшись — совершенно незнакомый человек знает мой номер телефона, — не стала поднимать трубку, а просто прослушала до конца, как Неистовый Парень объясняет, что будет завтра вечером в «192», с красной розой в руке.

Немедленно перезвонила Шеззер и сказала ей всё, что о ней думаю.

— Да ладно тебе, — успокоила она меня, — пойдём все вместе — повеселимся.

Итак, по плану завтра вечером идём туда втроём. Хо-хум! А что мне делать с дырой в стене и вонью на лестнице? Чёртов Гари! Вытянул из меня 3500 фунтов. Так; придётся, чёрт возьми, позвонить ему.

5 мая, понедельник

127 фунтов (ура!); прогрессивных изменений с дырой в стене, совершённых Гари, — никаких; прогрессивных изменений в попытках забыть Марка Дарси благодаря фантазиям о Неистовом Парне — средне (затрудняют ресницы).

Приехала домой и обнаружила сообщение от Гари: зашился с другой работой, а если у меня какие мысли, так он считает — спешки нет. Всё устроит, приедет завтра вечером.

Вот, и напрасно я волновалась. Ммм, Неистовый Парень... Может, Джуд и Шеззер правы: мне просто надо действовать, а не воображать постоянно Марка с Ребеккой в разных любовных сценах. Однако беспокоюсь насчёт ресниц, — точнее, насколько они длинны. Фантазии о стройном, неистовом, демоническом теле Неистового Парня слегка испорчены образом Неистового Парня, моргающего тяжёлыми, длинными ресницами, как диснеевский Бэмби.

21.00. Приехала в «192» к 20.05. Джуд и Шез висят на хвосте, чтобы занять соседний столик и приглядывать за мной. Никаких признаков Неистового Парня. Единственный одинокий мужчина в кафе — ужасный, старый урод, в холщовой рубашке, с хвостиком на голове и в тёмных очках; пристально смотрит на меня. Где же Неистовый Парень?

Одариваю его презрительным взглядом. Он так нагло уставляется на меня, что немного погодя решила — ухожу. Поднимаюсь из-за столика — и чуть не подпрыгиваю до потолка: урод держит в руке красную розу... Ошеломлённо смотрю, как он, ухмыляясь, снимает свои идиотские очки, демонстрируя фальшивые ресницы в стиле Барбары Картленд. Этот урод и есть Неистовый Парень! В ужасе выскакиваю на улицу, а Джуд и Шеззер спешат за мной, скрючившись от хохота.

6 мая, вторник

128 фунтов (воображаемый ребёнок весом 1 фунт?); мыслей о Марке — лучше; прогрессивных изменений с дыркой в стене, совершённых Гари, — статично, т.е. никаких.

19.00. Оч. плохое настроение. Только что оставила Тому сообщение: не свихнулся ли он тоже. Понимаю — надо учиться любить себя и жить настоящим моментом, не переживать, а думать о других и быть цельной личностью, но чувствую себя ужасно. Я так скучаю по Марку! Поверить не могу — неужели он встречается с Ребеккой?! Что я такого сделала? Очевидно, со мной что-то не так. Просто всё больше старею, и теперь ясно — ничего хорошего у меня уже не произойдёт; нужно, видимо, смириться с перспективой, что я навсегда останусь одна и у меня никогда не будет детей. Нет, слушай, надо собраться. Скоро придёт Гари.

19.30. Гари опаздывает.

19.45. Ни намёка на этого чёртового Гари.

20.00. Гари так и нет.

20.15. Проклятье, Гари так и не пришёл! Ох, телефон, — наверно, он.

20.30. Звонил Том, сообщил, что тоже свихнулся и то же самое сделала его кошка — писает на ковер. Потом он сказал нечто уж совсем удивительное:

— Бридж, ты не хотела бы родить от меня ребёнка?

— Что?

— Ребёнка.

— Зачем? — растерялась я, неожиданно создав в воображении тревожную картину секса с Томом.

— Ну... — он на минуту задумался, — мне бы очень хотелось иметь ребёнка и продолжить свой род; но, во-первых, я слишком эгоистичен, чтобы ухаживать за ним, а во-вторых, я голубой. А у тебя хорошо получилось бы, — если, конечно, не забудешь его в магазине.

Обожаю Тома — он будто как-то почувствовал то, что я ощущаю сама. Ладно, попросил подумать. А ведь это идея!

20.45. А почему бы и нет? Можно держать его дома, в маленькой корзиночке. Да! Стоит только представить — просыпаешься утром, а рядом маленькое существо, можно его обнимать и любить. И делать всё вместе, — например, ходить на аттракционы или в магазины игрушек, искать всяких Барби. А дом превратится в славный, мирный, пахнущий детской пудрой рай. Если же Гари все-таки придёт, ребёнок пусть спит в свободной спальне. Возможно также, если у Джуд и Шеззер тоже будут дети, жить вместе, коммуной и... Чёрт, подожгла окурком мусорную корзину!

10 мая, суббота

129 фунтов (воображаемый ребёнок уже гигантский, учитывая его возраст); сигарет — 7 (необязательно же бросать из-за воображаемой беременности, правда?); калорий — 3255 (ем за себя плюс за крошечного призрака); позитивных мыслей — 4; прогрессивных изменений с дырой в стене, совершённых Гари, — никаких.

11.00. Ходила за сигаретами. Оказалось, на улице — неожиданно, необъяснимо — действительно жарко. Это фантастика! Некоторые мужчины уже ходят по городу в спортивных трусах!

11.15. Наступило лето, но это вовсе не означает, что жизнь должна превратиться в хаос, с беспорядком в квартире, вырвавшимся из-под контроля почтовым ящиком и повсеместной вонью. (Уф, на лестнице теперь и впрямь очень скверно.) Собираюсь всё это исправить — целый день навожу чистоту в квартире и разбираюсь в почтовом ящике. Везде устраиваю порядок, чтобы впустить в свою жизнь новый мир.

11.30. Так, для начала соберу все кучки газет в одну центральную кучу.

11.40. Уф, хотя...

12.15. Может, сначала разберусь с почтой?

12.20. Просто невозможно этим заниматься, если не одеться правильно.

12.25. Мне не нравится, как я выгляжу в шортах, — как-то слишком спортивно. Нужно короткое, узкое платьице.

12.35. И где оно?

12.40. Платье надо постирать и просушить.

12.55. Ура! Иду плавать на Хэмпстедские пруды с Джуд и Шеззер! Не сделала эпиляцию, но Джуд говорит, бассейн только для дам и там полно лесбиянок, а они считают, что быть волосатой как снежный человек — предмет гомосексуальной гордости. Ура!

Полночь. На пруду было фантастично, как на картине мастера шестнадцатого века с нимфами, только гораздо больше нимф, чем я ожидала, в купальниках от Дороти Перкинс. Всё оч. старомодно, с деревянными мостками и поручнями. Купание в естественной среде, грязь (на дне, не на собственной попе) — всё это вызывает совершенно новые ощущения. Рассказала подругам об идее Тома насчёт ребёнка.

— О боже! — изумилась Шез. — Что ж, по-моему, идея хорошая. Правда, в довершение к «Почему ты не замужем?» тебя будут донимать ещё и вопросами «Кто отец?».

— Можно говорить — искусственное оплодотворение, — предложила я.

— Мне кажется, этот мир крайне эгоистичен, — холодно произнесла Джуд.

Последовала удивленная пауза: мы уставились на Джуд — что она имеет в виду?

— Почему? — поинтересовалась наконец Шез.

— Потому что ребёнку нужны оба родителя. Ты хочешь родить для себя самой, ты слишком эгоистична, чтобы вступать в серьёзные отношения.

Вот это да! Прямо представила: Шез достаёт автомат и расстреливает Джуд. Шез немедленно пустилась — самозабвенно и без всяких тормозов — в эклектичную культурную справку.

— Посмотри на Карибские острова! — задыхаясь, выпалила она.

Мы тревожно оглянулись по сторонам, а я подумала: «Ммм, Карибские острова... Чудный отель-люкс, белый песок...»

— На Карибских островах местные женщины воспитывают детей на специальной огороженной территории! — объявила Шез. — Мужчины лишь иногда заглядывают и спят с ними. А теперь женщины получили экономическую независимость и появились памфлеты, которые называются «Мужчина — группа риска». Теряют они свою роль, как и во всем этом проклятом мире.

Иногда я задумываюсь: а действительно ли Шерон такой авторитет ну просто во всём, вроде доктора наук, каким хочет казаться?

— Ребенку нужны оба родителя! — упрямо повторила Джуд.

— Ох, ради бога, это просто узкий, авторитарный,

нереалистичный, ограниченный взгляд Самодовольных Женатиков – Родителей из Среднего Класса! – разозлилась Шез. – Всем известно, что каждый третий брак кончается разводом.

– Точно! – подтвердила я. – Жить с матерью, которая тебя любит, наверняка лучше, чем оказаться жертвой болезненного развода. Детям нужны отношения, жизнь, люди вокруг, но вовсе необязательно, чтобы был муж. – Неожиданно вспомнила слова, с которыми (забавно!) постоянно выступает моя мама, и добавила: – Любовью ребёнка не испортишь!

– Нечего на меня набрасываться из-за этого! – обиженно заявила Джуд. – Я только высказываю своё мнение. Ладно, мне нужно кое-что вам сообщить.

– Да ну? Что же? – съязвила Шез. – Ты поддерживаешь работорговлю?

– Мы с Ричардом собираемся пожениться.

Шеззер и я раскрыли рты, а Джуд потупилась, торжественно покраснев.

– Понимаю, это всё удивительно. Мне кажется, когда я бросила его в последний раз, он осознал: человек не ценит того, что имеет, пока не потеряет; – в результате это подтолкнуло его и он обрёл способность к действию!

– В результате он обрёл способность осознать, что придётся, чёрт возьми, искать работу, если ты не станешь его содержать, – вот это куда больше похоже на правду, – буркнула Шез.

– Э-э-э, Джуд, – уточнила я, – ты только что сказала, что собираешься выйти замуж за Подлеца Ричарда?

– Да, – кивнула Джуд. – И хотела спросить – вы будете подружками невесты?

11 мая, воскресенье

128 фунтов (ребёнок-призрак в ужасе перед надвигающейся свадьбой); порций алкоголя – 3; сигарет – 15 (опять же могу теперь свободно курить и пить); фантазий о Марке – всего 2 (отлично).

Только что звонила Шез; сошлись на том, что вся

эта история — полный конец. Джуд не должна выходить замуж за Подлеца Ричарда:

а) он псих;

б) он подлец — и по имени, и по натуре;

в) невыносимо наряжаться как розовые шарики и идти к алтарю, все будут на нас глазеть.

Сейчас позвоню Магде и спрошу у неё.

— Хмм... по-моему, не очень перспективная идея. Но, понимаешь, отношения между людьми — это полная тайна, — загадочно ответила она. — Со стороны никто никогда по-настоящему не понимает, что ими движет.

Дальше разговор перешел на идею материнства и Магда неожиданно взбодрилась.

— Знаешь что, Бридж? Я считаю, тебе стоит сначала попробовать.

— Что ты имеешь в виду?

— Ну, например, почему бы тебе не присмотреть днём за Констанс и Харри и не проверить, что это такое? Мне всегда казалось, что сидеть с детьми по очереди — решение проблемы современных матерей.

Здорово! Пообещала взять к себе Харри, Констанс и малышку в следующую субботу — Магда идёт в салон красоты. А ещё они с Джереми устраивают через шесть недель праздник в саду в честь дня рождения Констанс, и Магда спросила, хочу ли я, чтобы она пригласила Марка. Сказала — да. Ведь мы с ним не виделись с февраля — пусть посмотрит, как я изменилась, спокойна и преисполнена чувства собственного достоинства и внутренней силы.

12 мая, понедельник

Прихожу на работу — Ричард Финч, в отвратительном, гиперактивном настроении, скачет по всей комнате, жуёт и орёт на всех. (Секс-бог Матт — выглядел сегодня утром в точности как модель — шепнул Ужасному Харолду, что Ричард Финч под кокаином.)

Как бы то ни было, выяснилось, что директор канала завернул идею Ричарда заменить «Новости за завтраком» детальным освещением утреннего собрания команды «Британии у экрана». Учитывая, что вчерашнее «собрание» состояло из споров, кому из наших ведущих заниматься главной темой (а главная тема — читать новости Би-Би-Си и Ай-Ти-Ви), мне не кажется, что это была бы очень интересная программа. Но Ричард на ней просто помешался.

— Знаете в чём состоит проблема новостей? — взывал он, вытащив изо рта жвачку и отбросив её в сторону мусорной корзины. — Они скучные. Скучные, скучные, чёртовски скучные!

— Скучные? — удивилась я. — Но сейчас там показывают начало работы первого лейбористского правительства за... за последние несколько лет!

— О боже! — воскликнул Ричард, сорвав с носа очки в стиле Криса Эванса. — У нас что, новое лейбористское правительство? Это точно? Ну-ка, все, все! Идите сюда! У Бриджит сенсация!

— А как насчёт боснийских сербов?

— Проснись и понюхай кофе! — простонала Пачули. — Так они собираются продолжать стрелять друг в друга из кустов, да? Но это, кажется, вроде уже вчерашний день.

— Н-да-да-да! — подтвердил Ричард, все больше возбуждаясь. — Народ не хочет слушать про мёртвых албанцев в платках на голове, он хочет слушать про людей. Я думаю — «Вся нация». Я думаю — Фрэнк Бо, я думаю — парни на скейтбордах.

И теперь нам всем приходится обмозговывать народные интересы, например как пьют улитки или как старики прыгают на «тарзанке». Интересно, каким образом мы организуем «тарзанку» для престарелых, если... Ага, телефон, — наверняка Ассоциация моллюсков и мелких амфибий.

— О, привет, дорогая! Знаешь что?

— Мам, — угрожающе начала я, — я же просила тебя...

— Знаю-знаю, дорогая. Звоню, чтобы сообщить тебе кое-что очень печальное.

— Что?

— Веллингтон уезжает домой. Он произнёс в Ротари фантастическую речь. Абсолютно фантастическую! Знаешь, когда он говорил об условиях, в которых живут дети его племени, Мёрл Робертшоу просто рыдала. Рыдала!

— А я думала, Веллингтон собирал деньги на водный мотоцикл.

— Правильно, дорогая. Но он придумал замечательный приём — как раз подходит для Ротари. Сказал — пожертвуйте деньги, и я не только гарантирую кеттерингскому отделению десять процентов прибыли, но добавлю пять процентов, — если половину этой суммы отдадут на школу в его деревне. Благотворительность и небольшой бизнес — правда мудро? В общем, собрано четыреста фунтов и он возвращается в Кению! Строить новую школу! Вообрази! И всё благодаря нам! Устроил чудный показ слайдов Ната Кинга Коула, с подписью Дитя Природы. А на прощание сказал «хакуна матата!» — мы решили сделать эти слова нашим девизом!

— Здорово! — одобрила я и тут заметила, что Ричард Финч зло косится в мою сторону.

— Ладно, дорогая, мы думали, ты...

— Мам, — перебила я, — ты знаешь каких-нибудь пожилых людей, которые занимаются чем-нибудь интересным?

— Честное слово, вот глупый вопрос! Все пожилые люди занимаются чем-то интересным. Арчи — ты, конечно, знаешь Арчи Гарсайда, он заместитель депутата правительства, — прыгает с парашютом. Завтра, кажется, прыгает для спонсоров в пользу клуба Ротари, а ему девяносто два года. Девяностодвухлетний парашютист! Вообрази!

Через полчаса я направилась к столу Ричарда Финча с торжествующей улыбкой на устах.

18.00. Ура, всё чудесно! Совершенно реабилитированная в глазах Ричарда Финча, еду в Кеттеринг снимать парашютный прыжок. И это ещё не все: сама веду репортаж — главная тема.

13 мая, вторник

Не хочу больше быть глупышкой, пытающейся сделать карьеру на поприще телевизионной журналистики. Жестокая профессия. Забыла, какой это кошмар — работать в телевизионной группе и непосредственно общаться с доверчивыми, почти невинными представителями народа. Мне не позволили вести репортаж – слишком сложно: оттеснили на задний план. А вот спесивого, помешанного на карьере Грега послали в кадр. Дело в том, что Арчи не хочет прыгать – не находит хорошего места для приземления. Грег стоял на своём и всё повторял:

– Давай, папаша, мы теряем освещение!

Наконец заставил Арчи прыгнуть на вспаханное поле, на вид мягкое. Однако, на беду, это оказалось не вспаханное поле, а канализационные резервуары.

17 мая, суббота

129 фунтов; порций алкоголя – 1; сигарет – 0; внезапных фантазий о ребёнке – 1; внезапных фантазий о Марке Дарси, всё о том, что он снова увидит меня, поймёт, как я изменилась, насколько я самодостаточна, т.е. стройная, хорошо одетая и т.д., и снова влюбится в меня, – 472.

Совершенно измотана после рабочей недели; слишком обессилена, чтобы вылезти из постели. Кто бы за меня встал, спустился вниз, принёс газету, а ещё шоколадный круассан и капучино. Наверно, всё же останусь лежать – почитаю «Мари Клер» и сделаю маникюр, а потом, может, узнаю, не хотят ли Джуд и Шеззер сходить в «Джигсо». Так хочется купить что-нибудь новенькое – тогда Марк, как увидит меня на следующей неделе, сразу поразится, как я изменилась... Га-а-а, звонок... Разве нормальный человек звонит кому-нибудь в дверь в десять утра в субботу? Что они все, с ума посходили?

Позже. Доплелась до домофона – это Магда: весело прокричала:

– Поздоровайтесь с тётей Бриджит!

Пошатнувшись от ужаса, смутно припоминая, что предложила Магде прогулять в субботу её отпрысков по аттракционам, пока она целый день будет заниматься собой в салоне красоты и обедать с Джуд и Шеззер, как свободная женщина.

В панике нажала кнопку, накинула единственный халат, какой нашла (неподходящий – очень короткий и прозрачный), и забегала по квартире, убирая пепельницы, разбитый стакан, вытирая разлитую водку и т.д.

— Ауфф, вот и мы! Боюсь, у Харри небольшой насморк, правда, милый? — пропела, ковыляя вверх по лестнице, Магда, вся обвешанная сумками, как бездомный бродяга. — Уф, что это за запах?

Констанс, моя крестница, — ей на следующей неделе исполнится три года — сообщила, что принесла мне подарок. Явно была очень довольна своим выбором и уверена, что мне понравится. Нетерпеливо разворачиваю свёрток: каталог каминов.

— Наверно, решила, что это журнал, — шепнула Магда.

Пришлось изобразить безумный восторг. Констанс просияла от гордости и поцеловала меня (мне понравилось), а потом мы радостно расселись перед видео смотреть мультик «Пингу».

— Простите, должна бежать, куча дел — опаздываю в салон, — заспешила Магда. — Всё, что нужно, в сумке под коляской. Смотри, чтобы не вывалились в дырку в стене.

Как будто порядок: малышка спит, а Харри, ему около года, сидит в коляске рядом с ней, держит в ручонках очень потрёпанного кролика, — кажется, тоже сейчас заснёт. Но в ту же секунду, как внизу хлопает дверь, Харри с малышкой принимаются визжать как резаные. Пытаюсь взять их на руки — корчатся и лягаются, будто их депортируют.

Проделала всё, что могла, чтобы их успокоить (хотя, конечно, не затыкала им рты видеокассетами): танцевала, махала руками, изображала, что дую в трубу.

Констанс с важным видом оторвалась от видео, вытащила изо рта бутылочку и подсказала:

— Наверно, пить хотят. Это видно — как всё, что у тебя под халатиком.

Оскорблённая тем, что существо меньше трёх лет от роду откровенно намекает на моё материнское невежество, нашла в сумке бутылочки и протянула детям. Оба тут же прекратили орать и стали сосать, озабоченно рассматривая меня из-под нахмуренных бровей, словно перед ними некто мерзкий из министерства внутренних дел.

Предприняла попытку выскользнуть за дверь — надо же надеть что-нибудь приличное, — но они моментально вытащили изо рта соски и снова завопили. В результате одевалась в гостиной, дети не отрываясь следили за мной, как за экзотической стриптизёршей.

Завершив сорокапятиминутную операцию — спускание вниз по лестнице детей с колясками и сумками, — походившую на войну в Заливе, мы оказались на улице. Добрались до аттракционов, очень мило. Харри, по словам Магды, ещё не освоил человеческий язык; зато Констанс приняла со мной очень дружеский, доверительный тон — в духе «тут все взрослые»; её братик что-то лепечет, а она переводит:

— На качелях хочет покататься.

Покупаю пакетик конфет — торжественно заявляет:

— Мы никому об этом не расскажем!

К несчастью, когда подходили к дому, Харри непонятно почему начал чихать — целая батарея реактивных зелёных соплей взлетела в воздух и приземлилась ему на личико, прямо как в фильме «Доктор Кто». Констанс от страха подавилась, и её вырвало прямо мне на голову; малышка завизжала, остальные последовали её примеру. Отчаянно пытаюсь исправить всю ситуацию: наклоняюсь, вытираю сопли у Хари, пристраиваю ему обратно в рот соску, одновременно исполняя утешительную песенку «Всегда буду тебя любить».

Как по волшебству через секунду наступает тишина. Обрадовавшись своим материнским талантам, затягиваю второй куплет, лучисто улыбаясь Харри; в ответ он мгновенно вытаскивает изо рта соску и засовывает её мне в рот.

— Привет! — послышался мужской голос.

Харри снова заголосил.

Оборачиваюсь, с соской во рту и блевотиной в волосах, — Марк Дарси, вид у него крайне озадаченный.

— Это Магдины, — не сразу нашлась я.

— А-а... я и подумал — как-то быстро слишком. Или очень удачно скрывала.

— Кто это? — Констанс вложила ладошку мне в руку, недоверчиво уставившись на Марка снизу вверх.

— Меня зовут Марк, — представился он. — Я друг Бриджит.

— О-о... — отозвалась Констанс, всё ещё с подозрением.

— Так или иначе, у вас одинаковое выражение лица, — заметил Марк, как-то непонятно глядя на меня. — Помогу вам подняться.

В результате я несла малышку и вела за руку Констанс, а Марк тащил коляски и вёл за ручку Харри. Не считая необходимых слов о детях, мы почему-то ничего не произносили. И тут слышу голоса на лестнице; заглянув за угол, обнаруживаю двух полицейских: вытаскивают содержимое шкафа в холле. Оказывается, соседи пожаловались им на запах.

— Отведи детей наверх, а я здесь разберусь, — тихо сказал Марк.

Чувствуя себя Марией из «Звуков музыки» (когда пели на концерте, а потом ей пришлось сажать детей в машину, пока капитан фон Трапп боролся с гестапо), разговаривая бодрым, деланно уверенным шёпотом, снова поставила «Пингу», налила всем детям в бутылочки соку без сахара и уселась между ними на полу, — кажется, это их удовлетворило.

Появился полицейский, с сумкой в руках — я её узнала. Надев перчатку, полицейский открыл молнию на кармане сумки, вытащил оттуда улику — полиэтиленовый пакет с вонючей, перепачканной кровью плотью — и осведомился:

— Это ваше, мисс? Лежало в шкафу в холле. Мы можем задать вам несколько вопросов?

Поднимаюсь, оставив детей, целиком поглощенных видео. В дверях показывается Марк.

— Я уже говорил, что я адвокат, — вежливо обращается он к молодому полицейскому с легчайшим, но твёрдым намёком в голосе — «так что лучше следите за тем, что делаете».

Зазвонил телефон.

— Могу я взять трубку, мисс? — с подозрением спрашивает один из полицейских.

Возможно, решил — а что если это мой поставщик кусков расчленённых тел. Пытаюсь сообразить, каким образом кусок кровавого мяса попал в мою сумку. Полицейский подносит трубку к уху, несколько секунд стоит с совершенно перепуганным видом, а затем передаёт мне телефон.

— О, привет, дорогая, кто это? У тебя в доме мужчина?

И вдруг меня осенило: в последний раз я брала эту сумку, когда ездила к родителям на ланч.

— Мама, — быстро спрашиваю, — когда я приезжала к вам на ланч, ты клала что-нибудь мне в сумку?

— Да, по правде говоря... если вспомнить — клала: два куска филе стейка. А ты и не поблагодарила. В карман на молнии. Знаешь, я и Юне говорила, это не так-то дешёво — филе стейка.

— Почему ты мне не сказала?!

В конце концов мне удалось заставить ничуть не раскаявшуюся маму признаться во всём полицейским. Но они заявили, что заберут филе стейка на анализ, а меня, возможно, задержат и допросят. Тут Констанс разревелась, я взяла ее на руки, и она обняла меня, вцепившись в мой джемпер, как будто меня собираются оторвать от неё и бросить в клетку с медведями.

Марк рассмеялся и положил руку на плечо полицейскому.

— Ладно, ребята. Это пара кусков филе стейка от мамы. Уверен, у вас есть дела поважнее.

Полицейские переглянулись, закрыли блокноты и взяли шлемы. Главный проговорил:

— О'кей, мисс Джонс. В следующий раз следите за тем, что ваша мама кладёт вам в сумку. Спасибо за помощь, сэр, желаю приятного вечера. Приятного вечера, мисс.

Некоторое время Марк молча таращился на дырку в стене, явно не зная, что делать, а потом бросив:
— Приятного просмотра, — ринулся вниз по лестнице вслед за полицейскими.

21 мая, среда

127 фунтов; порций алкоголя — 3 (оч. хор.); сигарет — 12 (отлично); калорий — 3425 (всё, что было); позитивных изменений с дырой в стене, совер-

шённых Гари, – 0; позитивных мыслей по поводу мебельной ткани в качестве одежды для особого случая – 0.

Джуд окончательно свихнулась. Только что заезжала к ней: вся квартира завалена журналами для невест, образцами кружева, позолоченными искусственными цветочками, брошюрами с супницами и ножами для грейпфрутов, глиняными горшочками с семенами и пучками соломы.

— Хочу устроить гурд, — тараторила Джуд. — Или юрд? Вместо шатра. Это вроде такого кочевого тента в Афганистане, с коврами на полу. И ещё хочу чернёные лампы для ароматических масел — на длинных ножках.

— Что ты наденешь? — поинтересовалась я, пролистывая фотографии разукрашенных тощих моделей, с уборами из цветов на головах, и подумывая, не вызвать ли «скорую».

— Уже шьют. Эйб Гамилтон! Кружево и много слоёв.

— Что за слои? — кровожадно проворчала Шез. — Назвали бы этот журнал «При деньгах».

— Прости? — холодно переспросила Джуд.

— «Что за слои», — объяснила я. — Как «что за машины»?

— Не «что за машины», а «какие машины», — поправила Шез.

— Девочки! — воскликнула Джуд преувеличенно бодро, как тренерша в спортзале, призывающая выстроиться в коридоре в спортивных трусиках. — Мы можем продолжить?

Интересно — как вкралось слово «мы»? Вдруг оказалось, что это не свадьба Джуд, а наша свадьба и нам приходится выполнять все эти задания для психов — обвязывать соломой 150 чернёных ламп для ароматических масел и ехать в Центр здоровья, чтобы организовать специальный душ для Джуд.

— Можно мне кое-что сказать? — осведомилась Шез.

— Да, — позволила Джуд.

— Не выходи, чёрт возьми, замуж за Подлеца Ричарда! Он ненадёжный, эгоистичный, ленивый, лживый Запудриватель Мозгов из ада. Если ты выйдешь за него, он украдёт половину твоих денег и сбежит с любовницей. Существуют брачные договоры, но...

Джуд молчала. Чувствую вдруг — Шезии пинает меня ногой, — стало быть, надо поддержать.

— Вот послушай, — с надеждой зачитала я кусок из «Свадебного руководства для невесты»: — «Лучший мужчина: жених в идеале должен выбрать уравновешенную, ответственную женщину...» — И огляделась с довольным видом, будто подтверждая точку зрения Шез.

Реакция последовала прохладная.

— И ещё, — продолжала Шез, — тебе не кажется, что свадьба слишком затрудняет отношения? Не то чтобы я имею в виду — трудно её добиться...

Джуд глубоко вдохнула через ноздри, — мы с нетерпением ждали, что она скажет.

— Так! — воскликнула она наконец, взглянув на нас с бравой улыбкой. — Обязанности подружек невесты!

Шез прикурила сигарету.

— Что мы наденем?

— Ага! — обрадовалась Джуд. — Надо заказать платья. Вот смотрите!

В статье под названием «50 способов сэкономить деньги в важный день» утверждалось: «Удивляйтесь — для наряда подружки невесты прекрасно подходит мебельная ткань».

Мебельная ткань?..

— Понимаете, — продолжала Джуд, — насчёт списка гостей там сказано: необязательно приглашать новых друзей своих гостей. Но только я упоминаю о свадьбе — она говорит: «О, мы с радостью придём!»

— Кто? — не поняла я.

— Ребекка.

Онемев, я уставилась на Джуд. Нет, не может быть! Не ожидает же она, что я пойду к алтарю, одетая как диван, а Марк Дарси в это время сидит с Ребеккой...

— И потом, они пригласили меня поехать с ними отдохнуть. Нет, конечно, не поеду. Кажется, Ребекка немного обиделась, что я не сказала ей раньше.

— Что?! — взвилась Шеззер. — У тебя есть какое-нибудь понятие, что значит слово «подруга»? Бриджит — твоя лучшая подруга, и я тоже. Ребекка бессовестно стащила Марка, и нет чтобы вести себя тактично, так ещё пытается затянуть всех в свою отвратительную паутину! А он уж так запутался, что никогда не выберется. Ты же, чёрт возьми, не оказываешь ей никакого сопротивления! Вот в чём жуть современного мира — всё прощается... Ладно, мне от этого тошно, Джуд. Если ты такой вот друг — пусть Ребекка и идёт за тобой к алтарю, завёрнутая в занавески, а не мы! И посмотрим, как тебе это понравится! И можешь заткнуть свой юрд, гурд, дурд или что там ещё своей... мадам Сижу!

Итак, теперь мы с Шерон не разговариваем с Джуд. О боже, о боже!..

9

Социальный ад

2 июня, воскресенье

129 фунтов; порций алкоголя — 6 (кажется, этим я обязана Констанс); сигарет — 5 (оч. хор.); калорий — 2455 (в основном продукты, покрытые апельсиновой глазурью); спасений от домашних животных — 1; атак на меня со стороны детей — 2.

Вчера — день рождения Констанс. Приезжаю с опозданием примерно на час и начинаю прокладывать путь по дому Магды, ориентируясь на визг, доносящийся из сада, где развернулась кровавая сцена: взрослые бегают за детьми, дети — за кроликами, а в углу, за небольшим заборчиком, наблюдают это всё два кролика, морская свинка, несчастного вида овца и пузатый поросёнок.

Перед стеклянными дверьми я помедлила, нервно огляделась: сердце у меня дрогнуло и заколотилось — вот он, держится в отдалении, в традиционном стиле Марка Дарси — с видом независимым и отстранённым. Посмотрел туда, где стояла я, и на секунду мы застыли, встретившись взглядами; потом Марк смущённо кивнул и отвернулся. Тут я заметила у него за спиной Ребекку — пресмыкается перед Констанс.

— Констанс, Констанс, Констанс! — ворковала она, размахивая перед девочкой японским веером.

Та насупилась и сердито моргала.

— Посмотри, кто пришёл! — воскликнула Магда, наклонившись к дочке и показывая на меня.

Загадочно улыбнувшись, Констанс решительно, неуклюже направилась ко мне, оставив Ребекку махать веером, — вид у неё при этом был довольно идиотский. Малышка приблизилась, я к ней наклонилась, и она, обняв меня за шею и прижав маленькое горячее личико к моей щеке, шепнула:

— Ты принесла мне подарок?

Порадовавшись, что это очевидное проявление корыстной любви никто, кроме меня, не слышал, я шёпотом ответила:

— Может быть.
— А где он?
— У меня в сумке.
— Пойдём достанем.
— Как мило, правда? — раздался приторный голос Ребекки.

Они с Марком стояли и смотрели, как Констанс берёт меня за руку и ведёт в прохладный дом.

Сама я была довольна подарком, который купила для Констанс, — конфеты «Минстрелз» и розовая пачка с золотистой сетчатой верхней юбочкой (два магазина обыскала, прежде чем нашла). Констанс юбочка чрезвычайно понравилась, и она, естественно, как любая женщина, немедленно захотела её примерить.

— Констанс, — спросила я, когда мы повосхищались нарядом со всех сторон, — ты рада меня видеть из-за меня самой или из-за подарка?

Взгляд из-под сдвинутых бровок.

— Из-за подарка.

— Понятно, — кивнула я.
— Бриджит...
— Да?
— Вот там, у тебя дома...
— Да?
— Почему у тебя там совсем нет игрушек?
— Ну, потому что я в такие игрушки не играю.
— О-о... А почему у тебя нет комнаты, где играют?
— Потому что я не играю в такие игры.
— А почему у тебя нет мужчины?

Ну хочешь верь, хочешь нет: не успела приехать на праздник — сразу сталкиваюсь с Самодовольным Женатиком в лице трёхлеточки.

Мы уселись на лестнице, и между нами завязался длинный, довольно серьезный разговор — о том, что все люди разные и некоторые вот бывают Одиночками. Тут послышался шум; поднимаем головы — сверху на нас смотрит Марк Дарси.

— Я просто... туалет, я полагаю, наверху? — безучастно осведомился он. — Привет, Констанс. Как тебе «Пингу»?

— Он не настоящий. — Девочка нахмурилась.

— Да-да, — торопливо согласился Марк, — извини, глупо с моей стороны быть таким... — и взглянул прямо мне в глаза, — доверчивым. Ладно, с днём рождения! — И прошёл мимо нас, даже не поцеловав меня в знак приветствия, вообще ничего не сделав.

«Доверчивым»... Неужели до сих пор думает, что я изменила ему со Строителем Гари и с парнем из химчистки? Ну и ладно, мне всё равно, это неважно. Всё прекрасно, и он меня абсолютно не интересует.

— Ты грустная, — заметила Констанс.

Подумала немного, вытащила изо рта полурастаявшую конфету и запихнула мне за щёку. Мы решили вернуться в сад — продемонстрировать пачку; маньячка Ребекка тут же набросилась на Констанс:

— О-о-о, смотрите — фея! Ты фея? А какая ты фея? Где твоя волшебная палочка? — тараторила она.

— Прекрасный подарок, Бридж! — поблагодарила Магда. — Принесу тебе выпить. Ты знакома с Космо, правда?

— Да, — признала я с упавшим сердцем, наблюдая, как трясётся у этого банкира двойной подбородок.

— Во! Бриджит, как я рад тебя видеть! — заревел Космо, плотоядно оглядывая меня с головы до ног. — Как работа?

— Прекрасно! — соврала я с облегчением, опасалась, что сразу пустится обсуждать мою личную жизнь. — Работаю теперь на телевидении.

— На телевидении? Здорово, чёрт возьми! Стоишь перед камерой?

— Ну, иногда, — ответствовала я так скромно, будто практически Чилла Блэк, но не хочу, чтобы все об этом знали.

— О! Знаменитость, да? А-а... — он наклонился вперёд с озабоченным видом, — как вообще идёт жизнь?

К несчастью, как раз в этот момент мимо проходила Шерон. Уставившись на Космо как Клинт Иствуд, когда ему кажется, что кто-то собирается его надуть, она прорычала:

— Что за вопрос?!

— Что?.. — растерялся Космо, изумлённо обернувшись на неё.

— «...Как вообще идёт жизнь». Что именно ты имеешь в виду?

— Ну, то есть понимаешь... когда она собирается... ну, ты знаешь...

— Выходить замуж? Итак, исключительно потому, что её жизнь не похожа на твою, ты считаешь, что она не устроена, так? А как вообще идёт твоя жизнь, Космо? Как дела у вас с Уони?

— Ну, я... ну... — забормотал Космо, заливаясь краской.

— Ах, прости! Наверно, мы затронули больную тему. Пойдём, Бриджит, пока я снова не полезла не в своё дело!

— Шеззер! — укоризненно попеняла я ей, когда мы отошли на безопасное расстояние.

— Да хватит, — отмахнулась она, — уже достаточно! Нечего при всяком удобном случае задевать людей и охаивать их стиль жизни. Может, Космо мечтает, чтобы Уони похудела на четыре стоуна и не смеялась весь день так визгливо. Однако мы этого не делаем: едва встретили — сразу принимаемся растравлять его рану! — В глазах её сверкнул озорной огонёк. – А что если сделать? – Схватила меня за руку и изменила курс – снова направилась к Космо.

Но тут мы опять наткнулись на Марка, Ребекку и Констанс. О боже...

– Как ты думаешь, кто старше – я или Марк? – пытала девочку Ребекка.

– Марк, – сердито откликнулась Констанс, посматривая из стороны в сторону – явно строила план побега.

– А как ты думаешь, кто старше – я или мама? – игриво продолжала Ребекка.

– Мама, – вероломно ответила Констанс.

Ребекка звонко хихикнула.

– А как ты думаешь, кто старше – я или Бриджит? – И подмигнула мне.

Констанс с сомнением воззрилась на меня, а Ребекка заглядывала ей в лицо, лучась улыбкой. Я незаметно кивнула на неё.

– Ты, – уточнила Констанс.

Марк Дарси расхохотался.

– Давай поиграем в фей! – прочирикала Ребекка, сменив тактику, и взяла Констанс за руку. – Ты живёшь в волшебном замке? А Харри тоже волшебник? А где же твои волшебные друзья?

– Бриджит, – Констанс повернулась и прямо посмотрела на меня, – ты... ты скажи этой леди, что я вовсе не фея.

Когда я пересказывала всё это Шез, она вдруг мрачно проговорила:

– О боже, погляди, кто пришёл!

На другом конце сада стояла Джуд, в ярком бирюзовом наряде, и болтала с Магдой. Подлеца Ричарда с ней не было.

– Девочки тоже здесь! – весело воскликнула Магда. – Вон они!

Мы с Шез старательно уткнулись в свои стаканы, будто никого не замечаем. Когда подняли глаза, Ребекка уже набросилась на Джуд и Магду – ну прямо образованная жена из высшего общества: только что заметила Мартина Эймиса, беседующего с Гором Видалом.

– О, Джуд, я так рада за тебя, это чудесно! – заливалась она.

— Не знаю, о чём говорит эта женщина, но хотела бы послушать, — проворчала Шерон.

— О, вы с Джереми должны прийти, нет, вы должны! Вы просто обязаны! — восклицала Ребекка. — Ну так возьмите их с собой! Возьмите детей! Второй уик-энд июля, дом моих родителей в Глостершире. Они будут в восторге от бассейна. Придут разные прекрасные люди! Я пригласила Луизу Бартон-Фостер, Уони и Космо...

«Мачеху Белоснежки, Фреда и Розмари Уэст и Калигулу», — мысленно продолжила я.

— ...Джуд и Ричарда, и Марк, конечно, будет там, а ещё Джайлс и Найджел, его товарищи по работе...

Замечаю, что Джуд взглянула в нашу сторону.

— А Бриджит и Шерон? — спросила она.

— Что? — растерялась Ребекка.

— Ты пригласила Бриджит и Шерон?

— О... — Ребекка смутилась, — ну... конечно, не уверена, что хватит спален, но... можно использовать коттедж.

Все смотрели на неё.

— Да, пригласила! — Ребекка в отчаянии оглянулась. — А, вот вы где! Вы приедете двенадцатого, правда?

— Куда? — поинтересовалась Шерон.

— В Глостершир.

— Мы ничего об этом не знаем! — громко сообщила Шерон.

— Ну что ж, теперь знаете! Второй уик-энд июля, это недалеко от Вудстока. Ты там уже была, верно, Бриджит?

— Да. — Краснею, вспомнив тот кошмарный уик-энд.

— Вот так, здорово! И ты тоже приедешь, Магда, так что...

— Эмм... — начала я.

— Мы с удовольствием приедем! — твёрдо объявила Шерон и наступила мне на ногу.

— Что такое, что? — засуетилась я, когда Ребекка упорхнула.

— Чёрт подери, конечно же, мы едем! — подтвердила Шез. — Нельзя позволять ей так вот красть своих друзей! Она пытается силой загнать всех в какой-то идиотский круг... неожиданно-понадобившихся-вроде-как-друзей-Марка, которые в любую минуту готовы взвиться ради них обоих, как верные слуги.

— Бриджит? — послышался бархатный голос.

Оборачиваюсь — парень-коротышка, в очках, с песочными волосами.

— Я Джайлс, Джайлс Бенвик. Работаю вместе с Марком. Помните, вы потрясающе мне помогли по телефону, в тот вечер, — моя жена тогда сказала, что уходит от меня.

— Ах да, Джайлс! Как дела? — узнала я его. — Всё наладилось?

— Ох, боюсь, не совсем, — погрустнел Джайлс.

Шерон исчезла, бросив мне напоследок выразительный взгляд, а Джайлс пустился в длинное, детальное, тщательное описание того, как разрушался его брак.

— Я так оценил ваш совет. — Он упорно заглядывал мне в глаза. — И купил «Все мужчины с Марса, все женщины с Венеры». Очень хорошая книга, хотя, кажется, она не изменила позицию Вероники.

— Ну, она связана больше с любовными отношениями, нежели с разводами, — заметила я, защищая концепцию Марса и Венеры.

— Очень верно, очень! — согласился Джайлс. — А как «Вы в состоянии наладить свою жизнь» Луизы Хэй?

— Да! Я читала!— восторженно откликнулась я.

Джайлс Бенвик, кажется, действительно обширно изучил мир психологических книг, и я с радостью обсудила с ним различные труды, хотя он немного придирался. Наконец к нам подошли Магда с Констанс.

— Джайлс, ты должен познакомиться с моим другом Космо! — объявила она и, повернувшись ко мне, выразительно закатила глаза. — Бридж, ты не присмотришь минутку за Констанс?

Опустившись на колени, я заговорила с Констанс, очень обеспокоенной — посадила на пачку шоколадные пятна. Только мы с ней твёрдо убедили друг друга, что пятна шоколада на розовом фоне — привлекательный, необычный дизайнерский штрих, как снова появилась Магда.

— Бедный старый Джайлс, наверно, до смерти тебе надоел, — сказала она с кислой улыбкой и увела Констанс на горшок.

Прежде чем я успела снова подняться, кто-то стал шлёпать меня по заднему месту. Оборачиваюсь (признаться, понадеялась, — может быть, Марк Дарси) — Уильям, сынок Уони, с приятелем, оба злобно хихикают.

— Давай ещё! — приказал Уильям.

Его маленький друг снова принялся шлёпать. Стараюсь подняться, но Уильям — ему около шести, не по возрасту здоровый — бросается мне на спину и обхватывает меня руками за шею.

— Прекрати, Уильям! — взмолилась я, пытаясь воздействовать своим авторитетом.

В этот момент на другом конце сада возникла суматоха: пузатый поросёнок вырвался на свободу и с оглушительным визгом заметался по саду. Родители бросились к своим отпрыскам, и начался переполох. Уильям ещё крепче вцепился в меня, а другой мальчишка продолжал хлопать меня по спине с воплями и хохотом не слабее чем в фильме «Изгоняющий дьявола». Напрасно я пыталась сбросить Уильяма — он оказался на удивление сильным и держался. У меня уже всерьёз разболелась спина.

И тут вдруг руки Уильяма отцепились от моей шеи. Я почувствовала, что его кто-то поднял вверх, и шлепки сразу прекратились. На несколько секунд я уронила голову, пытаясь отдышаться и восстановить самообладание. Повернувшись, увидела Марка Дарси: он уходил, зажав с двух сторон под мышками по извивающемуся шестилетнему мальчишке.

На какое-то время все присутствующие занялись поимкой поросёнка, а Джереми давал нагоняй смотрителю детского зоопарка. Потом я заметила, что Марк надел пиджак и прощается с Магдой, причём Ребекка бросилась к нему и тоже засобиралась уходить. Я быстро отвернулась — не буду думать об этом. И вдруг Марк подошёл ко мне.

— Я, э-э-э... сейчас ухожу, Бридж, — произнёс он.

Могу поклясться, что заметила, как он бросил взгляд на мою грудь.

— Когда поедешь домой, не клади в сумку никакого мяса, ладно?

— Не буду, — пообещала я.

Несколько секунд мы смотрели друг на друга.

— Да, спасибо, спасибо тебе за... — Я кивнула в сторону того места, где произошёл инцидент.

— Не за что, — мягко ответил Марк. — Понадобится когда-нибудь снять мальчика со спины — обращайся в любое время.

Тут, как назло, появился чёртов Джайлс Бенвик с двумя стаканами.

— Уходишь, старик? — обратился он к Марку. — А я как раз собирался вытянуть из Бриджит ещё один совет опытного человека.

Марк быстро перевёл взгляд с него на меня и обратно.

— Уверен, ты попал в хорошие руки. Увидимся в понедельник на работе.

Чёрт, чёрт, чёрт! Как так получается — никто никогда не ухаживает за мной, если Марка нет поблизости?

— Вернёмся к нам в камеры пыток? — Джайлс похлопал его по спине. — Всё катится, всё катится... И ты наконец соскакиваешь с рельсов.

Джайлс всё бубнил и ныл, — мол, хочет дать мне книгу «Осознай свой страх и всё равно победи», — у меня голова шла кругом. Он очень обрадовался, когда узнал, что мы с Шерон двенадцатого тоже будем в Глостершире. Но начало темнеть, послышались крики «Мама тебя отшлёпает!», и все засобирались уезжать.

— Бриджит, — подошла Джуд, — ты не хочешь сходить в «Сто девяносто два», чтобы...

— Нет, мы не пойдём! — отрезала Шерон. — Собираемся на обсуждение игры.

Неправда: Шерон намеревалась встретиться с Саймоном. У Джуд сделался ошеломлённый вид, — эта сволочь Ребекка, чёрт возьми, порушила всё! Но не стоит забывать: не обвиняй других, а сам неси ответственность за всё с тобой происходящее.

1 июля, вторник

127 фунтов (работает!); прогрессивных изменений с дырой в стене, совершённых Гари, – 0.

Лучше мне принять это сразу как факт: у Марка с Ребеккой роман, и ничего я с этим не поделаю. Ещё немного почитала «Неизведанный путь» и поняла, что нельзя иметь в жизни всё, что хочется. Кое-что – можно, но не всё. Важно не что происходит в твоей жизни, а как ты используешь выпавшие тебе карты. Не стану думать о прошлом и о серии неудач с мужчинами. О, телефон – ура! Вот видите!

Это Том, звонил поплакаться – мило, пока не объявил:

— Да, знаешь, сегодня видел Даниела Кливера.

— Правда? Где? – проблеяла я весёлым, но напряженным голосом.

Теперь я совсем другая, и прошлые любовные неудачи (первый попавшийся пример – обнаружение голой женщины у Даниела на крыше прошлым летом, когда предполагалось, что мы с ним встречаемся) никогда не случатся со мною – новой. Всё же мне бы не хотелось, чтобы призрак обиды на Даниела поднимал голову, как лохнесское чудовище или эрекция.

— В «Гручо-клаб», – ответил Том.

— Ты с ним разговаривал?

— Да.

— И что он сказал? – с угрозой в голосе поинтересовалась я.

В ситуации с бывшими партнёрами друзьям надо наказывать и игнорировать их и не пытаться установить связь с обеими сторонами, как Тони Шери – с Чарлзом и Дианой.

— Уф, точно не помню. Что-то вроде: «Ммм... почему я так ужасно поступил с Бриджит, ведь она такая славная?»

Том как-то так по-попугайски это произнёс – сразу же зародилось подозрение, что он не цитирует строго слово в слово.

— Хорошо, – отозвалась я, – очень хорошо. – И помедлила, намереваясь оставить всё как есть и сменить тему — ну какое мне дело, что сказал Даниел? — Так что он сказал?

— Он сказал, — и Том засмеялся, — он сказал...
— Что?
— Он сказал... — Теперь Том уже захлёбывался от хохота.
— Что? Что? Что-о-о?..
— «Как можно встречаться с той, которая даже не знает, где находится Германия?».

В ответ я издала визгливый, сдавленный смешок, как человек, которому сообщили, что умерла его бабушка, но он считает это шуткой. И тут реальность обрушилась на меня — голова закружилась, я схватилась за край стола.

— Бридж, — позвал Том, — с тобой всё нормально? Я смеялся просто потому, что это... забавно. То есть я хочу сказать, — конечно, ты знаешь, где находится Германия... Бридж, ведь правда?
— Да... — слабо прошептала я.

Длинная и неуютная пауза, во время которой я пыталась осознать, что же всё-таки произошло: Даниел бросил меня, потому что считал абсолютной дурой.

— Ну, тогда, — повеселел Том, — где она?
— В Европе.
— Да-а, но... как бы... где в Европе?

Честное слово, в наш век вовсе необязательно знать, где в точности расположены страны, — от тебя требуется только-то купить билет на самолёт. В турагентствах у тебя не спрашивают во всех подробностях, над какими странами ты пролетишь, перед тем как продать тебе билет.

— Просто определи относительное расположение.
— Э-э-э... — Я застыла с поникшей головой, шаря по комнате глазами в надежде, что где-то завалялся хоть какой-нибудь атлас.
— Какие страны, как ты думаешь, около Германии? — нажимал Том.

Пришлось обдумать этот вопрос.
— Франция.
— Франция, понятно. Итак, Германия «около Франции», правильно?

Что-то в его тоне подсказало мне — я спорола жуткую ерунду. Потом мне пришло в голову: Германия, конечно же, связана с Восточной Германией, а следовательно, гораздо более вероятно, что она расположена поблизости от Венгрии, России или Праги.

— Прага! — объявила я.

Том расхохотался.

— Ладно, в наше время больше не существует такой вещи, как общие знания, — с достоинством заявила я. — В разных источниках доказано: средства массовой информации создали океан знаний, и человек просто не в состоянии выбрать из него то же, что другие.

— Да не бери в голову, Бридж, — утешил меня Том, — не волнуйся. Хочешь пойдём завтра в кино?

23.00. Да, собираюсь пойти в кино и почитать книги. Что сказал или не сказал Даниел — это не вызывает во мне ничего, кроме крайнего равнодушия.

23.15. Да как он смеет говорить обо мне гадости на каждом углу! Почему он решил, будто я не знаю, где находится Германия? Мы с ним даже рядом никогда не были. Самое дальнее место, где мы побывали, — это Рутленд Уотер. Хф!

23.20. В любом случае я очень милый человек. Вот так.

23.30. Я ужасна. Я дура. Проштудирую «Экономист», а ещё пойду в вечернюю школу и прочитаю «Деньги» Мартина Эймиса.

23.35. Ха-ха, нашла атлас.

23.40. Ха! Пожалуй, позвоню этому подонку.

23.45. Только что набрала номер Даниела.

— Бриджит? — произнёс он, прежде чем я открыла рот.

— Как ты узнал, что это я?

— Какое-то при-израчное шесто-ое чувство, — протянул Даниел, забавляясь. — Не вешай трубку.

Я слышала, как он прикуривает сигарету.

— Ну, давай. — И глубоко затянулся.

— Что? — пробормотала я.

— Скажи мне, где находится Германия.

— Около Франции, — сообщила я. — Ещё там рядом Голландия, Бельгия, Польша, Чехословакия, Швейцария, Австрия и Дания. И море.

— Какое море?
— Северное море.
— И?

Смотрю в атлас: другого моря там нет.

— О'кей, — великодушно простил Даниел, — одно море из двух — это прекрасно. Так ты приедешь?

— Нет! — вскричала я.

Честное слово, Даниел, — это уж слишком! Не собираюсь снова ввязываться во всё это.

12 июля, суббота

292 фунта (по ощущениям, в сравнении с Ребеккой); кол-во болей в спине из-за отвратительного резинового матраса — 9; кол-во фантазий, включающих Ребекку и природные катастрофы, удары током, наводнения и профессиональных киллеров, — большое, но пропорциональное.

Дом Ребекки, Глостершир. В ужасном коттедже для гостей. Зачем я сюда приехала? Зачем? Зачем? Мы с Шерон оставили всё на последний момент и поэтому прибыли за десять минут до обеда. Получилось нехорошо — Ребекка прощебетала: «О, а мы уже решили, что вы не приедете!» — прямо как мама или Юна Олконбери.

Нас разместили в коттедже для прислуги, и я посчитала, что это то, что надо (нет опасности столкнуться в коридоре с Марком), пока мы туда не зашли: стены выкрашены зелёной краской, односпальные кровати из вулканической резины, с жёсткими валиками вместо подушек, — резкий контраст с прошлым разом, когда я была здесь и меня расположили в прекрасной комнате, с отдельной ванной, как в отеле.

— Типично для Ребекки, — проворчала Шерон. — Одиночки — граждане второго сорта, усвойте.

Опоздав, мы на цыпочках вошли в столовую, чувствуя себя как пара ярко выраженных разведённых женщин — макияж пришлось делать в спешке. Комната, как и в прошлый раз, великолепна, дух захватывает, с огромным камином в дальнем конце. Вокруг старинного дубового стола, освещённого свечами в серебряных канделябрах и украшенного цветами, сидели человек двадцать.

Марк — во главе стола, между Ребеккой и Луизой Бартон-Фостер; весь поглощён беседой с ними. Ребекка сделала вид, что не заметила, как мы вошли. Так и стояли неуклюже, таращась на стол, пока Джайлс Бенвик не прокричал:

— Бриджит! Идите сюда!

Меня посадили между Джайлсом и Магдиным Джереми; тот, казалось, совершенно запамятовал, что я когда-то встречалась с Марком, и разражался фразами:

— О, похоже, Дарси увивается за твоей подругой Ребеккой. Забавно! Была такая штучка, Хизер или вроде того, подруга Барки Томпсона, — кажется, очень интересовалась этим старым развратником.

Джереми явно игнорировал то обстоятельство, что Марк и Ребекка сидят слишком далеко, чтобы его слышать, но только не я.

Пыталась сконцентрироваться на его болтовне и не слушать их разговора — он крутился вокруг отдыха на вилле в Тоскане, организуемого Ребеккой в августе (с Марком, как, видимо, предполагалось). Все просто должны туда поехать, кроме, естественно, меня и Шез.

— Что это, Ребекка? — проорал какой-то ужасный горлопан.

Смутно помню его после лыжного путешествия. Все оглянулись на камин — там выгравирован новый с виду фамильный крест с девизом «Per Determinam ad Victoriam». Наличие креста показалось мне довольно странным: семья Ребекки не принадлежит к аристократии, они крупные агенты по недвижимости — «Найт, Фрэнк и Рутли».

— «Per Determinam ad Victoriam»? — зарычал горлопан. — «Через жестокость к победе»? Это про нашу Ребекку.

Оглушительный всплеск хохота — мы с Шеззер украдкой весело переглянулись.

— Это значит — «Через решимость к успеху», — обиженно пояснила Ребекка.

Взглядываю на Марка — прикрывает рукой чуть заметную улыбку.

Каким-то чудом пережила обед: в продолжение его выслушивала Джайлса (медленно, с подробным анализом рассказывал о своей жене), пыталась не обращать внимания на тот конец стола, где сидел Марк, и делилась знаниями, почерпнутыми из психологических книг.

Отчаянно хотелось пойти спать и избежать всего этого кошмара; однако всем нам пришлось переместиться в большой танцевальный зал.

Чтобы отвлечься от лицезрения Ребекки, которая медленно кружила с Марком, обняв его за шею и удовлетворённо стреляя глазами во все стороны, принялась изучать коллекцию CD. Чувствовала себя ужасно, но не собиралась этого показывать.

— Ради бога, Бриджит, имей хоть чуть-чуть ума! — Шерон запустила руку в кучу дисков, выключила романтичную песню и вставила вместо неё какой-то кошмарный кислотный медляк.

Затем устремилась в центр зала, оторвала Марка от Ребекки и стала с ним танцевать. Вообще-то, Марк был довольно весел и смеялся над попытками Шеззер вести его в танце. Ребекка выглядела так, будто съела тирамису и только потом проверила содержание жира.

Внезапно Джайлс Бенвик схватил меня и затанцевал со мной дикий рок-н-ролл — и каким-то образом оказалось, что я летаю по всей комнате, на лице застыла сумасшедшая гримаса, трясу головой, как тряпичная кукла, которую насилуют. После этого я в буквальном смысле больше не могла вынести; шепнула Джайлсу:

— Я собираюсь уходить.

— Понимаю, — заговорщицки кивнул он. — Провожу тебя до коттеджа?

Мне удалось отвертеться; проковыляв по гравию в своих туфлях без задников от «Пье-а-Тер», с облегчением нырнула даже в эту до нелепости неудобную постель. Вот в этот самый момент Марк, наверно, ложится в постель с Ребеккой. Хочу быть где угодно, только не здесь: на летнем празднике в Кеттеринг Ротари, на утреннем собрании в «Британии у экрана», в спортзале. Но только я и виновата — сама решила приехать.

13 июля, воскресенье

318 фунтов; порций алкоголя — 0; сигарет — 12 (все тайком); людей, спасённых из воды, — 1; людей, которых не следовало спасать из вышеупомянутой воды, а следовало оставить там, чтобы они все сморщились, — 1.

Странный, заставляющий задуматься день.

После завтрака решила улизнуть и побродить по саду — очень славному: мелкие ручьи, заросшие травкой берега, каменные мостики, вокруг живая изгородь, а за ней — поля. Присев на каменный мостик, я смотрела на воду и размышляла о том, насколько всё не имеет значения, ведь природа остаётся всегда. И тут за живой изгородью послышались приближающиеся голоса:

— ...Во всём мире нет водителя хуже.. Мама всё время... одёргивает его, но... никакого понятия... аккуратно вести машину. Права у него отняли сорок пять лет назад, и с тех пор новые он так и не получил, — говорил Марк. — На месте мамы отказался бы садиться с ним в машину, но они ни за что не расстанутся друг с другом — довольно трогательно.

— О, это мне так понятно! — отвечала Ребекка. — Будь я замужем за кем-то, кого действительно люблю, я хотела бы быть с ним рядом постоянно.

— Правда? — с чувством переспросил Марк и продолжал: — Мне кажется, чем старше становишься, тем больше... опасность, что прожив так долго один, настолько замкнёшься в кругу друзей — это особенно касается женщин, — что в жизни почти не остаётся места для мужчины, в том числе и в эмоциональной жизни. Во всём главное — друзья, их взгляды, их советы.

— О, я совершенно согласна. Что касается меня, — конечно, я люблю своих друзей, но им не принадлежит приоритет.

Это ещё мягко сказано, так я подумала. Наступила тишина, а потом Марк снова завёлся:

— Все эти книжки, с психологической чепухой, какие-то мифические правила поведения, которым ты должен следовать... И каждый твой шаг анализируется на совещании с подругами, согласно какому-нибудь потрясающе необоснованному кодексу, почерпнутому из этих книжек... ну, там «Буддизм сегодня», «Венера и Будда в постели» или тот же Коран. В результате чувствуешь себя лабораторной мышью с ухом на спине!

С бешено стучащим сердцем я вцепилась в свою книжку. Быть не может, – вот, значит, как он рассматривает происшедшее со мной!

А Ребекка опять затянула свою песню:

– О, я совершенно согласна. У меня нет времени на всю эту чепуху. Пойму, что люблю кого-то, – ничто меня не остановит: – ни друзья, ни теории. Я прислушиваюсь только к своим инстинктам, следую своему сердцу. – Голос жеманный – этакий цветок, дитя природы.

– За это я тебя уважаю, – тихо произнёс Марк. – Женщина должна знать, во что верит, иначе как поверить в неё самому?

– И главное – доверять своему мужчине, – добавила Ребекка.

Теперь голос уже другой – звучный, хорошо поставленный: профессиональная актриса в шекспировском спектакле.

Потом снова наступила мучительная тишина. В смертельном ужасе я будто примёрзла к месту – целуются?..

– Конечно, я так и сказала Джуд, – снова заговорила Ребекка. – Она сильно озабочена насчёт того, что Бриджит и Шерон советовали ей не выходить за Ричарда – он великолепный парень, – а я ей только: «Джуд, делай как подскажет тебе сердце».

Вот летит с жужжанием пчела – я перевела дыхание, пытаясь расслабиться. Не может же Марк так рабски себя держать, лишь бы соблюдать вежливость...

– Да-а-а... – с сомнением протянул он. – Ну, не уверен...

– Кажется, Джайлс положил глаз на Бриджит, – перебила Ребекка, явно почувствовав, что сбилась с курса.

Последовала пауза; затем раздался необычно высокий голос Марка:

— Да-а? А это... взаимно?

— Ох, ну ты знаешь Бриджит, — беззаботно ответила Ребекка. — Джуд говорит, куча парней вокруг неё вьётся...

Добрая моя Джуд...

— Но она настолько привередлива, что не станет... ну, ты сам говоришь — не уживётся ни с одним.

— Правда?! — воскликнул Марк. — Так, значит, это было...

— О, понимаешь, она настолько увязла в своих правилах построения отношений — или как это там называется, — что никто не кажется ей достойным.

Что там происходит, — может, Ребекка пытается вылечить его от чувства вины по отношению ко мне?

— Правда? — повторил Марк. — Так она не...

— Ой, смотри, утёночек! Целый выводок! А там — мама и папа. Прелесть какая! Пойдём посмотрим?

И они ушли. А я осталась сидеть — не дыша, с ералашем в голове.

После ланча стояла невыносимая жара; вся компания расположилась в тени большого дерева на краю озера. Идиллическая, пасторальная сцена: старый каменный мостик над водой, зелёные берега с нависающими ивами.

Ребекка торжествовала:

— О, как здорово, правда, люди? Весело, а?

Толстый Найджел из офиса Марка дурачился, гоняя мяч с каким-то горлопаном. Его огромное брюхо тряслось, ярко освещённое солнцем; он ударил по мячу, промахнулся и плюхнулся в воду головой вперёд, вздыбив гигантскую волну.

— Да-а-а! — рассмеялся Марк. — Порази-ительно!

— Очень мило, — рассеянно заметила я Шез. — Кажется, вот-вот увидишь львов, лежащих рядом с ягнятами.

— Львов, Бриджит? — переспросил Марк с другой стороны группы — он смотрел на меня в просвет между сидящими.

— Я хочу сказать — как в каком-то там псалме, — объяснила я.

— Верно. — В его глазах появилась знакомая мне дразнящая искорка. — Может быть, ты имеешь в виду лонглитских львов?

Ребекка внезапно вскочила.

— Прыгну-ка я с моста! — И обвела всех взглядом, выжидающе улыбаясь.

В отличие от остальных — в шортах или коротких платьицах — она максимально обнажилась: крошечный коричневый купальник, от Келвина Клайна.

— Зачем? — поинтересовался Марк.

— Ну как же, ведь на пять минут выпала из центра внимания! — прошептала Шерон.

— Когда мы были маленькими, часто это делали! Это божественно!

— Но там очень мелко, — предупредил Марк.

Это действительно так — со всех сторон над уровнем воды выступало полтора фута сухой земли.

— Ничего, это мне привычно, я не боюсь!

— Знаешь, Ребекка, и правда не стоит! — подключилась Джуд.

— Ну, уж если решила — сделаю! — лукаво подмигнула, скользнула ногами в изящные туфельки «мьюлы» (без задника) и устремилась к мосту.

По счастью, к её правой ягодице прилип кусок грязи и травы, что здорово ослабило эффект. Мы смотрели, как Ребекка скидывает туфельки и, держа их в руке, забирается на перила. Марк поднялся, тревожно переводя взгляд с воды на мост.

— Ребекка! — позвал он. — Погоди!

— Да нет, я себе никогда не изменяю! — бравируя, прокричала она и встряхнула волосами; закинула голову, подняла руки, выдержала драматическую паузу и прыгнула.

Все смотрели, как Ребекка плюхнулась в воду... Вот наступил момент, когда ей уже пора появиться, но её нет. Марк помчался к озеру — и тут она с брызгами вынырнула на поверхность и что-то заверещала. Марк бросился в воду и поплыл к ней; то же сделали ещё двое парней. Я потянулась к сумке за мобильным телефоном. Ребекку вытащили на мелкое место, и после продолжительного кривляния и крика она наконец, хромая, выбралась на берег, поддерживаемая с двух сторон — Марком и Найджелом. Ясно, что ничего особо ужасного не произошло.

Встав, я протянула Ребекке полотенце и предложила как бы в шутку:

— Позвонить в «Скорую»?
— Да... да...

Все собрались вокруг и рассматривали повреждённую ступню хозяйки. Ребекка шевелила пальчиками (ноготки профессионально покрыты лаком «Руж нуар») — ей просто повезло.

В конце концов я выяснила телефон её врача, узнала на автоответчике номер, по которому надо звонить, когда он свободен от операций, набрала и передала телефон Ребекке.

Она долго беседовала с доктором, двигала ногой в соответствии с его инструкциями и издавала огромный набор различных звуков. В результате все сошлись на том, что перелома нет, растяжения тоже, а просто лёгкий ушиб.

— А где Бенвик? — спросил Найджел, вытираясь и глотнув холодного белого вина.

— Да, где Джайлс? — подхватила Луиза Бартон-Фостер. — С утра его не видела.

— Пойду посмотрю, — вызвалась я, благодарная за возможность избежать адского зрелища — как Марк растирает тонкую щиколотку Ребекки.

Так приятно зайти в прохладный холл, с широкой лестницей. На мраморных постаментах — рядком статуи; на выстланном плитами полу восточные ковры, а над дверью — ещё один помпезный, гигантский крест. Помедлила немного, наслаждаясь тишиной, наконец позвала:

— Джайлс?..

Гулким эхом разнесся мой голос кругом.

— Джайлс?..

В ответ — молчание. Не имея ни малейшего понятия, где его комната, я стала подниматься по великолепной лестнице.

— Джайлс!

Заглянула в одну из комнат: гигантская кровать с пологом из резного дуба; комната вся красная, окна выходят на то самое озеро, где только что разыгралась сцена; над трюмо висит красное платье, в нём Ребекка была за обедом; на кровати... меня будто ударили под дых. На покрывале, аккуратно сложенные, — шорты с эмблемой «Ньюкасл», те самые, что я подарила Марку на День святого Валентина.

Выскочила из комнаты и прижалась спиной к двери, тяжело дыша... И тут услышала стон.

— Джайлс?..

Ни звука в ответ.

— Джайлс! Это Бриджит!

Снова стон... Я пошла по коридору.

— Где ты?..

— Зде-есь...

Толкаю дверь: мертвенно-зелёная, жуткая комната, всюду чудовищные глыбы мебели чёрного дерева... Джайлс лежит на спине, повернув голову набок, тихонько постанывает. Рядом с ним — телефон, трубка свешивается на проводе.

Присаживаюсь на кровать; Джайлс приоткрывает глаза и тут же снова закрывает. Очки у него на носу сидят косо. Снимаю их.

— Бриджит...

В руке держит флакончик с таблетками. Беру его: темазепам.

— Сколько ты выпил? — Слегка сжала его пальцы.

— Шесть... или... четыре...

— Когда?

— Недавно... недавно...

— Тебе надо очистить желудок.

Вспомнила, что при передозировке всегда жмут на живот. Побрели вместе в ванную. Честно говоря, не так уж было всё приятно, когда я заставила Джайлса пить воду, много-много, а потом он дополз до кровати, упал на неё и принялся тихонько всхлипывать, уцепившись за мою руку. Пока я гладила его по голове, он с рыданиями выложил: позвонил своей жене, Веронике; потеряв всякий разум и самоуважение, умолял её вернуться — перечеркнул всю ту большую, достойную работу, что проделал за последние два месяца. Она решительно на это объявила, что хочет развода. Вот тогда он впал в отчаяние, (весьма мне понятное состояние). Заверила его — этого вполне достаточно, чтобы любого довести до темазепама.

В коридоре послышались шаги; раздался стук в дверь, и на пороге появился Марк.

— Ты не мог бы снова вызвать врача? — осторожно попросила я.

— Что он принял?
— Темазепам, примерно полдюжины. Его стошнило.

Марк вышел в коридор; голоса, шаги; вопль Ребекки: «О господи!»; Марк её успокаивает, потом всё стало постепенно утихать, удаляться, звуков уже не различить...

— Хочу только, чтобы ничего не было... ничего... не чувствовать... не ощущать... остановить... — подвывал Джайлс.

— Нет, нет! — говорила я ровно, спокойно. — Тебе нужна уверенность, что всё кончится хорошо. Тогда так и будет!

Вот в доме снова шум шагов, голоса; вошёл Марк, улыбнулся мне краешком губ.

— Прости за всё это. — И, снова став серьёзным, обратился к Джайлсу: — Всё у тебя будет в порядке, Джайлс; здесь ты в хороших руках. Через пятнадцать минут придёт доктор, он сказал, что причин для волнения нет.

— Ты как, в порядке? — Марк обернулся ко мне.

Я кивнула.

— Ты молодец, — улыбнулся Марк. — Всё как у Джорджа Клуни, только куда привлекательнее. Посидишь с ним, пока не прибудет доктор?

Когда врач наконец разобрался с Джайлсом, не менее половины гостей уехали. Ребекка, вся в слезах, сидела в баронском зале, задрав ноги, и разговаривала с Марком, а Шез стояла у входной двери рядом с нашими упакованными вещами и курила.

— Это даже неприлично, — жаловалась Ребекка, — весь уик-энд испорчен! Мужчина должен быть сильным и решительным, а это всё... слабость и эгоизм. Ну не молчи, скажи, ведь права же я?

— По-моему, мы... мы поговорим об этом позже, — отозвался Марк.

Когда мы с Шез попрощались и засовывали сумки в машину, Марк подошёл к нам.

— Хорошая работа, — отрывисто произнёс он. — Простите... Боже, говорю как старший сержант — окружение на меня влияет. Вы вели себя молодцами там... в общем, с ними обоими.

— Марк! — проорала Ребекка. — Я уронила палку!

— Апорт! — буркнула Шерон.

На лице Марка мелькнуло выражение крайнего замешательства, но он взял себя в руки.

— Что ж, девочки, приятно было повидаться с вами. Ведите машину аккуратно.

Когда мы отъехали, Шез принялась потешаться: Марку весь остаток жизни придётся бегать вокруг Ребекки — выполнять её приказания и приносить ей палки, как щенку. А я всё возвращалась мысленно к невольно подслушанному под прикрытием кустов разговору.

10

Марс и Венера в мусорной корзине

14 июля, понедельник

130 фунтов; порций алкоголя — 4, сигарет — 12 (больше не имеет значения); калорий — 3752 (перед диетой); психологических книг, отправленных в мусорную корзину, — 47.

8.00. Нахожусь в замешательстве. Не может быть, чтобы чтение психологических книг с целью улучшить отношения начисто разрушило эти отношения! У меня такое ощущение, будто труд всей моей жизни пропал даром. Но пусть так — есть всё же одно, чему я из этих книг научилась, — как покончить с прошлым и двигаться вперёд.

Собираюсь выбросить: «Чего хотят мужчины»; «Как мужчины думают и что они чувствуют»; «Почему мужчины чувствуют, что хотят того, чего они думают, что хотят»; «Правила»; «Как игнорировать правила»; «Не сейчас, дорогая, я смотрю матч!»; «Как искать и найти любовь, которой хочешь»; «Как найти любовь, которой хочешь, не ища её»; «Как распознать, что хочешь любви, которой не ищешь»; «Счастье одиночества»; «Как избавиться от одиночества»; «Если бы у Будды была подруга»; «Если бы у Мохаммеда была подруга»; «Если бы Иисус встречался с Афродитой»; «Голодный путь» Бена Окри (не совсем психологическая книга, насколько я понимаю, но всё равно никогда больше не буду читать эту проклятую ерунду).

Вот так. Всё отправляется в мусор плюс ещё тридцать две. Хотя... о боже, просто рука не поднимается выбросить «Неизведанный путь» и «Вы в состоянии наладить свою жизнь». К чему ещё может обратиться человек за духовным советом, как справиться с современными проблемами века, как не к психологическим книгам? Кроме того, может, стоит отнести их в фонд Оксфэм? Нет, нельзя разрушать отношения других, тем более в странах третьего мира. Это хуже, чем вести себя как табачные гиганты.

Проблемы
Дырка в стене квартиры.
Бюджет в отрицательном состоянии из-за второго заклада для дырки в стене квартиры.
Бойфренд встречается с другой женщиной.
Не разговариваю с близкой, лучшей подругой, потому что она едет отдыхать с бойфрендом и другой женщиной.
Работа отвратительна, но необходима из-за второго заклада для дырки в стене квартиры.
Дико нуждаюсь в отпуске из-за бойфренда/друзей/дырки в стене квартиры/профессионального и финансового кризисов; но поехать отдыхать не с кем. Том снова едет в Сан-Франциско. Магда и Джереми едут отдыхать в Тоскану с Марком и чёртовой Ребеккой и, возможно, ещё с Джуд и Подлецом Ричардом, насколько мне известно. Шеззер наверняка тайно ждёт, что, может быть, Саймон согласится куда-нибудь с ней поехать, при условии что спать они будут в двуспальных кроватях (не меньше пяти футов), и надеется, что он в неё влюбится.
А ещё нет денег на отпуск из-за финансового кризиса и дырки в стене квартиры.

Нет, не намерена слабеть. Слишком металась туда-сюда между чужими теориями. Они отправляются в мусорную корзину, а я отныне стою на собственных двух ногах.

8.30. Квартира очищена от всех психологических книг. Чувствую опустошение и душевную неуверенность. Однако ведь какая-то информация обязательно останется в голове?

Духовные принципы, вынесенные из изучения психологических книг (не связанные с мужчинами)

Важно:

1. Позитивно мыслить («Эмоциональная интеллигентность», «Эмоциональная уверенность», «Неизведанный путь», «Как избавить бедра от целлюлита за 30 дней», «Евангелие от Луки. Гл. 13»).

2. Прощать.

3. Подчиняться потоку и инстинктам, а не стараться всему придавать форму и всё организовывать.

4. Быть уверенным в себе.

5. Быть честным.

6. Наслаждаться настоящим моментом, а не фантазировать или о чём-то жалеть.

7. Не допускать помешательства на психологических книгах.

Итак, вывод:

1. Думать, как чудесно я провожу время, составляя списки проблем и духовных принципов, вместо того чтобы планировать заранее и...

Ха-а-а-а! Ха! Уже 8.45! Теперь пропущу утреннее собрание и не успею выпить капучино.

10.00. На работе. Слава богу, выпила капучино, чтобы избавить себя от адских последствий пить капучино, когда опаздываешь. Странно, насколько эти очереди за капучино придают целым районам Лондона военный или коммунистический облик: одни часами терпеливо стоят в огромных очередях, словно ждут хлеба в Сараеве; другие, обливаясь потом, перемалывают и жарят, гремя металлом, и кругом дым. Странно, что люди в целом демонстрируют всё меньше желания ждать чего-либо, что нужно сначала приготовить, как будто в современном жестоком мире единственное, чему ещё можно доверять или на что положиться... Га-а-а!

10.30. Туалет на работе. Ричард Финч заорал на меня:

— Давай, Бриджит! Не стесняйся!

Этот жирный болван ревел перед всеми, помаргивая и жуя в теперь уже очевидной посткокаиновой лихорадке. — Когда ты идёшь?

— Э-э-э... — Потом спрошу у Пачули куда.

— Не имеешь ни малейшего представления, о чём я тебе говорю, так? Это просто невероятно! Когда ты идёшь в отпуск? Если сейчас же не заполнишь карту, никуда не поедешь.

— О, ммм, да, — беззаботно откликнулась я.

— Не заполнишь — не поедешь.

— Конечно, мне только надо проверить даты, — процедила я сквозь зубы.

Как только кончилось собрание, я бросилась в туалет, приободриться с помощью сигареты. Ничего такого, если я и единственный человек в офисе, который не пойдёт в отпуск. Это вовсе не означает, что я социальный изгой, — определённо. В моём мире всё хорошо. Даже если мне снова придётся работать над материалом о суррогатном материнстве, — даже тогда.

18.00. Кошмарный день: пыталась втянуть женщин на улице в разговор о тошнотворных инкубаторных цыплятах. Не могу заставить себя пойти прямо домой, на стройплощадку. Сегодня восхитительный, тёплый, солнечный вечер. Может, пойду погуляю в Хэмпстед Хит.

21.00. Невероятно, невероятно. Это подтверждает, что, если прекратишь бороться и всё улаживать, а подчинишься Потоку в позитивной манере дзен, решения приходят сами.

Иду я по тропинке к вершине Хэмпстед Хит и думаю — как прекрасен Лондон летом: люди после работы ослабляют галстуки и сексуально рассредоточиваются под солнцем. И тут взгляд мой падает на счастливую с виду пару: она лежит на спине, положив голову ему на живот; он улыбается, гладит её по волосам, говорит. Нечто в них кажется мне знакомым. Подхожу ближе — Джуд и Подлец Ричард.

А ведь я никогда раньше не видела их вдвоём одних, — ну, очевидно: если я с ними, так они уже не одни. Джуд вдруг рассмеялась над какими-то словами Подлеца Ричарда. Выглядела она совершенно счастливой. Я заколебалась: пройти ли мимо или повернуть обратно?! Тут Подлец Ричард воскликнул:

— Бриджит!

Похолодев, я остановилась, а Джуд подняла голову и некрасиво раскрыла рот. Подлец Ричард поднялся, отряхивая с себя траву.

— Эй, Бриджит, рад тебя видеть! — улыбнулся он.

С ним тоже всегда встречалась в контексте социальных проблем Джуд, с фланга угрожали Шеззер и Том, и он оказывался заведомо противным.

— Пойду принесу вина, а ты посиди с Джуд. Да иди же, она тебя не съест!

Когда он ушёл, Джуд неуверенно улыбнулась.

— Я не рада тебя видеть, и вообще...
— Я тоже не рада тебя видеть, — огрызнулась я.
— Так хочешь присесть?
— Ладно. — И опустилась на колени на подстилку.

Джуд неуклюже толкнула меня в плечо, да так, что я чуть не повалилась.

— Я по тебе скучала, — призналась она.
— Заткнис-с-сь, — просвистела я, и на секунду мне показалось — сейчас расплачусь.

Джуд извинилась, что так бесчувственно повела себя в истории с Ребеккой. Сказала, её сбило с толку, что хоть кто-то радуется их свадьбе с Подлецом Ричардом. Выяснилось, что Джуд и Подлец Ричард не едут в Тоскану с Марком и Ребеккой, хотя их и пригласили. Подлец Ричард заявил, что не желает, чтобы им помыкала психованная социальная лисица, и лучше они поедут куда-нибудь вдвоём. Ощутила, что моё отношение к Подлецу Ричарду как-то теплеет. Извинилась тоже — что придала слишком большое значение такой глупости, как всё связанное с Ребеккой.

— Это не глупость, тебе действительно было тяжело, — возразила Джуд.

Потом сообщила, что свадьба откладывается — всё стало так сложно, — но она всё ещё хочет, чтобы мы с Шез были подружками невесты.

— Если хотите, — смущённо добавила Джуд. — Знаю, вы его не любите.

— Но ты же вправду его любишь?

— Да! — радостно подтвердила она, но затем встревожилась. — Но не уверена, что поступаю правильно. В «Неизведанном пути» сказано: любовь — это не то, что чувствуешь, а то, что решаешь делать. И в «Как искать и найти любовь, которой хочешь»: если встречаешься с кем-то, кто не зарабатывает себе на жизнь как следует и принимает помощь от родителей, значит, он ещё не оторвался от родителей и это ни за что не сработает.

В голове у меня крутилась песня Ната Кинга, которую папа слушал в сарае: «Важнее нет науки в жизни...»

— А ещё мне кажется, что он наркоман — травку курит, — а наркоманы не в состоянии формировать отношения. Моя интуиция подсказывает, что...

— «...Чем как любить и быть любимым».

— ...Мне нельзя заводить отношения по крайней мере год, потому что я — наркоман в области отношений, — продолжала Джуд. — А вы с Шез считаете, что он Запудриватель Мозгов. Бридж, ты меня слушаешь?

— Да-да, прости. Если ты чувствуешь, что права, думаю, тебе надо делать по-своему.

— Точно! — Подлец Ричард возник над нами как Бахус, с бутылкой шардонне и двумя пачками сигарет.

Потрясающе провела время с Джуд и Подлецом Ричардом, а потом мы погрузились в такси и вместе поехали обратно. Вернувшись домой, я немедленно позвонила Шеззер, чтобы рассказать ей новость.

— Ох! — вздохнула она, после того как я описала во всех подробностях волшебное действие дзена и Потока. — Э-э-э... Бридж...

— Что?

— Ты не хотела бы съездить отдохнуть?

— Я думала, ты не хочешь ехать со мной.

— Ну, я просто решила, что подожду, пока...

— Пока — что?
— Нет, ничего. Но в любом случае...
— Шез... — не выдержала я.
— Саймон едет в Мадрид, чтобы встретиться с какой-то девушкой, с которой познакомился через интернет.

Я разрывалась между жалостью к Шерон, безумной радостью, что нашёлся человек, с которым можно поехать отдохнуть, и чувством неадекватности, поскольку я не архитектор ростом шесть футов и с членом и всё такое.

— Ба-а-а, это просто пашминаизм. Наверно, окажется, что она мужчина, — предположила я, чтобы Шеззи почувствовала себя получше.

— Ладно, — бодро продолжала она после паузы, во время которой я ощущала из трубки несомненные вибрации боли, — я обнаружила фантастичные туры в Таиланд — всего двести сорок девять фунтов. Можно поехать на остров Ко Самуи, побыть хиппи — это практически ничего не будет нам стоить!

— Ура! — воскликнула я. — Таиланд! Изучаем буддизм и достигаем духовного прозрения!

— Да! — подхватила Шез. — Да! И нам не придётся иметь никаких дел ни с одним треклятым мужчиной.

Так что... О, телефон. Может быть, Марк Дарси?

Полночь. Звонил Даниел; голос у него не такой, как обычно, наверняка он пьян. Сообщил, что дико подавлен — дела на работе идут плохо, — просил извинить за Германию. Допустил, что я прекрасно разбираюсь в географии, и не могли бы мы вместе поужинать в пятницу — просто поболтаем. И я согласилась. Мне кажется, это оч. хор. Почему бы мне не оказать Даниелу дружескую поддержку в трудный час? Человек не должен таить обиду — это лишь отбрасывает его назад. Человек должен прощать.

Кроме того, как показывает пример Джуд и Подлеца Ричарда, люди меняются, а ведь я действительно сходила по нему с ума.

И я оч. одинока.

И это просто ужин.

Совершенно не собираюсь спать с ним.

18 июля, пятница

127 фунтов (отличное предзнаменование); попыток приобрести презервативы — 84; приобретённых презервативов — 36; пригодных к использованию приобретённых презервативов — 12 (более чем достаточно, особенно учитывая, что не намереваюсь их использовать).

14.00. В обед пойду куплю несколько презервативов. Не собираюсь спать с Даниелом, ничего такого. Просто чтобы чувствовать себя в безопасности.

15.00. Экспедиция с треском провалилась. Сначала мне очень нравилось неожиданно почувствовать себя покупательницей презервативов. Если нет секса, жизнь кажется очень печальной, когда проходишь мимо отделов, где продаются презервативы: в целом пласте этой жизни тебе отказано. Однако, когда я подошла к прилавку, обнаружила сбивающее с толку море разнообразных презервативов: «Ультра сэйф» (для большей чувствительности), «Вэрайети пэк» (для большего выбора; заманчивое предложение), «Ультра файн» (со специальной смазкой), «Госсамер» (с нежной смазкой, без... ужасное, отвратительное слово), «Со спермическими составляющими», натурально стилизованные, для экстракомфорта (это означает, что он больше — а если окажется слишком большим?). Опустив глаза, я бешено уставилась на россыпь презервативов. Уверена, что всем хочется и большей чувствительности, и большего комфорта, и «Ультра файн», так почему же надо выбирать между ними?

— Могу я вам помочь? — заговорил назойливый аптекарь с понимающей усмешкой.

Ясное дело, не могла я сказать, что мне нужны презервативы, — ведь это всё равно что заявить: «Я собираюсь заниматься сексом». Почти так же женщины ходят по улицам с явными признаками беременности, будто сообщая: «Смотрите все, я занималась сексом!» Меня поражает промышленное производство презервативов — само его существование негласно допускает, что все постоянно занимаются сексом (кроме меня); нет чтобы последовательно делать вид, что этого не происходит, – несомненно, более нормально в нашей стране.

В общем, купила только таблетки от кашля.

18.10. В раздражении, торчала на работе до шести; аптека закрылась, а я так и не купила презервативы. Теперь поеду в «Теско метро»: там точно куплю — ведь это магазин специально для импульсивных Одиночек.

18.40. Для отвода глаз побродила по отделу с зубной пастой. Вот чёрт! Наконец, в отчаянии, робко приблизилась к супервайзеру (дама) и прошептала с неопределённой гримаской, означающей «между нами, девочками»:

— Где тут у вас презервативы?

— Мы собираемся открыть отдел, — задумчиво отозвалась она. — Может быть, через пару недель.

«А мне-то что от этого?! — чуть не возопила я. — Как мне быть сегодня?» Хотя ведь я не думаю с ним спать, это очевидно!

Уф. Это так называемый современный, городской, предназначенный для Одиночек магазин. Хм!

19.00. Только что заходила в маленький, вонючий магазинчик на углу, с двойными ценами. Видела презервативы за витриной с сигаретами и жуткими алкогольными напитками, но решила отказаться от этой идеи — больно убога вся атмосфера. Уж если приобретать презервативы, так в приятной, чистой обстановке, например в аптеке. И потом, плохой выбор: только «Премиум кволити».

19.15. Меня осенило: поеду на бензоколонку, постою в очереди, а сама пока незаметно рассмотрю презервативы, а там... И правда, нечего следовать устаревшим мужским стереотипам: носишь с собой презервативы, — значит, развратница или проститутка. У всех чистоплотных девушек есть презервативы. Это гигиена.

19.30. Ла-ла-ла, я сделала это! Всё просто: ухитрилась схватить две упаковки — «Вэрайети пэк» («вкус к жизни») и усовершенствованные, облегчённые «Латекс» («для ещё более высокой чувствительности»). Работник бензоколонки был поражён разнообразием выбора и количеством презервативов, но повёл себя странно уважительно: возможно, подумал, я учительница биологии или что-то вроде того и приобретаю презервативы, чтобы обучать детей в начальных классах.

19.40. Меня ошеломили откровенные рисунки в инструкции. С тревогой поняла, что думаю не о Даниеле, а о Марке Дарси. Хмм, хмм...

19.50. Могу поспорить: кто определял размер картинок — чтобы никто и не расстроился и не возомнил о себе бог весть что, — тем пришлось попотеть. «Вэрайети пэк» — безумие: «Раскрашены, чтобы было ещё веселее». Вдруг ясно представила себе картину: парочки, с разноцветными интимными изделиями, трясутся от весёлого сексуального смешка и стукают друг друга воздушными шариками... Пожалуй, выброшу дурацкие «Вэрайети пэк». Так, пора готовиться. О боже, телефон.

20.15. Чёрт подери! Звонил Том, жаловался, что потерял мобильный, — по-видимому, забыл в моей квартире. Заставил меня искать повсюду, хотя время уже совсем поджимало. Мобильный не нашла и в конце концов заподозрила, что выбросила с кучей газет и психологических книг.

— Так иди ищи! — нетерпеливо потребовал Том.
— Но я здорово опаздываю. Можно завтра?
— А что если мусор увезут? Когда приезжают?
— Завтра утром, — призналась я упавшим голосом. — Но дело в том... у нас огромные общие баки, я же не знаю, в каком...

Кончилось тем, что накинула прямо на лифчик с трусами длинный кожаный пиджак и отправилась на улицу ждать, когда Том позвонит на свой мобильный, — вот и выяснится, в каком он баке. Стою на высоком бордюре, заглядываю в мусорные баки — и тут знакомый голос:

— Привет!

Оборачиваюсь — Марк Дарси. Скользит взглядом вниз... До меня вдруг дошло: стою ведь в пиджаке нараспашку, с нижним бельём (к счастью, симпатичный комплект), выставленным на всеобщее обозрение.

— Что это ты делаешь? — поинтересовался Марк.
— Жду звонка из мусорного бака, — с достоинством пояснила я, заворачиваясь в пиджак.

— Понятно. — Он помолчал. — И... давно ждёшь?
— Нет, — осторожно ответила я, — нормально.
Как раз в одном из баков раздался звонок.
— А, это меня! — обрадовалась я и попыталась залезть в бак.
— Пожалуйста, позволь мне, — попросил Марк.
Поставил на землю кейс, прыгнул (довольно проворно) на бордюр, залез рукой в мусорный бак и вытащил аппарат.
— Телефон Бриджит Джонс, — доложил он. — Да, конечно, позову. — И передал мне. — Это тебя.
— Кто это?.. — прошептал Том, в истерике от возбуждения. — Какой сексуальный голос... Кто это?
Пришлось прикрыть рукой трубку.
— Огромное тебе спасибо, — обратилась я к Марку.
Между тем он вытащил из бака кипу моих психологических книг и озадаченно её рассматривал.
— Не за что. — Положил пачку назад. — Э-э-э... — И заколебался, воззрившись на мой кожаный пиджак.
— Что? — Я пыталась унять сердцебиение.
— Нет, ничего... э-э-э... просто, эмм... ну ладно, приятно было с тобой повидаться. — Марк выдавил слабую улыбку и повернулся, чтобы удалиться.
— Том, я тебе перезвоню! — бросила я, не обращая внимания на его протесты.
Сердце у меня бешено колотилось. По всем законам любовного этикета мне следовало просто дать ему уйти, но я вспомнила подслушанный разговор.
— Марк!
Он опять повернулся, с видом очень взволнованным. Мгновение мы просто смотрели друг на друга.
— Эй, Бридж, ты идёшь ужинать без юбки? — Это произнёс Даниел. — приближался ко мне сзади, пришёл раньше.
Я обратила внимание, что Марк увидел его; задержал на мне долгий, страдальческий взгляд, а затем резко развернулся и быстро зашагал прочь.

23.00. Даниел не заметил Марка Дарси — это и хорошо и плохо: с одной стороны, мне не пришлось объяснять, что Марк здесь делал, но с другой — почему это я так взвинчена?.. Не успели мы войти в квартиру, как Даниел попытался меня поцеловать. Вот странное чувство — не хочу его, а весь прошлый год отчаянно хотела и гадала, почему он — нет.

— О'кей, о'кей! — покорился он, выставив ладони перед собой. — Нет проблем.

Налил в бокалы вино и уселся на диван, вытянув длинные, стройные ноги, обтянутые джинсами, — весьма сексуально.

Вот что, понимаю — обидел тебя, прости. Знаю, ты пытаешься защититься; но я теперь изменился, правда. Иди садись сюда.

— Я только пойду оденусь.

— Нет-нет, иди сюда! — Он похлопал рукой по дивану рядом с собой. — Давай, Бридж! Я до тебя пальцем не дотронусь — обещаю.

Присела нерешительно, заворачиваясь в пиджак, и чинно сложила руки на коленях.

— Ну-ну, — продолжал Даниел, — выпей, расслабься. — И нежно обнял меня за плечи. — Мне не даёт покоя, что я так плохо с тобой обошёлся. Это непростительно.

Так приятно, что меня снова кто-то обнимает...

— Джонс, — нежно прошептал Даниел, — моя маленькая Джонс... И он притянул меня к себе, так что моя голова оказалась у него на груди. — Ты этого вовсе не заслужила.

Меня обволакивал знакомый запах его тела.

— Ну же... давай только немного обнимемся... Теперь у тебя всё хорошо...

Стал гладить мои волосы, шею, спину; потом стаскивать пиджак у меня с плеч — и вдруг одним движением расстегнул лифчик.

— Прекрати! — воскликнула я, пытаясь завернуться в пиджак. — Правда, Даниел. — И чуть не рассмеялась.

Тут увидела его лицо: нет, он не смеялся.

— Почему? — Он грубо натянул пиджак мне на плечи. — Почему нет? Говори!

— Нет! — отрезала я. — Даниел, мы просто идём ужинать. Я не хочу целоваться с тобой.

Он уронил голову на грудь, тяжело дыша, затем выпрямился и снова поднял голову — глаза у него были закрыты.

Я встала, всё ещё заворачиваясь в пиджак, и отошла к столу. Когда я обернулась, он сидел обхватив голову руками; я услышала, как он всхлипывает.

— Извини, Бридж... Меня понизили на работе, Перпетуя заняла моё место. Чувствую себя лишним, а теперь ещё ты больше не хочешь меня. Ни одна девушка теперь не захочет меня. Никому не нужен мужчина моего возраста без карьеры.

Изумлённая, я уставилась на него.

— А как, по-твоему, чувствовала себя я в прошлом году? Когда была последним человеком в офисе, а ты забавлялся со мной и заставлял меня ощущать себя отставшей от жизни?

— «Отставшей от жизни», Бридж?

Изложить ему эту теорию, насчёт отставших от жизни? Да нет, что-то подсказало мне — не стоит затрудняться.

— Думаю, лучше всего тебе уйти прямо сейчас! — заявила я.

— Ох, ну Бридж...

— Уходи!

Хмм, ладно, отстранюсь от всей этой истории. Здорово, что уезжаю. В Таиланде освобожу голову от всех проблем и сконцентрируюсь на себе самой.

19 июля, суббота

129 фунтов (и это в день покупки бикини — почему?); путаных мыслей о Даниеле — слишком много; подошедших нижних частей бикини — 1; подошедших верхних частей бикини — половина; неприличных мыслей о принце Уильяме — 22; кол-во написанных на журнале «Хелло!» фраз «Принц Уильям и его красавица подруга мисс Бриджит Джонс в Аскоте» — 7.

18.30. Проклятье, проклятье, проклятье! Весь день провела в примерочных на Оксфорд-стрит, пытаясь втиснуть грудь в лифчики бикини, скроенные специально для тех, у кого груди располагаются либо одна над другой в центре грудной клетки, либо обе под мышками, причём резкое освещение делало меня похожей на кривляку из «Ривер-кафе». Очевидно, что выход из положения — сплошной купальник, но тогда я вернусь с животиком (и без того уже рыхлым), выделяющимся на фоне тела своей белизной.

Срочная бикини-диетическая программа с целью потери веса
Неделя первая
Воскр. 20 июля — 129 фунтов.
Пон. 21 июля — 128.
Вт. 22 июля — 127.
Ср. 23 июля — 126.
Четв. 24 июля — 125.
Пятн. 25 июля — 124.
Субб. 26 июля — 123.

Ура! Таким образом, через неделю почти добьюсь цели; когда нужный объём будет достигнут, останется только изменить строение и распределение жира с помощью упражнений.

Бесполезно. Комнату и, возможно, кровать предстоит делить только с Шез. Сконцентрируюсь на своём духовном состоянии. Скоро приедут Джуд и Шез.

Полночь. Чудесный вечер. Оч. приятно снова встретиться с подругами; правда, Шез так взвинтилась в негодовании на Даниела, что я еле-еле отговорила её звонить в полицию, чтобы его арестовали за изнасилование.

— «Понизили»! Вы только подумайте?! — выступала Шеззер. — Даниел — абсолютный архетип мужчины конца тысячелетия. До него начинает доходить, что женщины — высшая раса. Он осознаёт, что у него нет никакой роли или функции. И что он делает? Прибегает к насилию!

— Вообще-то, он всего лишь пытался её поцеловать, — мягко возразила Джуд, лениво перелистывая брошюру «Какой шатёр выбрать».

— Пха! В том-то всё и дело. Ей, чёрт возьми, повезло, что он не ворвался в её банк в уборе Урбанистического Воина и не пристрелил семнадцать человек из автомата.

Зазвонил телефон — Том. Почему-то он не поблагодарил меня за то, что после всех проблем, которые доставила мне эта противная штуковина, я всё-таки отослала ему обратно мобильный, — а спросил номер телефона моей мамы. Кажется, Том довольно дружески относится к маме, рассматривая её в китчевом контексте Джуди Гарланд — Иваны Трамп (странно: не далее как в прошлом году, помню, мама читала мне лекции: мол, гомосексуализм — это «просто лень, дорогая, они просто не хотят утруждаться, чтобы заводить отношения с противоположным полом»; но то в прошлом году). Внезапно испугалась, уж не собирается ли Том попросить маму исполнить «Нет, я не жалею ни о чём!», в платье с блёстками, в клубе под названием «Памп», и она (наивно, но не без некоторых маниакальных амбиций) согласится.

— Зачем тебе её телефон? — с подозрением спросила я.

— Она ведь состоит в книжном клубе?

— Не знаю, возможно. И что?

— Джером чувствует, что его стихи готовы, и я ищу литературный клуб, где он мог бы выступить. На прошлой неделе он читал стихи в Стоук Невингтон — это было внушительно.

— «Внушительно»? — переспросила я, изображая перед Джуд и Шез приступ тошноты.

В конце концов, несмотря на свои сомнения, я дала Тому мамин номер: подозреваю, что с тех пор, как уехал Веллингтон, ей не помешало бы другое развлечение.

— Что там происходит с литературными клубами? — Я положила трубку. — Это я чего-то не понимаю или они неожиданно появились ниоткуда? Можем мы записаться в какой-нибудь или для этого обязательно надо быть Самодовольным Женатиком?

— Надо быть Самодовольным Женатиком! — уверенно подтвердила Шез. — А то они боятся, что у них мозги иссохнут — патерналистская потребность... О боже мой, только посмотри на принца Уильяма!

— Дай взглянуть! — Джуд перехватила номер «Хелло!», с фотографией юного, гибкого подростка королевской крови.

Сама чуть не схватила журнал. Конечно, меня тянет рассматривать все эти фотографии принца Уильяма, побольше и желательно в разных костюмах; понимаю — это глупо, это одержимость. И всё же трудно игнорировать и впечатление от прекрасных, великих мыслей, которые вырабатываются под воздействием этого юного королевского мозга; и чувство, что в зрелом возрасте он поднимется, как древний рыцарь Круглого стола, взмахнёт в воздухе мечом и создаст ослепительный новый порядок, и тогда президент Клинтон и Тони Блэр окажутся поблекшими пожилыми джентльменами.

— Как по-вашему, что значит «сли-ишком моло-до-ой»? — мечтательно протянула Джуд.

— Слишком молодой, чтобы быть твоим законным сыном, — определила Шез, как часть правительственного постановления: подразумевается, что всё зависит от того, сколько тебе лет.

Тут телефон зазвонил снова — мама.

— О, привет, дорогая! Знаешь что? Твой друг Том, знаешь, тот, гомо, — в общем, он приведет поэта читать стихи в клуб «Лайфбоут»! Он будет нам читать романтические стихи, как лорд Байрон! Правда, здорово?

— Э-э-э... да-а?.. — забормотала я.

— Вообще-то, ничего особенного! — беззаботно фыркнула мама. — К нам часто приходят авторы.

— Правда? Например?

— О, много авторов, дорогая. Пенни очень близко дружит с Салманом Рушди. Ладно, ты ведь придёшь, дорогая?

— Когда?

— В следующую пятницу. Мы с Юной приготовим горячие закуски и цыплёнка кусочками.

Меня вдруг пронзил страх.

— А адмирал и Элейн придут?

— Фрр! Мужчины не допускаются, глупышка. Элейн придёт, а они подъедут позже.

— Но Том с Джеромом придут.

— Так ведь они не мужчины, дорогая.

— А ты уверена, что стихи Джерома не...

— Не понимаю, Бриджит, что ты хочешь этим сказать. Мы не вчера родились, знаешь ли. А в литературе главное — свобода выражения. О, и попозже, думаю, приедет Марк. Он сейчас занимается завещанием Малколма — ведь никогда не знаешь...

1 августа, пятница

129 фунтов (полный провал бикини-диеты); сигарет – 19 (в помощь диете); калорий – 625 (наверняка ещё не поздно).

18.30. Грр, грр, завтра уезжаю в Таиланд, ничего не упаковано; не сообразила, что «следующая пятница» в клубе – это, чёрт возьми, сегодня. Совершенно не хочу ехать аж в Графтон Андервуд. Сегодня тёплый, влажный вечер, и Джуд с Шеззер идут на чудесную вечеринку в «Ривер кафе». Хотя ясно, что надо поддержать маму, любовные отношения Тома, искусство и т.д. Уважение к другим – это уважение к себе. И неважно, что завтра сяду в самолёт уставшей, – ведь лечу в отпуск. Уверена, что приготовления к путешествию не займут много времени, – нужен минимальный гардероб (всего лишь пара купальников и саронг!). И потом, упаковка чемоданов всегда занимает всё оставшееся время, так что лучшее его использовать, сделав оч. коротким. Да, вот видите. Итак, я всё успею.

Полночь. Только что вернулась. Приехала туда оч. поздно из-за типичного для наших шоссе бедствия с дорожными знаками (если сегодня война, наверняка лучше запутать немцев, оставив знаки на месте). Меня встретила мама, в странном бордовом бархатном кафтане, который демонстрировал её попытку выглядеть «литературно».

– Ну как Салман? – поинтересовалась я, когда она отчитала меня за опоздание.

– О, мы решили лучше приготовить цыплёнка! – надменно ответила мама, проводя меня через двери с волнистыми стеклами в гостиную.

Первое, что мне бросилось в глаза, – крикливый новый «фамильный крест» над фальшивым каменным камином. На нём надпись: «Хакуна матата!»

– Тсс! – шикнула Юна, с восторженным видом приложив к губам палец.

Претенциозный Джером, с проколотыми сосками, сильно выпиравшими из-под чёрного, мокрого на вид жилета, стоял на фоне коллекции гранёных блюд и воинственно декламировал.

— «Смотрю на его твёрдые, сильные, грубые бёдра. Смотрю, хочу, хватаю...».

А вокруг него, в обеденных креслах в стиле Регентства, полукругом расположились перепуганные дамы, в костюмах-двойках, из клуба «Лайфбоут». Мама Марка Дарси — Элейн старательно сохраняла на лице выражение сдержанного удовольствия.

— «Хочу-у, — завывал Джером, — хватаю его сильные, волосатые бёдра! Я должен иметь! Поднимаю и взваливаю...».

— Ну что ж, абсолютно потрясающе! — воскликнула мама, поднявшись с кресла. — Кто-нибудь хочет закусить?

Поразительно: общество леди из среднего класса умудряется всё вокруг приспособить к себе, превращая сложность и хаос мира в милый, спокойный ручеек, — так уборщица туалета делает там всё розовым.

— О, обожаю устное и письменное слово! Оно дарит мне такое чувство свободы! — восторженно объясняла Юна Элейн.

Пенни Хазбендз-Босворт и Мейвис Эндерби тем временем плясали вокруг Претенциозного Джерома, как будто это Т.-С. Элиот.

— Но я не закончил, — хныкал Джером. — Я хотел ещё прочитать «Размышления» и «Пустые мужские дыры».

И тут раздался хохот.

— «Когда среди раздоров и сомнений
У всех исчезла почва из-под ног,
А ты, под градом обвинений,
Единственный в себя поверить смог...».

Это явились папа и адмирал Дарси, оба в паралитическом состоянии. О боже, в последнее время, каждый раз как вижу папу, он совершенно пьян — в странной отцовско-дочерней обратной зависимости.

— «Когда сумел ты терпеливо ждать, на злобу злобой низкой не ответил...» — громогласно подхватил адмирал Дарси, влезши на кресло и вызвав волнение в рядах собравшихся дам.

— «Когда все лгали, не посмел солгать и восхвалять себя за добродетель...», — добавил папа, почти плача, и опёрся на адмирала, чтобы не упасть.

Пьяный дуэт процитировал до конца стихотворение Редьярда Киплинга «Когда...», подражая при этом сэру Лоуренсу Оливье и Джону Гилгуду, к ярости мамы и Претенциозного Джерома, который немедленно закатил истерику, с шипением и свистом.

— Как обычно, как обычно, всё как обычно... — тихонько повторяла мама.

А адмирал Дарси, стоя на коленях и ударяя себя кулаком в грудь, между тем растягивал:

— «Когда обман и происки плутов
Невозмутимо ты переносил...»

— Это регрессивное, колониалистское стихоплётство! — прошипел Джером.

— «Когда удача выпала тебе
И ты, решая выигрышем рискнуть...».

— Нет, эти чёртовы рифмы! — снова простонал Джером.

— Джером, в моём доме это слово запрещено, — зашептала в ответ мама.

— «...Всё проиграл, но не пенял судьбе,
А тотчас же пустился в новый путь;
Когда, казалось, страсти нет в душе,
И сердце заболевшее замрёт...» — С этими словами папа обмяк и растянулся на пушистом ковре, изображая покойника.

— Зачем тогда вы меня пригласили? — Джером присоединил к шипению свист.

— «...И загореться нечему уже...» — заревел адмирал.

— «...Лишь воля твоя крикнула... — прорычал папа с ковра, а затем поднялся на колени и воздел руки к небу, — «Вперёд!».

В женском стане послышались одобрительные возгласы и аплодисменты. Джером выскочил, хлопнув дверью; Том бросился за ним. В отчаянии я отвернулась от двери — и вдруг встретилась глазами с Марком Дарси.

— Ну что ж, это было интересно! — прокомментировала Элейн Дарси, приблизившись ко мне.

Я опустила голову, пытаясь обрести самообладание.

— Поэзия объединяет старых и молодых.

— Пьяных и трезвых, — добавила я.

Тут адмирал Дарси чуть не упал на нас, сжимая в кулаке листок со стихами.

— Дорогая, дорогая, моя дорогая! — И он повис на Элейн. — О, а вот и... как же её... — Прищурился на меня. — Чудесно! Марк тоже тут, мой мальчик! Заехал за нами, трезвый как судья. Всё сам, всё сам. Ну не знаю!

Оба обернулись к Марку, — он сидел за Юниным крошечным круглым праздничным столиком, украшенным дельфином из голубого стекла, и что-то писал.

— Составляет моё завещание на празднике! Ну не знаю! Работа, работа, работа! — рычал адмирал. — Подцепил эту штучку... как там её, дорогая, — Рашель, кажется? Бетти?

— Ребекка, — ехидно подсказала Элейн.

— И вот теперь её нигде не видно. Спрашиваю, куда делась, — что-то мямлит. Не выношу мямликов! Никогда не выносил.

— Ну, не думаю, что она в самом деле... — пробормотала Элейн.

— Почему нет, почему нет, прекрасная девушка! Не знаю! То туда, то сюда, то ещё куда-то! Надеюсь, вы, молодые леди, не флиртуете вечно со всеми вокруг, как, видимо, эти молодые джентльмены?

— Нет, — печально ответила я, — если мы любим кого-то, очень трудно вычеркнуть их из своей жизни, когда они нас бросают.

Сзади раздался звон разбитого стекла; поворачиваюсь — это Марк Дарси опрокинул голубого дельфина, а тот в свою очередь увлёк за собой вазу с хризантемами и рамку с фотографией. Создав свалку из битого стекла, цветов и обрывков бумаги, подлый дельфин волшебным образом остался невредим.

Возникла суматоха. Мама с Элейн и адмиралом Дарси бросились к месту катастрофы. Адмирал носился кругом и орал, папа пытался установить дельфина на полу, приговаривая: «Выкинь ты эту дрянь!», а Марк сгребал свои бумаги и предлагал за всё заплатить.

— Ты готов идти домой, папа? — пробормотал Марк; на лице его отражалась глубокая растерянность.

— Нет, нет, а ты как хочешь. Я тут в чудесной компании, и Бренда здесь. Принеси мне ещё портвейна, а, сынок?

Наступила неловкая пауза, во время которой мы с Марком смотрели друг на друга.

— Привет, Бриджит! — резко бросил Марк. — Давай, пап, нам в самом деле пора.

— Да, поехали, Малколм, — подключилась Элейн, нежно взяв мужа за руку. — Или ты описаешь ковёр.

— Ох, описаю, описаю... ну не знаю.

Когда они втроём прощались, Марк с Элейн заодно выталкивали адмирала за дверь. Наблюдала за этим с чувством внутренней опустошенности и грустью; неожиданно вернулся Марк и направился ко мне.

— Ручку забыл, — проговорил он, забирая свой «Монблан» с праздничного столика. — Когда ты летишь в Таиланд?

— Завтра утром. — На долю секунды мне показалось, что это его расстроило. — Откуда ты знаешь, что я еду в Таиланд?

— В Графтон Андервуд только об этом и говорят. Ты уже собрала вещи?

— А как ты думаешь?

— Ни единой. — Он улыбнулся краешком губ.

— Ма-арк! — послышался вопль его отца. — Пошли, мальчик, кажется, это тебе больше всех хотелось уезжать!

— Иду, — отозвался Марк, оглянувшись через плечо. — Это тебе. — Протянул мне смятый листок бумаги, бросил на меня... э-э-э... пронизывающий взгляд и вышел.

Выждав момент, когда никто не видел, трясущимися руками развернула листок: переписанное стихотворение, которое исполнили папа с адмиралом Дарси. Зачем он мне его отдал?

2 августа, суббота

128 фунтов (уф, провал предотпускной диеты); порций алкоголя — 5; сигарет — 42; калорий — 4457 (в полном отчаянии); упакованных вещей — 0; идей о местонахождении паспорта — 6; идей о местона-

хождении паспорта, подтверждённых каким-либо разумным результатом, – 0.

5.00. Зачем, ну зачем я еду отдыхать?! Весь отпуск проведу, мечтая, чтобы Шерон обернулась Марком Дарси, а она – чтобы я Саймоном. Сейчас пять утра. Вся моя спальня завалена только что выстиранными вещами, шариковыми ручками и полиэтиленовыми пакетами. Не знаю, сколько брать лифчиков, не могу найти маленькое чёрное платье с зигзагами, без которого не могу ехать, и вторую розовую шлёпку. Всё ещё не получила дорожные чеки, вряд ли действительна моя кредитная карточка. До выхода из дома осталось всего полтора часа, а вещи не лезут в чемодан. Может, выкурить сигарету и несколько минут посмотреть брошюру, чтобы успокоиться?

Ммм, а здорово лежать на пляже и загорать до черноты. Солнце, море и... Охх, лампочка на автоответчике мигает – как это я не заметила?

5.10. Нажала кнопку «Прослушивание записи»:

«Э-э, Бриджит, это Марк. Я просто подумал – ты ведь знаешь, в Таиланде сейчас сезон дождей. Тебе стоит взять с собой зонтик».

11

Тайское приключение

3 августа, воскресенье

Невесома (в небе); порций алкоголя – 8 (но в полёте, поэтому не считается благодаря высоте); сигарет – 0 (я в отчаянии – салон для некурящих); калорий – 1 миллион (исключительно в тех блюдах, которые, не будь поданы в самолёте, и не мечтала бы положить в рот); пуканий соседа по сиденью – 38 (пока); вариантов аромата – 0.

16.00. Английское время; в самолете в небе. Приходится делать вид, что я очень занята и занудлива, потому пишу, а жуткий тип на соседнем сиденье, в светло-коричневом синтетическом костюме, упорно старается со мной разговаривать в промежутках между беззвучным, убийственным пуканьем. Пыталась притвориться, что заснула, прикрыв заодно нос, но через несколько минут жуткий тип похлопал меня по плечу и поинтересовался:

– У вас есть хобби?

– Да, люблю вздремнуть, – ответила я.

Но даже это на него не подействовало и за какие-то секунды я была втянута в сумрачный мир этрусских монет раннего периода.

Нас с Шерон посадили отдельно – мы так опоздали, что остались только одиночные места, – и Шезер на меня дико разозлилась. Однако, похоже, почему-то вдруг успокоилась; конечно, это никак не связано с тем фактом, что она сидит рядом с незнакомцем, похожим на Гаррисона Форда, в джинсах и мятой рубашке цвета хаки, и хохочет до полусмерти (странное выражение, правда?) над каждым его словом. И это несмотря на то, что Шез ненавидит всех мужчин, поскольку они утратили свою роль и впали в пашминаизм и безумное насилие. А я между тем привязана к Мистеру Синтетическому Аппарату по Производству Вони и вот уже двенадцать часов не могу покурить. Хорошо хоть, есть никотиновая жвачка.

Не оч. хор. начало, но я всё ещё оч. взволнована отн. путешествия в Таиланд. Мы с Шерон – путешественницы, а не туристки, то есть не намерены останавливаться в герметично задраенных туристских анклавах, а по-настоящему изучим религию и культуру.

Цели на отпуск
1. Быть путешественницей в стиле хиппи.
2. Похудеть благодаря лёгкой, в идеале не угрожающей жизни дизентерии.
3. Приобрести лёгкий бисквитный загар – не ярко-оранжевый, как у Шерил Гаскойн, и не вызывающий меланому или морщины.
4. Повеселиться от души.

5. Найти себя и ещё солнечные очки. (Надеюсь, они в чемодане.)
6. Плавать и загорать (уверена – дожди окажутся просто короткими тропическими ливнями).
7. Посмотреть храмы (надеюсь, их не слишком много).
8. Достичь духовного прозрения.

4 августа, понедельник

119 фунтов (взвешиваться больше невозможно, так что могу выбирать вес по настроению – прекрасное преимущество путешествия); калорий – 0; минут, проведённых вне туалета, – 12 (по ощущениям).

2.00. Местное время; Бангкок. Мы с Шеззер пытаемся заснуть в самом кошмарном месте из всех, где я когда-либо побывала. Кажется, сейчас начну задыхаться, а потом и вовсе перестану дышать. Когда мы прилетели в Бангкок, небо было затянуто густой серой тучей и моросил дождик. В приюте для гостей «Син сэйн» («Син сэ») нет туалетов, только кошмарные, вонючие дырки в полу за перегородками. Открыли окно, но проветривание совершенно не помогает, поскольку воздух представляет собой субстанцию, близкую по составу к тёплой воде, при этом на самом деле ею не являясь. Внизу (отеля, не туалета) проходит дискотека, а в перерывах между музыкой слышно, как вся улица стонет и тоже не может заснуть. Чувствую себя огромной, белой, раздутой колышущейся тушей. Волосы сначала превратились в перья, а затем распластались по лицу. Хуже всего, что Шерон всё щебечет про незнакомца из самолёта, похожего на Гаррисона Форда:

— Так много путешествовал... летел самолётом суданской авиакомпании, и командир корабля с вторым пилотом решили пожать руки всем пассажирам, а дверь кабины за ними захлопнулась! Им пришлось рубить её топором. Такой остроумный! Остановился в «Восточном отеле» – приглашал в гости.

— А я-то думала, мы не хотим иметь никаких дел с мужчинами, — ворчливо напомнила я.

— Нет-нет, просто мне кажется, если мы попали в незнакомое место, полезно поговорить с кем-нибудь, у кого есть опыт в путешествиях.

6.00. Наконец заснула, в 4.30, только ради того, чтобы в 5.45 меня разбудила Шерон: прыгала на кровати и твердила, что нам надо пойти в храм смотреть восход солнца (а на небе туча толщиной 300 футов). Больше не могу, га-а-а! В желудке, похоже, происходит что-то ужасное — постоянно взрываются маленькие гранаты.

11.00. Вот уже пять часов мы с Шерон не спим и четыре с половиной из них провели, по очереди бегая в импровизированный туалет. Шерон говорит, страдания и простая жизнь — путь к духовному прозрению. Физический комфорт не только необязателен, — препятствует повышению духовности. Собираемся медитировать.

Полдень. Ура, переезжаем в «Восточный отель»! Ясно, что одна ночь там стоит больше, чем неделя на острове Корфу, но положение аварийное, и потом, зачем же тогда нужны кредитные карточки? (Шеззер — её карточка ещё действует — предлагает отдать ей всё потом. Обретать духовное прозрение за счёт чужой кредитной карточки — это как?)

Мы обе решили, что отель чудесный, немедленно переоделись в светло-голубые купальные халаты, поиграли с пеной в ванне и т.д. Ещё Шеззер говорит, необязательно опрощаться навсегда — именно контраст между мирами и стилями жизни приводит человека к духовному прозрению. Абсолютно с ней согласна. Полностью одобряю, например, одновременное наличие унитаза и биде (в свете текущего состояния желудка).

20.00. Шеззер заснула (или умерла от дизентерии), и я решила погулять по террасе отеля. Было так красиво! Стояла в чернильной тьме, мягкий, тёплый бриз сдувал с лица прилипшие перья волос. Любовалась излучиной Чао Прайя — вся река в мерцающих огнях, по ней медленно плывут восточные лодчонки. Потрясающая штука самолёт: всего-то 24 часа назад сидела у себя дома, на кровати, в окружении мокрых вещей, а теперь всё так невероятно экзотично и романтично.

Только собралась закурить сигарету — возле моего носа внезапно возникла шикарная золотая зажигалка. Взглянула на лицо, освещённое огоньком, и даже икнула от неожиданности: Гаррисон Форд из самолёта! Официант принёс джин с тоником — оказался довольно крепким. Гаррисон Форд, или Джед, объяснил: в тропиках оч. важно принимать хинин.

Мне стало совершенно ясно, почему он произвёл такое впечатление на Шез. Спросил, какие у нас планы. Рассказала, что мы решили поехать на остров хиппи Ко Самуи, жить там в хижине и достичь духовного прозрения. Он заявил, что мог бы тоже поехать. Я сказала, Шерон обрадуется (ведь ясно, что он — её, хотя Гаррисону Форду я об этом не сообщила) и не пойти ли мне её разбудить. К тому времени я уже порядком захмелела от большого количества хинина и перепугалась, когда он нежно провёл пальцем по моей щеке и наклонился ко мне.

— Бриджит! — прошипел чей-то голос рядом. — Вызови себе по телефону мальчика, чёрт тебя подери!

Ох нет, ох нет! Это Шеззер.

7 августа, четверг

120 фунтов (или 110?); сигарет — 10; появлений солнца — 0.

Остров Ко Самуи, Таиланд (хмм, похоже на песенку в стиле рэп).

Приехали на оч. идиллический — если не считать проливного дождя — хипповский пляж: изящный полумесяц, покрытый песком, маленькие хижины на ножках и повсюду ресторанчики. Хижины сотворены из бамбука, а балкончики выходят на море. У нас с Шез всё ещё прохладные отношения.

В ней проснулось иррациональное чувство отвращения к «парням, живущим в соседней хижине»; в результате, хотя мы не пробыли на острове и восемнадцати часов, нам пришлось трижды переезжать под дождём. В первый раз — довольно оправданно:

через три минуты парни подкатились к нам и попробовали продать то ли героин, то ли опиум или какую-то травку. Затем мы перебрались в новую хижину – «парни по соседству» на вид оч. чистенькие (как биохимики, в общем, в этом роде). Однако, к несчастью, эти биохимики заявились и поведали нам, что три дня назад в нашей хижине кто-то повесился; после этого Шеззер настояла на переезде. К тому времени уже наступила кромешная тьма. Биохимики предложили помочь перенести наши вещи, но Шез наотрез отказалась; вот мы целую вечность и таскались по пляжу с рюкзаками.

В довершение всего: проделав путешествие в двадцать тысяч миль с целью проснуться у моря, оказались в результате в хижине, расположенной в канаве, с видом на заднюю стенку ресторанчика. Теперь нам предстоит рыскать по пляжу в поисках другой хижины – чтоб смотрела на море и не имела притом по соседству ни парней не того разлива, ни постсуицидальной кармы. Чёртова Шеззер.

23.30. О. О. О. Марихуаный ресторан, чёрт, великолепен. Шез чудесна. Лучшая подруга.

8 августа, пятница

112 фунтов (чудесный побочный эффект расстройства желудка); порций алкоголя – 0 (оч. хор.); волшебных грибов – 12 (ммм, у-у-у-у, а-а-а-ах).

11.30. Когда проснулась, видимо слишком поздно, обнаружила, что я одна. Нигде в хижине Шез не найдя, вышла на балкон и огляделась. Забеспокоилась: кошмарные шведские девушки по соседству сменились «парнем, живущим в соседней хижине», и я тут не виновата – ведь путешественники постоянно приезжают и уезжают. Надела тёмные очки с диоптриями (ещё не вставила линзы), и при ближайшем рассмотрении новый «парень, живущий в соседней хижине» оказался самолётным ухажёром из «Восточного отеля», похожим на Гаррисона Форда. Пока я за ним наблюдала, повернулся и заулыбался кому-то выходящему из его хижины. Это оказалась Шеззер. Сразу стало ясно: философия «будь осторожна в путешествии, избегай парней, живущих в соседней хижине» содержит гигантское исключение — «если они не безумно привлекательны».

13.00. Джед пригласил нас обеих в кафе на омлет с волшебными грибами! Сначала мы сомневались, поскольку категорически против незаконных веществ, но Джед объяснил, что волшебные грибы — это не наркотики, а натуральный продукт и проложат нам путь к духовному прозрению. Оч. взволнована.

14.00. Я шокирующе, экзотически красива, и моя красота — часть всего многоцветия жизни и её законов. Лежу на песке, смотрю в небо через дырочки в панаме, и свет, который льётся через них, — это самый красивый, драгоценный образ в мире. И Шеззер красивая. Возьму панаму в море — пусть красота моря сочетается с драгоценными дырочками света как с драгоценными камнями.

17.00. В марихуанном ресторанчике, одна. Шеззер со мной не разговаривает. После омлета с волшебными грибами сначала ничего не произошло, но, когда мы шли обратно в хижину, всё вокруг стало вдруг казаться забавным и я, к несчастью, стала хихикать помимо своей воли. Шез, однако, вовсе не была склонна к участию в веселье. Добравшись до нашей последней хижины, я решила подвесить свой гамак на улице с помощью тонкой лески, а она оборвалась и я приземлилась на песок. В тот момент это показалось мне так смешно, что я немедленно захотела повторить всю операцию и, по утверждению Шеззер, проделывала весёлый трюк с гамаком сорок пять минут без остановки, находя, что повторение не уменьшает забавности.

Шез осталась в хижине с Джедом, но потом он пошёл купаться, и я решила зайти посмотреть, как она. Шеззер лежала на кровати и стонала:

— Я уродина, уродина, уродина...

Встревоженная её отвращением к себе — что сильно контрастировало с моим собственным настроем, — я поспешила к ней с намерением утешить подругу. Однако по дороге заметила своё отражение в зеркале — никогда в жизни не видела такого потрясающе прекрасного создания...

Шез утверждает, что следующие сорок минут я упорно пыталась поднять её настроение, но меня постоянно отвлекало своё отражение в зеркале — я принимала разнообразные позы и призывала Шез восхищаться мною. Она между тем страдала от глубочайшей душевной травмы — лицо её и тело прискорбно деформированы. Я вышла, чтобы принести ей поесть, вернулась хихикая, с бананом и «Кровавой Мери», и поведала: а у официантки в ресторане на голове торшер. А затем, одержимая, вернулась на свой пост у зеркала. После этого, говорит Шез, два с половиной часа лежала на пляже, уставившись в панаму, и плавно размахивала в воздухе руками, — она в это время помышляла о самоубийстве.

Всё, что я помню, — пережила самые счастливые моменты в своей жизни, осознала глубокие, непреходящие законы жизни и всё, что требовалось: впала в глубокое состояние Потока (как подробно описано в «Эмоциональной интеллигентности» и таким образом следовала дзенскому закону. И тут — будто щёлкнул выключатель... Я вернулась в хижину: вместо светящегося женского воплощения Будды — Ясмин Ле Бон в зеркале отразилась просто я, с красным, потным лицом, волосы с одной стороны приматы, с другой торчат рожками; Шез глядит на меня с кровати — выражение палача. Оч. грустно, стыдно за своё поведение, но это не я, это всё грибы.

Может, если снова пойти в хижину и поговорить о духовном прозрении, она не будет так сердиться?

15 августа, пятница

113 фунтов (сегодня у меня настроение получше); порций алкоголя — 5; сигарет — 25; духовных прозрений — 0; несчастий — 1.

9.00. У нас был фантастический отпуск, хотя и не произошло духовного прозрения. Чувствовала себя немного лишней, потому что Шез много времени проводила с Джедом; но солнце выходило довольно редко и, пока они занимались сексом, я купалась и загорала, а вечером мы ужинали втроём. Шез немного расстроена, потому что вчера вечером Джед уехал на какие-то там другие острова. Собираемся устроить утешительный завтрак (без волшебных грибов), а затем снова повеселиться вдвоём, без мужчин. Ура!

11.30. О боже, за что нам это? Только мы с Шерон вернулись в свою хижину — и что же: замок открыт, наши рюкзаки пропали. Мы уверены, что закрывали дверь, — видимо, замок взломали. К счастью, паспорта на месте, а в рюкзаках лежали не все вещи, но билеты на самолёт и дорожные чеки исчезли бесследно. После Бангкока, с его магазинами и всё такое, кредитная карточка Шеззер больше не действует. У нас на двоих всего 38 долларов, самолёт из Бангкока в Лондон вылетает во вторник, а мы находимся в сотнях миль, на острове. Шерон плачет, а я пытаюсь её успокаивать — без особого успеха.

Вся эта сцена напоминает эпизод из фильма «Тельма и Луиза»: Тельма спит с Брэдом Питтом, он крадёт все их деньги, Джина Дэвис говорит, всё в порядке, а Сьюзен Сарандон плачет: «Ничего не в порядке, Тельма, абсолютно ничего не в порядке..»

Только чтобы вовремя вылететь в Бангкок и успеть на самолёт, нужно сто долларов на одного, а дальше — где гарантии, что в аэропорту нам поверят относительно утраченных билетов; или, может быть, мы... О боже, нельзя падать духом и терять рассудок. Предложила Шеззер вернуться в марихуанный ресторанчик, взять по паре «Кровавых Мери» и отложить решение проблемы до утра; только тогда она немного успокоилась.

Дело всё в том, что одна моя половина дрожит от ужаса, а другая полагает, это восхитительно — кризис, приключение, — так не похоже на тревоги по поводу окружности бёдер! Пожалуй, просто не буду об этом думать и выпью «Кровавую Мери» — она нас подбодрит. В любом случае мы ничего не можем сделать до понедельника — всё закрыто. Нам пришла в голову идея пойти в бар и заработать денег исполнением экзотических танцев, но мне почему-то кажется, что мы не выдержим конкуренции.

13.00. Ура! Мы с Шшеззе сбирамся жить на Ко Самуи как хиппи, есть бнаны и прдавать ракушки нпляже. Эт дховн прзрение. Здорво, чртвзми! Будем плгацца толко на сбя. Духовно.

17.00. Хмм, Шез всё ещё спит, чему я рада — она, кажется, принимает всё слишком близко к сердцу. Чувствую — вот возможность проверить, насколько мы самостоятельны. Знаю, что делать: пойду в большой отель и спрошу в отделе регистрации, каковы наши возможности в создавшейся непредвиденной ситуации. Например, можно позвонить в компанию, занимающуюся дорожными чеками. Но мы ни за что не получим возмещения ущерба вовремя, нет-нет. Не терять позитивного настроя.

19.00. Ну вот, если не падать духом, что-нибудь обязательно произойдёт и проблема решится. На кого, как не на Джеда, мне налететь в фойе отеля! С путешествием на другие острова у него не сложилось из-за дождя, сегодня поздно вечером возвращается в Бангкок, как раз собрался заскочить к нам — попрощаться перед отъездом. (А Шез наверняка слегка расстроится, что он сразу не пошёл разыскивать её, но ладно. Может, решил, что мы уже уехали, или... Вообще-то, не собираюсь ныть и скулить от имени Шерон.)

Во всяком случае, Джед нам посочувствовал, хотя и заявил, что никогда нельзя оставлять ценные вещи в хижине, даже запертой. Прочитал мне небольшую лекцию (чертовски сексуально, хоть и напоминал при этом отца или священника), а потом посоветовал поторопиться, если мы хотим успеть на самолёт во вторник — все сегодняшние и завтрашние рейсы отсюда переполнены. Но он попробует достать для нас билеты на завтрашний поезд и мы не опоздаем. Ещё Джед предложил нам деньги на такси и оплату здешнего отеля. Считает, если в понедельник мы сразу позвоним в лондонское турагентство, нам обязательно закажут новые билеты и мы их получим прямо в аэропорту.

— Мы вернём деньги! — с благодарностью заверила его я.

— Э, не беспокойтесь, — ответил он. — Это не так много.

— Нет, мы вернём!

— Ладно, когда сможете! — засмеялся он.

Великодушный, щедрый бог из моей мечты, — хотя, конечно, деньги вовсе не самое главное (если они есть).

18 августа, понедельник

В поезде из Сурат Тхани Ко Самуи в Бангкок. В поезде очень мило, — за окном проплывают рисовые поля, люди в треугольных шляпах. Каждый раз, когда мы останавливаемся, к окнам подходят и предлагают тушёную курицу — очень вкусную. Не могу не думать о Джеде: как он был добр и помог нам; это напомнило мне Марка Дарси, когда он ещё не ушёл к Ребекке. Джед даже отдал нам одну из своих сумок, положить вещи, которые не стащили, и свои всякие маленькие шампунчики и кусочки мыла из разнообразных отелей. Шез счастлива: они обменялись телефонами и адресами и намерены встретиться, как только она вернётся. А вообще, если уж откровенно, Шеззер невыносимо самодовольна. Но и бог с ней — так настрадалась с Саймоном. Всегда подозревала, что она ненавидит не всех мужчин, а только стервецов. Надеюсь, мы успеем на самолёт.

19 августа, вторник

11.00. Аэропорт в Бангкоке. Происходит нечто ужасное, кошмарное; кровь бросилась в голову, перед глазами какая-то пелена. Шез двинулась вперёд, чтобы задержать самолёт, пока я тащила багаж. Мне пришлось проходить мимо таможенника с собакой на поводке — она стала лаять и рваться к моей сумке. Все служащие аэропорта принялись что-то тараторить; женщина в военной форме подхватила мою сумку, а меня отвела в отдельную комнату. Чиновники вытащили всё из сумки и распороли ножом подкладку. Внутри лежал полиэтиленовый пакет с белым порошком. И потом... О боже, боже! Кто-нибудь, помогите!

20 августа, среда

84 фунта; порций алкоголя – 0; сигарет – 0; калорий – 0; желания когда-либо ещё нарываться на тайские приключения – 0.

11.00. Полицейский изолятор, Бангкок. Спокойно. Спокойно, спокойно, спокойно.

11.01. Спокойно.

11.02. На мне наручники. У меня на ногах кандалы. Я в вонючей камере в стране третьего мира; здесь восемь тайских проституток и горшок в углу. Кажется, сейчас потеряю сознание от жары. Это всё не может быть на самом деле.

11.05. О боже, до меня стало доходить, что произошло. Не могу поверить, что человек способен на такую подлость: переспать с женщиной, затем стянуть все её вещи и одурачить её подругу, отправив в тюрьму. Это невероятно. Ладно, скоро здесь будет британский посол, он им всё объяснит и вытащит меня отсюда.

Полдень. Немного нервничаю – где же британский посол.

13.00. Непременно приедет – у него сейчас перерыв на обед.

14.00. Может быть, британский посол задерживается из-за более неотложного дела – с настоящим наркокурьером, а не невинной жертвой обмана?

15.00. О боже, вот чёрт, проклятье! Надеюсь, посла известили – наверняка Шеззер подняла тревогу. А если сцапали и Шеззер? Но где тогда она?

15.30. Так; необходимо, просто необходимо собрать силы. Всё, что у меня теперь осталось, – это я сама. Проклятый Джед! Нельзя впадать в ненависть... О боже, как хочется есть!

16.00. Только что приходил охранник, принёс отвратительный рис и несколько личных вещей, которые мне разрешили оставить (пара трусов; фотография Марка Дарси; ещё одна – Джуд показывает Шеззер, что надо делать, чтобы испытать оргазм; смятый кусок бумаги из кармана джинсов). Пыталась его спросить о британском после, но он только покивал и пробурчал что-то, чего я не поняла.

16.30. Ну вот, даже когда кажется – всё плохо, находится нечто ободряющее. Помятая бумага – это папино стихотворение из книжного клуба, которое мне дал Марк Дарси. Настоящая литература. Почитаю, подумаю о чём-нибудь хорошем.

Редьярд Киплинг
«Когда...»
Когда среди раздоров и сомнений
У всех исчезла почва из-под ног,
А ты, под градом обвинений...

О боже, о боже! В Таиланде ещё не отменили смертную казнь?

21 августа, четверг

70 фунтов (оч. хор., но воображаемых); порций алкоголя – 14 (но тоже воображаемых); сигарет – 0; калорий – 12 (рис); кол-во мыслей о том, что надо было ехать в Клитхорпс, – 55.

5.00. Провела ужасную ночь, съёжившись на старом, набитом носками мешке – кишит вшами и притворяется матрасом. Забавно, как быстро человек привыкает к грязи и отсутствию комфорта. Хуже всего этот запах. Удалось поспать пару часов, и это здорово, не считая момента, когда проснулась и вспомнила, что случилось. Всё ещё никаких признаков британского посла. Уверена – это просто ошибка и всё будет о'кей. Мне необходимо сохранять присутствие духа.

10.00. Только что в двери появился охранник с каким-то парнем – розовая рубашка, высокомерное выражение лица.

– Вы британский посол? – закричала я, чуть не повиснув на нём.

– Ах нет, я помощник консула. Чарли Палмер-Томпсон. Очень приятно с вами познакомиться. – И встряхнул мою руку.

Это показалось бы мне по-британски ободряюще, если бы он тут же машинально не вытер ладонь о брюки.

Спросил, что произошло, записал подробности в блокнот в кожаном переплёте, приговаривая при этом что-то вроде: «Угу, угу... Господи, какой кошмар!» — как будто ему пересказывали перипетии спортивного состязания. Начала потихоньку паниковать — он явно: а) не совсем уяснил себе всю серьёзность ситуации, б) не представлял собой (вовсе я не сноб, ничего подобного) воплощения истинно британского мозга и в) не казался уверенным, настолько, насколько мне хотелось бы, что тут произошла явная ошибка и меня могут отпустить в любую секунду.

— Но почему так? — задала я вопрос, ещё раз пересказав случившееся.

Объяснила, что Джед, должно быть, сам вломился в нашу хижину и вообще всё это спланировал.

— Понимаете, трудность вот в чём. — Чарли доверительно наклонился ко мне. — Все, кто сюда попадают, излагают какую-нибудь историю и она, как правило, сильно смахивает на вашу. Так что, если этот прохвост Джед во всём не признается, боюсь, вы окажетесь в довольно щекотливом положении.

— Господи, нет! Вот чёрт... Вы не должны так думать. Самое плохое, на что вам следует настраиваться, — это около десяти лет.

— Десять лет? Но я ничего не сделала.

— Угу, угу, это всё тот подонок, понимаю, — с готовностью закивал Чарли.

— Я же не знала, что там лежит!

— Конечно, конечно, — согласился он с таким видом, будто попал в несколько неудобную ситуацию на вечеринке.

— Вы сделаете всё возможное?

— Естественно. — Чарли поднялся. — Угу.

Пообещал мне список адвокатов, чтобы я выбрала, и два телефонных звонка от моего имени с подробным рассказом о происшедшем.

Как поступить? Рассуждая логически, лучше всего позвонить Марку Дарси; но это значит признать — снова я попала в заваруху, а ведь он только в прошлом году уладил историю с мамой и Хулио. В конце концов я решительно остановилась на Шеззер и Джуд.

Похоже, моя судьба теперь в руках высокомерного парня, который только-только вылупился из Оксбриджа. Боже, как здесь ужасно... Жарко, вонюче, мрачно... Такое ощущение, будто всё не на самом деле.

16.00. Нельзя падать духом. Я должна отвлечься от мрачных мыслей. Почитать стихотворение и попытаться не обращать внимания на первые три строчки?

Редьярд Киплинг
Когда...
Когда среди раздоров и сомнений
У всех исчезла почва из-под ног,
А ты, под градом обвинений,
Единственный в себя поверить смог;
Когда сумел ты терпеливо ждать,
На злобу злобой низкой не ответил;
Когда все лгали, не посмел солгать
И восхвалять себя за добродетель.

Когда ты подчинил себе мечту,
Заставил мысли в русло повернуть,
Встречал спокойно радость и беду,
Постигнув их изменчивую суть;
Когда обман и происки плутов
Невозмутимо ты переносил,
А после краха снова был готов
За дело взяться из последних сил.
Когда удача выпала тебе
И ты, решая выигрышем рискнуть,
Всё проиграл, но не пенял судьбе,
А тотчас же пустился в новый путь;
Когда, казалось, страсти нет в душе,
И сердце заболевшее замрёт,
И загореться нечему уже,
Лишь воля твоя крикнула: «Вперёд!»

Будь то король, будь то простолюдин,
Ты с уваженьем с ними говорил;
С тобой считались все, но ни один
Кумира из тебя не сотворил;
И если, созидая и творя,

*Ты вечным смыслом наполнял свой век,
То, без сомненья, вся Земля – твоя
И ты, мой сын, – достойный Человек!*

Хорошее стихотворение, очень хорошее – почти как психологическая книга. Может быть, поэтому Марк Дарси мне его и дал! Чувствовал, что попаду в переплёт? Или просто пытался объяснить мне что-то про моё отношение к жизни... Вот нахал! Не знаю, как насчёт вечного смысла, которым я наполняла свой век, или хотела ли бы я быть сыном. Кроме того, сложновато одинаково спокойно встречать радость и беду, – не могу вспомнить ни одной настоящей радости в своей жизни, но всё же. Подчиню «себе мечту», заставлю «мысли в русло повернуть», возьмусь за дело «из последних сил» и т.д. – как солдат первой мировой войны, или солдат в джунглях, или кем там был Редьярд Киплинг – и буду держаться. По крайней мере в меня не стреляют и мне не приходится идти в атаку. А ещё в тюрьме я не трачу денег, так что выхожу из финансового кризиса. Да, надо смотреть на вещи позитивно.

*Положительные стороны пребывания в тюрьме
1. Не трачу денег.
2. Окружность бёдер значительно уменьшилась – потеряла по крайней мере 7 фунтов, ничуть о том не стараясь.
3. Долго не мыть волосы – хорошо на них действует; раньше никогда этого себе не позволяла – ненавижу сидеть под крышей безвылазно.*

Итак, вернусь домой похудевшей, с блестящими волосами и не столь разорённой. Но когда я вернусь домой, когда? Я стану старой, я стану мёртвой. Если проведу здесь десять лет – никогда не смогу родить детей. Разве только, когда выйду, приму специальные лекарства и рожу восьмерых. Одинокая, разбитая старуха, буду грозить кулаком уличным хулиганам, которые бросают какашки в почтовые ящики. А может, удастся родить ребёнка в тюрьме? Попробовать как-нибудь забеременеть от помощника британского консула. Но где в тюрьме я найду фолиевую кислоту? Ребёнок вырастет чахлым... Хватит, надо прекратить! Я отношусь к своему положению как к катастрофе, а это и есть катастрофа.

Снова перечитаю стихи.

22 августа, пятница

Калорий – 22; вечного смысла, которым наполнила свой век, – 0.

20.00. Женская исправительная колония, Бангкок. Сегодня утром за мной пришли и перевезли из полицейского изолятора в настоящую тюрьму. Я в отчаянии. Кажется, это означает, что на меня плюнули, считают конченым человеком. Камера представляет собой мерзкое огромное помещение, куда втиснуто не меньше шестидесяти женщин. Ощущаю, что сила и индивидуальность неумолимо сходят с меня слоями – я становлюсь всё мерзее и бессильнее. Сегодня в первый раз за четыре дня плакала. Как будто растворяюсь; обо мне скоро все забудут, мне долго томиться здесь, жизнь потеряна… Попробую поспать. Здорово бы поспать!

23.00. А-а-а… только заснула – тут же снова проснулась от того, что кто-то сосал мою шею. Целое кольцо лесбиянок, они добрались до меня. Все начали меня целовать и щупать. Откупиться от них нечем – лифчик уже отдала, трусов на мне тоже нет. Позвать охрану – хуже здесь ничего не может быть. Пришлось поменять джинсы на отвратительный, старый саронг. А ещё, хотя я чувствовала, что меня насилуют, какая-то часть меня, сама того не желая, испытывала удовольствие просто от того, что до меня дотрагиваются. Га-а-а! Может, я лесбиянка? Нет, не думаю.

24 августа, воскресенье

Минут, потраченных на слёзы, – 0 (ура!)

После сна чувствую себя бодрее. Надо бы поискать Фрао. Фрао – моя подруга: её перевели сюда одновременно со мной, и я одолжила ей свой лифчик. У неё нет груди, чтобы туда поместить, но он ей нравится: Фрао всё время ходит вокруг и повторяет: «Мадонна...» Не могу избавиться от мысли, что это корыстная любовь, но нищие не выбирают и приятно иметь подругу.

Вот видите, при желании человек может привыкнуть к чему угодно. Не собираюсь сдаваться и впадать в хандру. Уверена — они там дома что-то делают. Шеззер и Джуд организуют газетные кампании, как в защиту Джона Маккарти; стоят перед палатой общин, а в руках — знамена с моим изображением и ещё размахивают факелами.

Что-то же и я могу сделать. Если моё освобождение зависит от поимки Джеда и выуживания из него признания — пусть они, чёрт возьми, прилагают побольше усилий к поимке и выуживанию.

14.00. Ура, стала вдруг самой популярной девушкой в камере! Тихонько разучивала с Фрао слова песен Мадонны — она помешана на Мадонне, — и тут вокруг нас стала собираться небольшая толпа. Кажется, меня посчитали какой-то богиней, поскольку я знала слова всех песен «Девственной коллекции». В результате по требованию народа пришлось мне исполнять песню «Как девственница», забравшись на кучу матрасов, в лифчике и саронге, будто держа в руке микрофон. Тут охранник истошно завопил. Оглянулась — помощник британского консула, его только что впустили в камеру.

— А-а, Чарли! — грациозно улыбнулась я, спрыгнула с матрасов и поспешила к нему, пытаясь по дороге натянуть саронг на лифчик и восстановить достоинство. — Как я рада, что вы пришли! Нам надо многое обсудить!

Чарли явно не знал куда деть глаза, но, кажется, склонялся в направлении лифчика. Принёс мне пакет из Британского посольства: вода, печенье, сандвичи, средство от насекомых, ручки, бумага и, что лучше всего, мыло. Чувства меня переполняли — лучший подарок во всей моей жизни.

— Спасибо, спасибо, не знаю, как вас и благодарить! — взволнованно восклицала я, еле сдерживаясь, чтобы не обхватить Чарли руками и не прижать к решётке.

— Нет проблем, стандартный набор. Принёс бы

вам раньше, но эти бездельники в офисе постоянно таскают сандвичи.

— Понятно, — кивнула я. — Теперь, Чарли, — Джед.

Непонимающий взгляд Чарли.

— Вы помните о Джеде, — произнесла я по-родительски наставительным тоном. — Парень, который дал мне сумку. Нам очень важно его поймать. Хотела бы, чтоб вы записали побольше деталей про него. И ещё: пришлите ко мне кого-нибудь из отдела по наркотикам, пусть возглавит поиски.

— Так, — серьёзно, но с глубокой неуверенностью отреагировал Чарли. — Так.

— Теперь слушайте, — продолжала я, оборачиваясь Пегги Эшкрофт в последние дни Раджа, когда она собирается стукнуть его по голове зонтиком. — Если тайские власти так хотят показать пример борьбы с наркотиками, что сажают в тюрьму без суда и следствия невиновных европейцев, им придётся хотя бы проявить интерес к поимке наркокурьеров.

Чарли тяжело уставился на меня.

— Угу, так, так, — пробормотал он, сдвинув брови и сердечно кивая, — при этом взгляд его не осветился ни малейшей искоркой понимания.

После того как я объяснила свою мысль ещё несколько раз, Чарли неожиданно уловил суть.

— Угу, угу, понимаю, что вы хотите сказать. Угу, им надо искать парня, который вас сюда упрятал; иначе это выглядит так, будто они ничего не предпринимают.

— Верно! — просияла я, в восхищении от результатов своего труда.

— Так, так, — заключил Чарли, поднимаясь со стула; с лица его так и не сошло выражение крайней озабоченности. — Пойду прямо сейчас, заставлю их почесаться.

Смотрела, как он уходит, и поражалась: каким образом такое создание поднялось по служебной лестнице британской дипломатической службы? И вдруг меня осенило.

— Чарли! — окликнула я его.

— Угу, — отозвался он, наклонившись проверить, застегнута ли ширинка.

— Чем занимается ваш отец?
— Папа? — Лицо его посветлело. — О, работает в министерстве иностранных дел. Старикан что надо.
— Он политик?
— Нет, гражданский служащий. Уже много лет правая рука Дугласа Херда.

Молниеносно удостоверившись, что на нас не смотрит охранник, я наклонилась к нему.
— Как здесь складывается ваша карьера?
— Чёрт, немного статично, по правде сказать, — бодро признался Чарли. — Как в этой проклятой чёрной дыре Калькутте, — если, конечно, не понизят и не отправят на острова. Ох, простите...
— Разве не здорово, если вам удастся предпринять удачный дипломатический ход? — с соблазняющими интонациями в голосе начала я. — Почему бы вам не сделать один маленький звонок вашему папе...

25 августа, понедельник

100 фунтов (внимание: худоба); кол-во... да чёрт с ним, мозг разжижается. Наверняка полезно для похудения.

Полдень. Плохой, мрачный день. Должно быть, я обезумела, решив, что могу как-то повлиять. Москиты и вши закусали до смерти. Тошнит и лихорадит от постоянного поноса, что составляет большую трудность в свете ситуации с горшком. Хотя в определённом смысле это очень даже хорошо — лёгкая голова позволяет всё воспринимать как нереальное, а это гораздо лучше, чем реальность. Заснуть бы... Очень жарко. Может, у меня малярия?

14.00. Проклятый Джед. Ну как человек может быть таким... Нет, нельзя таить обиды, самой тебе хуже, надо отстраняться. Не желаю ему плохого, не желаю ему хорошего — отстранилась.

14.01. Проклятая свинская собака, подлая сволочь, грязный ублюдок из самого ада! Надеюсь, он угодит лицом в дикобраза.

18.00. Сработало! Сработало! Час назад пришёл охранник и вытолкал меня из камеры. Как здорово выбраться из этой вони! Меня привели в маленькую комнатку со столом «под дерево», металлическим шкафчиком и номером японского порнографического журнала для геев, — охранник поспешно его убрал, когда вошёл маленький, изящный таец средних лет и представился именем Дудвани.

Оказалось, он из отдела по борьбе с наркотиками и довольно крепкий орешек, — где старый добрый Чарли. Стала вспоминать детали: номера рейсов, которыми прилетел и, возможно, отбыл Джед; сумка; описание его самого.

— Вы ведь наверняка можете выследить его по всему этому, — заключила я. — На сумке наверняка есть его отпечатки пальцев.

— Мы знаем, где он, — отмахнулся Дудвани. — И у него нет отпечатков.

Ого, нет отпечатков! Всё равно что нет сосков.

— Так почему же вы его не схватили?

— Он в Дубаи, — без всякого выражения произнёс Дудвани.

Это меня порядком разозлило.

— Вот как, он в Дубаи? И вы всё про него знаете! И что я этого не делала, а он подстроил всё так, будто я это сделала. А я не делала! Но вы вечером идёте домой, к вкусной тушёной курице, и жене, и семье, а я застряла здесь до конца детородного периода за нечто, чего не делала, просто потому, что вам лень пальцем пошевелить и поймать того, кто признался бы в том, чего я не делала!

В оцепенении он уставился на меня.

— Почему вы не заставите его признаться? — не отставала я.

— Он в Дубаи.

— Ну так найдите ещё кого-то, кто признался бы.

— Мисс Джонс, мы здесь, в Таиланде...

— Наверняка кто-то видел, как он взламывал нашу хижину, или сделал это за него. Кто-то должен был зашить наркотики под подкладку. Шов сделан на швейной машинке. Идите и расследуйте, это же ваша работа!

— Мы делаем всё, что возможно, — холодно заметил Дудвани. — Наше правительство очень серьёзно относится к каждому случаю нарушения закона о наркотиках.

— А моё правительство очень серьёзно относится к защите своих граждан, — парировала я, на секунду представив, как в комнату врывается Тони Блэр и шарахает тайского служащего дубинкой по голове.

Таец прочистил горло и начал снова:

— Мы здесь, в Таиланде...

— А я — журналист, — перебила его. — На одной из лучших телевизионных новостных программ Великобритании.

Добавляя это, пыталась отогнать образ Ричарда Финча, твердящего: «Думаю, Хариетт Хармен; думаю, чёрное нижнее бельё; думаю...» Продолжала:

— Планируется кампания протеста в мою защиту.

Снова мысленный образ Ричарда Финча: «Эй, Бриджит-Косое-Бикини не вернулась из отпуска? Обжимается с кем-нибудь на пляже, забыла сесть в самолёт?»

— У меня связи в высших кругах правительства, и я думаю, учитывая текущий климат, — помедлила, остановив на нём выразительный взгляд (текущий климат — это всегда что-то, верно?), — моё дело получит соответственное освещение в наших средствах массовой информации. Представьте: меня засадят, в таких откровенно кошмарных условиях, за преступление, которого я очевидно и по вашему собственному признанию не совершала; здешняя полиция не способна самостоятельно исполнить собственные законы и квалифицированно расследовать дело. — С превеликим достоинством завернувшись в саронг, я снова села и наградила Дудвани холодным взглядом.

Чиновник засопел, уткнувшись в свои бумаги; затем поднял глаза и приготовил ручку.

— Мисс Джонс, не могли бы мы вернуться к тому моменту, когда вы поняли, что кто-то обокрал вашу хижину?

Ха!

27 августа, среда

112 фунтов; сигарет — 2 (но какой ужасной ценой); фантазии, в которых Марк Дарси (Колин Фёрт, принц Уильям) врываются и заявляют: «От имени Господа и Англии я требую освободить мою будущую жену!» — постоянные.

Тревожные два дня — и никаких результатов. Ни слова, ни визита, только постоянные требования исполнить песню Мадонны. Перечитывание «Когда...» лишь средство сохранить самообладание. И вот сегодня утром явился Чарли — в новом настрое! Крайне озабочен, уверен, профессионален; принёс ещё один пакет, с творожными сандвичами, — учитывая недавний полёт фантазии насчёт тюремной беременности, есть их, к своему удивлению, не стала.

— Угу, дело сдвинулось с мёртвой точки, — сообщил Чарли с важным видом правительственного агента, обременённого секретами взрывоопасных МИ5. — Вообще-то, чёрт, неплохо. Мы связались с министерством иностранных дел.

Пытаясь отогнать мысли о какашках в почтовых ящиках, спросила:

— Вы говорили со своим отцом?
— Угу, угу, о вас знают.
— Что, газеты писали? — разволновалась я.
— Нет-нет, всё шито-крыто, гласность нам ни к чему. Так, здесь для вас кое-какие письма. Ваши подруги передали папе, — старик говорит, чертовски хорошенькие.

Дрожащими руками вскрыла большой коричневый конверт министерства иностранных дел. Первое письмо — от Джуд и Шез: осторожно написанное, почти закодированное, как будто опасались, что прочитают шпионы:

«Бридж! Не волнуйся, мы тебя любим. Мы тебя оттуда вытащим. Джеда выследили. Марк Дарси помогает(!)».

У меня замерло сердце. Лучше новости и быть не может (не считая, конечно, отмены десятилетнего приговора).

«Помни о Внутреннем Достоинстве и диетических возможностях, возникающих в тюрьме. Скоро, в «192».

Повторяем — не волнуйся. Девушки на высоте.
С любовью — Джуд и Шез».

Посидела глядя на письмо, моргая от переполнявших меня эмоций; потом разорвала другой конверт — вдруг от Марка? Текст — на обороте длинной открытки с видами озера Уиндермир:

«Навестили бабушку в Сэйнт Аннз, путешествуем по Озёрам. Погода переменчивая, зато классные магазины. Папа купил замшевый жилет! Не позвонишь ли Юне проверить, включила ли таймер?
Целую — мама».

30 августа, суббота

112 фунтов (надеюсь); порций алкоголя — 6 (ура!); сигарет — 0; калорий — 8755 (ура!); кол-во проверок сумки с целью убедиться, что в ней нет наркотиков, — 24.

6.00. В самолёте. Лечу домой! Свободная, худая, чистая, с блестящими волосами! В собственной чистой одежде! Ура! У меня есть газеты, и «Мари Клер», и «Хелло!». Всё чудесно!

6.30. Необъяснимо тяжело на душе. Дезориентирована: меня впихнули в самолёт, здесь темно, все спят. Должна бы радоваться, но мне что-то не по себе. Вчера вечером пришли охранники и вызвали меня. Отвели в комнату, вернули одежду. Явился за мной другой сотрудник посольства, по имени Брайан, в какой-то нейлоновой рубашке с короткими рукавами и очках в металлической оправе. Сообщил, что в Дубаи проводилось «расследование», оказано давление из высших кругов министерства иностранных дел и надо немедленно вывезти меня из страны, пока не сменился климат.

В посольстве всё происходило странно. Тот же Брайан — больше я ни с кем не общалась — провёл меня в очень простую, старомодную ванную, где кучкой лежали мои вещи, и попросил принять душ и переодеться, но как можно быстрее.

Поразилась, увидев собственную худобу; фена не было, волосы так и остались в беспорядке. Конечно, это неважно, но здорово бы хорошо выглядеть по прибытии. Только начала краситься, как Брайан постучал в дверь — пора ехать.

Помню как в тумане: бежим в парном ночном воздухе к машине; мчимся по улицам, мимо коз и целых семей на одном велосипеде; отовсюду несутся автомобильные гудки.

Чистота аэропорта показалась ошеломительной. Меня вели не через обычный проход, а по какому-то специальному посольскому маршруту; ставили штампы и пропускали беспрекословно. Наконец мы добрались до цели, – кругом пусто, самолёт готов к отлёту, нас ждёт один-единственный парень, в жёлтой люминесцентной куртке.

– Спасибо, – обернулась я к Брайану. – И поблагодарите от меня Чарли.

– Хорошо, – отозвался он с неопределённой улыбкой. – Или уж тогда его папу.

Отдал мне мой паспорт и пожал руку с таким уважением, к какому я раньше не привыкла, даже до заключения.

– Вы очень хорошо держались, прекрасно, мисс Джонс.

10.00. Немного поспала. Очень волнуюсь по поводу возвращения. У меня и правда произошло духовное прозрение. Теперь всё сложится по-другому.

Новые планы на жизнь в свете обретённого духовного прозрения

1. Не начинать снова курить или пить, – одиннадцать дней не пила и выкурила всего две сигареты (не хочется вспоминать, что мне пришлось совершить, чтобы их достать). Хотя сейчас неплохо бы выпить маленькую бутылочку вина – отпраздновать ведь надо.

2. Полагаться не на мужчин, а только на себя. (Если только Марк Дарси не захочет снова встречаться со мной. О боже, надеюсь: понимает, что всё ещё люблю его, – именно он выручил меня; он там, в аэропорту).

3. Не беспокоиться из-за глупостей, напр. веса, беспорядка на голове и кого Джуд пригласила на свадьбу.

4. Не отказываться от советов из психологических книг, стихов и т.д., но свести их к ключевым тезисам, напр. оптимизм, спокойствие, прощение (хотя, наверно, не Проклятого Джеда, как он отныне именуется).

5. Быть осторожнее с мужчинами, поскольку

они откровенно (на примере Проклятого Джеда, не говоря уже о Даниеле) опасны.
6. Не терпеть дерьмового отношения к себе от людей, напр. от Ричарда Финча, а уверенно искать опору внутри себя.
7. Быть духовнее и придерживаться духовных принципов.

Отлично, могу полистать «Хелло!» и газеты.

11.00. Ммм, фантастические развороты пополневшей Дианы и волосатого Доди. Хотя... хмм, именно когда я худая, она склоняет к полноте. Прекрасно, рада, что она счастлива, но как-то не уверена, что он тот, кто ей нужен. Надеюсь, она с ним встречается не просто потому, что он не Запудриватель Мозгов. Хотя, если и так, я её понимаю.

11.15. Обо мне в газетах вроде ничего нет, – правда, Чарли сказал, что всё шито-крыто и окутано правительственной тайной, чтобы не испортить отношений с тайцами, импорта арахисового соуса и т.д.

11.30. Коричневый – чёрный цвет сезона! Только что просмотрела «Мари Клер».

11.35. Вообще-то, коричневый должен быть серым цветом сезона; ведь серый – чёрный прошлого сезона, вот.

11.40. Хотя это оч. крупное несчастье, поскольку кол-во коричневых вещей в шкафу – 0; правда, деньги, не исключено, появятся примерно так же, как неожиданное освобождение.

11.45. Ммм, после такого долгого воздержания вино великолепно, – истинно ударяет в голову.

12.30. Ик... жадно проглотила газеты, теперь подташнивает. Уже забыла чувство подавленности и стыда, похожее на похмелье, которое наступает потом, – как будто разумный мир превращается в одну и ту же бесконечно повторяющуюся сказку, где люди сначала описаны хорошими, а потом оказываются злыми и подлыми.

В тот момент мне особенно понравилась история про развратного священника – Запудривателя Мозгов. Всегда так приятно, когда другие поступают скверно. Однако мне кажется, что основавшие Общество защиты жертв развратных священников (а то «женщинам, которые вступили в сексуальные отношения со священником, часто не к кому обратиться») ведут себя довольно лицемерно. Как насчёт всех других — им тоже не к кому обратиться. Обязательно должны быть и общества защиты женщин, ставших жертвами развратных министров — тори; членов британских национальных спортивных команд, которые спали с членами королевской семьи; представителей Римской католической церкви, которые спали со знаменитостями или с членами королевской семьи; знаменитостей, которые спали с представителями народа, признавшимися во всём членам Римской католической церкви, они же в свою очередь продали эту историю в газеты.

Что если мне продать свою историю в воскресные газеты, вот и появятся деньги? Нет, это неправильно, — вот видите, высокая духовность уже заражена газетным менталитетом.

Хотя, может быть, напишу книгу. Вернусь в Англию героем, как Джон Маккарти, и напишу книгу под названием «Чужая страна, покрытая тучами» (или ещё каким-нибудь метеорологическим явлением). Меня встречают как героя Марк, Джуд, Шеззер, Том, и родители, и толпы нетерпеливых фотографов, а Ричард Финч на коленях умоляет об эксклюзивном интервью... Нечего так напиваться, а то и вовсе свихнёшься. Или меня встретят полицейские, люди из посольства либо ещё кто-то такой, отвезут на секретную базу и устроят брифинг. А теперь — немного поспать.

21.00. (английское время). Когда садились в Хитроу, я пыталась справиться с постперелётным похмельем, очищала одежду от крошек хлеба и пятен розовой зубной пасты (мошенница стюардесса называла её десертом) и репетировала речь, готовясь выступить перед ожидающей толпой прессы: «Это был кошмар — кошмар наяву, гром среди ясного неба. Я не испытываю ненависти (горечи?); если благодаря происшедшему со мной люди предупреждены, — когда твоя подруга спит с незнакомым мужчиной, это опасно, — моё заключение не бессмысленно (не прошло зря?)».

Не думаю, конечно, что и в самом деле меня ждёт толпа прессы: без инцидентов прошла таможенный досмотр, в волнении оглядeлась в поисках знакомых лиц — и тут на меня нахлынула как раз толпа прессы: масса фотографов и журналистов со вспышками.

Все мысли моментально выскочили из головы, и я никак не могла придумать, что сказать или сделать, кроме попугайского «без комментариев», — как будто я министр правительства, которого застали с проституткой. Шла вперёд, толкая тележку, и чувствовала — вот-вот подкосятся колени. Потом кто-то вдруг выхватил у меня тележку и обнял со словами:

— Всё в порядке, Бридж, мы с тобой! Мы тебя вытащили, всё в порядке!

Это были Джуд и Шеззер.

31 августа, воскресенье

114 фунтов (йес-с-с, йес-с-с, триумфальная кульминация 18-летней диеты, хотя, наверно, неоправданно высокой ценой); порций алкоголя — 4; калорий — 8995 (конечно же, я это заслужила); прогрессивных изменений с дырой в стене, совершённых Строителем Гари, — 0.

2.00. Моя квартира. Как здорово быть дома! Как здорово снова увидеть Джуд и Шеззер! В аэропорту полицейский провёл нас через толпу в помещение, где ждали люди из отдела по борьбе с наркотиками и сотрудник министерства иностранных дел; тут же набросились на меня с кучей вопросов.

— Послушайте, неужели, чёрт возьми, это не может подождать?! — взорвалась негодующая Шез, не прошло и минуты. — Вы что, не видите, в каком она состоянии?

Они, кажется, считали, что мне необходимо потерпеть. В конце концов Шеззер так запугала их рычаниями («Вы люди или монстры?!») и угрозами нажаловаться в Международный комитет по амнистиям, что они выделили полицейского, чтобы он отвёз нас в Лондон.

— Только в следующий раз, леди, будьте внимательнее в отношении своих случайных знакомств, —

напутствовал нас некто из министерства иностранных дел.

— Ох, ради бога! — огрызнулась Шез.

А Джуд в ту же секунду закивала:

— Да, конечно, офицер, — и произнесла искусную, чисто женскую благодарственную речь.

Вошли в мою квартиру: холодильник полон еды, пиццы ждут отправки в духовку, кругом коробки шоколада, канапе с лососем, пакеты «Минстрел» и бутылки шардонне. На закрытой полиэтиленом дыре — большой плакат: «Добро пожаловать домой, Бриджит!» И ещё факс от Тома — переехал к одному парню, таможеннику из Сан-Франциско:

«Дорогая, наркотики — порошок дьявола. Скажи «нет»! Полагаю, ты теперь будешь худее, чем когда-либо в жизни. Немедленно бросай всех мужчин и становись геем. Приезжай сюда и живи с нами в калифорнийской гомосексуальной тройке-сандвич. Я разбил сердце Джерому! Ха-ха-ха-ха-ха! Позвони мне. Люблю тебя. Добро пожаловать домой!»

Кроме того, Джуд и Шез убрали с пола в спальне весь бардак, который я там устроила перед отъездом, застелили кровать чистым бельём, на столике рядом свежие цветы и мои любимые сигареты «Силк кат». Обожаю своих чудесных подруг! И чудного, эгоистичного Тома!

Девочки приготовили мне ванну и принесли бокал шампанского, а я показала им укусы вшей. Потом надела пижаму, мы уселись на кровать, с сигаретами, шампанским и коробкой конфет, и принялись обсуждать всё случившееся.

Должно быть, я тогда заснула: уже темно, Джуд и Шез нет, однако они оставили у меня на подушке записку с просьбой позвонить, когда проснусь. Поехали обе к Шеззер — квартира Джуд ремонтируется, чтобы им с Подлецом Ричардом после свадьбы жить вместе. Надеюсь, у неё строитель получше, чем мой. С дыркой в стене никаких изменений.

10.01. Странно лежать в кровати, на простынях: приятно, но уже отвыкла. Вспомнила — обо мне напишут газеты. Пойду куплю, вырежу всё про себя, вклею в альбом и стану показывать внукам (если когда-нибудь будут). Ура!

10.30. В это невозможно поверить — как сон или дурная первоапрельская шутка. Невозможно поверить... Диана умерла — это на неё не похоже.

11.10. Сейчас включу телек — скажут: произошла ошибка, она вернулась. Потом мы увидим, как она выходит из «Харбор клаб», окружённая журналистами: спрашивают её, на что это было похоже.

11.30. Не могу поверить! Так страшно, когда власти абсолютно не знают, что делать.

Полдень. По крайней мере Тони Блэр держит себя в руках. Кажется, сказал то, о чём все думают, а не повторял как попугай: «Печаль и шок...»

13.15. Видимо, весь мир сошёл с ума. Больше никогда ничего не будет нормально.

13.21. Почему Джуд и Шез не позвонили?

13.22. Наверно, думают, что сплю. Позвоню сама.

13.45. Я с Джуд и Шеззер дружно согласились: она была нашим национальным сокровищем, нам теперь очень стыдно, что все без исключения так скупились на выражение любви к ней, и ей не нравилось жить в Англии. Как будто огромный всесильный перст появился с небес: «Если вы все собираетесь пререкаться из-за неё — так никому она не достанется!»

14.00. Вот ведь именно так, чёрт возьми, должно было получиться — как раз в тот день, когда я ждала о себе в газетах. Про меня — ничего, ничего.

18.00. Не могу поверить, что она умерла. То и дело смотрю на газетный заголовок. Ведь принцесса Диана была святой покровительницей женщин-Одиночек: вначале, как в стандартной волшебной сказке, делала всё так, как, по нашим представлениям, должны поступать мы, то есть вышла замуж за прекрасного принца. Но у неё хватило честности признаться, что в жизни совсем не так. Кроме того, у нас возникало ощущение, что если с такой красивой и великолепной женщиной глупый мужчина обращается как с дерьмом и она чувствует себя нелюбимой и одинокой, то и с нами это случается вовсе не потому, что мы никуда не годны. Она всё время заново открывала себя и справлялась со своими проблемами. Ей было тяжело, но она всегда так старалась, как любая современная женщина.

18.10. Хмм, интересно — что люди говорили бы обо мне, если бы я умерла?

18.11. Ничего.

18.12. В особенности интересно, что они обо мне говорят, — если заключение в тайской тюрьме что-нибудь значит.

18.20. Только что осознала жуткую вещь. Смотрела телевизор, выключив звук; на экране возникла газетная передовица с вроде бы подлинными фотографиями последствий катастрофы. Поняла, что ужасная часть меня именно стремилась разглядывать эти фотографии. Ясно, что я не куплю эту газету, даже если будет возможность, но... Уфф, уфф! Как это меня характеризует? О боже, я чудовище.

18.30. Сижу и смотрю в одну точку. Раньше просто не понимала, насколько принцесса Диана была частью нашего сознания. Всё равно что Джуд или Шеззер вот здесь, полны жизни, всякое хихиканье, шуточки, безделушки — и вдруг происходит нечто серьёзное, ужасное и твой друг умирает.

18.45. Только что видела по телевизору женщину, которая пошла в центр садоводства, купила дерево и посадила его в честь принцессы Дианы. Может, я тоже могла бы вырастить что-нибудь в горшке на окне, напр., эмм, базилик? Купить его в «Калленз»?

19.00. Хмм, кажется, базилик как-то не подходит.

19.05. Все идут к Букингемскому дворцу с цветами, как будто это давно устоявшаяся традиция. Всегда ли люди так делали? Это нечто совершаемое недалекими людьми с целью попасть на телеэкран (вроде ночёвок в палатках у магазинов) или правда хорошо? Хмм, чувствую, однако, что хочу пойти.

19.10. Всё же пойти туда с цветами — это немного глупо... Но дело всё в том, что мне она действительно нравилась. Как будто в самом сердце правительства был кто-то очень похожий на меня. Всякие критиканы ругали ее отн. фугасов и т.д., но, на мой взгляд, она, чёрт возьми, мудро использовала эту безумную публичность. Лучше чем вообще ничего не делать, кроме как выступать у себя на кухне.

19.15. Какой смысл жить в столице, если не участвовать в коллективном выражении чувств? Пусть это не особо по-английски, но, может быть, всё изменилось с изменением климата, Европы, Тони Блэром и теперь принято выражать свои чувства? Может, она изменила английскую консервативность.

19.25. О'кей, решительно иду в Кенсингтонский Дворец. Правда, у меня нет цветов. Куплю на бензоколонке.

19.40. На бензоколонке всё распродано. Остались только апельсиновые шоколадки, горчица и т.п. Хорошо, но не подходит.

19.45. Хотя могу поспорить — ей бы понравились.

19.50. Выбрала номер «Вог», коробку шоколадных конфет, пакетик «Инстэнтс» и пачку сигарет «Силк кат». Не идеально, но цветы купят все, а я знаю, что она любила «Вог».

21.30. Оч. рада, что пошла. Немного смущалась, когда проходила Кенсингтон, — вот люди догадаются, куда я иду, причём одна; но, с другой стороны, если подумать, — принцесса Диана часто была одна.

В парке оч. темно и тихо, все молча двигались в одном направлении. Никакого неестественного актёрства, как в новостях. Подножие стены, покрытое во тьме цветами и свечами; люди снова зажигали потухшие свечи и читали записки.

Надеюсь, теперь, после всех тех случаев, когда Диана беспокоилась, что недостаточно хороша, она знает, как все к ней относятся. Всё это подлинный знак для женщин — вечно волнуются, что не так выглядят, либо никуда не годны, или слишком многого от себя требуют. Мне было чуть-чуть неловко из-за «Вог», шоколада и «Инстэнтс»; спрятала всё это под цветами и почитала записки, — вот уж поистине необязательно обладать даром красноречия для искреннего самовыражения. В самой лучшей неровным почерком немолодой женщины цитировались, думаю, слова из Библии: «Когда я была в беде, ты заботилась обо мне; когда я была в опасности, ты пыталась предотвратить её; когда я была больна, ты навещала меня; когда люди отворачивались от меня, ты брала меня за руку. Что бы ты ни делала для самых бедных и самых маленьких людей, — мне казалось, что ты делаешь это для меня».

12

Странные времена

1 сентября, понедельник

114 фунтов (надо следить, чтобы сразу же снова не набрать вес); калорий – 6452.

— Я поняла — что-то не так, когда подошла к выходу на аэродром, — рассказывала Шез, когда они с Джуд приехали ко мне вчера вечером. — Но работники аэропорта не говорили мне, что случилось, и настояли, чтобы я села в самолёт; потом не выпускали; в следующий момент самолёт уже катился, готовясь подняться в воздух.

— Так когда ты узнала? — спросила я, дохлёбывая шардонне.

Джуд немедленно протянула бутылку, чтобы налить мне ещё. Чудесно, чудесно...

— Только когда приземлились. Кошмарный полёт... Я всё надеялась, что ты просто опоздала, но вели себя со мной так странно, подозрительно. Потом, как только я сошла с самолёта...

— Её арестовали! — весело сообщила Джуд. — Пьяную в карусель.

— Ох, нет! — вздохнула я. — И ты надеялась, что появится Джед.

— Ублюдок, — отозвалась Шез, покраснев.

Мне подумалось почему-то, что не стоит больше упоминать о Джеде.

— Кто-то из его дружков стоял прямо за тобой в очереди в Бангкоке, — вступила Джуд. — Он, очевидно, ждал звонка в Хитроу и потом сразу улетел в Дубаи.

Выяснилось, что Шез позвонила Джуд из полиции и они быстро сообщили в министерство иностранных дел.

— Да, но ничего не произошло, — продолжала

Джуд. — Стали объяснять, что тебя выпустят через десять лет.

— Помню, — содрогнулась я.

— В среду вечером мы позвонили Марку. Он немедленно задействовал все свои связи в Комитете по амнистиям и в Интерполе. Мы пытались связаться с твоей мамой, но автоответчик всё время сообщал, что она путешествует по Озёрам, подумывали позвонить Джеффри и Юне, но решили, что они только впадут в истерику, а это не поможет.

— Очень мудро, — согласилась я.

— В первую пятницу нам сообщили, что тебя перевели в настоящую тюрьму... — рассказывала Шез.

— И Марк полетел в Дубаи.

— Полетел в Дубаи? Ради меня?

— Он был фантастичен! — заверила Шез.

— Но где он? Я оставила ему сообщение на автоответчике, но он не перезвонил.

— Он ещё там, — объяснила Джуд. — В понедельник нам позвонили из министерства иностранных дел и вроде бы всё изменилось.

— Должно быть, это тогда Чарли поговорил со своим папой! — взволнованно предположила я.

— Нам разрешили послать тебе письма...

— А потом, во вторник, мы узнали, что поймали Джеда...

— И Марк позвонил в пятницу и сказал, что они добились признания...

— И вдруг, неожиданно в субботу позвонили и сказали — ты уже в самолёте!

— Ура! — воскликнули мы хором, чокаясь.

Мне отчаянно хотелось поднять тему Марка, но не могла же я позволить себе показаться легкомысленной и неблагодарной за всё, что подруги для меня сделали.

— Так он всё ещё встречается с Ребеккой? — всё же не выдержала я.

— Нет! — вскричала Джуд. — Не встречается! Не встречается!

— Но что случилось?

— Мы не знаем подробностей, — сообщила Джуд. — Только что всё было как раньше, и вдруг Марк уже не едет в Тоскану и...

— Ни за что не догадаешься, с кем теперь встречается Ребекка! — перебила Шез.
— С кем?
— Ты его знаешь.
— Не с Да-аниелом же... — протянула я, испытывая странные, противоречивые эмоции.
— Нет.
— С Колином Фёртом?
— Нет.
— Ффу-у-у... С Томом?
— Нет. Вспомни другого, кого ты очень хорошо знаешь. Женат.
— Мой папа? Магдин Джереми?
— Уже теплее.
— Что? Это же не Джеффри Олконбери?
— Нет, — хихикнула Шез, — он женат на Юне, и он гей.
— Джайлс Бенвик! — выпалила Джуд.
— Кто?.. — пискнула я.
— Джайлс Бенвик, — подтвердила Шез. — Ради бога, ты же знаешь Джайлса — работает с Марком, ты его спасла от самоубийства у Ребекки.
— Он столько о тебе говорил...
— После своих несчастных случаев они с Ребеккой застряли вдвоём в Глостершире, читали психологические книги, и вот теперь — они вместе.
— Они одно целое, — добавила Джуд.
— Они соединились в акте любви, — распространила мысль Шез.
Мы молча уставились друг на друга, поражённые этим странным решением сил небесных.
— Мир сошёл с ума! — воскликнула я наконец, охваченная изумлением и страхом. — Джайлс Бенвик не красавец, не богат...
— Ну, вообще-то, он богат, — пробормотала Джуд.
— Но он не чужой бойфренд. Не образец высокого положения в обществе, в обычном стиле Ребекки.
— Если не учитывать, что он очень богат, — вставила Джуд.
— Но Ребекка всё же выбрала его.
— Верно, совершенно верно! — возбуждённо вскричала Шез.
— Странные времена! Воистину странные времена!

— Скоро принц Филип захочет быть моим бойфрендом, а Том станет встречаться с королевой! — подхватила я.

— Не с Претенциозным Джеромом, а с нашей дорогой королевой, — уточнила Шез.

— Летучие мыши станут пожирать солнце, — продолжала я. — Лошади — рождаться с хвостами на голове, а на крышу к нам приземлятся глыбы замороженной мочи и предложат сигареты.

— И принцесса Диана мертва! — торжественно заключила Шеззер.

Настроение у нас резко изменилось. Мы затихли, пытаясь осознать этот жуткий, шокирующий, не укладывающийся в голове факт.

— Странные времена! — объявила Шез, зловеще склонив голову. — Воистину странные времена.

2 сентября, вторник

115 фунтов (завтра решительно прекращаю обжираться); порций алкоголя — 6 (нельзя начинать слишком много пить); сигарет — 27 (нельзя начинать слишком много курить); калорий 6285 (нельзя начинать слишком много есть).

8.00. Моя квартира. Из-за смерти Дианы Ричард Финч отменил все материалы, связанные с Тайской Наркоманкой (мною), и дал мне два дня на восстановление. Никак не могу смириться с этой смертью, да и вообще ни с чем. Может, теперь начнётся национальная депрессия? Это, вне всякого сомнения, конец эры, но в то же время и начало другой — так наступает осенний период года. Время для новых начинаний.

Твёрдо решила не повторять старых ошибок — не тратить всю жизнь на проверку автоответчика, ожидание звонка от Марка, а быть спокойной и уравновешенной.

8.05. Но по какой причине Марк порвал с Ребеккой? Чем объяснить, что она теперь встречается с очкастым Джайлсом Бенвиком? Неужели Марк полетел в Дубаи, так как всё ещё любит меня? Но почему тогда мне не перезвонил? Почему? Почему?

Ладно, всё это теперь меня не беспокоит, я работаю над собой. Собираюсь в салон на эпиляцию.

10.30. Снова дома. Приехала в салон поздно (в 8.30) — косметолог не пришла «из-за принцессы Дианы». Дама в приёмной отнеслась к этому с изрядным сарказмом, а я заметила: кто мы такие, чтобы судить о чувствах других? Если всё это чему-то нас и научило, так не судить ближних.

На обратном пути, однако, не удалось сохранить позитивный настрой: на Кенсингтон Хай-стрит попала в огромную пробку, и обычная, десятиминутная дорога домой оказалась длиннее в четыре раза. Когда уже была у светофора, выяснилась причина — дорожные работы, весьма вялые из-за отсутствия их исполнителей. Табличка гласила: «Рабочие на этой дороге решили прекратить работу на четыре дня в знак уважения к принцессе Диане». О-ох, лампочка на автоответчике мигает.

Это Марк! Голос звучал слабо, заглушаемый треском.

— Бриджит... только сейчас узнал. Очень рад, что ты на свободе, очень рад. Вернусь позже, через... — Что-то громко зашипело, и связь прервалась.

Через десять минут снова звонок.

— О, привет, дорогая, знаешь что...

Мама, моя мама! Огромный, непреодолимый прилив любви меня захлестнул.

— Что? — откликнулась я, чувствуя, что из глаз брызнули слёзы.

— «Иди тихо среди шума и суеты и помни, какое спокойствие можно найти в тишине».

Последовала длинная пауза.

— Мам? — позвала я наконец.

— Тсс, дорогая, тишина. — Опять пауза. — «...Помни, какое спокойствие можно найти в тишине».

Сделав глубокий вдох, зажимаю трубку подбородком и продолжаю варить кофе. Постигла уже важную вещь — надо отстраняться от посторонних психозов: у человека хватает поводов для беспокойства о том, чтобы самому не сбиться с курса. Зазвонил мобильный.

Пытаясь не обращать внимания на первый телефон (весь вибрирует, из трубки несутся крики:

«Бриджит, ты никогда не достигнешь душевного равновесия, если не сумеешь работать с тишиной!»), нажимаю кнопку OK на мобильном: папа.

— Ах, Бриджит, — произнёс он по-военному жёстким голосом, — не поговоришь ли с матерью по обычному телефону? Кажется, она дошла до крайнего состояния.

Она «дошла до крайнего состояния?» Неужели им совсем на меня наплевать — на их собственную плоть и кровь? Из «обычного телефона» доносились всхлипывания, визги и необъяснимый грохот.

— О'кей, папа, пока. — Снова беру трубку с маминым голосом.

— Дорогая, — хрипит мама шёпотом, полным жалости к себе, — мне надо кое-что тебе сообщить. Не могу больше скрывать это от своей семьи и любимых людей.

Стараясь не заострять внимание на разнице между «семьёй» и «любимыми людьми», подбадриваю:

— Положим, ты не обязана говорить мне, если не хочешь.

— А что мне ещё остаётся? — надрывно кричит мама. — Жить во лжи?! У меня зависимость, дорогая, зависимость!

Ломаю голову: от чего, по её мнению, у неё может возникнуть зависимость? Мама никогда не пила больше одного бокала сливочного шерри, с тех пор как Мейвис Эндерби напилась на собственном двадцать первом дне рождения в 1952 году и её пришлось доставлять домой на раме велосипеда, принадлежавшего, помню, некому Пиви. Потребление ею наркотиков ограничено одной таблеткой от кашля дважды в год — так она избавляется от приступов, которые на неё находят во время представлений Кеттерингского любительского драматического общества.

— У меня зависимость, — повторяет мама, а затем выдерживает драматическую паузу.

— Так, — киваю я, — зависимость. А от чего именно?

— От отношений, — поясняет она. — У меня зависимость от отношений, дорогая...

Роняю голову на стол.

— Тридцать шесть лет жизни с папой! — продолжает мама. — И я ничего не понимала...

— Но, мама, если ты замужем, это вовсе не значит...

— О нет, я независима от папы. У меня зависимость от развлечений. Я сказала папе, что я... О-о-о, мне пора лететь — опаздываю на утверждение ролей.

Сижу уставившись на кофеварку, мысли смешались. Неужели родители не знают, что со мной произошло? Неужели мама в конце концов перешла грань разумного?

Снова телефон — папа.

— Извини нас.

— Что происходит? Ты сейчас с мамой?

— Ну да... то есть вроде того... э-э-э... это называется «рэйнбоуз».

Лунатики? Сайентологи? Сектанты?

— Это... ммм...реабилитационный центр.

О боже, выходит, не одна я беспокоюсь из-за папиного пьянства. Мама рассказала, что однажды вечером, когда они навещали бабушку в Сэйнт Аннз, он поехал в Блэкпул и прибыл в дом для престарелых совершенно пьяный, с бутылкой виски в одной руке и пластиковой куклой Скэри Спайс — в другой (у куклы привязаны к груди фальшивые челюсти). Позвали, конечно, врачей, и прямо из бабушкиного Сэйнт Аннз отправились в реабилитационный центр, где мама — как обычно — не собиралась оставаться в тени.

— Здесь считают, главная проблема не виски. Так я маскирую якобы свою боль или что-то подобное из-за всех этих Хулио и Веллингтонов. По плану предполагается — мы вместе потакаем её зависимости от «развлечений».

О боже, лучше уж не рассказывать маме с папой про Таиланд, во всяком случае пока.

22.00. Всё ещё дома. Вот видите — ура! Весь день напролёт все убирала, наводила порядок, и теперь всё прилично. Почта разобрана (во всяком случае, собрана в стопку). И Джуд права: нелепо четыре месяца сидеть с проклятой огромной дырой в стене — просто чудо, что никто до сих пор не забрался по задней стене и не влез в квартиру. Больше не собираюсь поддаваться на эти бессмысленные отговорки Строителя Гари. У Джуд есть приятель-юрист, который написал ему письмо. Вот что может сделать человек, если он стал новой, сильной личностью!

Уважаемый сэр!
Мы действуем от имени мисс Бриджит Джонс.
По нашей информации, около 5 мая 1997 г. наша клиентка заключила с Вами устный контракт, согласно которому Вы обязались расширить её квартиру (построить второй кабинет-спальню и крытую террасу) за вознаграждение (назначенное вами) 7 тыс. фунтов. 21 апреля 1997 г. наша клиентка заплатила Вам 3500 фунтов в качестве аванса за начатую работу. По чётко определённому условию контракта работу следовало завершить не позднее чем за шесть недель с момента этой выплаты.
25 апреля 1997 г. Вы начали работу и пробили во внешней стене квартиры дыру размером 5x8 футов. Затем в течение нескольких недель Вы работу не продолжили. Несколько раз наша клиентка пыталась связаться с Вами по телефону, оставляя сообщения на автоответчике; на них Вы не ответили. Наконец, 30 апреля 1997 г., Вы вернулись в квартиру нашей клиентки, когда она находилась на службе. Однако, вместо того чтобы продолжить работу, которую обязались выполнить, Вы лишь прикрыли полиэтиленом дыру, которую произвели во внешней стене квартиры. С тех пор Вы не возвращались, чтобы закончить работу, и не ответили ни на одно из многочисленных сообщений с требованием сделать это, которые наша клиентка оставляла Вам на автоответчике.
Дыра, произведенная Вами во внешней стене квартиры, делает последнюю холодной, небезопасной и не защищённой от кражи. Ваша небрежность в выполнении и окончании работы, которую Вы обязались произвести, явно свидетельствует о нарушении Вами контракта с нашей клиенткой. Таким образом, Вы отказались от обязательств по контракту, и наша клиентка принимает ваш отказ....

Тра-ля-ля, нарушили-разрушили... ерунда какая-то; *«право покрыть расходы», «прямая ответственность за нанесённый ущерб»; «если мы не получим от Вас никаких известий в течение семи дней с момента получения этого письма с подтверждением Вашего согласия компенсировать расходы, понесённые нашей клиенткой... мы обладаем полномочиями начать против Вас судебный процесс за нарушение контракта без дальнейшего уведомления.*

Ха, а-ха-ха-ха-ха! Это послужит ему уроком, который он не забудет. Отправила письмо по почте, получит завтра. Так я покажу ему, что разбираюсь в делах и не позволю больше помыкать собою, проявляя вопиющее неуважение. Так, теперь полчаса на обдумывание идей для утреннего собрания.

22.15. Хмм... Купить газеты и поискать идеи там? Хотя уже поздновато.

22.30. Вот уж действительно я не собираюсь беспокоиться из-за Марка Дарси. Женщине не нужен мужчина. Единственная причина, по которой женщины обычно живут с мужчинами, – это что не могут без них выжить, но теперь – ха! У меня собственная квартира (пусть даже с дыркой), друзья, доход и работа (по крайней мере до завтра), так что – ха! Ха-ха-ха-ха-ха!

22.40. Так, идеи.

22.41. О боже, как всё равно хочется секса. У меня этого не было целую вечность.

22.45. Может, что-нибудь про новых лейбористов в новой Британии? Как после медового месяца, когда шесть месяцев с кем-нибудь встречалась и начинаешь раздражаться, что он не моет посуду. И стипендия уже кончается. Хмм, так легко было заниматься сексом и встречаться с людьми, когда мы были студентами. Может, они и не заслуживают этих проклятых стипендий, раз ничего больше не делают, кроме как занимаются сексом.

Кол-во месяцев без секса: 6.

Кол-во секунд без секса (сколько секунд в сутках?)

$60 \times 60 = 3600 \times 24 =$ (может, взять калькулятор?).

86 400 х 28 = 2 419 200 х 6 месяцев = 14 515 200

Четырнадцать миллионов пятьсот пятнадцать тысяч двести секунд без секса.

23.00. Может, у меня вообще никогда больше не будет секса.

23.05. Интересно, что происходит с человеком, если у него нет секса? Это полезно или вредно для здоровья?

23.06. Может, всё просто как бы... зарастает.

23.07. Мне не следует думать о сексе. Я духовна.

23.08. И потом, уверена, что производить потомство полезно.

23.10. У Жермен Грир не было детей. Хотя что это доказывает?

23.15. Так. Новые лейбористы, новые...

О боже, у меня целибат.

Безбрачие! Новый целибат! То есть, если это происходит со мной, очень вероятно, что это происходит и с кучей других людей. Неужели всё это в духе времени?

«Вокруг неожиданно стало меньше секса». Ненавижу, однако, эти популярные новостные темы в газетах. Они напоминают мне о том, как в «Таймс» появилась статья, которая начиналась словами «Повсюду открываются новые кафе», в тот же день, когда заметка в «Телеграф» называлась «Что произошло с кафе».

Так, надо идти спать. Твёрдо решила в первый день новой меня на работе приехать пораньше.

3 сентября, среда

117 фунтов (а-а-а, га-а-а); калорий – 4955; кол-во секунд с тех пор, как я последний раз занималась сексом, – 14 601 600 (вчерашнее число + 86 400 – за сутки).

19.00. В первый день после Таиланда приехала на работу рано, ожидая нового, заботливого и уважительного отношения, и обнаружила Ричарда Финча в традиционно злобном настроении: раздражён, одержимо курит одну за другой и жуёт с сумасшедшими глазами.

— Хо! — затрясся он, когда я вошла. — Хо! О-хо-хо-хо-хо! Так что у нас там было в сумке? Опиум? Марихуана? Что, подкладочка порвалась? Ввезли немножко ЛСД? Немножко героина? Может, колёса? Или какие-нибудь семечки-травки? Гаши-и-иш? Или роки-коки-кокаин? Ох-х-х-х-х, оки-коки-коки-и-и, — запел он как маньяк. — О-о-ох, оки-коки-коки-и-и, о-о-о-ох, оки-коки-коки-и-и!

Идиотски сверкая глазами, Ричард схватил двух попавшихся под руку журналистов и стал пихать их вперёд с воплями:

— Колени согнуть, руки выше, всё, что надо, — в сумке у Бриджит! Ра-ра-ра!

Понимая, что наш исполнительный директор находится в состоянии неистовства, вызванном каким-то наркотиком, я красиво заулыбалась и проигнорировала его.

— О, мы сегодня маленькая Мисс Надменность? О-о-ох! Так, все, давайте! Пришла Бриджит Важная-Задница-Прямо-Из-Тюрьмы. Начинаем! Давайте начнём-ля-не-не-нём!

Вообще-то, я ожидала совсем другого. Все потянулись к столу, возмущённо переводя взгляд с меня на часы. Нет, правда, чёрт подери, всего двадцать минут десятого. Собрание должно начаться не раньше половины. Если я стала приходить рано, это ведь не означает, что и собрание надо начинать раньше, а не позже.

— Ну, так, Бр-р-р-риджит! Идеи. Какие идеи мы приготовили сегодня, чтобы восхитить затаившую дыхание нацию? Десятка Лучших Цыпочек Контрабандисток? Лучшие Британские Лифчики для Набивания Кокаина за Подкладку?

«Когда сумел ты терпеливо ждать, на злобу злобой низкой не ответил...». Да пошёл он к чёрту, сейчас заткну ему рот!

Ричард Финч смотрел на меня, жуя и выжидающе ухмыляясь. Забавно — вокруг стола не слышно обычного хихиканья. Тайский эпизод, кажется, вызвал у моих коллег уважение ко мне, от чего я, естественно, пришла в восторг.

— Как насчёт новых лейбористов — после медового месяца? — Финч уронил голову на стол и захрапел.

— Ну, у меня есть и другая идея, — обронила я, выдержав небрежную паузу, и добавила: — Про секс.

Финч поднялся с видом внимания (я имею в виду его голову).

— И как? Намерена поделиться с нами или бережёшь идею для дружков из отдела по наркотикам?

— Целибат! — объявила я.

Все затихли под впечатлением моих слов. Ричард Финч вытаращил на меня глаза, будто не веря в происходящее.

— Целибат?

— Целибат, — важно кивнула я. — Целибат в современном мире.

— Что — ты имеешь в виду монахов с монахинями? — уточнил Ричард.

— Нет. Целибат.

— Обычные люди, которые не занимаются сексом, — вмешалась Пачули, дерзко глядя на него.

Атмосфера за столом заметно изменилась. Может, Ричард уже настолько переступил за грань разумного, что никто больше перед ним не пресмыкается?

— Что, это какая-то буддийская тантра? — хохотнул Финч, жуя и конвульсивно подёргивая ногой.

— Нет, — ответил секс-бог Матт, внимательно глядя в свою записную книжку. — Обычные люди, как мы, которые не занимаются сексом длительные периоды времени.

Метнула взгляд на Матта — и в тот же момент он на меня.

— Что, вас много? — Ричард изумлённо уставился на нас. — Да вы же все в расцвете молодости, — ну, кроме Бриджит.

— Спасибо, — буркнула я.

— Вы все занимаетесь этим каждую ночь, как кролики! Разве нет? Туда-сюда, туда-сюда, ну а теперь по кру-угу! — пропел он. — Ты делаешь раз-раз, потом ты её крутишь и делаешь всё сзади! Разве нет?

Вокруг стола раздалось громкое сопение.

— Разве нет?

Снова молчание.

— Кто из присутствующих не занимался сексом за последнюю неделю?

Все уткнулись в свои блокноты.

– О'кей, кто тогда занимался сексом за последнюю неделю?

Не поднялось ни одной руки.

– Не верю. Хорошо, кто из вас занимался сексом за последний месяц?

Пачули подняла руку. То же самое сделал Харолд и засиял на нас самодовольным взглядом из-за очков. Наверно, соврал или, может, просто пообжимался с кем-нибудь.

– Так, значит, все остальные... Господи Иисусе! Вы сборище уродов. Невозможно, что это из-за того, что вы слишком много работаете. Целибат. Ба! Прекратите просиживать задницы! Нам не дают эфир из-за Дианы, так что на остаток месяца вам всем придётся придумать что-нибудь получше. Никакой этой бессильной бессексуальной чепухи! На следующей неделе возвращаемся в эфир с сенсацией.

4 сентября, четверг

118 фунтов (это надо прекратить, или тюремный приговор окажется бессмысленным); кол-во воображаемых способов убийства Ричарда Финча – 32 (это тоже надо прекратить, иначе будет уничтожен сдерживающий эффект приговора); кол-во присмотренных для покупки чёрных пиджаков – 23; кол-во секунд без секса – 14 688 000.

18.00. Оч. счастлива от ощущения окружающего мира – похоже на осеннее возвращение в школу. Вечером, по дороге домой, собираюсь пройтись по магазинам: не купить что-то – нахожусь в финансовом кризисе, – а просто примерить новый осенний гардероб коричневого цвета – «чёрного цвета сезона». Оч. взволнована: в этом году решила делать покупки эффективнее, то есть: а) не паниковать, обнаружив, что единственная вещь, которую могу купить, – чёрный пиджак: продаются, конечно, только чёрные в количестве никому не нужном и б) где-нибудь достать деньги. Может, занять у Будды?

20.00. «Ангус стейк хаус», Оксфорд-стрит. Неконтролируемый приступ паники. Все магазины кажутся лишь слаборазличимыми версиями друг друга. Мысли в голове смешались, и я никак не могла их усмирить, пока не охватила разумом и не рассортировала все вещи, например имеющиеся в продаже чёрные нейлоновые пиджаки: один — из французской коллекции, за 129 фунтов, и ещё один, высококлассный, — от Майкла Корса (маленький, простёганный квадратиками), за 400 фунтов. Чёрные нейлоновые пиджаки в «Ханс» стоят всего 39,99 фунта. К примеру, можно купить десять чёрных нейлоновых пиджаков в «Ханс» по цене одного от Майкла Корса, но тогда шкаф будет окончательно уже забит чёрными пиджаками. И потом, я всё равно не могу купить ни одного пиджака: ни коричневого, ни чёрного — вообще никакого.

Может, я вообще ошибаюсь насчёт своего имиджа? Может, пора носить яркие пантомимные наряды, как Зандра Родес или Су Поллард? Или иметь маленький гардероб: просто купить три очень хорошие вещи и всё время их носить. (А если поставлю пятно или меня на них стошнит?)

Так, спокойно, спокойно; вот что нужно купить:
чёрный нейлоновый пиджак (только один);
бархотку или, может, шарфик, или косынку — в общем, что-то вроде галстука, носить на шее;
коричневые брюки «бутлег» (всё зависит от того, как понимать «бутлег»);
коричневый костюм для работы;
туфли.

В обувном магазине пережила кошмар. Примеряла в «Офис» коричневые туфли в стиле семидесятых — на высоком каблуке, и с квадратными носами; испытывала при этом чувство дежа-вю — как будто вернулись те времена, когда я училась в школе и при покупке новых туфель всё время воевала со своей ужасной мамой по поводу их вида. И вдруг у меня возникла страшная мысль: это не противное чувство дежа-вю, — это точь-в-точь такие же туфли, какие я покупала в шестом классе начальной школы в магазине «Фриман Харди Виллис».

Мне вдруг почудилось, что я невинная жертва обмана или марионетка в руках дизайнеров моды – не могут пошевелить мозгами и выдумать нечто новое. Хуже того, настолько постарела, что молодое поколение, покупающее модные вещи, уже не помнит ту одежду и обувь, которые я носила подростком. Понимаю наконец, почему дамы начинают одеваться в костюмы-двойки: не хотят, чтобы острая современная мода напоминала им о потерянной молодости. Я как раз достигла этого возраста. Пора отказаться от «Кукай», «Агнес Би», «Уистлз» и т. п. в пользу «Кантри кэжьюэлз» и духовности. Кроме того, это дешевле. Иду домой.

21.00. моя квартира. Странное чувство пустоты. Когда возвращаешься, так приятно думать, что всё изменится, а потом всё оказывается точно так же. Подозреваю, что я сама должна всё изменить. Но что я могу сделать со своей жизнью? Знаю: поем сыру.

Как сказано в книге «Буддизм. Драма монаха, раздобывшего деньги», всё дело вот в чём: атмосфера и события вокруг тебя создаются атмосферой внутри тебя. Потому неудивительно, что произошли все эти несчастья – Таиланд, Даниел, Ребекка и т.д. Мне надо выработать внутреннее достоинство, обрести духовное прозрение, и тогда ко мне станет притягиваться всё мирное и добрые, любящие люди, обладающие душевным равновесием. Как Марк Дарси.

Марк Дарси – когда вернётся – увидит новую меня: спокойную и уравновешенную, создающую вокруг себя мир и порядок.

5 сентября, пятница

119 фунтов; сигарет – 0 (триумф); кол-во секунд без секса – 14 774 400 (бедствие; к обоим обстоятельствам надо относиться одинаково).

8.15. Так, проснулась рано и с бодрым настроением. Вот как важно встать утром с нужной ноги.
8.20. О, мне пришла посылочка. Может, подарок?
8.30. Ммм, подарочная коробка с розочками. Может, от Марка Дарси? Может, он вернулся?

8.40. Чудесная, маленькая золотая шариковая ручка, со срезом на конце, и на ней моё имя. Может, от «Тиффани»? С красным кончиком. Губная помада?

8.45. Странно – никакой записки. Пробный образец?

8.50. Но это не помада – что-то твердое. Может, и ручка. С моим именем! Приглашение на праздник от дальновидной компании, – например, открытие нового магазина «Губная помада»; а может быть, продукт Тины Браун – и следует приглашение на блистательный приём.

Да, вот так. Пойду, пожалуй, в «Койнз», выпью капучино. Но, конечно, без шоколадного круассана.

9.00. В кафе. Хмм... в восторге от маленького подарка, однако не уверена, что это шариковая ручка. А если так, совершенно непонятно, как она работает.

Позже. О боже, только уселась за столик с капучино и шоколадным круассаном – в кафе входит Марк Дарси, просто так, будто вовсе и не уезжал: в рабочем костюме, чисто выбритый, на подбородке маленький порез, заклеенный тонкой бумажкой, как обычно по утрам. Подошёл к прилавку, опустил на пол кейс и стал оглядываться, как будто что-то или кого-то искал. Увидел меня. В течение долгих секунд взгляд его постепенно смягчался (правда, не таял). Он повернулся за капучино. Я быстро приняла ещё более спокойный и уравновешенный вид. Марк подошёл к моему столику – с гораздо более деловым видом. Чуть не бросилась ему на шею.

– Привет! – резко поздоровался он. – Что это там у тебя? – И кивнул на подарок.

Еле ворочая языком от любви и счастья, передала ему коробочку.

– Не знаю, что это. Может, шариковая ручка?

Марк достал ручку из коробочки, повертел в руках, положил обратно, прямо как пушечное ядро, и сказал:

– Бриджит, это не образец шариковой ручки. Это, чёрт подери, пуля.

Еще позже. О господи боже! У нас не было времени обсуждать Таиланд, Ребекку, любовь – ничего.

Марк схватил салфетку, взял через неё крышку коробочки и закрыл.

«Когда среди раздоров и сомнений у всех исчезла почва из-под ног...» — прошептала я сама себе.

— Что?
— Ничего.
— Оставайся здесь. Не трогай это. Это пуля-угроза, — предупредил Марк.

Выскочил на улицу, посмотрел направо-налево — прямо как телевизионный детектив. Интересно: настоящие полицейские драмы похожи на телевизионные, а живописные пейзажи — на почтовые открытки или... Марк вернулся — вот что для меня самое главное, остальное всё наладится само собой, и всё будет чудесно.

— Бриджит, ты расплатилась? Что ты делаешь? Пойдём!
— Куда?
— В полицию.

В машине я принялась бессвязно благодарить его за всё, что он сделал, и объяснять, как стихи помогли мне в тюрьме.

— Стихи? Какие стихи? — переспросил Марк, поворачивая на Кенсингтон-парк роуд.

— «Когда...» — ты знаешь. «Когда ты подчинил себе мечту, заставил мысли в русло повернуть, встречал спокойно радость и беду...». О боже, мне правда неудобно, что тебе пришлось лететь аж в Дубаи, я так благодарна, я...

Марк остановился у светофора и повернулся ко мне.

— Это всё замечательно, — мягко прервал он. — А теперь прекрати молоть чепуху. У тебя сильный шок, тебе надо успокоиться.

Хмф, вся идея была — он должен заметить, как я спокойна и уравновешенна, а не просить меня успокоиться. Постаралась так и сделать, но это оказалось очень трудно; единственное, о чём я могла думать, — кто-то хочет меня убить.

Когда мы приехали в полицию, всё уже не так походило на телевизионный спектакль: кругом грязно, не убрано, никто не проявляет к нам ни малейшего интереса. Полицейский за конторкой попытался заставить нас ждать в приёмной, но Марк настоял, чтобы нас отвели наверх. В результате мы оказались в огромном пыльном офисе, где больше никого не было.

Марк расспросил обо всём, что случилось в Таиланде; уточнил: упоминал ли Джед о ком-нибудь из своих знакомых в Англии; пришла ли посылка по обычной почте; не замечала ли я вокруг себя чего-нибудь странного, с тех пор как вернулась.

Чувствовала себя немного глупо, когда рассказывала, как мы доверяли Джеду, и ожидала, что Марк будет меня ругать, но он вёл себя очень мило.

— Худшее, в чём можно вас с Шез обвинить, — это потрясающая глупость, — подытожил он. — Слышал, что ты очень хорошо держалась в тюрьме.

Хотя он и был очень мил, однако... ну, всё как-то по-деловому и не похоже, что он хочет вернуться ко мне или поговорить о наших чувствах.

— Как ты думаешь, не позвонить ли тебе на работу? — Марк взглянул на часы.

Прихлопнув рот рукой, попыталась убедить себя, что неважно, будет ли у меня работа, если я умру, но уже двадцать минут одиннадцатого!

— У тебя такой вид, будто ты только что случайно съела ребёнка, — засмеялся Марк. — Впервые предъявишь приличное оправдание за то, что вечно опаздываешь.

Взяв трубку телефона, я набрала номер Ричарда Финча; он ответил сразу:

— О, Бриджит, не так ли? Маленькая Мисс Целибат? Вернулись два дня назад и уже прогуливаем? И где мы? Бегаем по магазинам, да?

«А ты, под градом обвинений, единственный в себя поверить смог...». Поверю?

— Играем со свечкой, да? Свечки долой, девочки! — В трубке послышался громкий хлопок в ладоши.

В ужасе уставилась на телефон, пытаясь сообразить, всегда ли Ричард Финч был таким, а я — другой или он попал в жуткую наркотическую спираль, стремительно ведущую вниз.

— Давай я, — предложил Марк.

— Нет! — воскликнула я, отбирая трубку. — Я самостоятельный человек.

— Конечно, дорогая, просто не всегда самостоятельно мыслишь, — пробормотал Марк.

Дорогая! Он назвал меня «Дорогая»!

— Бриджит? Мы снова уснули, да? Где ты? — ликующе хихикал Ричард Финч.

— Я в полиции.

— О-о-о, снова за роки-коки-кокаин? Чудесненько. Оставишь мне немножко? — глумился он.

— Мне угрожают смертью.

— О-о-о-о! Хорошая идея. Ещё минута — и тебе угрожает смерть от меня. Ха-ха-ха-ха! Значит, полиция? Вот это мне нравится. Милые, ответственные, не связанные с наркотиками, уважаемые работнички в моей команде.

Вот так. Это уж слишком. Набрала в лёгкие побольше воздуха и начала с достоинством:

— Ричард, боюсь, вы похожи на чайник, который называет сковородку грязной задницей. Только у меня задница не грязная, потому что я не принимаю наркотиков, в отличие от вас. В любом случае я у вас больше не появлюсь. Пока. — И положила трубку.

«Ха! Ха-ха-ха-ха!» — пронеслось у меня в голове, прежде чем я вспомнила о перерасходе. И о волшебных грибах. Хотя, строго говоря, грибы не наркотик, они — натуральные.

Появился полицейский и пронёсся мимо, полностью нас проигнорировав.

— Послушайте! — Удар кулаком по столу. — Здесь сидит женщина, при ней — пуля-угроза — с написаным именем. Мы можем рассчитывать на какие-то меры?

Полицейский замер и взглянул на нас.

— Завтра похороны, — сердито сообщил он. — А у нас поножовщина в Кенсал Райз — люди убиты. — Потряс головой и выскочил за дверь.

Через десять минут, с компьютерной распечаткой, вошёл детектив, которому по идее предстояло нами заняться.

— Здравствуйте, я детектив Керби, — представился он не глядя на нас.

Некоторое время изучал распечатку, а потом перевёл глаза на меня, подняв брови.

— Насколько я понимаю, тайское дело? — предположил Марк, заглядывая детективу через плечо. — А, понимаю... то недоразумение в...

— Ну да, — кивнул детектив.

— Нет-нет, просто кусок филе стейка, — объяснил Марк.

Полицейский странно взглянул на него.

— Моя мама положила кусок мяса мне в сумку, — внесла я ясность. — И оно начало разлагаться.

— А вот, видите, — тайский рапорт. — Марк склонился над документами.

Детектив прикрыл руками бумаги, как будто Марк пытался списать его домашнюю работу. Зазвонил телефон, Керби взял трубку.

— Да, хочу быть в полицейской машине на Кенсингтон Хай-стрит. Ну, где-нибудь рядом с Альберт Холл! Когда поедет кортеж. Желаю засвидетельствовать своё почтение, — говорил он раздражённо. — Что там делает чёртов детектив Роджерс? О'кей, ладно, Букингемский дворец. Что?

— Что в рапорте сказано о Джеде? — шепнула я.

— Он назвался Джедом? — усмехнулся Марк. — На самом деле его зовут Роджер Дуайт.

— О'кей, тогда угол Гайд-парк. Но я хочу, чтобы она стояла перед толпой. Извините. — Детектив Керби положил трубку и повернулся к нам, принимая преувеличенно компетентный вид — точно как я, когда опаздываю на работу. — Роджер Дуайт, — продолжал он. — Как будто всё указывает на него, не так ли?

— Очень был бы удивлён, если б он умудрился что-либо организовать сам, — заявил Марк. — Только не из арабской тюрьмы.

— Ну, существуют способы.

Меня привело в ярость, что Марк разговаривал с полицейским, не обращая на меня внимания, как на несовершеннолетнюю или дурочку.

— Прошу прощения, — решительно напомнила я о себе. — Могу я участвовать в беседе?

— Конечно, — разрешил Марк. — Если только не будешь упоминать никаких задниц и сковородок.

Детектив озадаченно переводил взгляд с меня на Марка.

— Полагаю, он мог поручить кому-то другому послать пулю, – продолжал Марк, обернувшись к детективу. – Но это как-то маловероятно, даже рискованно, учитывая...

– Ну да, в подобных случаях. Простите. – И Керби взял трубку.

– Так. Что ж, скажите Хэрроу Роуду, что у них на маршруте уже есть две машины! – нетерпеливо прокричал он. – Нет, я хочу увидеть гроб до службы. Да. Так скажите детективу Риммингтону – пусть убирается ко всем чертям! Прошу прощения, сэр. – Снова положил трубку и профессионально улыбнулся.

– Да, маловероятно, чтобы человек с серьёзными намерениями стал афишировать своё...

– Вы хотите сказать, что они просто пристрелили бы её, да?

О боже!

Через полчаса посылку унесли, чтобы снять отпечатки пальцев и провести экспертизу, а меня всё ещё допрашивали.

– Есть ли кто-нибудь не связанный с тайской историей, кто имеет на вас зуб, молодая леди? – спросил детектив Керби. – Бывший любовник, отвергнутый поклонник?

Я пришла в восторг от того, что он назвал меня «молодой леди». Ну, может, я и не первой молодости, но...

– Бриджит, – предупредил меня Марк, – не отвлекайся! Есть кто-нибудь, кто хотел бы тебя обидеть?

– Есть многие, кто уже меня обидели, – отозвалась я, глядя прямо на Марка и энергично соображая. – Ричард Финч... Даниел... – И тут же добавила не совсем уверенно: – Но не думаю, чтобы кто-нибудь из них пошёл на такое.

Неужели Даниел посчитал, что я стану всем докладывать о том вечере, когда мы договорились с ним поужинать? Или его так обидел мой отказ? Нет, это вроде слишком бурная реакция. Но всё же, возможно, Шерон права насчёт мужчин конца тысячелетия, которые утрачивают свои роли.

– Бриджит, – подбодрил меня Марк, – я считаю, тебе надо поделиться этим с детективом Керби.

Совсем растерявшись, я в конце концов выложила всю историю с Даниелом, бельём и пиджаком, а детектив Керби, сохраняя бесстрастное выражение лица, записывал детали. Марк, пока я рассказывала, молчал, с видом даже очень рассерженным. От меня не укрылось, что детектив пристально за ним наблюдает.

– Вы когда-нибудь близко общались с людьми маргинального склада?

Единственный, кто пришёл мне на ум, – предположительный мальчик по вызову дяди Джеффри, но это смешно – ведь я в жизни не имела с ним никакого контакта.

– Вам придётся выехать из квартиры. Имеете куда переехать?

– Ты можешь пожить у меня, – внезапно предложил Марк.

У меня ёкнуло сердце.

– В одной из свободных комнат, – поспешно добавил он.

– Не могли бы вы оставить нас на минутку, сэр? – попросил детектив.

У Марка на лице отразилось удивление, затем он сказал:

– Конечно, – и быстро вышел.

– Не уверен, что это хорошая идея – пожить у Марка Дарси, мисс. – Детектив оглянулся на дверь.

– Да, наверно, вы правы, – согласилась я, решив, что он проявляет отцовскую заботу и, как истинный мужчина, предлагает мне сохранять загадочность и неприступность и позволить Марку быть охотником, но потом вспомнила свое решение больше не думать в таком ключе.

– Какие именно отношения связывают вас с мистером Дарси?

– А! – И пустилась излагать всю историю.

Мне показалось, что детектив Керби странно подозрительно к ней отнёсся. Дверь снова открылась в тот момент, когда он говорил:

– Так значит, мистер Дарси случайно зашёл в кафе? В то самое утро, как вы получили по почте пулю?

Марк приблизился и встал перед нами.

— О'кей, — устало произнёс он, глядя на меня, будто со словами: «Ты источник всего, что противоположно спокойной жизни». — Возьмите у меня отпечатки пальцев, проведите анализ ДНК, и давайте покончим с этим.

— О, я не говорю, что это сделали вы, сэр, — торопливо заверил детектив. — Просто нам нужно исключить все...

— Хорошо, хорошо, — прервал его Марк. — Пойдёмте уладим это.

13

А-а-а!

5 сентября, пятница

120 фунтов; кол-во секунд без секса — больше не волнует; кол-во минут, прожитых после смертельного предупреждения, — 34 800 (оч. хор.).

18.00. Квартира Шеззер. У окна. Это не может быть Марк Дарси. Просто нелепо, не может быть. Наверняка это как-то связано с Джедом. То есть, возможно, у него тут целая сеть клиентов, которые сходят с ума по наркотикам, а я лишила их жизненно важного продукта. Или Даниел? Но он, конечно, на такое не способен. А может, просто какой-то псих? Но этот псих знает моё имя и адрес. Кто-то хочет меня убить. Кто-то не поленился, достал настоящую пулю и выгравировал на ней моё имя.

Надо сохранять спокойствие. Спокойно, спокойно... Да, надо «мысли в русло повернуть», встречать «спокойно радость и беду». Интересно, в «Кукай» продаются пуленепробиваемые жилеты? Скорее бы Шез вернулась, совсем я выбита из колеи. Квартира у Шез маленькая, в ней всегда бардак, а сейчас их там двое, — пол и всё вокруг завалено лифчиками, леопардовыми полуботинками, пакетами с вещами от Гуччи, сумочками из искусственной кожи, маленькими кардиганами «вояж» и причудливыми босоножками на ремешках... Собьёшься тут с толку. Найти бы любое место, где можно поспать...

Марка увели; детектив Керби повторил, что мне нельзя оставаться в своей квартире. Он отвёз меня домой, чтобы я собрала вещи. Но проблема в том, что мне некуда переехать. Мама с папой всё ещё в реабилитационном центре. Лучше всего пожить у Тома, но я нигде не могла найти его номер в Сан-Франциско. Пыталась дозвониться на работу Джуд и Шез — обе ушли на ланч.

Это и впрямь ужасно. Пока я оставляла сообщения на автоответчики, полицейские собирали по всему дому отпечатки пальцев и искали улики.

— Что это за дыра в стене, мисс? — спросил один из них, когда они бродили кругом и стирали пыль.

— А-а... это, эмм, осталось вот, — невразумительно объяснила я.

И тут зазвонил телефон — Шез: можно пожить у неё; растолковала, где спрятан запасной ключ; хоть пошлю немного.

23.45. Хорошо бы не вскакивать то и дело ночью, хотя оч. успокаивает, что Джуд и Шез спят со мной в одной комнате, причём как младенцы. Было оч. здорово, когда они пришли домой с работы. Все ели пиццу, и я необычно рано заснула. От Марка или о нём — ни слова. По крайней мере у меня есть кнопка тревоги — вот здорово: в маленьком чемоданчике, действует на расстоянии. Нажмёшь — и стройный молодой полицейский мчится меня спасать! Ммм, какая приятная мысль... оч. хочется спать...

6 сентября, суббота

121 фунтов; сигарет — 10; порций алкоголя — 3; калорий — 4255 (пока мне везёт и я жива, должна получать удовольствие); минут без секса — 1 600 512 400 (значит, надо с этим что-то делать).

18.00. Мы с Джуд и Шез весь день смотрели похороны принцессы Дианы. У всех такое ощущение, будто хоронят кого-то знакомого, только в каком-то более великом измерении; потом мы чувствовали себя выжатыми как лимон, но в то же время испытали определённое облегчение. Так приятно, что всё прошло правильно, хорошо — красиво и хорошо, как будто правительство действительно наконец что-то поняло и в нашей стране снова всё наладится.

Всё походило на шекспировскую трагедию или древнюю легенду, особенно на фоне спарринга между двумя великими, благородными домами — Спенсеров и Виндзоров. Мне глубоко стыдно, что я работаю в глупой дневной телепрограмме, где мы часто целые дни посвящали причёске Дианы. Надо менять свою жизнь. Если даже правительство может измениться — могу и я.

Сейчас мне немного одиноко. Джуд и Шез пошли погулять, заявив, что у них клаустрофобия. Мы пытались позвонить в полицию — мне ведь не разрешено выходить без сопровождения полицейского, — и в конце концов, через сорок пять минут, нам ответил женский голос с центральной станции: все номера заняты. Я заверила Джуд и Шез, что не возражаю, если они пойдут гулять без меня, — если принесут пиццу. Ах, телефон.

— О, привет, дорогая, это мамочка!

«Мамочка»! Можно подумать, что я ещё какаю ей в ладошку.

— Где ты, мама?
— О, я проявилась, дорогая.

На секунду мне показалось — хочет мне сказать, что она лесбиянка и собирается жить с дядей Джеффри в удобном гомосексуальном браке без секса.

— Мы вернулись домой. Дела уладились, и с папой тоже. Ну не знаю! Всё это время пил в сарае, а я-то думала — томатный сок. Между прочим, Гордон Гомерсол страдал точно тем же, ну, ты понимаешь, и Джой ничего не знала. Теперь говорят, это болезнь. Что ты думаешь о похоронах?

— Очень мило, — ответила я. — Так что всё-таки происходит?

— Ну, дорогая... — начала мама.

Затем послышались звуки борьбы и к телефону подошёл папа.

— Всё в порядке, милая. Мне просто приходится воздерживаться от выпивки. А они с первого же дня пытались избавиться от Пэм.

— Почему? — спросила я.

Перед глазами возникло страшное видение: мама совращает вереницу восемнадцатилетних наркоманов.

Папа усмехнулся.

— Сказали, слишком нормальна. Даю её тебе.

— Честное слово, дорогая! Это всё та самая идиотская абсолютная чепуха, с помощью которой выуживают деньги у всяких знаменитостей и объясняют им то, что уже и так всем известно!

— Что именно?

— Ой, подожди — переверну цыплёнка!

Отведя трубку от уха, старалась не думать о том, что это за странное блюдо — с перевернутым цыплёнком.

— Уф! Так о чём мы?

— Что тебе говорили?

— Ну, утром нас всех сажали в кружок и заставляли повторять всякие глупости.

— Например?

— О, фрр... ну, знаешь: меня зовут Пэм, я то-то и сё-то...

Я задумалась: что это может быть? Безумство, самоуверенность, кошмар? Помешательство на подливке без комков? Мучительство дочерей?

— Чего они только не говорили! «Сегодня я уверен в себе, я не беспокоюсь из-за того, что обо мне подумают другие...». И далее в таком роде. Нет, честное слово, дорогая, если человек не уверен в себе, он в жизни ничего не добьётся, правда? — Мама разразилась хохотом. — Фрр... не уверен в себе! Ну не знаю... Стоит ли так беспокоиться из-за того, что кто-то там о них подумает!

Встревоженная, я огляделась по сторонам.

— Так какая у тебя была аффирмация?

— О, мне не дали ничего сказать. Ну, то есть дали, дорогая...

— А что ты должна была говорить?

Тут я услышала папин смех, — кажется, он в хорошей форме.

— Скажи ей, Пэм.

— Уфф! Ну, например: «Не позволю, чтобы излишняя самоуверенность ослепила меня и отдалила от реальности» — или: «Сегодня я признаю свои ошибки, равно как и свои достижения». О, в общем, вполне нелепо, дорогая. Ладно, мне надо бежать — звонок. Увидимся в понедельник.

— Что? — не поняла я.

— Не говори «что», дорогая, говори «извини». Записала тебя на подбор цветов в «Дебенхемс» — я тебе говорила! В четыре.

— Но мама... — попыталась возразить я. —Нет, не говорила... Когда — в январе?

— Мне надо идти, дорогая, — Эндерби пришли.

7 сентября, воскресенье

122 фунта; кв. футов пола, не заваленных лифчиками, туфлями, пищей, бутылками или помадой — 0.

10.00. Ура! Наступил новый день, а я всё ещё жива. Ночь была отвратительна. После разговора с мамой так устала, что, проверив, заперты ли все двери забралась под груду трусов, лифчиков и леопардовых покрывал Шеззер и заснула. Не слышала, как они пришли, а потом проснулась посреди ночи — спят. Здесь и в самом деле начинает вонять. И потом, что делать, если просыпаешься ночью, — остаётся таращиться в потолок, лишь бы ни обо что не споткнуться и не разбудить.

Ох, телефон. Лучше возьму трубку, пока они не проснулись.

— Поняли, что я не любовник-убийца в отставке.

Ура, Марк Дарси!

— Как ты? — спросил Марк.

Весьма вежливо, учитывая — ведь по моей милости семь часов проторчал в полицейском участке.

— Позвонил бы раньше, но мне не говорили, где ты, пока всё не проверили.

Стараясь держаться бодро, в результате шёпотом призналась, что у Шеззер несколько тесновато.

— Что ж, предложение пожить у меня всё ещё в силе, — тотчас отозвался Марк. — В доме сколько угодно спален.

Не подчёркивал бы так настойчиво, что не хочет спать со мной. Кажется, разворачивается пашмина-сценарий, а от Шеззер и Саймона знаю: раз уж завязался — не выберешься, так как при малейшем намёке на секс начинается паника по поводу «испорченной дружбы».

Тут Джуд зевнула и повернулась на другой бок, задев ногой кучу обувных коробок; они рухнули вниз, и по полу раскатились бусы, серёжки, косметика, а в мою сумку свалилась чашка кофе.

— Спасибо, — шепнула я в трубку. — С удовольствием поживу у тебя.

23.45. Дом Марка Дарси. О боже, всё оборачивается не очень хорошо. Лежу одна, в странной белой комнате — здесь ничего нет, кроме белой кровати, белых штор и пугающего белого кресла — в два раза выше обычного. Здесь страшновато: огромный пустой дворец, в доме даже нет еды. Похоже, ничего не могу найти или сделать без колоссального умственного напряжения: все выключатели, ручки унитазов и т.д. замаскированы под что-то другое. А ещё здесь пронизывающий холод — как в холодильнике.

Странный, сумрачный день. То засыпаю, то просыпаюсь. Вроде ощущаю себя нормально, а потом проваливаюсь в сон — прямо как самолёт, когда выныривает на высоте пятидесяти футов будто ниоткуда. То ли всё ещё реакция организма на перелёт через много часовых поясов, то ли просто попытка убежать от действительности. Марк пошёл на работу, хотя сегодня воскресенье, — пропустил всю пятницу. Около четырёх приехали Шез и Джуд, привезли кассету с «Гордостью и предубеждением», но после позорной истории с Колином Фёртом я не в состоянии смотреть сцену на озере; просто поболтали и почитали журналы. Потом Джуд и Шез принялись с хихиканьем осматривать дом. Я заснула, а когда проснулась, они уже ушли.

Марк вернулся домой около девяти, но никакой близости не возникло. Я сильно надеялась на романтическое воссоединение, но при этом старалась не произвести впечатления, что хочу спать с ним или, не дай бог, воображаю, будто моё пребывание в его доме не просто полицейско-юридическая необходимость; в результате мы оба вели себя холодно и формально — доктор и пациент, обитатели дома в «Синем Питере» или нечто в этом роде.

Вот бы он сейчас вошёл! Невыносимо так — быть рядом, желать к нему прикоснуться... Может, мне надо что-то сказать?.. Но слишком страшно открывать душу: расскажу ему о своих чувствах, а он не хочет восстанавливать наши отношения; ужасно оскорбительно, учитывая, что мы живём под одной крышей. Да ещё глубокой ночью.

Боже, а вдруг это всё-таки сделал Марк?! Войдёт сейчас в комнату и, например, пристрелит меня, — вся девственно-белая комната в девичьей крови; впрочем, я и не девушка, а просто проклятая целибатка.

Не должна я так думать. Конечно, это не он. На худой конец у меня есть кнопка тревоги. Как ужасно — не могу заснуть, а Марк там, внизу, — возможно, уже раздетый... ммм... Пойти вниз и... ну, изнасиловать его. У меня не было секса уже... оч. сложное число.

А что если он поднимется?.. Слышу на лестнице шаги, дверь тихо открывается, он входит, садится на кровать — обнажённый! — и... О боже, мне трудно, я расстроена...

Быть бы как мама — уверенной в себе, не беспокоиться, кто и что про тебя подумает. А тут ещё знаешь — кто-то размышляет над тем, как тебя убить.

8 сентября, понедельник

123 фунта; кол-во убийц, пойманных полицией, — 0 (не оч. хор.); кол-во секунд без секса — 15 033 600 (страшный кризис).

13.30. Кухня Марка Дарси. Только что без всякой причины съела огромный кусок сыра. Проверю калории. Вот чёрт — 100 калорий на унцию. В упаковке восемь унций, а я и раньше съела кусок (около двух унций) и ещё кусочек остался, так что 500 калорий за 30 секунд. Невероятно! Пойти сунуть два пальца в рот (в знак уважения к принцессе Диане)?

Га-а-а, и зачем только в голове появляются такие неаппетитные мысли? Ну ладно, придётся уничтожить что осталось — подвести черту под этим постыдным эпизодом.

Видимо, правду говорят доктора: диета не работает, потому что организм страдает от голода и, едва попадается на глаза еда, поглощаешь её как бегемот. Каждое утро теперь просыпаюсь и обнаруживаю жир в самых неожиданных местах — вот уж где не надо. Вовсе не удивлюсь, если кусок жира в форме пиццы вырастет между плечом и ухом или будет выпирать сбоку от коленки, тихо покачиваясь на ветру, как ухо у слона.

С Марком всё ещё чувствую себя неловко и нерешительно. Сегодня утром, когда спустилась вниз, он уже ушёл на работу (неудивительно — ведь уже время обеда); оставил записку — просит «чувствовать себя как дома» и приглашать всех, кого хочется. А кого? Все на работе. Здесь так тихо... Мне страшно.

13.45. Так, всё прекрасно, просто прекрасно. В сущности: нет работы, нет денег, нет бойфренда; есть квартира с дырой, куда пойти не могу; живу с любимым мужчиной в странных, платонических отношениях, вроде как экономка; здесь гигантский холодильник, и кто-то хочет меня убить. Но уверена — это всё временно.

14.00. Очень хочу к мамочке.

14.15. Позвонила в полицию и попросила отвезти меня в «Дебенхемс».

Позже. Мама была — фантастика, ну вроде того. Наконец-то. Приехала с опозданием на десять минут, с головы до ног в светло-вишнёвом, завивка, укладка и не меньше пятнадцати пакетов от «Джона Льюиса».

— Никогда не угадаешь, что случилось, дорогая! — говорила она, усаживаясь и распугивая посетителей обилием пакетов.

— Что? — дрожащим голосом спросила я, обхватив чашку с кофе обеими руками.

— Джеффри сказал Юне, что он один из этих гомо; но на самом-то деле нет, дорогая, он би, иначе у них никогда не появились бы Гай и Элисон. В общем,

Юна ни капельки не беспокоится, он теперь с этим покончил. Джиллиан Робертсон из Саффрон Уолдхерст годами была замужем за таким, и у них был очень хороший брак. Заметь, им всё-таки пришлось развестись, потому что он таскался вокруг этих грузовиков с гамбургерами на придорожных стоянках. А жена Нормана Миддлтона умерла, – ты его знаешь, председатель правления в школе для мальчиков. Так вот, в конце концов Джиллиан... Э-э, Бриджит, Бриджит, в чём дело?!

Мама поняла-таки, что я здорово расстроена, и неожиданно подобрела: вытащила меня из кафетерия, оставив пакеты официанту; извлекла из сумочки упаковку платочков, провела меня на заднюю лестницу, усадила и заставила всё рассказать.

Первый раз в своей жизни мама по-настоящему слушала. Когда я умолкла, по-матерински обняла меня и прижала к себе, обдав облаком странно успокаивающего запаха «Живанши III».

– Какая ты смелая, дорогая! – прошептала она. – Я тобой горжусь.

Мне было так хорошо, приятно... Через какое-то время мама встала и встряхнула руками.

– А теперь пойдём. Надо подумать, что делать дальше. Побеседую-ка я с этим парнем, детективом, задам ему взбучку. Это ни на что не похоже – с пятницы и до сих пор тот безобразник на свободе! Имели ведь массу времени, чтобы его поймать! Чем они занимались – плевали в потолок? О, не волнуйся, я знаю, как надо обращаться с полицией. Хочешь – поживи у нас. Но я считаю, тебе надо остаться у Марка.

– Мам, я безнадёжна в смысле мужчин.

– Чепуха, дорогая! Честное слово, неудивительно, что у вас, девушек, нет бойфрендов! Строите из себя этаких звёздочек высшего класса, которым никто не нужен, если он не Джеймс Бонд. А потом сидите дома и бубните, что у вас не выходит с мужчинами. О, посмотри, сколько времени! Пошли, мы опаздываем на подбор цветов!

Через десять минут я сидела в белой комнате (прямо как у Марка Дарси), в белом халате и с белым полотенцем на голове, вокруг свёртки разноцветных тканей, мама и ещё кто-то, по имени Мэри.

— Ну, не знаю! — восклицала мама. — Бродишь одна, беспокоишься из-за всех этих теорий... попробуй ярко-вишнёвый, Мэри.

— Не во мне дело, тут социальная тенденция, — с важным видом возразила я. — Женщины остаются одинокими, потому что могут себя обеспечить и хотят делать карьеру. А потом, когда становятся старше, мужчины ведь как: мы невосполнимо отстали от жизни, перезрели, подавай им помоложе.

— Честное слово, дорогая, — «перезрели»! Что же, они считают вас чем-то вроде упаковок с протухшим творогом?! Глупости, дорогая, киношный идиотизм!

— Ну, не скажи...

— Фрр, «перезрели»!.. Пусть воображают, что им нужна какая-нибудь молоденькая пышка, — да ничего подобного! Хороший друг им нужен. Как насчёт Роджера или как там его... ну, который ушёл от Одри к секретарше? Конечно же, та оказалась глупышкой. Через полгода он умолял Одри вернуться, но она отказалась!

— Но, мам...

— Саманта её звали. Глупа как пробка. А Джин Доусон, которая была замужем за Биллом, — знаешь Доусонов, он мясник: когда Билл умер, она вышла замуж за мальчика в два раза моложе её, и как он ей предан. А ведь Билл не оставил особого наследства, на мясе много денег не сделаешь.

— Но если ты феминистка, тебе не нужен...

— Вот что самое глупое в феминизме, дорогая. У кого есть хоть чуточку мозгов, понимает, что мы высшая раса, и только негры в джунглях...

— Мама!

— ...Считают, что, когда вышли на пенсию, могут сидеть развалясь и не делать ничего по дому. Так, посмотри вот это, Мэри.

— Мне больше нравится коралловый, — обиженно откликнулась Мэри.

— Да, точно, — проговорила я сквозь аквамариновую завесу. — Ты жертвуешь работой, а потом тебе приходится мотаться по магазинам, — что поделаешь, они-то не желают!

— Ну не знаю! У вас у всех какая-то глупая идея — заполучить в дом Индиану Джонса, который будет загружать посуду в мойку. Их надо приучать! Когда я только вышла замуж, папа каждый вечер ходил в «Бридж-клаб» — каждый вечер! Да ещё курил!

«Бедный папа», — думала я, пока Мэри прикидывала в зеркале, к лицу ли мне бледно-розовое, а мама совала ей в руки нечто пурпурное.

— Мужчины не желают, чтобы их поучали! — заявила я. — Им надо, чтобы женщина была недоступна, и чтобы они могли её преследовать, и чтобы...

Мама глубоко вздохнула.

— Какой смысл, что мы с папой неделями водили тебя в воскресную школу, если ты сама не знаешь, что тебе во благо. Просто реши, что, по-твоему, для тебя правильно, возвращайся к Марку и...

— Не получится, Пэм. Она Зима.

— Она Весна, или я — ведро с грушами, говорю тебе! Так вот, возвращайся в дом Марка...

— Но это ужасно. Мы ведём себя друг с другом вежливо, формально, и я что-то вроде половой тряпки...

— Что ж, как раз сейчас мы это улаживаем, дорогая, — выбираем тебе цвета. Но вообще-то, совершенно неважно, вроде ты там чего-то, да, Мэри? Просто надо быть настоящей.

— Вот это правильно! — просияла Мэри — она была размером с огромный куст.

— «Настоящей»? — удивилась я.

— О, знаешь, дорогая, — как Вельветовый Кролик! Помнишь — твоя любимая книга, Юна тебе читала, когда у нас с папой была проблема с браком. Ну вот, посмотри!

— Знаешь, а ведь ты права, Пэм! — Мэри отступила в сторону с изумлённым видом. — Она Весна.

— Ну я же говорила!

— Говорила, Пэм, а я настаивала на Зиме. Тем более ты права!

9 сентября, вторник

2.00. В постели, одна, всё ещё в доме Марка Дарси. Мне кажется, теперь вся жизнь моя пройдёт в абсолютно белых комнатах. По дороге из «Дебенхемс» я потерялась. Получилось глупо; я сказала полицейскому, что меня с детства учили: если потеряешься, спроси у полицейского. Но он почему-то не оценил юмор. Когда наконец я вернулась, снова провалилась в сонный обморок; проснулась в полночь и обнаружила, что в доме темно, а дверь в спальню Марка Дарси закрыта.

Пойти вниз, приготовить чай и посмотреть на кухне телевизор? А если Марка нет, он с кем-то гуляет и приведёт её домой, а тут я — пью чай, как сумасшедшая тётка мистера Рочестера?

Всё вспоминаю мамины слова — надо быть настоящей — и книжку про Вельветового Кролика (хотя, по правде сказать, именно в этом доме у меня уже достаточно проблем с кроликами). Мама утверждает, что это была моя любимая книжка (сама я не помню): о том, что у маленьких детей есть одна игрушка, которую они любят больше всех других; пусть мех стирается и обвисает, ручки-ножки отрываются, — всё равно она самая красивая в мире и немыслимо с ней расстаться.

— Вот так же и когда люди истинно любят друг друга, — шептала мне мама в лифте в «Дебенхемс», будто раскрывая ужасающий, постыдный секрет. — Но дело всё в том, дорогая, что этого не происходит, если игрушка с острыми углами — урони, и разобьётся — или сделана из этой глупой, недолговечной синтетики. Надо быть смелой и не скрывать от другого, кто ты есть и что ты чувствуешь.

Лифт остановился возле отдела с принадлежностями для ванн.

— Уфф! Ну что ж, это было забавно, правда?! — прощебетала мама, резко сменив тон: в лифт втиснулись три дамы, в ярких блузках, с девяносто двумя пакетами, и встали вокруг нас. — Видишь, я знала, что ты Весна.

Ей хорошо говорить. А расскажи я мужчине, что на самом деле чувствую, — убежит за милю. Просто для примера — вот что я чувствую в данный конкретный момент:

1) Одиночество, усталость, страх, печаль, смущение и крайнюю сексуальную непригодность.

2) Ощущение собственного безобразия — волосы торчат разнообразными рожками и фигурками, а лицо опухло от усталости.
3) Растерянность и грусть, так как не имею понятия, нравлюсь ли я всё ещё Марку или нет, и боюсь спросить.
4) Огромную любовь к Марку.
5) Усталость от сна в одиночестве и попыток решать все проблемы самостоятельно.
6) Тревогу от ужасающей мысли, что у меня не было секса вот уже пятнадцать миллионов сто двадцать тысяч секунд.

Итак, если суммировать, что я есть на самом деле, получится одинокое, безобразное, грустное существо, мечтающее о сексе. Ммм, — привлекательно, интригующе. Ох, чёрт возьми, не знаю, что делать. Выпить, что ли, стакан вина. Пожалуй, спущусь вниз. Ну не вина, так чаю. Разве что есть открытая бутылка — просто это поможет мне заснуть.

8.00. Поковыляла по лестнице на кухню. Свет включить не удалось — попробуй найди эти выключатели особого дизайна. Проходила мимо двери Марка со слабой надеждой — вот он проснётся; не проснулся. Снова стала спускаться на ощупь — и вдруг застыла на месте: передо мной выросла громадная человеческая тень, она приближалась ко мне. Поняла, что это мужчина — огромный мужчина, — и завизжала. Тут же сообразила — это Марк, неодетый, и тоже кричит, причём гораздо громче меня, в полном, безграничном ужасе... Так кричат в полусне, когда чудится — вы наткнулись на что-то самое кошмарное в своей жизни.

Прекрасно, так вот что получается, когда он видит меня с всклокоченными волосами, без макияжа...

— Это я, — сообщила я, — Бриджит.

На секунду мне показалось — сейчас Марк закричит ещё громче, но он опустился на ступеньку, не в состоянии унять дрожь.

— Ох!.. — Он пытался глубоко вздохнуть. — Ох...

Марк сидел на лестнице с таким беззащитным,

потерянным видом, что я не удержалась, села радом, обняла его и притянула к себе.

— О боже! — прошептал он, зарываясь лицом в мою пижаму. — Какой же я идиот...

Мне вдруг стало смешно, то есть ведь это действительно смешно — испугаться до смерти собственной бывшей подруги.

Марк тоже смеялся.

— Господи, не очень-то по-мужски пугаться по ночам. Подумал — это убийца.

Погладила его по голове, поцеловала в маленькую лысинку, где стёрлась шёрстка. А потом рассказала ему всё, что чувствовала, — что на самом деле чувствовала. И произошло чудо: когда я закончила, он признался, что чувствует то же самое.

Взявшись за руки, как дети, мы спустились в кухню и с огромными трудностями разыскали за неприступными стальными стенками сок и молоко.

— Понимаешь, как получилось, — объяснял Марк, пока мы жались у духовки, грея руки о чашки, — когда ты не ответила на мою записку, я и подумал, — значит, вот так, и не хотел, чтобы ты решила, будто я как-то навязываюсь. Я...

— Постой, постой! — перебила я. — Какую записку?

— Которую я передал тебе на поэтических чтениях, перед тем как уйти.

— Но это просто стихотворение Киплинга.

Невероятно! Оказывается, когда Марк опрокинул голубого дельфина, он писал не завещание, а записку для меня.

— Мама мне сказала, единственный выход — честно признаться в своих чувствах, — объяснил Марк.

Старейшины племени, ура! В записке говорилось, что он всё ещё меня любит, с Ребеккой не встречается и, если я чувствую то же самое, он ждёт моего звонка вечером; в противном случае он больше не будет меня беспокоить и останется моим другом.

— Так почему тогда ты ушёл от меня к ней? — спросила я.

— Я не уходил! Это ты от меня ушла! А я, чёрт возьми, даже не представлял себе, что, оказывается, встречаюсь с Ребеккой, пока не приехал на загородную вечеринку и не попал с ней в одну комнату.

— Но... ты когда-нибудь спал с ней?

Я испытала неимоверное облегчение — так Марк не настолько бессердечен, чтобы надеть мой подарок, трусы «Ньюкасл юнайтед», перед запланированным заранее сексом с Ребеккой.

— Ну, — он опустил глаза и усмехнулся, — в ту ночь.

— Что-о?! — взорвалась я.

— Ведь все мы люди. Я был гостем. Это... вопрос вежливости.

Сделала попытку ударить его по голове.

— Как говорит Шеззер, эти желания обуревают мужчин постоянно. — Он увёртывался от ударов. — Она всё время приглашала меня — то на обеды, то на детские праздники с зоопарками, то куда-нибудь в отпуск...

— Ну да, а тебе она совсем не нравилась!

— Ну, она очень привлекательная девушка, странно, если бы... — Марк уже не смеялся; он взял меня за руки и привлёк к себе. — Каждый раз, — отчётливо прошептал он, — каждый раз я надеялся, что ты там будешь. И в ту ночь в Глостершире знал — ты всего в пятидесяти футах.

— В двухстах ярдах, в пристройке для слуг.

— В точности где тебе место — там я и намерен держать тебя до конца твоих дней.

По счастью, Марк всё ещё крепко меня обнимал и я больше не могла его побить. Потом сказал, что дом без меня слишком большой, и холодный, и пустой. Ему и правда гораздо больше нравилось у меня — так уютно. И он любит меня, — точно не знает почему, но без меня ему ничто не доставляет радости. А потом... боже, каменный пол такой холодный...

Когда мы поднялись в спальню Марка, я заметила рядом с его кроватью маленькую стопку книг.

— Что это? — Я не поверила своим глазам. — «Как любить и терять, но сохранять самооценку»... «Как вернуть любимую женщину»... «Чего хотят женщины»... «Свидание Марса и Венеры»...

— Ох... — пролепетал Марк.

— Ах ты сволочь! — рассердилась я. — А я-то выбросила все свои!

Снова завязался кулачный бой, потом одно за

другим — и вот мы уже занимаемся любовью всю ночь!

8.30. Ммм... обожаю смотреть, как он спит.

8.45. Но хорошо бы, сейчас уже проснулся.

9.00. Не то чтобы разбужу его, но, может, сам проснётся — от моего взгляда и отправляемых мысленно волн.

10.00. Марк вдруг вскочил и посмотрел на меня. Мне показалось — сейчас он меня выгонит или снова начнёт кричать. Но он сонно улыбнулся, снова упал на подушку и с силой притянул меня к себе.

— Я виновата, — раскаялась через некоторое время.

— Не сомневаюсь, маленькая проказница, — глухо пробормотал Марк. — А в чём?

— Будила тебя взглядом.

— Знаешь что? — прошептал он. — Как раз чего-то в этом роде мне не хватало.

Мы оставались в постели ещё долго, и это было прекрасно — у Марка нет неотложных дел, а у меня вообще до конца жизни теперь никаких дел. Правда, в самый решающий момент зазвонил телефон.

— Не обращай внимания! — выдохнул Марк, обнимая меня.

Включился автоответчик:

— Бриджит, это Ричард Финч. Мы готовим материал по новому целибату. Пытались найти привлекательную молодую женщину, у которой шесть месяцев не было секса. Никого не нашли. Так я подумал: остановимся на немолодой женщине, которую никто не хочет, — попробуем тебя. Бриджит, возьми трубку. Я знаю, ты там, твоя чокнутая Шеззер мне сказала. Бриджит! Бриджи-и-и-и-и-ит! Бриджир-р-р-р-р-рт!

Марк приостановился, поднял бровь, как Роджер Мур, взял трубку, промурлыкал:

— Она уже идёт, сэр, — и опустил её в стакан с водой.

12 сентября, пятница

Минут, прошедших с тех пор, как я в последний раз занималась сексом, — 0 (ура!).

День моей мечты, кульминацией которого был поход в «Теско Метро» вместе с Марком. Невозможно было остановить его, когда он загружал тележку продуктами: малина, упаковки пралине и мороженого и курица, на ярлыке которой значилось: «Особо жирные бёдра».

Когда мы подошли к кассе, оказалось, что еды мы набрали на 98 фунтов.

— Потрясающе! — удивился Марк, вытаскивая кредитную карточку и недоверчиво глядя по сторонам.

— Да уж, — жалобно отозвалась я. — Хочешь я заплачу часть?

— Боже, нет. Это удивительно. А надолго этого хватит?

Я с сомнением взглянула на него.

— Примерно на неделю?

— Но это потрясающе, невероятно!

— Что?

— Стоит меньше сотни. Меньше, чем один обед в «Ле Пон де ля Тур»!

Мы с Марком готовили курицу вместе, и этот процесс его полностью захватил. В перерывах между резкой курицы он широко шагал по кухне.

— Нет, какая прекрасная была неделя. Люди, наверно, всё время это делают! Идут на работу, а потом возвращаются домой, и там есть другой человек, а потом они болтают, смотрят телевизор и готовят еду. Это потрясающе!

— Да, — согласилась я, оглядываясь и гадая, не сошёл ли он с ума.

— Надо же, ни разу не кидался к автоответчику, чтобы выяснить, помнит ли кто-нибудь, что я существую в мире! — продолжал Марк. Мне не надо идти, и сидеть в каком-нибудь ресторане с книгой, и думать, что в конце концов я умру, и...

— ...Через три недели тебя найдут наполовину съеденным овчаркой, — закончила я.

— Точно, точно! — Марк смотрел на меня, как будто мы только что одновременно открыли электричество.

— Можно я отлучусь на минутку? — спросила я.

— Конечно. Э-э-э... а зачем?

— Всего на минутку.

И бросилась наверх — позвонить Шеззер и поделиться потрясающей все основы новостью: может быть, они вовсе не непостижимые стратегические враги — инопланетяне, а такие же, как мы. Но тут внизу зазвонил телефон.

Слышала, как Марк разговаривал; занимал телефон целую вечность, не могла я позвонить Шеззер; наконец, думая: «Проклятый эгоист!» — снова спустилась в кухню.

— Это тебя, — Марк протянул мне трубку. — его поймали.

Меня будто ударили в живот; дрожа, я взяла трубку; Марк держал меня за руку.

— Здравствуйте, Бриджит, это детектив Керби. Мы задержали подозреваемого по делу с пулей. Экспертиза показала совпадение его отпечатков пальцев с отпечатками на марке.

— Кто это?.. — прошептала я.

— Имя Гари Уилшоу вам о чём-нибудь говорит?
Гари! О боже...

— Это мой строитель.

Оказалось, Гари разыскивали за ряд мелких краж в домах, где он работал, а сегодня днём арестовали и сняли отпечатки пальцев.

— Он у нас тут, в камере, — сообщил детектив Керби. — Мы ещё не получили признания, но я совершенно уверен, что есть связь. Сообщим вам, когда вы сможете спокойно вернуться в свою квартиру.

Полночь. Моя квартира. Боже мой! Детектив Керби перезвонил через полчаса: Гари во всём признался; мы можем вернуться в квартиру и ни о чём не волноваться; в спальне есть кнопка тревоги.

Мы доели курицу, потом поехали ко мне, зажгли камин и посмотрели «Друзей»; потом Марк решил принять ванну. Когда он был там, раздался звонок в дверь.

— Да?
— Бриджит, это Даниел.
— Эмм...
— Не позволишь ли мне войти? Это важно.
— Подожди, я спущусь. — И оглянулась на ванную.

Лучше уж всё выяснить с Даниелом, но при этом не рисковать и не дёргать Марка. Как только открыла входную дверь, сразу поняла, что совершила ошибку.

Даниел был пьян:

— Так ты напустила на меня полицию, а? — едва выговорил он.

Не отводя от него взгляда, начала потихоньку отходить назад, как от гремучей змеи.

— У тебя под пиджаком ничего не было. Ты...

Вдруг — быстрые шаги на лестнице. Даниел взглянул вверх, — и — бах! — Марк Дарси с размаху ударил его в челюсть. Он отлетел к двери, из носа у него полилась кровь. Марк с испуганным видом.

— Прошу прощения, — произнёс — Э-э-э...

Даниел попытался подняться, Марк стал помогать.

— Очень сожалею, — вежливо повторил он. — С вами всё в порядке? Может, отвезти вас, эмм...

Даниел изумлённо вытер нос.

— Я тогда пойду... — обиженно пробормотал он.

— Да, — кивнул Марк. — Думаю, так лучше всего. Просто оставь её в покое. Или, эмм, мне придётся, понимаешь, сделать это снова.

— Н-да, понятно, — покорно согласился Даниел.

Вернувшись в квартиру, мы заперли дверь и развернули бурные действия на постельном фронте. Чёрт, поверить трудно — в дверь снова зазвонили.

— Пойду-ка я! — заявил Марк, заворачиваясь в полотенце с серьёзным выражением мужской ответственности на лице. — Наверняка снова Кливер. Оставайся здесь.

Через несколько минут раздались громкие шаги и дверь в спальню распахнулась. Я чуть не вскрикнула — появилась голова детектива Керби. Красная от смущения, натянула одеяло до подбородка и проследила за его взглядом: у кровати разбросаны одежда и бельё... Он закрыл за собой дверь.

— Всё в порядке, — спокойно, ободряюще произнёс детектив, словно я вот-вот спрыгну с небоскрёба. — Можете мне всё рассказать, вы в безопасности — мои люди держат его внизу.

— Кого — Даниела?

— Нет, Марка Дарси.
— Зачем?.. — Я совершенно растерялась.
Детектив оглянулся на дверь.
— Мисс Джонс, вы нажали кнопку тревоги.
— Когда?
— Около пяти минут назад. Мы получили повторяющийся, постоянно усиливающийся сигнал.

На спинке кровати, куда я повесила кнопку тревоги, её нет. Смущённо порывшись в постели, извлекла оранжевое устройство.

Детектив Керби посмотрел на кнопку, на меня, на вещи, разбросанные по полу, усмехнулся.

— Так, так, понятно. — И открыл дверь. — Можете войти, мистер Дарси, если у вас ещё остались, э-э-э, силы.

При этом эвфемистичном описании ситуации среди полицейских раздались смешки.

— О'кей, мы уходим. Желаю приятно провести время, — попрощался детектив Керби, пока полицейские гурьбой спускались по лестнице. — Да, вот только одно: первоначальный подозреваемый — мистер Кливер.

— Я не знала, что Даниел — первоначальный подозреваемый! — воскликнула я.

— Так вот. Мы пытались пару раз допросить его, и он, кажется, очень рассердился. Может, стоит позвонить ему и загладить неприятную ситуацию?

— Да, спасибо, — язвительно поблагодарил Марк, стараясь сохранить достоинство, несмотря на то, что с него съезжало полотенце. — Спасибо, что хоть сейчас предупредили.

Марк проводил детектива Керби, и я слышала, как он объяснил ему про драку, а детектив просил сообщать ему обо всех проблемах, например о такой ерунде, как что мы решим насчёт Гари — предъявлять ли ему обвинение.

Когда Марк вернулся, я всхлипывала — просто вдруг разразилась, а раз у меня это почему-то произошло — не остановиться.

— Всё в порядке. — Марк крепко меня обнял и погладил по голове. — Теперь уж всё в порядке.

14

К лучшему или к худшему?

6 декабря, суббота

11.15. Отель «Кларидж». А-а-а! А-а-а! А-а-а-а-а-а! Через сорок пять минут свадьба, а я только что поставила на платье огромное пятно лака для ногтей «Руж нуар».

Что я делаю? Свадьба — это безумная, пыточная затея. Жертвы пытки — гости (хотя, конечно, не до такой степени жертвы, как клиенты Международного комитета по амнистиям), разодетые в странные вещи, какие никогда не надели бы в нормальной ситуации (например, белые колготки): вынуждены вставать в субботу практически посреди ночи, носиться по дому с криками «Чёрт! Чёрт! Чёрт!», пытаясь отыскать старые куски обёрточной бумаги с серебряными узорами; заворачивать идиотские, бесполезные подарки, как продавцы мороженого или булочек (эти обёртки предназначены для бесконечного использования в кругу Самодовольных Женатиков — ведь кому охота тащиться вечером домой и битый час просеивать ингредиенты в гигантскую пластмассовую машину, чтобы утром, по дороге на работу, съесть целую гигантскую булку, когда можно просто купить шоколадный круассан вместе с капучино?); потом ехать 400 миль, жуя винные жвачки, купленные на бензоколонках; бороться с тошнотой в машине, не в состоянии найти церковь. Посмотрите на меня! Почему я, господи? Почему? Такой вид, будто у меня на платье пятно от менструации, причём платье я почему-то надела задом наперёд.

11.20. Слава богу, только что вернулась Шеззер; решили, что лучше всего вырезать пятно лака из платья: ткань жёсткая, блестящая и так топорщится, что лак её не пропитал и не попал на нижнюю юбку, а она такого же цвета — прикрою дырку букетом.

Да, уверена — сойдёт, никто и не заметит; может, даже подумают, такой фасон, как будто всё платье — часть огромного куска кружева.

Так, спокойствие и достоинство, внутреннее достоинство. Дырка или там ещё что-нибудь на платье не повод для беспокойства, существуют другие, более важные вещи — к счастью. Всё будет в порядке. Шез вчера вечером сильно перебрала; надеюсь, переживёт сегодняшний день.

Позже. Проклятье! Мы опоздали в церковь всего на двадцать минут, и я немедленно стала искать Марка. Уже со спины поняла — он напряжён. Тут заиграл орган, Марк обернулся, увидел меня — и вид у него такой, будто сейчас расхохочется. Трудно его винить — ведь я одета даже не как диван, а как огромный гриб-дождевик.

Величественной процессией мы двинулись по проходу. Боже, Шез выглядела плохо — приняла выражение напряжённой концентрации, чтобы никто не заметил её похмелья. Шли, кажется, целую вечность.

Нет, зачем? Зачем?

— Бриджит, взгляни под ноги!.. — зашептала Шез.

Взглядываю: к каблуку моей атласной туфельки прицепился сиреневый, оторочённый мехом лифчик Шеззер. Отшвырнуть его, — но тогда он останется выразительно лежать в проходе на протяжении церемонии. Безуспешно попыталась запихнуть под длинный подол платья (продвигаясь скачками) — не помогло. Испытала огромное облегчение, когда добрались до алтаря, — пока играл гимн, подняла лифчик, скомкала и спрятала за букетом.

Подлец Ричард выглядел великолепно — в высшей степени уверенно. Хорошо, что он в обычном костюме, — никакого безумного утреннего наряда, как у статиста из фильма «Оливер», когда он поёт «Кто купит это чудесное утро?» и отплясывает, высоко вздёргивая ноги.

К несчастью, Джуд совершила страшную ошибку (это уже ясно), допустив на свадьбу маленьких детей. Как только началась собственно свадебная церемония, на задней скамье заплакал ребёнок. Плач высшего разбора: малыш сперва орёт, потом наступает пауза (набирает воздуха — промежуток между разрядом молнии и ударом грома) — и раздаётся оглушительный рёв.

На современных мам из среднего класса полагаться не стала бы — стоит только посмотреть вокруг. Вот, например, одна: дёргает своё чадо туда-сюда, самодовольно при этом на всех озираясь — я, мол, говорю «тсс!». Как видно, ей и в голову не приходит самый простой вариант — взять и вывести ребёнка. Тогда присутствующие слышали бы, как Джуд и Подлец Ричард дают торжественное обещание слить свои души воедино на целую жизнь.

Боковым зрением я уловила где-то у задних скамей взмах длинных, сияющих волос: Ребекка. Безупречный светло-серый туалет, шея так и вытягивается в том направлении, где Марк. Рядом с ней — мрачного вида Джайлс Бенвик; держит, бантом кверху, подарок.

— Ричард Уилфрид Алберт Пол... — звучно провозгласил священник.

Понятия не имела, что у Подлеца Ричарда так много имён. О чём думали его родители?

— ...Обещаешь ли ты любить её, заботиться...

Ммм, свадебная церемония — чудо; оч. согревает сердце.

— ...Защищать и поддерживать её...

Б-бах! Футбольный мяч с треском плюхнулся в проход, отскочив от спины платья Джуд.

— ...В радости и в горе...

Двое мальцов, обутых, могу поклясться, в балетные башмачки, вырвались на свободу — соскочили со скамей и ринулись за мячом.

Раздался приглушённый грохот, затем, всё громче, яростный шёпот мальчишеской разборки, а тот самый бэби как раз опять принялся разоряться.

За всем этим шумом слабо послышалось, как Подлец Ричард произнёс: «Да»; впрочем, с таким же успехом это могло сойти и за «Нет», если бы не тот очевидный факт, что он и Джуд не отрываясь смотрели друг другу в глаза, лучащиеся счастьем.

— Джудит Кэролайн Джонкил...

Как получилось, что у меня только одно имя? Неужели у всех кроме меня после имени длиннющие списки тарабарщины?

— ...Берёшь ли ты Ричарда Уилфрида Алберта Пола...

Уголком левого глаза уловила — молитвенник Шерон исчезает из поля моего зрения.

— ...В мужья...

Теперь молитвенник Шеззер определённо исчезает... В тревоге обернувшись, успела увидеть, как Саймон, в полном утреннем наряде, бросился вперёд. У Шеззер начали подкашиваться ноги, будто в медленном реверансе, и она тяжело осела прямо на руки Саймону.

— ...Обещаешь ли ты любить его, заботиться о нём...

Саймон рывками тащил Шеззер к ризнице; ноги её, выглядывавшие из-под сиреневого гриба-дождевика, волочились по полу, как у покойника.

— ...Почитать и слушаться...

Слушаться Подлеца Ричарда?! Мелькнула мысль: последовать за Шеззер в ризницу и убедиться, всё ли с ней в порядке. Но что подумает Джуд, если сейчас, в самый ответственный момент, обернётся и обнаружит, что мы с Шеззер слиняли?..

— ...До конца своих дней?

Несколько глухих ударов — это Саймон затаскивал Шеззер в ризницу.

— Да.

Двери ризницы с треском захлопнулись.

— Объявляю вас...

Двое мальчишек выскочили из-за купели и припустили обратно по проходу. Боже, ребёнок теперь просто надрывался...

Священник сделал паузу и прочистил горло. Я взглянула назад: мальчишки играют с мячом, стукая им о скамейки. Поймала взгляд Марка; он вдруг положил молитвенник, вышел из-за скамей в проход, ухватил ребят под мышки и торжественным маршем вынес из церкви.

— Объявляю вас мужем и женой.

Вся церковь взорвалась аплодисментами, а Джуд и Ричард сияли счастливыми улыбками.

К тому времени, как мы закончили расписываться в реестре, атмосфера среди детей в возрасте до пяти лет стала подлинно праздничной — перед алтарём происходил настоящий детский приём. Обратно по проходу мы шествовали вслед за разъярённой Магдой, которая вытаскивала из церкви визжащую Констанс со словами:

— Мама тебя отшлёпает... отшлёпает...

Когда вышли на леденящий дождь и сильный ветер, до меня донеслось, как мамаша маленьких футболистов противным голосом отчитывала смущённого Марка:

— Но ведь это замечательно — дети ведут себя естественно на свадьбе! Собственно, ради того и существует свадьба!

— Ну, не знаю... — бодро отозвался Марк. — Что касается меня — ни слова не расслышал.

Мы вернулись в Кларидж и обнаружили, что родители Джуд развернулись вовсю: бальный зал украшают длинные бронзовые гирлянды с листьями и плодами, пирамидами позолоченных фруктов и херувимами размером с ослов. Повсюду слышалось:

— Двести пятьдесят тысяч...
— Да что вы, никак не меньше трёхсот!
— Вы шутите — Кларидж?! Полмиллиона!

Мельком заметила Ребекку: лихорадочно оглядывает зал, на лице застыла улыбка — прямо кукла с головой на трости. Джайлс нервно следовал за ней, рука его блуждала где-то у её талии.

Отец Джуд, сэр Ралф Рассел (вид такой, будто сейчас заорёт: «Эй, не волнуйтесь, я безумно богат и у меня успешный бизнес!»), дождавшись своей очереди, тряс руку Шерон и рычал:

— А, Сара, вам уже лучше?
— Шерон, — с лучезарной улыбкой поправила Джуд.
— О да, спасибо. — Шез деликатно прикрыла рукой горло. — Это просто жара...

Мне стало смешно — холод такой, что все наверняка надели тёплое бельё.

— Ты уверена, что причина не в том, как упорно ты сопротивлялась шардонне? — вставил Марк.

Она со смехом погрозила ему пальцем.

Мама Джуд, с застывшей ледяной улыбкой, худая как жердь, напоминала кошмарный инкрустированный манекен; какие-то непонятные буфы торчали у неё на месте бёдер, призванные, видимо, создать впечатление – там что-то есть. (Отрадно, что некоторым приходится прибегать к подобным хитростям!)

– Джайлс, не клади бумажник в карман брюк, дорогой, от этого кажется, что у тебя толстые бёдра, – протрещала Ребекка.

– А теперь ты впадаешь в зависимость, дорогая, – заметил Джайлс, потянувшись руками к её талии.

– А вот и нет! – отрезала Ребекка, раздражённо оттолкнув его руку, но тут же спохватилась, улыбнулась и закричала:

– Марк!

Ребекка смотрела на него, как будто толпа исчезла, время остановилось и оркестр Глена Миллера сейчас заиграет «Никто, кроме тебя».

– А, привет! – небрежно поздоровался Марк. – Джайлс, старик! Вот уж не думал, что когда-нибудь увижу тебя в жилете!

– Привет, Бриджит! – Джайлс смачно чмокнул меня в щёку. – Прелестное платье.

– Если не считать дырки, – вставила Ребекка.

В гневе отвернувшись, я заметила в углу комнаты Магду: на лице отчаяние, судорожно убирает с лица несуществующую прядь волос.

– А, это элемент дизайна, – пояснил Марк с гордой улыбкой. – Пакистанский символ плодородия.

– Извините.

Встав на цыпочки, я шепнула Марку на ухо:

– С Магдой что-то неладно.

Магда, вконец расстроенная, едва могла говорить.

– Прекрати, дорогая, прекрати... – рассеянно твердила она Констанс – та с усилием запихивала в кармашек фисташкового костюмчика конфету.

– Что случилось?

– Эта... эта... ведьма, с ней у Джереми был роман в прошлом году... она здесь! Пусть только посмеет, чёрт подери, с ней заговорить...

— Эй, Констанс, тебе понравилась свадьба? — Подошёл Марк, протянул Магде бокал с шампанским.

— Что-что? — Констанс округлила Марку глазки.

— Свадьба, в церкви.

— Пазник?

— Да, — засмеялся Марк, — праздник, в церкви.

— Так ведь мама меня увела. — Констанс смотрела на него как на полоумного.

— Проклятая сука! — прошипела Магда.

— Там уж да... там пазник, — мрачно изрекла Констанс.

— Ты не мог бы её увести? — шепнула я Марку.

— Пойдём, Констанс, поищем футбольный мяч.

К моему удивлению, Констанс взяла Марка за руку и радостно засеменила за ним.

— Проклятая сука! Я... её убью, я её...

Взглянула туда, куда устремила взор Магда: молодая девушка, в розовом наряде, вела оживлённый разговор с Джуд. Та самая, с которой в прошлом году я видела Джереми в ресторане в Портобелло и ещё раз однажды вечером — рядом с Айви, они садились в такси.

— О чём Джуд думала, когда её приглашала? — Магда была в ярости.

— Ну, откуда Джуд знать, что это она? — возразила я, наблюдая за ними. — Может, она с ней работает, или... мало ли что.

— Эти свадьбы! Всё только для неё! О боже, всё Бридж... — Магда заплакала и стала рыться в сумочке в поисках носового платка. — Прости меня...

Шез, почуяв неладное, уже спешила к нам.

— Сюда, девочки, сюда!

Ничего не замечавшая Джуд, окружённая восторженными друзьями родителей, как раз готовилась бросать букет. С громкими возгласами она пробиралась к нам, увлекая за собой свою свиту.

— Давайте! Бриджит, приготовься!

Как при замедленной съёмке — я смотрела — букет летел по воздуху в мою сторону; почти поймала его, но взглянула на залитое слезами лицо Магды и отбросила букет Шеззер; та уронила его на пол.

— Леди и джентльмены! — Дворецкий, в нелепых бриджах, стукнул молотком в форме херувима по бронзовому аналою, убранному цветами. – Прошу вас встать и сохранять тишину, свадебная процессия сейчас проследует во главу стола.

Чёрт, «во главу стола»! Где мой букет? Наклонилась, подняла букет Джуд из-под ног Шеззер и, натянуто улыбаясь, прикрыла им дырку в платье.

– Именно когда мы переехали в Грейт Миссенден, выдающиеся таланты Джудит в плавании «свободным стилем» и баттерфляем...

Пять часов, сэр Ралф выступает с речью вот уже тридцать пять минут.

– ...Стали совершенно очевидны не только для нас, её, как всем понятно, пристрастных... – И оторвался от бумажки.

По аудитории прошла слабая волна покорного, вымученного смеха.

– ...Родителей, но и для всего графства Саут Букингемшир. В тот год Джудит не только заняла первое место в трёх подряд соревнованиях по плаванию баттерфляем и «свободным стилем» в юношеской Лиге пловцов Саут Букингемшира, но и получила золотую медаль за три недели до первых экзаменов!..

– Что происходит у тебя с Саймоном? – шепнула я Шез.

– Ничего, – отозвалась она, уставившись в пространство прямо перед собой.

– В этот самый очень насыщенный год Джудит отмечена на экзаменах по кларнету – так рано проявилась в ней та «универсальная женщина», которой ей суждено было стать...

– Но он точно следил за тобой в церкви, иначе ни за что бы вовремя не подскочил и не поймал тебя.

– Знаю, но в ризнице меня стошнило прямо ему в руку.

– ...Сильная, прекрасная спортсменка, заместитель руководителя... а если откровенно, в частной беседе директор призналась мне, что произошла ошибка, поскольку Карен Дженкинс выполняет свои обязанности руководителя... ладно. Сегодня день праздника, а не сожалений, и я знаю, что, э-э-э, отец Карен сейчас здесь, с нами...

Я поймала взгляд Марка, и мне показалось, что он сейчас расхохочется. Джуд представляла собой воплощение отрешённости: улыбалась всем подряд, гладила Подлеца Ричарда по коленке и постоянно его целовала, как если бы не было всей этой какофонии и она сама столько раз не падала пьяная у меня на полу, подвывая: «Моральный импотент, ублюдок! Подлец по имени и подлец по натуре... Эй, а что, у нас вино кончилось?»

— ...Второй ведущий кларнет в школьном оркестре, прекрасная гимнастка на трапеции, Джудит была бесценной находкой...

Ясно, куда он клонит. К сожалению, чтобы туда добраться, понадобился еще тридцатипятиминутный обзор свободного года Джуд, её кембриджского триумфа и ослепительного взлёта по коридорам финансового мира.

— И наконец, мне остаётся только надеяться, что, э-э-э...

Все затаили дыхание, пока сэр Ралф — поистине сверх всякого смысла, разумных пределов, приличий и хороших английских манер — слишком долго вглядывался в свои записи.

— Ричард! — наконец провозгласил он. — Ричард в соответствующей степени благодарен за этот бесценный подарок, эту драгоценность, которая сегодня так милостиво даруется ему.

Ричард (довольно остроумно) закатил глаза, и зал облегчённо взорвался аплодисментами. Сэр Ралф, кажется, намеревался продолжить и зачитать следующие сорок страниц, но милосердно передумал — аплодисменты не стихали.

Затем Подлец Ричард произнёс краткую, довольно трогательную речь и зачитал телеграммы — скучные до боли в зубах, кроме одной, от Тома из Сан-Франциско, к несчастью гласившей: «Поздравляю! Может, это первый раз из многих».

Потом встала Джуд: произнесла несколько очень милых слов благодарности и — ура! — прочитала тот текст, который мы с Шез написали вместе с ней вчера вечером. Вот что там сказано, слово в слово (ура!):

— «Сегодня я попрощалась с жизнью Одиночки. Но, хотя теперь я Женатик, обещаю не быть Самодовольной. Обещаю никогда не издеваться ни над кем из Одиночек, не допытываться, почему они до сих пор не замужем, не спрашивать: «Как дела на любовном фронте?» Напротив, всегда буду с уважением понимать, что это их личное дело, точно так же как занимаюсь ли я всё ещё сексом со своим мужем».

– Обещаю, что она всё ещё будет заниматься сексом со своим мужем, – вставил Подлец Ричард.

Все засмеялись.

– «Обещаю никогда не утверждать, что жизнь Одиночки – это ошибка, или если кто-то Одиночка, значит, с ним что-то не так. Поскольку, как всем нам известно, жизнь Одиночки – нормальное состояние человека в современном мире. Все мы в разные моменты своей жизни одиноки, и это состояние заслуживает такого же уважения, как и Священное Супружество».

В зале раздались одобрительные возгласы. (По крайней мере думаю, что одобрительные.)

– «Обещаю также постоянно поддерживать связь с моими лучшими подругами, Бриджит и Шерон, которые являются живым доказательством того, что Урбанистическая Семья Одиночек так же сильна и способна поддерживать человека, как любая ваша чёртова семья».

Я застенчиво заулыбалась, а Шеззер пихнула меня ногой под столом. Джуд повернулась к нам и подняла бокал.

– «А теперь я хочу поднять тост за Бриджит и Шеззер – лучших подруг во всём мире, которых только может иметь женщина!»

(Этот кусок написала я.)

– Леди и джентльмены – за подружек невесты!

Раздался гром аплодисментов. «Обожаю Джуд, обожаю Шез», – думала я, пока все за столом вставали.

– За подружек невесты! – говорили все.

Как чудесно оказаться в центре внимания. Я заметила, как Саймон светло улыбается Шез, оглянулась на Марка – он так же улыбается мне.

После этого всё как в тумане; помню лишь, что

видела, как Магда и Джереми вместе смеялись стоя в углу; потом я подловила Магду.

— Ну как?

Выяснилось, что та креветка работает в фирме Джуд. Джуд Магде сказала: знала только, что у этой девушки был безумный роман с мужчиной, который всё ещё любил свою жену. Джуд чуть не умерла, когда Магда открыла ей, что это Джереми. Мы все решили, однако, не третировать девушку — ведь Запудриватель Мозгов-то Джереми.

— Проклятый старый козёл! Ладно, это для него урок. Все мы не идеальны, а я действительно люблю этого старого вонючку.

— Вспомни Джеки О., — ободряюще подсказала я.
— Точно, — согласилась Магда.
— Или Хилари Клинтон.

Мы с сомнением посмотрели друг на друга и рассмеялись. Лучший момент был, когда я вышла в туалет: Саймон обнимал там Шеззер, шаря рукой по платью подружки невесты!

Иной раз, когда видишь начало чьих-то отношений, ты просто понимаешь: оп, вот оно, это случилось, это сработает, это затянется надолго; обычно так выходит, когда на твоих глазах завязываются отношения между человеком, с которым ты только что расстался и надеешься снова сойтись, и кем-то другим.

Выскользнула обратно в зал, раньше чем Шерон и Саймон меня заметили, и улыбнулась. Добрая старая Шез, она это заслужила, подумала я — и тут же застыла на месте. Ребекка вцепилась в лацкан Марка и что-то страстно ему твердила. Метнувшись за колонну, я стала подслушивать.

— Разве тебе не кажется, — говорила Ребекка, — что двух людей, которые должны быть вместе, которые идеальная пара во всех отношениях — по интеллекту, по физиологии, по образованию, по положению в обществе, — могут разлучить из-за непонимания, из-за стремления к самозащите, из-за гордости, из-за... — замолчала, а потом мрачно проскрипела, — вмешательства других людей. И в результате они оказываются не с теми партнёрами. Неужели тебе не кажется?..

— Ну да... — пробормотал Марк. — Хотя я не совсем уверен насчёт твоего перечня...

— Да? Да? — Она, кажется, пьяна.

— Это чуть не случилось со мной и Бриджит.

— Я знаю! Да, знаю. Она тебе не подходит, дорогой, как Джайлс не подходит мне. О, Марк! Я с Джайлсом только для того, чтобы ты понял, что чувствуешь по отношению ко мне. Может, я не права, но... они нам не ровня!

— Эмм... — произнёс Марк.

— Знаю, знаю. Мне ясно — ты в ловушке. Но это твоя жизнь! Ты не можешь прожить её с женщиной, которая считает, что Рембо — это тот, которого играл Сильвестр Сталлоне. Тебе нужен стимул, тебе нужен...

— Ребекка, — тихо перебил её Марк, — мне нужна Бриджит.

Тут Ребекка издала жуткий звук — нечто среднее между пьяным стоном и злобным рычанием.

Хладнокровно решив не поддаваться ни мелочному чувству торжества, ни злорадному, бездуховному ликованию по поводу того, что двуличная, высокомерная стерва из страны Проклятий, с ногами-палками, как у насекомого, получила по заслугам, я незаметно улизнула с широкой, довольной улыбкой.

В конце концов, облокотившись о колонну, я наблюдала, как Магда и Джереми, в крепких объятиях, отточенными за десять лет движениями, кружатся в танце. Блаженно закрыв глаза, Магда положила голову Джереми на плечо, а он мягко поглаживал её одной рукой по заднему месту и что-то ей шептал, а она смеялась не открывая глаз.

Я почувствовала, как кто-то обнял меня за талию, — Марк, он тоже смотрел на Магду и Джереми.

— Потанцуем? — предложил он.

15

Излишне рождественский дух

15 декабря, понедельник

127 фунтов (кажется, и, увы, это правда, вес стремится к своему обычному уровню); посланных открыток — 0; полученных подарков — 0; улучшений с дырой в стене с момента её появления — единственная веточка падуба.

18.30. Всё чудесно. Обычно за неделю до Рождества, в похмелье и истерике, злюсь на себя, что не сбежала в маленькую охотничью избушку в глухом лесу и не сидела тихонько у камина, а носилась по огромному, пульсирующему, обезумевшему городу, жители которого отгрызают себе кулаки, зашиваясь с работой, открытками, подарками; толкутся, как цыплята, на тесных улицах; ревут как медведи на таксистов-новичков, пытающихся отыскать Сохо-сквер по карте центральной Аддис-Абебы, а затем приезжают на вечеринки, чтобы встретиться с теми же, кого видели последние три дня, только в три раза более пьяными и похмельными, и им хочется крикнуть: «А не послать ли вас всех к чёрту!» — и поехать домой.

Такой подход и негативен и неверен. Наконец я нашла способ вести спокойную, чистую, правильную жизнь, почти совсем не курю и только один раз слегка напилась — на свадьбе Джуд. Даже тот пьяный парень на вечеринке в пятницу не нарушил моего душевного равновесия, когда назвал нас с Шерон «пустыми телепроститутками».

А ещё сегодня пришла великолепная почта — там была открытка от мамы с папой из Кении: пишут, что папа научился прекрасно кататься на водном мотоцикле Веллингтона, танцевал с девушкой-масаи на вечеринке и они надеются, что мы с Марком не будем без них скучать на Рождество. А потом приписка от папы: «У нас, не на двоих, гораздо больше шести футов и более чем удовлетворительно по части упругости! Хакуна матата».

Ура! Все счастливы и умиротворены. Сегодня, например, собираюсь написать рождественские открытки, и не с неохотой, а с радостью! — ведь, как говорится в книге «Буддизм. Драма монаха, раздобывшего деньги», секрет душевного счастья не в том, чтобы мыть посуду с целью помыть посуду, а в том, чтобы просто мыть посуду. С рождественскими открытками точно так же.

18.40. Хотя это немного скучно — в Рождество сидеть дома весь вечер и писать открытки.

18.45. Съесть шоколадное ёлочное украшение?

18.46. И выпить праздничный стаканчик вина — отметить Рождество?..

18.50. Ммм, вино прекрасное. Выкурю одну сигаретку — только одну.

18.51. Ммм, сигарета — прелесть. Ведь самодисциплина — это ещё не всё в жизни. Посмотрите на Пола Пота.

18.55. Через минуту начну писать открытки, только допью вино. Может, перечитаю письмо.

Циннамон продакшнз
Британия у экрана
Живая пятёрка
Поцелуй незнакомки

От управляющего директора Гранта Д. Пайка
Дорогая Бриджит!
Как Вам, наверно, известно, в течение последнего года в «Циннамон продакшнз» действовала специальная программа, целью её — проследить за выполнением сотрудниками своих обязанностей и притоком идей в программы.

Вы будете рады узнать, что 68 процентов интересных концовок программы «Британия у экрана» предложены Вами. Поздравляем!

Мы понимаем, что Ваш уход в сентябре вызван разногласиями с исполнительным продюсером «Британии у экрана» Ричардом Финчем. Вы навер-

няка слышали, что в октябре Ричард отстранён от должности по причине «трудностей личного характера».

В настоящее время мы производим кадровые перестановки и хотели бы пригласить Вас вернуться в нашу команду либо в качестве ассистента продюсера, либо на правах консультанта, обеспечивающего приток новых идей на основе внештатного сотрудничества. Период с момента Вашего ухода будет рассматриваться как оплачиваемый отпуск.

Мы полагаем, что – с притоком новых, энергичных и творчески мыслящих сотрудников – «Британия у экрана» как флагман студии «Циннамон продакшнз» приобретает большое будущее в двадцать первом веке. Надеемся, что Вы станете главной творческой силой в нашей обновлённой команде. Если Вы позвоните моему секретарю и договоритесь о встрече, мы с радостью обсудим с Вами новые условия и гонорары.

С уважением
Грант Д. Пайк, исполнительный директор
«Циннамон продакшнз».

Видите, видите! И Майкл из «Индепендент» говорит, что я могу сделать ещё одно интервью со знаменитостью, потому что после интервью с мистером Дарси они получили кучу писем: всё, что приносит письма, хорошо независимо от того, насколько оно плохо. Так что я могу стать свободным художником. Ура! И тогда мне никогда больше не придётся опаздывать. Можно выпить ещё немного, чтобы отпраздновать все мои достижения, тем более под рождество! Ой, звонок в дверь!

Здорово, здорово – привезли ёлку. Видите – уже настоящее рождество. Завтра придёт Марк и увидит рождественскую ёлку!

20.00. Пока грузчики с пыхтением и проклятиями тащили ёлку по лестнице, я стала опасаться, что недооценила её размеры – и правда, ёлка угрожающе застряла в дверном проёме, а потом проскочила, размахивая ветками, как Макдуф, вторгающийся в леса Дунсинана. За ней последовали комья земли и два парня со словами:

— Чёрт, она здоровенная, куда ставить?

— К камину, — сказала я.

Однако, к несчастью, ёлка никак не умещалась — ветки тыкались в огонь, упирались в диван, оставшиеся развернулись до середины комнаты, а верхушка, уткнувшись в потолок, согнулась под странным углом.

— Не попробуете ли поставить вон туда? — попросила я. — Кстати, что это за запах?

Заверив меня — это какое-то финское изобретение, чтобы не осыпались иголки (несмотря на очевидный факт, что ёлка протухла), парни с трудом установили её между дверями спальни и ванной, после чего ветки полностью заблокировали и ту и другую.

— Попробуйте в середину комнаты, — с большим достоинством предложила я.

Парни с хихиканьем перетащили дерево-монстр в центр комнаты. К этому моменту я уже не могла их больше видеть.

— Прекрасно, спасибо, — произнесла я напряжённым голосом.

Они ушли, всё время посмеиваясь, пока спускались по лестнице.

20.05. Хмм.

20.10. Ладно, это не проблема. Просто отвлекусь от ёлки и напишу открытки.

20.20. Ммм, чудное вино, обожаю! Весь вопрос вот в чём: а если не посылать никаких рождественских открыток? Уверена, есть люди, от которых я никогда в жизни не получала рождественских открыток. Это невежливо? Мне всегда казалось немного смешным посылать открытки, например, Джуд или Шеззер, ведь я и так каждый день с ними вижусь. Но не жди и ответных открыток. Кроме того, когда посылаешь открытки, результата, естественно, нет до следующего года, — если не делаешь это в первую неделю декабря; но это уже неправдоподобно, в стиле Скучающих Женатиков. Хмм... Не составить ли список «за» и «против» написания рождественских открыток?

20.25. Ладно, только полистаю «Вог».

20.40. Меня захватил, но сильно сбил с толку

рождественский мир «Вог». Мой собственный образ и понятия о подарках неумолимо устарели и требуют пересмотра. Мне бы надеть короткую юбочку-комбинацию, отделанную пухом, и посадить на плечо плюшевого щенка; на вечеринках позировать с дочерью-подростком; что касается подарков для друзей — чехлы для грелок из пашмины и сухие духи для белья, а не пахучие принадлежности для ванн и серебряные фонарики из «Эспри» (это когда ёлочные огни уже искрами отражаются от зубов).

Вообще-то не намерена принимать это во внимание. Оч. бездуховно. Вообразить только: какой-нибудь вулкан извергся (как в Помпеях) на южный Сло, и все застыли в камне — на велосипедах, с щенками, пухом и дочками; грядущие поколения всё это узрят и посмеются над нашей духовной нищетой. И потом, я против бессмысленных подарков в стиле дешёвой роскоши — они свидетельствуют скорее о желании дарящего пустить пыль в глаза, нежели о его стремлении сделать приятное другому.

21.00. Впрочем, не отказалась бы от чехла для грелки из пашмины.

21.15. Список рождественских подарков:
мама — чехол для грелки из пашмины,
папа — чехол для грелки из пашмины.

О боже, не в состоянии больше игнорировать это кошмарное дерево: отвратительно воняет — вроде ароматизированной хвойным запахом мерзкой обувной стельки, которую носили несколько месяцев; этот запах пропитывает стены и тяжёлую деревянную дверь. Проклятая ёлка! Теперь единственный способ пересечь комнату — проползти под деревом, как кабан. Перечитаю-ка рождественскую открытку от Гари — мировецкая. Свёрнута была в форме пули, с надписью: «Прости!» Текст такой:

Дорогая Бриджит!
Прости меня за пулю. Не знаю, что на меня нашло, но у меня не ладилось с деньгами, а тут ещё это происшествие на рыбалке. Бриджит, между нами были особые отношения. Это действительно что-то значило. Я собирался закончить работу, когда появятся деньги. Тут пришло письмо от адво-

ката, и это меня доконало, вот и потерял над собой контроль.

Прилагался номер «Почты рыболова», открытый на странице 10. Напротив страницы со статьёй «Как выбрать приманку» (рубрика «Мир карпов») — шесть фотографий рыбаков, среди них и Гари: все держат в руках по скользкой серой рыбине. На фотоизображении Гари — штамп «Дисквалифицирован»; внизу колонка, озаглавленная «Безрассудный поступок»; вот её содержание:

Трёхкратный чемпион Ист Хендона Гари Уилшоу исключён из Рыболовной ассоциации Ист Хендона после инцидента с подменой рыбы. Уилшоу, 37 лет, уроженец Вест Элм Драйв, занял первое место: карп весом 32 фунта 12 унций пойман, по его утверждению, на крючок 4-го размера, 15-фунтовую леску и 14-миллиметровую приманку.

Позже, из анонимного письма, выяснилось, что карп искусственно выращен в Ист Шине и, возможно, насажен на крючок накануне вечером.

Представитель Рыболовной ассоциации Ист Хендона заявил: «Подобная практика позорит рыболовный спорт, и Рыболовная ассоциация Ист Хендона не может этого допустить.

21.25. Ну вот, он чувствовал бессилие, как Даниел. Бедный Гари со своей рыбой, униженный; он любит рыбу. Бедный Даниел. Мужчины — группа риска.

21.30. Ммм, вино — мой маленький праздник. Вспоминаю всех славных людей, которые мне повстречались в пршедшем году. Чусвую только любовь и вспрщение. Не хчу таить обиду.

21.45. Щас буду писаткрытки... Сставлю список.

23.20. Гтово... Тперь в пчтовый ящк.

23.30. Снва дома. Чртово дрво... Знаю... Где нжницы?

Полночь. Вттак, лушше. Уф, хчу спа-ать... Упс... упала.

16 декабря, вторник

138 фунтов; порций алкоголя — 6; сигарет — 45; калорий — 5732; шоколадных ёлочных украшений —

132; посланных открыток — *о боже, дьявол, вельзевул и вся его нечисть.*

8.30. Немного растеряна. Только что мне потребовался час семь минут, чтобы одеться, но всё ещё не одета — на юбке спереди пятно.

8.45. Сняла юбку, надену серую; но где она, чёрт возьми? Уфф, голова болит... Так, никогда больше не буду пить... Ох, юбка, может, в гостиной?

9.00. В гостиной такой бардак! Съем-ка я тост. Сигареты — вред, отрава.

9.15. Га-а-а! Только что увидела ёлку.

9.30. Га-а-а, га-а-а! Только что нашла завалявшуюся открытку:

«С Рождеством тебя, мой дорогой, дорогой Кен! Я так ценю твою доброту, которую ты проявил ко мне в этом году. Ты чудесный, чудесный человек, такой сильный, и проницательный, и так хорошо разбираешься в цифрах. Хотя наши отношения складывались непросто, очень важно не затаивать обид, если человек хочет расти. Чувствую духовную близость с тобой как с профессионалом и человеком.

С искренней любовью

Бриджит».

Кто такой этот Кен? Га-а-а! Кен — бухгалтер; встречалась с ним только раз, мы повздорили из-за того, что я слишком поздно уплатила налог. О господи, надо найти список.

Га-а-а! Кроме Джуд, Шеззер, Магды, Тома и т.д. список включает: помощника британского консула (Бангкок); посла Британии в Таиланде; почтенного сэра Хьюго Бойнтона; адмирала Дарси; детектива Керби; Колина Фёрта; Ричарда Финча; министра иностранных дел; Джеда; Майкла из «Индепендент»; Гранта Д.Пайка; Тони Блэра.

Открытки выпущены в мир, и я понятия не имею, что в них написала.

17 декабря, среда

Никаких откликов на открытки. Может, другие приличные, а открытка Кену просто уродливый атавизм?

18 декабря, четверг

9.30. Уже собиралась выходить, и тут зазвонил телефон.

— Бриджит, это Гари!

— О, привет! — истерично воскликнула я. — Ты где?

— В тюрьме, конечно. Спасибо за открытку, это так мило. Очень мило, для меня это так много значит!

— О, ха-ха-ха-ха-ха! — нервно рассмеялась я.

— Так ты навестишь меня сегодня?

— Что?

— Ну, понимаешь... эта открытка...

— Эмм... — напряжённо протянула я. — Не очень точно помню, что я там написала. Может, ты...

— Давай я тебе прочту, — застенчиво предложил Гари и принялся читать, запинаясь через каждое слово:

«Дорогой Гари!

Понимаю, что твоя работа строителя очень отличается от моей. Но очень уважаю твой труд, потому что это настоящее искусство. Ты делаешь всякие вещи своими руками, встаёшь рано утром, и мы вместе (несмотря на то, что расширение моей квартиры не закончено) создали нечто великое и красивое — команду. Два очень разных человека, и, хотя в стене всё ещё дырка (вот уже почти восемь месяцев!), сквозь неё я вижу рост нашего проекта. Это замечательно! Знаю, ты в тюрьме, отбываешь свой срок, но близится час, когда это кончится. Спасибо тебе за открытку про пулю и про рыбалку. Я искренне, искренне тебя прощаю.

Чувствую духовную близость к тебе как к мастеру и человеку. Если кто-то и заслуживает радости и настоящего творческого заряда в новом году — даже в тюрьме, — так это ты.

С любовью

Бриджит».

— «Творческого заряда», — хрипло повторил Гари.

Мне удалось избавиться от него, объяснив, что я опаздываю на работу, но... О боже, кому ещё я их послала?

19.00. Снова дома. Пришла в офис на первое консультативное совещание; проходило оно очень хорошо — особенно учитывая, что Ужасного Харолда понизили в должности за скукотищу и теперь он проверяет факты, — пока Пачули не завопила, что ей позвонил Ричард Финч, она записала его звонок и пусть все послушают.

«Привет, команда! — зазвучал голос Финча. — Звоню, чтобы передать вам немного праздничного настроения, — единственный способ, которым располагаю. Хочу вам кое-что зачитать. — Он прочистил горло. — «Весёлого, весёлого Рождества, дорогой Ричард!» Правда же, это мило?»

Раздался взрыв хохота.

«Наши отношения складывались непросто. Но сейчас, в Рождество, сознаю их серьёзность — они налагают ответственность, они крепкие, честные и искренние. Вы очаровательный, очаровательный человек, полный энергии и противоречий. Сейчас, в Рождество, чувствую духовную близость с вами — как с продюсером и человеком. С любовью — Бриджит».

Ох-ох, это было нечто... Га-а-а! Звонок в дверь.

23.00. Это Марк, с очень странным выражением лица; вошёл в квартиру, чуть не в ужасе огляделся.

— Что это за запах?.. Господи, что это?! — Он уставился на ёлку.

Посмотрела и я: да, она и впрямь смотрится далеко не так симпатично, как я помню. Вчера отрезала верхушку, попыталась подстричь остальное в традиционной треугольной форме; но вот она, стоит посреди комнаты: нечто высокое, тонкое, обкорнанное, с тупыми краями — дешёвое подобие дерева из комиссионного магазина.

— Понимаешь, она была немного... — стала я объяснять.

— Немного — что? — В голосе Марка едва сдерживаемый смех и сомнение.

— Великовата, — пролепетала я не очень убедительно.

— А-а, «великовата»... Понятно. Ладно, теперь уже неважно. Можно я тебе кое-что прочитаю? — Марк вытащил из кармана открытку.

— О'кей, — покорно согласилась я, облокотившись о спинку дивана.

Марк прокашлялся.

— «*Мой дорогой, дорогой Найджел!*» — Ты ведь помнишь моего коллегу Найджела, Бриджит? Старший компаньон фирмы, тот жирный, не Джайлс. — Марк снова прокашлялся. — «*Мой дорогой, дорогой Найджел! Мы встречались лишь однажды, у Ребекки, — вы вытащили её из озера. Но теперь, когда наступило Рождество, я сознаю, что Вы, ближайший коллега Марка, некоторым образом были мне близки весь этот год. Сейчас я чувствую...*» — Марк сделал паузу и взглянул на меня — «*...духовную близость с Вами. Вы замечательный мужчина: сильный, привлекательный...*» — имеется в виду, напомню, Жирный Найджел — «*...энергичный...*» — Марк помолчал и поднял брови — «*...творчески мыслящий, потому что быть юристом — это истинно творческая работа. Всегда буду вспоминать о Вас с симпатией, как Вы блеснули...*» — теперь он уже смеялся — «*...храбро блеснули на фоне солнца и воды. С Рождеством Вас, дорогой, дорогой Найджел! Бриджит*».

В отчаянии я плюхнулась на диван.

— Да ладно, — усмехнулся Марк, — все поймут, что ты напилась. Забавно, и всё.

— Мне придётся уехать, — печально констатировала я. — Покинуть страну.

— Знаешь, вообще-то, — Марк опустился передо мной на колени и взял меня за руки, — знаменательно, что ты именно сейчас об этом заговорила. Мне предложили поехать в Латинскую Америку на пять месяцев — поработать с этим мексиканским делом Калабрераса.

— Что-о?..

Вот как всё оборачивается — чего уж хуже.

— У тебя нет причин расстраиваться. Я хотел спросить тебя... поедешь со мной?

Я глубоко задумалась. Думала о Джуд и Шеззер; об «Агнес Би» на Вестбурн Гроув; о капучино в «Койнз-кафе» и об Оксфорд-стрит.

— Бриджит, — мягко окликнул меня Марк, — там очень тепло и солнечно, бассейны.

— Ох! — вздохнула я, жадно бросая взгляды вокруг, по сторонам своей комнаты.

— Я буду мыть посуду, — пообещал Марк.

Пули, и рыба, и наркокурьеры, и Ричард Финч, и мама, и дырка в стене, и рождественские открытки...

— Ты можешь курить в доме.

Взглянула на него — такого искреннего, серьёзного, милого: где бы он ни был — хочу быть рядом с ним.

— Да! — счастливая, воскликнула я. — Поеду, с радостью!

19 декабря, пятница

11.00. Ура! Еду в Америку, чтобы начать всё заново, как первые переселенцы. Ведь это страна свободы. Вчера вечером мы с Марком здорово повеселились. Снова взяли ножницы и искусно придали праздничной ёлке форму маленькой хлопушки. А ещё составили список — завтра пойдём по магазинам. Обожаю Рождество — праздник хорошей, весёлой жизни. Вовсе это не завершение года. Ура! В Калифорнии фантастически прекрасно: там всегда много солнца и миллионы психологических книг (книги о любовных отношениях исключаются), и дзен, и суши, и всякие пользительные явления, вроде зелёных... Ох, господи, телефон!

— Э-э-э, Бриджит... это Марк. — Голос звучит не очень бодро. — Видишь ли, планы немного поменялись. Дело Калабрераса отложено до июля. Но есть другая работа, и мне очень хотелось бы ею заняться... и, э-э-э, я подумал...

— Да-а?... — настороженно отозвалась я.

— Как бы ты отнеслась...

— К чему?

— К Таиланду?

Что ж, придётся выпить стаканчик вина и выкурить сигарету.

В 2002 ГОДУ ИЗДАТЕЛЬСТВО ПЛАНИРУЕТ ВЫПУСТИТЬ

**МАЙКЛ ФРЕЙН
ОДЕРЖИМЫЙ**

**МЭТЬЮ БРЭНТОН
БЕРЕГ**

**МАКС КИННИГС
КИЛЛЕР**

**ДЖОН БАЛЛАРД
ИМПЕРИЯ СОЛНЦА**

**ПОЛ ОСТЕР
ХРАМ ЛУНЫ**

**ДЖОН БЭНВИЛЛ
НЕПРИКАСАЕМЫЙ**

**ТОБИ ЛИТТ
ЭКСГУМАЦИЯ**

**АНТОНИЯ БАЙЕТТ
ОБЛАДАТЬ**

**БРЕТ И. ЭЛЛИС
ГЛАМОРАМА**

Хелен Филдинг
Бриджит Джонс: грани разумного

Главный редактор Д.В. Пешков
Переводчик А.Н. Москвичева
Редактор И.Н. Белозерцева
Корректор Г.А. Фунина

Подписано в печать 30.03.2002. Формат 84x108/32
Гарнитура «Школьная». Печать офсетная.
Бумага офсетная EnsoBulky. 10 печ. л.
Тираж 10000 экз. Заказ № 0202930.

ООО «Торнтон и Сагден»
Лицензия ИД № 00201 от 28.09.1999
103012, Москва, ул. Никольская, д. 17, стр. 1.
Телефон (095) 937-29-09
www.goodbook.ru

Отпечатано на MBS в полном соответствии с
качеством предоставленного оригинал-макета
в ОАО «Ярославский полиграфкомбинат».
150049, Ярославль, ул. Свободы, 97.